PANINI BOOKS

LES FILS DE LA PLEINE LUNE

TOME 1
DANGEREUSE TENTATION

EILEEN WILKS

CRIMSON

Eileen Wilks est une auteure réputée aux USA. Elle a vécu au Canada et au Venezuela ainsi que dans plus de 15 villes aux États-Unis. Elle a été de nombreuses fois nominée à des prix de romance pour ses œuvres, notamment la série *Les Fils de la Pleine Lune*. Eileen s'est mise à l'écriture à force de lire et de rêvasser. Elle aime la couture, la matière noire, le chocolat, les livres sur la science du cerveau, le yoga (même si elle n'est pas douée !) et peindre des choses comme ses murs, des boîtes, son mobilier, les sols, mais pas ses chats ; ses chats n'aiment pas la peinture.

Titre original : *Tempting Danger*

Illustration de couverture : © HildenDesign, using an image by Shutterstock
Design de couverture : hilden_design, München / www.hildendesign.de

Traduit de l'anglais (États-Unis) par Franck Richet
Suivi éditorial et relecture par studio Zibeline & Co

ISBN : 9-782809-430103

Crimson est une collection de Panini Books

www.paninibooks.fr

Ce livre est dédié à mon agent, Eileen Fallon,
présente pour les bons moments comme pour les mauvais,
et toujours disponible pour discuter au téléphone.

Je voulais juste dire : « Salut, Eileen… c'est Eileen !
Rien de tout ça n'aurait pu arriver sans toi. »

I

Il ne restait plus grand-chose du visage. Dans ses talons noirs flambant neufs, Lily se tenait à distance de la mare de sang qui avait séché sur les bords mais restait visqueuse près du corps. Elle avait cependant vu pire lorsqu'elle travaillait à la circulation…

Mais là, c'était différent : le corps avait été mutilé de manière délibérée.

Une brume, visible sous les projecteurs de police, flottait dans l'air chaud. Lily Yu sentait sa moiteur sur sa peau, et l'odeur lourde du sang dans ses narines. Un flash crépita comme le photographe capturait la scène de crime.

— *Hey, You !* l'apostropha l'agent de police derrière l'objectif, un petit rouquin aux joues d'écureuils et aux cheveux coupés si courts sur sa tête qu'on aurait dit le duvet d'une pêche.

Lily grimaça. O'Brien ne se lassait jamais de ses jeux de mots, aussi éculés fussent-ils. S'ils avaient la chance de vivre jusqu'à cent ans, la première chose qu'il lui sortirait chaque matin en la croisant dans leur maison de retraite serait : « *Hey, You !* »

Encore fallait-il bien sûr qu'elle conserve son nom de jeune fille ces quatre-vingts prochaines années… Mais vu le gouffre sans fond qu'était sa vie sentimentale, ça ne semblait pas complètement impossible.

— Quoi, l'Irlandais ? rétorqua-t-elle.

— Apparemment, t'avais un plan pour ce soir ?

— Non. Moi et mon chat, on se met toujours sur notre trente et un pour dîner ensemble… L'Inspecteur Harry est super classe en smoking.

O'Brien ricana et se déplaça pour changer d'angle. Lily ne lui prêta plus attention, pas plus qu'à l'autre technicien de scène de crime ; elle oublia même la présence des badauds derrière les barrières de police et celle des agents en uniforme leur interdisant l'accès.

Le sang attire les foules aussi vite que le sucre attire les fourmis. Mais cette fois, les curieux n'étaient pas des gens du coin. Les habitants de ce quartier savaient qu'ici, la curiosité avait un prix. Ils reconnaissaient le bruit d'une fusillade en voiture, les signes d'un deal de drogue. Les spectateurs qui tendaient le cou dans l'espoir d'entrevoir une goutte de sang sortaient sans doute de la boîte de nuit située à l'angle de la rue. Le Club Inferno attirait une clientèle bien particulière.

La victime ne semblait pas être du quartier non plus.

L'homme gisait étendu sur le dos en travers du trottoir crasseux. Lily releva un gobelet de soda XXL vide aplati près de sa jambe, un bout de journal coincé sous ses fesses, et une bouteille de bière brisée à ses pieds. Celui qui lui avait tranché la gorge et massacré le visage n'avait épargné que sa pommette et son œil droits. Perdu au milieu d'un rectangle de peau dont la couleur évoquait à Lily un siège en osier, un œil marron figé de stupeur fixait le vide. Lily nota le jean de marque, le genre qu'on ne trouve que dans des boutiques hors de prix. Des chaussures de sport noires, également de marque. Une chemise rouge en soie.

La manche droite était déchirée sur tout l'avant-bras. Il y avait trois profondes entailles : des blessures défensives. Le bras était écarté du corps, et la main reposait dos au sol, les doigts repliés, comme celle d'un enfant endormi.

Son autre main se trouvait quatre mètres plus loin, contre le poteau d'une balançoire.

Une aire de jeux. Bon sang, quelqu'un avait réduit en charpie le visage de ce mec sur une aire de jeux pour enfants. Lily sentit sa gorge se serrer, ses épaules se crisper. Elle avait vu bien des cadavres depuis son affectation à la brigade criminelle. La vue d'un mort ne lui soulevait plus le cœur, mais elle continuait de lui laisser un sentiment de tristesse, de gâchis.

La victime avait passé l'âge de s'amuser sur ces balançoires : il devait avoir dans les vingt-cinq ans. Un peu moins d'un mètre quatre-vingts, environ quatre-vingts kilos. À voir ses épaules et ses bras, il soulevait certainement des haltères. Des cuisses musclées. Il s'agissait d'un homme fort, peut-être même se vantait-il de sa musculature.

Mais ce soir, sa force physique ne lui avait pas servi à grand-chose. Pas plus que le pistolet de calibre .22 qu'il portait sur lui. L'arme reposait près de la main sectionnée ; sans doute en était-elle tombée quand la mort avait fait se relâcher ses doigts.

— Attention, inspecteur ! Allez pas salir votre jolie robe.

Lily n'eut pas à tourner la tête pour reconnaître la voix de l'homme : elle avait entendu son rapport en arrivant sur les lieux.

— Les scènes de crime sont le plus souvent souillées par des policiers, pas par des civils, répondit-elle. Vous avez une raison valable de ramener vos grandes pattes par ici, agent Phillips ?

— Ça va, quoi ! Je me tiens à trois mètres du corps.

Cette fois-ci, elle leva les yeux vers lui. L'agent Larry Phillips était un des deux policiers qui avaient répondu à l'appel. Lily ne l'avait encore jamais rencontré, mais elle connaissait le genre : la quarantaine passée, et il continuait de ratisser les rues avec amertume. Lily était une femme et, à vingt-huit ans, elle était déjà inspectrice.

Il ne la portait pas dans son cœur.

— Croyez-le ou pas, mais on a parfois retrouvé des indices à plus de trois mètres du corps. Qu'est-ce que vous voulez ?

— Je venais vous dire qu'aucun des bons citoyens derrière le cordon là-bas ne déclare avoir vu quoi que ce soit. Ils faisaient la bringue dans la boîte de nuit. Ils en sont sortis ensemble, et ils ont vu les jolis gyrophares des voitures de patrouille briller dans la nuit. Alors ils sont venus voir ce qui se passait.

— Le Club Inferno, c'est ça ?

— C'est là qu'il faut chercher votre tueur. Les types du labo tireront rien du corps.

— Il existe d'autres types d'indices.

— Bien sûr, grommela le policier. Si ça se trouve, le tueur a laissé tomber une carte de visite. À moins que vous ne partagiez l'avis de mon coéquipier ? D'après lui, c'est un chiot qui a fait ça.

Lily lança un coup d'œil vers l'ouverture aménagée entre les barrières de police servant d'accès à la scène de crime. Là-bas, le coéquipier de Phillips, un jeune latino, s'occupait de contrôler la foule avec d'autres policiers, relevant identités et coordonnées.

— C'est un bleu ? demanda-t-elle.

— Ouais, répondit Phillips en sortant de sa poche un cure-dent plastifié, qu'il déballa de sa cellophane et se fourra dans la bouche. J'ai bien tenté de lui expliquer qu'un chiot vous arrache rarement la main d'un seul coup de dents.

Phillips n'était pas stupide, reconnut Lily, juste casse-pieds. Elle acquiesça.

— En règle générale, un homme valide parvient à se débarrasser d'un chien qui l'attaque. Ici, il n'y a presque aucun signe de lutte, et puis il y a ce pistolet… (Que la victime avait sans doute en sa possession, songea Lily, bien qu'on ne pût pas exclure la présence d'une troisième personne sur les lieux. Elle secoua la tête.) La bête a dû frapper très vite.

— Ça, ils sont rapides, c'est sûr, approuva le policier. Le pauvre type a sans doute pas eu le temps de s'apercevoir qu'il avait perdu sa main.

— Cela dit, il a eu les bons réflexes. Il a essayé de baisser la tête pour protéger son cou. C'est comme ça qu'il a perdu une partie de son visage. Ensuite, la bête l'a égorgé.

— Voyons, inspecteur… Vous êtes pas censée employer le mot « bêtes » pour parler d'eux. On doit les considérer comme des êtres humains maintenant. Comme des gens normaux. La loi leur accorde désormais les pleins droits.

— Je connais la loi, dit-elle en levant les yeux vers Phillips. (Elle dut pour cela lever la tête, car le policier filiforme dépassait le mètre quatre-vingt-cinq. Mais à dire vrai, Lily devait lever la tête pour regarder neuf personnes sur dix dans les yeux. Elle avait presque fini par se faire une raison.) C'est votre secteur, agent Phillips. Vous sauriez identifier la victime ?

— Il est pas du coin.

— Ça, j'avais deviné. Il était peut-être venu chercher un peu d'action : drogue, sexe… Ou bien s'amuser de manière à peine plus légale au Club Inferno. Si c'était un habitué, vous pourriez l'avoir vu traîner dans le coin.

Le policier secoua la tête ; le cure-dent semblait collé à sa lèvre inférieure.

— Il a pas été tué pour une histoire de drogue, ni par un mac voulant punir un mauvais payeur. En fait, j'appellerais même pas ça un meurtre.

Il y a trois ans de cela, une telle affaire aurait été traitée par la brigade spéciale. Aujourd'hui, on la confiait à la criminelle.

— Ça n'est pas l'avis des tribunaux, fit remarquer Lily.

— Ouais. Et tout le monde connaît l'immense bon sens des juges. À écouter ces bons samaritains, on devrait se mettre à traiter ces bêtes comme des êtres humains. Le carnage à vos pieds montre à quel point c'est stupide.

— J'ai vu des hommes commettre des atrocités bien pires sur d'autres hommes, rétorqua Lily. Ou sur des femmes. Bon, pour l'instant, continuez de surveiller la zone.

— À vos ordres, inspecteur, répondit-il avec un sourire moqueur. (Il se tourna vers elle et prit le temps de retirer le cure-dent de sa bouche. Quand elle croisa son regard, toute trace de mépris ou de colère en avait disparu.) Vous voulez le conseil d'un flic qu'a passé quinze ans de sa carrière dans la brigade spéciale ? Appelez-les comme ça vous chante, mais oubliez jamais que les lupins sont pas des êtres humains. Ils sont plus résistants que nous, plus rapides, plus forts, et ils adorent le goût de la chair humaine.

— Celui-ci ne semble pas vraiment avoir pris le temps de déguster…

Phillips haussa les épaules.

— Il a dû être interrompu par quelque chose. Oubliez pas que la loi les reconnaît seulement comme des êtres humains quand ils sont sur leurs deux jambes. Si vous en rencontrez un à quatre pattes, vous faites pas chier à l'arrêter. Tirez. (Il jeta le cure-dent avant d'ajouter.) Et visez la tête.

— Je garderai ce conseil à l'esprit. Ramassez votre cure-dent.

— Quoi ?

— Votre cure-dent. Il ne fait pas partie de la scène de crime. Ramassez-le.

Le regard mauvais, Phillips se baissa et attrapa le cure-dent. Il s'éloigna alors en pestant contre les bonnes femmes qui pensaient en avoir entre les jambes.

— Je crois que tu ne t'es pas fait un ami, plaisanta O'Brien.

— Vraiment, ça me fend le cœur, répondit Lily.

Elle marqua alors un temps d'arrêt : une voiture du bureau du coroner venait de se garer derrière l'ambulance.

Mieux valait faire vite.

— On dirait que le décès de notre victime va être prononcé d'un moment à l'autre. T'en as fini avec les photos ?

— Pourquoi ? Tu veux y regarder d'un peu plus près ?

Les termes choisis étaient innocents, le ton désinvolte, mais Lily comprit le message. O'Brien avait collaboré avec Lily sur suffisamment de scènes de crime pour savoir qu'il ne s'agissait pas de « regarder » physiquement. Cependant, il gardait cela pour lui. Être une sensitive n'était pas illégal, mais cela pouvait s'avérer compliqué, aussi la politique du service vis-à-vis de ce genre de phénomènes était : « motus et bouche cousue ».

Cette position ne s'expliquait pas uniquement par l'étroitesse d'esprit des autorités. Toute donnée inconsistante étant jugée irrecevable devant les tribunaux, un bon avocat de la défense pouvait facilement réduire en miettes le témoignage d'un policier s'il parvenait à prouver que l'enquête sentait de près ou de loin le paranormal.

Toutefois, les flics étant par nature pragmatiques, la politique officieuse était de faire feu de tout bois pour attraper les criminels, quitte à le faire en cachette. Voilà pourquoi Lily se retrouvait dans ce quartier mal famé à examiner un cadavre, au lieu d'être aux fiançailles de sa sœur, à repousser les avances de Henry Chen.

Finalement, chaque chose avait son bon côté. Elle leva les yeux vers O'Brien et lui fit un signe de tête.

— Vas-y, dit-il en se déplaçant pour la masquer aux yeux de la foule derrière les barrières, et en feignant de s'intéresser à son appareil photo.

Il n'était pas assez grand pour la cacher complètement, mais il empêchait toutefois les badauds de distinguer ce qu'elle faisait. Lily apprécia le geste. Elle posa son sac à dos par terre et s'agenouilla près du corps, en prenant garde à ce que sa robe ne remonte pas trop. Elle approcha alors sa main de celle du cadavre.

La main était molle. Elle n'avait pas encore été gagnée par la rigidité cadavérique. La peau était cireuse et présentait une coloration bleue ; le visage avait une teinte violacée. Lividité cadavérique peu prononcée. Rien de tout cela n'était concluant, mais ça indiquait clairement qu'il était mort depuis peu quand le central avait reçu l'appel anonyme, à 23 h 04.

Les ongles étaient carrés, propres et soigneusement coupés. Les doigts étaient courts comparés à sa paume large et plate. Traces d'égratignures partiellement cicatrisées sur les jointures : il s'était battu quelques jours plus tôt. La peau sous les ongles était pâle. Aucun anneau aux doigts.

Et aucune réponse quand sa peau entra en contact avec la sienne.

Du sang avait coulé jusque dans la paume et formé en séchant une croûte brunâtre qui se craquela légèrement quand elle retourna la main à la lumière. Une touffe de poils colorés s'était engluée dans le sang.

Lily la toucha.

La sensation s'apparentait à toucher le béton une fois que le soleil était couché, et s'apercevoir qu'il est encore chaud. Ou comme l'instant où l'on relâche une perceuse, et que la peau garde le souvenir de la vibration.

Encore que ce qu'elle ressentait ne fût pas une sensation de chaleur ou de vibration. Lily n'avait jamais trouvé les mots pour décrire ce qu'elle éprouvait au contact de quelque chose que la magie avait touché, mais il s'agissait d'une sensation aisément reconnaissable. Un jour, elle avait tenté de l'expliquer à sa sœur – sa cadette, Beth, pas sa sœur aînée, qui était la perfection incarnée. « Imagine que tu passes ton temps, jour après jour, à toucher quelque chose de doux, lui avait-elle dit. Dès que tu sentirais une surface rugueuse, tu le remarquerais immédiatement. » Même si ce n'était qu'une toute petite rugosité, comme ce soir.

Non, admit-elle en reposant doucement la main. Les gars du labo ne récolteraient pas beaucoup d'indices sur le tueur. Seulement ce qu'elle venait d'apprendre en touchant les poils qu'il avait laissés mêlés au sang de sa victime. Elle se releva.

— Alors ? demanda O'Brien. Le chasseur de monstres voyait juste ? Je perds mon temps à prendre ces clichés ?

Lily lui décocha un regard vif.

— Tu dois suivre la procédure.

— C'est ça… Merci de me rappeler comment je dois faire mon boulot, répliqua-t-il en levant les yeux au ciel.

— Excuse-moi, dit-elle en soupirant pour évacuer sa tension. Oui, Phillips voyait juste. La victime est un humain, mais le tueur est un loup-garou.

— Tu veux dire un « lupin », ironisa-t-il en battant des cils. On a eu une note là-dessus, le terme officiel, c'est « lupins ».

— Peu importe le nom qu'on lui donne, ça reste un tueur, dit-elle en haussant les épaules, agacée par ces appellations politiquement correctes.

Elle lança alors un regard en direction des curieux derrière la barrière :

— Je crois bien que je vais aller faire un tour au Club Inferno ce soir.

QUINZE MINUTES PLUS tard, l'assistant du coroner avait prononcé la mort de la victime, et Lily disposait d'une identité : Carlos Fuentes ; âge : 25 ans. L'adresse sur son permis de conduire indiquait « 4 419 West Thomason, appartement 33 C ». Laissant à Phillips le soin d'éplucher le permis, Lily partit interroger les « bons citoyens ».

Ils étaient au nombre de six : quatre femmes et deux hommes, et le cuir et les piercings semblaient être le thème dominant de leur style vestimentaire, quel que soit leur sexe… ainsi que la peau nue.

Celle qui examinait actuellement le permis glissé dans un sachet plastique portait un pantalon de cuir vert citron, et des lanières de cuir larges de deux bons centimètres en travers de la poitrine : deux petits X marquaient les endroits clés. Elle avait les cheveux blonds là où ils n'étaient pas violets, et arborait sept anneaux à son oreille gauche, trois à la droite, un rubis à la narine et une petite boucle dans le nombril.

Elle se nommait Stacy Farquhar et avait une voix douce et aiguë de petite fille.

— Je sais que je l'ai déjà vu, mais sur les permis de conduire, vous savez, la photo est jamais ressemblante.

Un grand homme squelettique en combinaison de cuir noir lorgnait par-dessus son épaule. Ses cheveux châtain foncé, brillants et soigneusement peignés, lui descendaient au niveau des omoplates. Il ne portait qu'une seule boucle à l'oreille gauche – un vrai diamant, ou sinon une bonne imitation.

— On dirait Carlos Fuentes.

— Carlos ? (La remarque était venue d'une seconde femme, potelée, dont les cheveux teints en noir étaient tressés en une dizaine de nattes. Elle se fraya un passage à travers la foule pour venir scruter le permis dans la main de Lily.) Oh, mon Dieu. C'est lui. Pauvre Carlos.

— Vous connaissez Carlos Fuentes, madame ? demanda Lily.

— Tout le monde le connaît. C'est à dire qu'il… il traîne parfois à la boîte, bredouilla-t-elle en échangeant un regard gêné avec l'autre femme.

— Allez, ça va, s'exclama le grand maigre. C'est pas vraiment un secret. Et puis, ils finiront bien par le découvrir.

— Tu sais quoi, Theo ? répliqua la femme aux nattes. T'es juste un jaloux. Un putain de gros jaloux !

— Moi, jaloux ? C'est toi qui…

— J'arrive pas à croire que tu le balances ! s'écria Stacy Farquhar. Tu sais bien comment les flics vont le traiter !

La femme aux tresses approuva en hochant la tête :

— Ça fait des siècles qu'ils persécutent les lupins. Depuis tou…

— … t'as la rage… T'irais jusqu'à droguer le verre de Rachel pour lui foutre ça sur le…

— La brutalité policière, c'est pas une légende. Rien que l'année dernière dans le New Hampshire…

— … t'arrêtais pas de te frotter à lui mardi dernier. Ça crevait les yeux que…

— À l'époque ils les tiraient carrément à vue, alors si tu crois qu'un lupin va avoir droit à un procès équi…

— Mais il voulait pas ce que tu lui offrais, hein, c'est ça ?

— Ce que t'aurais voulu c'est qu'il change de bord !

— C'est qui, ce « il » ? demanda calmement Lily.

Tous trois se turent et échangèrent des regards coupables.

L'un des hommes – Franklin Booth, corpulence moyenne, le crâne rasé, veste en cuir couleur peau portée par-dessus une chemise noire et un jean clouté – jeta la cigarette qu'il était en train de fumer.

— Pauvre Rachel, dit-il.

Lily se tourna vers lui :

— Rachel ?

— La femme de Carlos. (Il soupira.) En ce moment, elle est dans le club avec…

— Franklin ! l'avertit la fille aux nattes.

— Ça sert à rien, bébé, répondit-il gentiment. Theo a raison. Ils finiront par le découvrir. Et puis il a peut-être un alibi ? Je veux dire, on l'a tous vu là-bas, pas vrai ?

Il y eut un murmure de soulagement, et Stacy clama haut et fort qu'« il » y était resté des heures.

— Rachel Fuentes se trouve en ce moment au Club Inferno ? demanda Lily en s'adressant à nouveau à Booth.

— En tout cas, elle y était quand on est partis.

— En compagnie de qui ?

Le grand maigre se mit à rire :

— Ma foi, qui d'autre excite à ce point les nanas ? Et certains hommes aussi, j'avoue, ajouta-t-il avec un geste de la tête vers la femme aux nattes. Malheureusement pour nous, les lupins sont religieusement hétéros.

— J'accepterais volontiers un nom.

— Rule Turner, le seul et unique. Le prince gratifie de temps à autre le club de sa présence, expliqua-t-il avec un sourire en coin. Ces derniers temps, il gratifie Rachel de beaucoup plus.

Lily avait pour consigne de rappeler le capitaine Randall une fois l'examen préliminaire terminé, ce qu'elle fit sur le chemin du Club Inferno.

Le cliquetis de ses talons sur le trottoir lui inspirait un sentiment d'isolement, malgré le brouhaha qui lui parvenait encore de la scène de crime dans son dos. Lily attribua le malaise qu'elle éprouvait à la brume particulière, si peu habituelle à San Diego. Elle flottait dans l'air, comme une sueur froide. Une chance que Lily ne portait pas de lunettes. D'ailleurs, elle se serait bien passé de ses talons aussi : elle aurait un mal de chien à courir avec.

Remarquez, elle n'était pas censée être de service ce soir.

Elle composa le numéro du capitaine.

Lily ne se rappelait pas du dernier cas avéré d'être humain tué par un lupin, mais une chose était sûre : il n'y en avait pas eu à San Diego depuis qu'un décret de la Cour suprême avait reconnu aux lupins le droit de recevoir un procès en règle plutôt qu'une balle dans la tête. Nul besoin d'être médium pour prédire les gros titres du matin. Cet homicide allait générer des polémiques.

Bien qu'elle eût déjà fait ses armes à la brigade des mœurs et à la criminelle avant d'être promue inspectrice, Lily manquait encore d'expérience. Elle accepta avec philosophie l'idée d'abandonner cette enquête à un inspecteur plus chevronné… Mais avant cela, elle procéderait elle-même aux premiers entretiens.

Randall attendait son appel. Elle eut vite fait de lui résumer les progrès de l'enquête. « Après avoir discuté avec les passants, j'ai suivi les traces laissées par le tueur. Elles ont cessé d'être visibles près de la bordure ouest de l'aire de jeux, mais j'ai pu le pister au-delà. » Lily avait en fait ôté ses escarpins et ses collants et laissé ses pieds nus retrouver les empreintes de magie. Somme toute, elle ne s'était pas sali les pieds pour rien. « La piste s'est éteinte dans une ruelle entre Humstead Avenue et North Lee. »

— Après ça vous avez perdu sa trace ?

— Oui, monsieur. Je crois qu'il s'est transformé entre deux bennes à ce moment-là. (La trace magique sur le béton crasseux était forte, atypique mais tout à fait nette.) Sous leur forme humaine, ils ne laissent pas les mêmes traces que sous leur forme animale.

— Hum… Avez-vous sécurisé la ruelle ?

— Oui, monsieur. Les équipes de techniciens seront sur les lieux d'un moment à l'autre. J'ai laissé O'Brien en charge de la scène de crime.

— Bon sang, qu'est-ce que vous voulez dire ? Où êtes-vous ?

— Devant le Club Inferno, répondit-elle en exagérant légèrement : elle s'en trouvait encore à un demi-pâté de maisons. L'épouse de la victime est apparemment là-bas. Je dois lui annoncer la nouvelle. Je dois également parler à Rule Turner.

Elle ne reconnut un ricanement dans le son rauque au bout du fil que pour l'avoir déjà entendu auparavant.

— Vous essayez de me couper l'herbe sous le pied, Yu ? Relax. Je vous ai pas tirée de la petite fête de votre sœur pour que quelqu'un d'autre se charge de l'affaire.

— Alors c'est toujours mon affaire ?

— C'est vous qui êtes aux commandes, oui. À moins que vous ne doutiez de vos capacités...

— Non, monsieur, pas du tout. Mais je n'ai pas autant d'expérience que certains.

— Vos... euh, talents particuliers, peuvent se révéler utiles. Et la dernière chose dont j'ai besoin, c'est qu'un connard raciste joue les durs avec le prince Nokolaï. Il n'a pas son pareil pour manipuler la presse, et les médias vont nous avoir à l'œil. Alors c'est à vous de jouer. Mais à moins d'obtenir des aveux d'emblée, vous aurez besoin d'aide.

Encore abasourdie, Lily acquiesça machinalement.

— Je peux vous filer Meckle ou Brady.

— Meck... Je veux dire, le sergent Meckle. (C'étaient tous les deux de bons flics, mais Brady n'avait pas l'esprit d'équipe, en particulier avec les femmes et les jeunes.) Dites-lui de demander un aspirateur et du papier à O'Brien. Si les lupins au club coopèrent, je récupérerai leurs chaussures pour le labo et Meck passera l'aspi sur leurs habits.

— Mais le tueur n'en portait pas quand il a égorgé Fuentes, fit remarquer le capitaine.

— Non, monsieur. On ne pourra sans doute pas le rattacher à la scène de crime, mais on réussira peut-être à établir sa présence dans la ruelle où il s'est transformé. Il doit sûrement avoir le sang de Fuentes sur lui. Même si la transformation a effacé toute trace sur son corps, du sang a probablement giclé. Peut-être que quelques gouttes sont restées sur ses chaussures quand il s'est rhabillé, ou qu'autre chose dans la ruelle prouvera qu'il se trouvait là. Ou qu'il a laissé des poils sur les vêtements de Fuentes – des poils de fourrure, je veux dire.

— Bien vu. Ça vaut le coup d'essayer. Je réveille Meck et je vous l'envoie. D'ici là, allez-y mollo avec Turner. Et prévenez-moi si vous procédez à une arrestation. Autrement, je vous attends demain à neuf heures dans mon bureau.

Il y eut un *clic*, suivi de la tonalité.

Lily rangea le téléphone dans la pochette de son sac à dos en fronçant les sourcils. Elle ne faisait pas de fausse modestie : elle savait qu'elle était un bon flic, une bonne inspectrice… mais elle n'était pas le seul inspecteur compétent du commissariat. En revanche, elle y était la seule sensitive. Le capitaine aurait cependant pu avoir recours à ses talents sans lui confier l'enquête. Elle n'avait jamais pris la tête d'une aussi grosse affaire.

Il devait se dire qu'elle était de taille à relever le défi. Et elle comptait bien lui prouver qu'il avait raison.

II

La brume s'était épaissie. Un léger vent aurait suffi à transformer en bruine les gouttelettes en suspension, mais l'air restait désespérément immobile. De vagues halos entouraient les lampadaires, les feux de circulation et les enseignes lumineuses.

Comme celle que Lily contemplait en ce moment. Deux diables en néon rouge armés de minuscules fourches dansaient de part et d'autre d'une inscription rougeoyante indiquant : « Club Inferno ».

— Plutôt kitsch, murmura-t-elle.

L'enseigne évoquait un cabaret gentiment libertin d'après-guerre, rien à voir avec la brutalité réelle du quartier. Depuis quand cette boîte existait-elle au juste ?

— Je me demande si c'est volontaire.

— Pardon ? dit-elle en regardant le jeune homme qui venait de parler.

Il s'agissait de l'agent Arturo Gonzales, l'équipier de Phillips. Il dépassait Lily d'une dizaine de centimètres ; plutôt baraqué, du genre fraîchement sorti de l'armée, mais avec ces bonnes joues rondes que les vieilles dames aiment pincer. Elle l'avait envoyé surveiller l'entrée du club jusqu'à son arrivée.

— Cette boîte doit bien tourner pour pouvoir s'offrir un parking avec gardien. Vous y êtes déjà allé, agent Gonzales ?

— Non, m'dame.

Lily sourit.

— Vous êtes du Sud, je parie.

— Non, m'dame, du Texas.

— Ça revient au même, non ?

Il hocha la tête d'un air grave.

— C'est marrant, cet a priori qu'ont les gens sur le Texas. C'est sûrement comme pour les habitants de Los Angeles : ils ne disent jamais qu'ils viennent de la côte Ouest ou de Californie, juste de L.A.

— Oui. C'est sans doute révélateur. Que savez-vous du Club Inferno ?

— C'est un repaire de loups-garous, répondit-il avec un rictus. Ils y traînent avec leurs groupies.

— N'oubliez pas les touristes un peu aventureux. Eux aussi aiment bien visiter l'endroit, dit-elle en étudiant le jeune policier.

Compte tenu des mœurs sexuelles lupines, la boîte de nuit était vue comme un grand lieu de débauche… ce qui en faisait naturellement un endroit très prisé.

— Le Texas était un des États partisans du tir-à-vue, non ?

— Oui, m'dame, c'est exact. Jusqu'à ce que les juges émettent leur décret.

— Eh bien, ce n'est pas le cas de la Californie. Ici, être un lupin n'a jamais constitué une infraction, tant que vous vous faisiez inscrire.

C'étaient eux qui avaient constitué la clientèle d'origine du Club Inferno : les lupins inscrits, ceux qui avaient reçu des injections empêchant la transformation. Ceux que les gens jugeaient inoffensifs.

— Vos brigades spéciales en ont tué pas mal.

— Seulement ceux qui s'opposaient violemment à l'inscription, ou que la justice considérait dangereux.

En théorie, du moins. Car la loi fédérale exigeait que tous les lupins se soumettent à l'inscription et reçoivent une injection, si besoin par la force. Et cette expression recouvrait une très large palette de possibilités face à des créatures qui pouvaient encaisser plusieurs rafales de balles sans ralentir avant de vous sauter à la gorge.

Tout le monde savait que les lupins étaient hostiles à l'inscription.

— Bon, je vais aller parler aux gens à l'intérieur, dit Lily. Il y aura des lupins parmi eux. Mais ce sont désormais des citoyens à part entière bénéficiant des mêmes droits que les autres. Vous avez intégré ça, ou je dois me faire assister de quelqu'un d'autre ?

Le policier réfléchit. Lily ne savait pas si elle devait être consternée devant le temps qu'il lui fallait pour se décider, ou impressionnée par son honnêteté. Il finit par acquiescer.

— J'imagine qu'on est là pour faire respecter la loi, pas pour juger ce qui est bien ou mal.

— J'imagine, oui, dit-elle en commençant à descendre.

L'entrée du Club Inferno se situait assez logiquement au-dessous du niveau du sol. Un escalier aux marches larges mais courtes conduisait jusque dans un tunnel de pierre. On avait un peu l'impression de descendre dans un donjon, malgré cet éclairage bleu et froid qui donnait à Gonzales l'air d'un mort vivant.

Tout au fond se trouvait une porte métallique, peinte en noir, d'où filtrait de la musique. Lily la poussa.

Aussitôt un mélange de parfums, de sons, de couleurs, assaillit ses sens. Des faisceaux de lumières colorées balayaient une salle caverneuse remplie de tables, de gens, de voix et de musique. Le haut plafond disparaissait dans l'obscurité et les décibels résonnaient à plein volume ; Lily sentit une odeur de fumée.

Pas de tabac ni d'herbe. Pas de bois brûlé, ni quoi que ce soit qu'elle connaisse. Il s'agissait plus d'un parfum que d'une véritable fumée… L'idée que certaines personnes pouvaient se faire du soufre peut-être ?

La musique s'arrêta subitement. Lily sourit en reconnaissant après coup la chanson : *Hotel California*. Apparemment, la direction se faisait fort de coller au thème.

— Bienvenue en enfer, gronda une voix grave sur sa gauche. Il est temps de payer le prix pour franchir le portail.

Lily tourna la tête. Sur un tabouret de bar, près d'un pupitre où trônait une caisse enregistreuse d'époque, était assis un petit homme avec une grosse tête et des épaules robustes. Son costume semblait tout droit sorti d'un vieux film noir et blanc, mais ce n'est pas ce qui intrigua Lily. De la même manière que quelques rares âmes possèdent une beauté exceptionnelle, lui possédait une laideur hors du commun, une laideur fascinante.

Il avait un nez long et mince recourbé au-dessus de sa bouche, pareil à celui d'une sorcière de dessin animé ; comme si celui-ci avait fondu, puis s'était solidifié alors qu'il gouttait encore. L'homme n'avait pas de cheveux, pas grand-chose en guise de lèvres et de menton, et la peau couleur champignon. Ses pieds, grands comme les mains de Lily, pendaient au-dessus du sol.

— Ah ? Il faut payer un droit d'entrée ? demanda-t-elle en clignant des yeux.

— Vingt billets par tête.

— Pas pour moi. Je suis l'inspecteur Yu, dit-elle en sortant son insigne de son sac à dos pour le brandir. Et vous êtes… ?

— Appelez-moi Max, répondit-il en examinant l'insigne d'un air méfiant. Bon, qu'est-ce que vous voulez ?

— Parler à certains de vos clients. J'ai cru comprendre que Rachel Fuentes et Rule Turner se trouvaient ici.

— Qu'est-ce que j'en sais ?

— Je vous conseille de coopérer. Est-ce qu'ils sont ici ?

— Il me semble que oui, dit-il en haussant les épaules.

— Depuis quand monsieur Turner est-il là ?

— Pourquoi ?

— Parce que je suis flic et que c'est moi qui pose les questions. Vous êtes resté à l'entrée toute la soirée ?

— Depuis vingt et une heures.

— Savez-vous depuis combien de temps Turner est ici ?

— Possible.

Il ne dit rien d'autre et se borna à la dévisager. Il avait un regard déconcertant : fixe, pareil à un reptile. Lily pinça les lèvres.

— Je crois que je devrais m'entretenir avec le propriétaire de l'établissement, ou son gérant.

— Y a pas de gérant, et c'est moi le propriétaire. (Il poussa un soupir.) Très bien, très bien. Sa Grandissime Altesse est arrivée vers vingt et une heures quinze, vingt et une heures trente, dans ces eaux-là. Fuentes était déjà là.

Vingt et une heures trente. C'était l'heure la plus probable à laquelle elle estimait la mort de Fuentes, même si elle n'était pas experte.

— Combien de sorties y a-t-il ici ? demanda-t-elle.

— Deux : celle-ci, et la sortie de secours à l'arrière. (Il poussa à nouveau un lourd soupir.) Je déteste les flics.

— Et je devrais m'en soucier ?

— Vous êtes peut-être pas aussi bête que vous en avez l'air, dit-il sur un ton défaitiste, comme s'il plaçait peu d'espoir en cette possibilité. Jolis nichons, par contre. J'aime bien les petits seins. Ça vous dit de tirer un coup ?

Lily resta bouche bée. Ses mains la démangeaient d'étrangler le nabot.

— Ça vous dit de passer les deux prochaines semaines enfermé dans une cellule minuscule ?

— Hé, je demande, c'est tout…

— Conduisez-moi à Rachel Fuentes.

— Elle est avec Turner.

— Alors conduisez-moi à Turner.

— Vous lisez pas les journaux ? Tout le monde sait à quoi il ressemble.

— J'ai vu des photos, répondit-elle.

Le prince du clan Nokolaï était une sorte de célébrité, un habitué des pages people dans les magazines, où il apparaissait en compagnie d'actrices et de mannequins, et parfois d'un politicien ou d'un homme d'affaires. Il défendait la cause de son peuple devant les institutions de Californie comme devant le Congrès, et faisait la fiesta avec le gotha d'Hollywood.

— J'aimerais tout de même que vous me le montriez, insista-t-elle. Ainsi que Rachel Fuentes.

— O.K, d'accord. (Il sauta de son tabouret et apostropha un jeune serveur au torse nu.) Hé, toi ! Bouffon ! Viens t'occuper de l'entrée ! (Il grommela alors à l'intention de Lily.) Bon, vous venez ?

Lily le suivit dans la salle bondée, Gonzales sur ses talons.

Elle sentit son estomac se nouer. Dans quelques minutes, elle annoncerait à Rachel Fuentes que son mari avait été assassiné. Certes, Rachel se payait un peu de bon temps extraconjugal avec un lupin, mais ça ne signifiait pas pour autant qu'elle prendrait la nouvelle de la mort de son mari avec philosophie. Lily savait d'expérience que l'amour revêtait différentes formes, et que toutes n'étaient pas nécessairement évidentes, ni même saines.

Au moins, cette fois, elle n'aurait pas à traiter la nouvelle veuve en suspect. En complice, à la rigueur, mais une chose était sûre : Carlos Fuentes n'avait pas été tué par sa femme, pour la simple raison qu'il n'existait pas de loups-garous femelles.

Son guide râleur et court sur pattes venait de s'arrêter, pour répondre à un couple de clients qui voulait savoir quand commençait le numéro. Une fois reparti, Lily lui redemanda son nom : elle en avait besoin pour son rapport.

— Vous écoutez pas quand on vous parle ? Max.

— Vous avez un nom de famille ?

— Smith.

Smith ? Ce petit amas de malveillance s'appelait Smith ?

Gonzales se rapprocha d'elle et murmura :

— On dirait un gnome.

— Non. Trop grand, et trop méchant. Et puis ce serait bien la première fois qu'on verrait un gnome traîner parmi les humains.

— Un gnome fou alors. Sous stéroïdes.

— Plutôt oui, répondit-elle avec un sourire. Et un peu psychopathe. Mais les gnomes ne peuvent pas acquérir de biens immobiliers.

Cela risquait cependant de changer si le projet de loi sur la citoyenneté des espèces était adopté.

L'endroit était plein à craquer. Ils se faufilèrent à travers un dédale de petites tables noires dont les occupants bavardaient. Au-dessus d'eux, les lumières avaient cessé leur ballet arc-en-ciel pour diffuser un rose un peu trop clair pour l'enfer. Lily vit en levant les yeux que des spots étaient fixés à une structure métallique dans l'ombre au-dessus de leurs têtes.

Des bougies rouges vacillaient sur la plupart des tables, et le centre de la grande salle était occupé par une scène circulaire, pour le moment vide. Plusieurs flammes en néon s'élevaient contre un des murs de pierre, à l'instar de deux escaliers en colimaçon qui disparaissaient dans les ténèbres passé le premier étage.

Lily nota pas mal d'excentricités capillaires et vestimentaires autour d'elle, mais dans l'ensemble, les clients ressemblaient aux clubbers habituels. L'uniforme de Gonzales attira beaucoup l'attention lorsqu'ils atteignirent la piste de danse, qui commençait à se vider maintenant que la musique s'était arrêtée.

À travers la foule plus éparse, Lily vit où Max Smith les conduisait : dans le coin le plus à droite de la salle, où trois grandes tables formaient un petit îlot à l'écart des autres. Lily y compta cinq hommes... et une quantité de femmes.

Tous les hommes étaient bruns, et apparemment de race blanche. L'un d'eux semblait nu, même si la table cachait le bas de son corps. Peut-être s'agissait-il d'un des serveurs, qui étaient tous de jeunes hommes torses nus. Le groupe de femmes était en revanche plus cosmopolite : elle dénombra trois rousses, deux Afro-Américaines, trois blondes, et quatre femmes aux cheveux bruns ou noirs.

Lily avait atteint l'extrémité de la piste quand deux femmes se levèrent. La plus petite avait l'air latino, mais difficile d'être sûre. L'éclairage rose était flatteur, mais pas très utile. Ses cheveux lui descendaient jusqu'en bas du dos et sa robe rouge moulante peinait à contenir son opulente poitrine. Elle se pencha vers l'homme à côté d'elle, celui assis au centre ; l'une des rousses était blottie contre lui.

Il tourna la tête, et Lily entrevit son visage, juste avant que les cheveux de la femme ne tombent, dissimulant ce qui semblait être un baiser passionné.

Rule Turner. Même dans la pénombre, il restait facile à identifier.

Elle avait déjà deviné que le pouvoir autour de cette table était détenu par l'homme assis au centre. Tous les visages étaient instinctivement tournés vers lui, et même les fauteuils étaient disposés de façon à ce que chacun puisse le voir. Elle devait admettre qu'il était l'image même de la débauche élégante : confortablement installé dans son siège, décontracté, sa chemise noire déboutonnée presque jusqu'à la taille, il embrassait une femme tout en en étreignant une autre.

— Monsieur Smith, appela-t-elle, impassible.

Comme le petit homme ne s'arrêtait pas ou ne l'entendait pas, Lily pressa l'allure et lui attrapa l'épaule.

Elle retira aussitôt la main, stupéfaite. La sensation avait été assez forte pour traverser la veste. *Il semblerait que certains gnomes soient bel et bien d'odieux petits pervers,* se dit-elle. *Et loin d'être timides...*

— Quoi ? grogna-t-il en se retournant.

Elle se retint de s'essuyer la main.

— S'agit-il de Rachel Fuentes ? demanda-t-elle en désignant d'un signe de tête la femme qui, après avoir embrassé Turner, quittait maintenant la table avec son amie.

— Ouais.

— Gardez un œil sur elle, dit-elle à Gonzales. Elle va sans doute juste aux toilettes, mais mieux vaut ne pas prendre de risques. Si elle tente de partir, arrêtez-la. Ne lui donnez aucune explication et ne répondez pas à ses questions. Contentez-vous de me l'amener.

Le policier acquiesça et s'éloigna.

— Les hommes à ces tables sont tous des lupins ? demanda-t-elle au gnome.

— Ils passent pas inaperçus, hein ? Notez que moi aussi je peux vous en mettre plein les mirettes. Restez un peu et vous verrez, fit-il avec un clin d'œil.

— Il va me falloir un local à l'écart où interroger ces personnes.

— Hors de question que je vous laisse harceler mes clients !

Lily toisa le repoussant petit homme, si tant est qu'elle puisse lui donner ce nom : est-ce que les gnomes mâles se voyaient comme des hommes ?

— Vous allez discuter ainsi chacune de mes requêtes ?

— Probablement, dit-il en s'approchant des tables.

Lily lui emboîta le pas, et eut pour la première fois l'occasion de voir Rule Turner de près.

Origines européennes, devina-t-elle à ses pommettes sculptées et à son nez aquilin légèrement recourbé. *De belles dents*, ajouta-t-elle, comme il souriait à ce que lui disait un de ses compagnons de table. (Elle distingua entre les cheveux de l'autre homme un tatouage de chiffres argentés, marque indiquant qu'il s'était autrefois soumis à l'inscription.) *Et des sourcils très particuliers*… Lily portait aux sourcils la même attention que d'autres portaient aux épaules ou aux lèvres, et ceux de Turner étaient comme deux accents noirs rappelant l'angle de ses pommettes.

En les voyant approcher, Turner haussa lesdits sourcils d'un air interrogateur. Ses yeux sombres captèrent alors le regard de Lily, et l'espace d'une seconde, elle ne pensa plus à rien.

Bon sang, se dit-elle. *Qu'est-ce que c'était que ça ?*

— … de récupérer ta langue, disait Max. J'ai là une femme pour toi, mais celle-ci prétend être inspecteur de police.

Il ajouta quelque chose dans une langue que Lily ne put identifier et l'un des hommes éclata de rire.

Une chute de glycémie, peut-être ? Mais elle n'avait eu ni vertige ni malaise. Juste… un blanc.

— Ne faites pas attention à Max, dit l'homme au torse nu. Il n'a pas besoin de jouer l'odieux personnage, c'est naturel chez lui.

Lily arrêta son regard sur l'homme qui venait de parler : mince, les cheveux ébouriffés couleur cannelle, il avait le visage le plus parfait qu'il lui ait été donné de voir sur un homme ou une femme. Et un corps incroyable… dont elle voyait une bonne partie, même si la table en cachait quelques détails.

Lily cligna des yeux.

— Vous êtes nu ? demanda-t-elle.

— Pas tout à fait, mon ange. Je porte un string. Je ne voudrais pas que Max ait des ennuis avec la loi.

Le fait qu'elle n'ait remarqué cet adonis quasi nu qu'après coup en disait long sur le charisme de Turner.

— Et vous vous appelez ?

— Cullen. Venez vous asseoir, ma belle, dit-il en se tapotant la cuisse, comme s'il s'attendait à la voir se glisser sur ses genoux. Rule a suffisamment de femmes à ses bras.

— Tandis que toi, non ? rétorqua doucement Turner. (Il avait une voix chaude et nuancée, comme du chocolat fondu. Elle remarqua qu'il ne portait aucun tatouage d'inscription.) Ça reste à voir. Est-ce une visite officielle ?

— J'ai quelques questions à vous poser, monsieur Turner. Je suis l'inspecteur Yu, dit-elle en brandissant à nouveau son insigne.

Il accorda à peine un regard à l'écusson.

— Je serai heureux de vous aider, murmura-t-il sur un ton qui tenait plus d'une invitation très privée. Appelez-moi Rule.

Jamais de la vie.

— Connaissez-vous Carlos Fuentes ?

L'une des femmes se mit à rire, puis fit mine de tousser. Les autres sourirent.

— Nous nous connaissons, répondit Turner, imperturbable. Je vois son épouse, Rachel.

C'était ce qu'on pouvait appeler de la franchise…

— Sont-ils séparés ?

— Non, ils sont très heureux ensemble.

— Eh bien, pour employer le mot « voir » dans un sens moins ambigu, avez-vous vu Carlos ce soir ?

— Non. (Il haussa les sourcils et regarda les autres.) Quelqu'un a vu Carlos ?

Il semblait à leurs murmures et leurs hochements de tête que personne ne l'avait vu. Max alla jusqu'à affirmer que Fuentes n'avait pas mis les pieds au club.

Turner se retourna vers Lily.

— Que se passe-t-il ?

— Depuis combien de temps êtes-vous ici ?

Il tapota brièvement ses doigts sur la table.

— Je vais accepter de répondre à une autre de vos petites questions, ensuite, j'exigerai des réponses : je suis arrivé un peu après vingt et une heures.

— Et depuis, vous n'avez pas quitté les lieux ?

— Non, je pense pouvoir trouver des témoins qui le confirmeront si nécessaire.

Trois des femmes se mirent à parler en même temps.

— Une seconde, demanda Lily en posant son sac à dos pour en sortir son bloc-notes. Il va me falloir vos noms. Vous d'abord, dit-elle en s'adressant à la grande femme noire juste à côté d'elle.

— C'est vraiment nécessaire ? demanda-t-elle, l'air inquiet. Je ne veux pas que mon nom apparaisse dans les journaux.

— Je n'ai aucun contrôle sur ce que publie la presse. Et oui, c'est nécessaire.

La rousse lovée au bras de Turner eut un petit rire :

— Allez, Beth, tu répètes sans cesse que tu te fiches de ce que pense ton mari.

— Ex-mari ! rectifia Beth. À compter de demain. Et il peut bien bouffer les pissenlits par la racine… ce n'est pas lui qui m'inquiète, mais mes associés. Ce ne sont pas exactement des libéraux.

— Tous les cabinets d'avocats sont conservateurs. C'est le métier qui veut ça, plaisanta la rouquine en se redressant.

Elle avait un petit visage piquant qui rappelait celui d'un chat, large au niveau du front et terminé par un menton en pointe; des cheveux coupés très courts, et des boucles en or qui pendaient à ses oreilles. Pas de cuir, mais son haut blanc serré dévoilait assez de peau laiteuse pour laisser deviner qu'il s'agissait d'une vraie rousse.

— Je serai heureuse de témoigner que Rule est ici depuis environ vingt et une heures vingt, inspecteur *Yu*, dit-elle.

Elle avait légèrement appuyé le nom de famille de Lily, d'une manière qui l'interpella.

— Et vous êtes ?

— Ginger, répondit-elle avec un petit sourire. Ginger Harris.

Lily resta bouche bée.

— Tu ne m'avais pas reconnue, hein ? Eh ben, ça fait un bail. T'imagines ? Toi, t'es devenue flic. Et moi… (Elle éclata d'un rire retentissant.) …une traînée.

Turner dit alors quelque chose que Lily ne saisit pas.

Comment avait-elle fait pour ne pas reconnaître les yeux de Ginger ? Leur couleur, leur taille, leur forme… ils étaient si espacés et si enfoncés dans leurs orbites que la paupière supérieure disparaissait presque. Ses pupilles avaient la couleur ambrée d'une bouteille de bière au soleil, et ses sourcils étaient extrêmement fins, tout comme ses cils.

Mais cela faisait si longtemps. La dernière fois que Lily avait vu ces yeux, c'était un peu avant son huitième anniversaire… puis par la suite, dans ses cauchemars occasionnels : Ginger avait les mêmes yeux que sa sœur.

— Tu portes des lentilles, dit-elle, hébétée.

— Non, chirurgie laser. Toi, tu n'as pas beaucoup changé, mis à part quelques centimètres en plus. Toujours la même petite sainte nitouche sérieuse et propre sur elle.

Lily avait envie de lui demander si son monde se divisait entre les saintes nitouches et les traînées. Elle avait aussi envie de demander à Ginger des nouvelles de ses parents, de son frère. Mais à cette heure, un homme était en route pour la morgue : il n'y avait pas de place pour Lily, seulement pour l'inspecteur Yu.

— Il va me falloir une adresse récente.

— Si tu veux qu'on déjeune ensemble, chérie, je te donne mon numéro de portable. Je suis rarement chez moi.

— J'ai besoin de ton adresse pour mon rapport.

Ginger esquissa une petite moue ironique.

— Boulot, boulot, pas vrai ? O.K. Eh bien, j'habite au 22 129 Thornton, appartement 133.

— Bon, intervint Turner, maintenant que nous avons démontré notre volonté de coopérer avec la police, j'aimerais savoir à quelle enquête nous coopérons.

Lily regarda Turner dans les yeux. Il ne se passa rien.

Quelle idiote, se dit-elle. Avait-elle vraiment cru qu'il allait se produire quelque chose ? Son absence passagère résultait sans doute d'une simple petite hypoglycémie. Elle soutint un moment le regard du prince lupin afin de s'en convaincre… et ressentit un tiraillement au fond de ses entrailles : le flot du désir, indubitable et envahissant.

— Meurtre, lui répondit-elle, en espérant que son visage soit aussi indéchiffrable que le sien. Il s'agit d'une enquête pour meurtre.

Tous les convives réagirent, excepté Turner. Lui ne bougea pas d'un millimètre. Au contraire, il sembla s'envelopper d'une aura de quiétude pareille à un champ de force ; un calme assez puissant pour irradier ceux qui l'entouraient et les amener peu à peu à se taire. Il ne prononça qu'un mot :

— Qui ?

— Carlos Fuentes.

« Bon Dieu ! » s'écria l'un des hommes, tandis qu'une des femmes soupirait : « Oh, non, pauvre Rachel » ; quant à l'adonis, Cullen, un profond soulagement traversa rapidement son visage.

Le regard de Turner se posa soudain derrière Lily.

— Faites preuve de ménagement avec Rachel, dit-il avant de se lever pour quitter la table.

Elle se retourna : Rachel Fuentes revenait.

De loin, tout ce que Lily avait vu d'elle, c'était sa poitrine volumineuse et sa magnifique chevelure. Maintenant qu'elle la voyait de près... elle cligna les yeux de surprise.

À en croire les magazines, Turner était sorti avec quelques-unes des plus belles femmes du pays. Rachel Fuentes n'en faisait pas partie.

Elle était jeune, à peine plus de vingt ans, mais hormis sa chevelure effectivement très belle, et sa poitrine avantageuse, tout le reste était moyen. Elle avait sept ou huit kilos de trop, aux mauvais endroits, le visage étroit, et son grand nez aquilin donnait l'impression que ses yeux étaient trop rapprochés. Ceux-ci n'en restaient pas moins son point fort : ils étaient grands, sombres et lumineux. Elle avait la mine enjouée.

— Qu'est-ce qu'il y a, je t'ai manqué ? dit-elle comme Turner s'approchait d'elle pour lui prendre les bras et les passer autour de son cou.

— Il y a là un policier qui souhaite te parler, dit-il doucement. Elle a une mauvaise nouvelle à t'annoncer, *querida*.

Elle perdit son sourire en même temps que ses couleurs. Lily s'avança. Il n'y avait pas de bonne façon d'annoncer ce genre de chose.

— Je suis vraiment désolée, madame Fuentes. Votre mari a été victime d'un meurtre dans la soirée.

— Un meurtre ? répéta-t-elle en secouant la tête. Non, vous devez vous tromper. Il est à l'église. Il avait une répétition. Il est chanteur. Vous le saviez ? Il a une voix magnifique. Il... (Son visage se crispa.) Vous... vous faites erreur.

Avec autant de ménagement que possible, Lily lui communiqua l'essentiel des informations : le lieu et les circonstances de la mort, l'identification de son mari rendue possible grâce à son permis de conduire et à ce qui restait de son visage.

Le fait aussi qu'il avait été tué par un loup.

Rachel Fuentes frissonna. Elle se mit à pleurer. Lily croisa un instant le regard de Turner. Rachel ne semblait pas percevoir l'ironie d'être réconfortée de la mort de son mari par son amant. Rule Turner, lui, la percevait très bien.

III

QUATRE HEURES PLUS tard, le Club Inferno s'était vidé de ses clients ainsi que des policiers. L'air était chargé d'un mélange de parfums, un bouquet indistinct que Rule était incapable de démêler sous sa forme humaine : alcool, fruits, fumée, sueur, odeurs humaines. Sans parler de ce foutu encens dont Max était si friand, censé évoquer le soufre.

Et cette femme. Elle était partie depuis plus d'une heure, pourtant il continuait de sentir son parfum.

Ou peut-être qu'il s'imaginait la chose. Rule s'assit en soupirant dans le fauteuil qu'il avait occupé tout à l'heure, et composa un numéro qu'il connaissait mieux encore que le sien ; Max et Cullen étaient partis se servir un verre au bar afin de le laisser seul un moment.

Au bout de neuf sonneries, une voix de femme ensommeillée répondit :

— J'espère bien que c'est important.

— Je dois parler au Rho, Nettie.

— Je lui dirai de te rappeler une fois qu'il sera réveillé. Il dort pour le moment, du sommeil naturel, mais il en a également besoin…

— Tu ne comprends pas. Je n'ai pas demandé si je pouvais parler à mon père. Ton Lu Nuncio exige de converser avec son Rho.

Il y eut un moment de silence.

— Bon sang, tu as vraiment le sens de la formule ! Tu as gagné, je vais lui apporter le téléphone… autrement je n'arriverai pas à dormir tranquille. Mais si son état s'en ressent, tu auras affaire à moi.

— Prends un ticket et fais la queue.

Elle marmonna quelque chose à propos des lupins et de leur tact. Il entendit des bruits de mouvement, puis reconnut la voix de son frère aîné. Sorti de sa retraite juste à temps pour sauver la vie de leur père, Benedict était resté à son chevet. Un moment plus tard, son père prit le combiné.

— Allô ? dit Isen Turner.

Sa voix grave et rocailleuse avait conservé sa force, mais après tout, il avait toujours ses deux poumons.

— Le mari d'une de mes maîtresses a été tué cette nuit. La police pense que le tueur est un lupin.

Il y eut un long blanc.

— On t'a arrêté ?

— Non, mais je suis bien évidemment suspecté. Ainsi que tous les lupins présents au club. Je me suis montré très coopératif, dit-il en posant sur ses pieds nus un regard amer. Ils nous ont demandé de nous déshabiller.

— Quoi ?

— Ils ont été très respectueux.

Et il avait ri intérieurement devant la mine choquée de la jolie inspectrice quand il s'était soumis à sa requête avec un empressement inattendu, et qu'il avait commencé à descendre la fermeture de son pantalon. Elle l'avait arrêté dans son geste bien sûr… mais il avait lu dans son regard qu'une partie d'elle souhaitait qu'il continue.

Elle s'était fait violence.

— On m'a conduit dans les toilettes des hommes, et là, on

m'a obligé à monter sur une feuille de papier blanc et à me déshabiller. Ensuite, un policier a minutieusement fouillé mes affaires.

— Qu'est-ce qu'ils cherchaient ?

— Des preuves, je suppose. Même si je ne vois pas ce qu'ils espéraient trouver si le tueur était loup. Mais l'inspecteur Yu n'est pas stupide : ils pensaient sans doute trouver quelque chose qui prouverait notre présence sur la scène du crime – qui, soit dit en passant, se trouve être un terrain de jeux à deux pas d'ici.

— Que penses-tu de lui ?

— D'elle. (Rule prit un moment pour ordonner ses pensées et garder les plus personnelles pour lui.) Intelligente, déterminée, sans doute ambitieuse. Elle ne m'apprécie guère, cependant, elle n'a pas encore décidé si j'étais coupable ou non. J'ai l'impression que mon alibi ne couvre pas l'heure à laquelle Fuentes a été tué.

— Ton alibi ?

— Pas mal de personnes peuvent attester de ma présence au club à partir de vingt et une heures trente, et notamment des humains – ce qui est une bonne chose. Mais j'étais seul du début de la soirée jusqu'à mon arrivée au club.

— Mmmh. Je peux facilement te fournir des témoins pour cette période, mais ce seront tous des lupins. Les flics et les jurys n'accordent aucun crédit au témoignage d'un lupin.

— Ils ont peut-être raison, fit Rule en souriant.

— Peut-être bien, répondit Isen avec un petit rire. Bon, voici ce que tu vas faire : tout d'abord, tâche de t'assurer que cet homme a bel et bien été tué par un lupin. Ce ne serait pas la première fois qu'un humain essaie de nous imputer un de ses méfaits.

— J'y ai pensé. J'ai discuté avec un journaliste qui se dit prêt à partager ses informations, mais il n'a encore rien. Cependant, aux dires de Cullen…

— Rien ne prouve qu'il voie juste.

— Il avait prédit l'attaque contre vous.

— Mais il nous a avertis trop tard, non ? S'il cherchait à me convaincre de sa bonne foi, alors… Calme-toi, mon garçon, je sens presque ton poil se hérisser à travers le téléphone. Je sais que c'est ton ami, et je ne dis pas qu'il se trompe. Mais je ne prends pas tout pour argent comptant. C'est un sans-clan.

— Mais pas un hors-la-loi.

— Un paria est par définition un renégat.

Rule ne trouva rien à répondre.

— On sait qu'il se trame quelque chose, dit-il.

— Mais pas quoi, ni qui est derrière cela, répondit Isen d'une voix lasse. Nous ne disposons que de conjectures, et j'ai besoin d'éléments concrets. Il se peut que la police en ait. Je dois savoir ce qu'ils ont découvert, et toi, tu dois échapper à la prison. La solution évidente serait donc que tu séduises cette jolie inspectrice.

Rule fut estomaqué. Tout ce qu'il put dire, une fois son souffle revenu, fut :

— Qu'est-ce qui vous fait dire qu'elle est jolie ?

Nouveau rire caverneux.

— Tu peux cacher des choses à bien des personnes, mais pas à moi. Je ne suis pas seulement ton Rho. Je suis aussi ton père. Tu crois que je ne devine pas quand une femme te plaît ?

Isen eut d'autres questions à poser à son fils, et d'autres consignes à lui communiquer, auxquelles Rule répondit, à moitié attentif. Sa raison lui hurlait d'expliquer à son père qu'il ne pouvait pas séduire Lily Yu, pour la simple raison qu'elle était… peut-être… Il ne cessait de se répéter que ce n'était pas sûr. Il n'en savait rien. Une si légère trace olfactive n'était pas une preuve.

— Sans forcément la séduire, dit-il, il serait bon que je lui fasse part de certains de nos soupçons.

— Ne lui dis rien ! ordonna Isen. Elle ne te croira pas, et cela t'empêchera de gagner sa confiance.

— À votre voix, je devine que Nettie vous a réveillé trop tôt.

— Vous pensez tous en savoir plus que moi sur mon propre organisme… Oui, bon sang ! cria-t-il à Nettie, dont Rule distingua la voix en fond. Je sais que tu as un bout de papier affirmant que c'est le cas. Crois-tu réellement que ça m'impressionne ?

Rule imaginait parfaitement Nettie, debout près du lit de son patient, les bras croisés. Il l'entendit rétorquer à son père qu'elle en savait beaucoup plus que lui sur son propre organisme, et qu'il pouvait s'en estimer heureux, vu qu'il n'était qu'un imbécile.

— Nous pensons que vous n'avez aucune idée de vos limites, lui expliqua Rule avec davantage de diplomatie. (Le ton querelleur de son père le préoccupait : Isen n'était pas un homme porté à la dispute.) Et puis pour être honnête, j'ai peur de Nettie. Elle m'a déjà menacé, vous savez.

La plaisanterie tira un faible rire au Rho.

— Je te crois volontiers. C'est un satané tyran… Non, je t'interdis de faire ça !

La dernière remarque ne s'adressait pas à Rule mais à Nettie. Rule assista à distance à la chamaillerie qui s'ensuivit, et dont Nettie sortit vainqueur. Quelques minutes plus tard, elle reprenait le combiné :

— Je l'ai replongé en somnie. Cette fois, il y restera vingt-quatre heures.

Rule se frotta la tête d'un air songeur.

— Il va être assommé après une si longue somnie. Mais évidemment, si c'est pour son bien…

— Rule, tu as vu ses blessures. Il peut guérir de tout, mais tant qu'il n'aura pas régénéré ce qu'il a perdu, je doute fort que son état se stabilise. Alors à moins que tu ne lorgnes sur sa place…

Il poussa un grognement.

— Ne sois pas si susceptible. Que ça te plaise ou non, tu es l'héritier. Si le Rho meurt, c'est toi qui lui succèdes. Et certains peuvent se demander si ce n'est pas secrètement ton souhait.

— Tu ne m'as toujours rien dit sur l'état de santé du Rho. Comment est-il réellement ?

— Têtu. Soucieux. Et plus âgé qu'il ne veut le reconnaître. La douleur est difficilement supportable, et il guérit moins vite qu'il fut un temps. Mais il refuse d'aller à l'hôpital… Non, ne perds pas ton temps à m'expliquer, je comprends ses raisons. Mais s'il ne peut s'aider de la technologie pour tenir pendant sa guérison, il va devoir passer beaucoup de temps en somnie.

Rule sentit l'angoisse lui serrer la gorge : il n'était plus un enfant, et c'est à peine si les événements laissaient une place à son rôle de fils.

— Fais ce qui est bon pour lui, dit-il.

— Je n'aurais pas dû le laisser sortir de somnie aussi tôt, admit-elle. Il m'a bernée en contrôlant ses signes vitaux assez longtemps pour… Enfin bref : ne t'inquiète pas pour ce qui se passe ici. Ton père va guérir et, entre-temps, le Conseil prend les choses en main.

Bon sang. Il aurait tant voulu être à Clania avec eux. La coutume lui interdisait de se trouver auprès de son père pendant son rétablissement, mais elle ne le bannissait pas de Clania même. C'était son frère aîné qui en avait décidé ainsi. En théorie, Benedict n'avait pas autorité pour interdire au Lu Nuncio l'accès à Clania, mais sa décision était appliquée avec soumission. Nul ne contredisait Benedict sur les questions de sécurité. À dire vrai, la plupart des gens ne le contredisaient pas tout court.

Il savait le Rho en sécurité, c'était déjà ça. À moins d'une attaque de l'U.S. Air Force, rien ni personne n'atteindrait leur père tant que Benedict serait là.

— Embrasse Toby pour moi, demanda-t-il à Nettie. On reste en contact.

Une fois qu'il eut raccroché, Rule resta assis un moment à réfléchir. Il avait peur. Pour son père, pour les siens, et pour lui-même. Ce n'était franchement pas le bon moment pour voir le chef des Nokolaï réduit à l'incapacité.

Bien sûr, c'était exactement le but recherché par les agresseurs d'Isen. Rule se leva et rangea son téléphone dans la poche de sa veste. Il se dirigea alors vers le bar, et l'unique odeur qui l'attirait pour le moment.

— Ah. Mon café est prêt.

— Je ne sais pas comment tu fais pour boire cette lavasse, s'exclama Max.

Cullen fit glisser une tasse le long du comptoir en souriant. Son contenu avait été préparé à partir de la réserve de grains personnelle de Rule.

— Ça nécessite un certain palais, répondit-il en dissimulant la tension dans sa posture. (Il contrôlait également son expression et sa voix, ainsi que son odeur, dans une certaine mesure. En revanche, impossible de calmer les fourmillements dans son estomac, qui s'agitait comme un chihuahua sous caféine.) Cet endroit craint une fois les lumières allumées, observa-t-il en se glissant sur un tabouret.

Max posa sur le comptoir sa propre tasse, qui ne contenait pas du café mais très probablement du whisky irlandais, et sauta sur le tabouret d'à côté.

— Normal : l'enfer, ça craint, dit-il.

— Mais là, ça ressemble davantage à l'enfer au réveil. Comme une fête foraine en plein après-midi, avant que les lumières et la musique fassent d'un décor glauque un lieu de mystère.

— Il est cinq heures du mat', sacrebleu, qu'est-ce que t'espérais ? Et puis évite de parler de fêtes foraines. Ça me rappelle l'époque où je devais amuser la galerie.

— On t'a exhibé dans les foires ? demanda Cullen à l'autre bout du bar. (Il était nerveux et ne pouvait s'empêcher de jouer avec une chose puis une autre.) C'était avant ou après la guerre ?

— Laquelle ? Les humains sont si cons. (Il leva sa tasse et en descendit la moitié avant de lâcher un rot satisfait.) Fous la paix à mes verres !

Cullen continua de caresser le verre qu'il venait d'attraper.

— La Seconde Guerre mondiale. Celle sur laquelle tu fabules sans arrêt.

— Sale envieux, lança Max en secouant la tête d'un air triste. La jeune génération est rongée par la jalousie, et par le manque de respect.

Cullen regarda Max incrédule.

—Tu me classes dans la jeune génération ?

—Vous n'êtes que des jeunots, tous autant que vous êtes. Des enfants courant comme des fous pour oublier combien la vie est brève. (Max tira de sa veste un étui en argent, l'ouvrit, et choisit l'un des cigares bon marché dont il aimait empoisonner l'air.) Voyez comment vous idéalisez la vérité : « dire » la vérité, « trouver » la vérité, ricana-t-il. « Trouver la vérité » ! Comme si elle traînait quelque part en attendant qu'on la trouve. Puéril ! Les gens vivent de fables, pas de vérités. Tout ce que vous voulez, c'est des réponses, pour ne pas avoir à cogiter par vous-mêmes. (Il sortit son briquet.) Je dois reconnaître que réfléchir bouffe du temps.

—Stop, dit simplement Rule d'une voix lasse.

Max s'arrêta et scruta Rule un moment. Il reposa le briquet.

—Comment va ton père ?

—Le Rho est en voie de guérison. Excuse-moi si je t'ai laissé croire que j'avais un problème. (Rule grimaça.) Un de plus, je veux dire.

—Tu n'as pas l'air dans ton assiette, dit Cullen avec étonnement.

Rule prit un moment pour chercher ses mots. Max et Cullen étaient ses amis, et pour l'heure, ils étaient également des compagnons d'armes, en quelque sorte. Mais ils n'étaient pas Nokolaï.

—Aucun de nous ne s'attendait à les voir agir si tôt. Et je ne pensais pas que l'attaque me toucherait aussi personnellement, dit-il en repensant à Rachel, à ses yeux rouges et gonflés où rien ne subsistait que le chagrin. J'aurais dû le prévoir.

—Les regrets sont l'expression la plus inutile de la culpabilité, déclara Cullen. Ils arrivent toujours trop tard.

—C'est leur propre, non ? (Rule changea de sujet et prit un ton solennel.) À propos, le Rho te fait part de la gratitude des Nokolaï, et t'accorde l'aide et l'hospitalité du clan pour un cycle lunaire.

— Tu remercieras le Rho, répliqua Cullen d'un ton désinvolte, les doigts serrés sur le verre qu'il frottait. La vieille crapule. Je suis surpris qu'il ne m'ait pas offert du fric.

— Le Rho connaît parfaitement la valeur de l'argent : il saisit tout à fait ce qu'il peut et ce qu'il ne peut pas acheter. Il ne voulait pas t'insulter avec cette offre, Cullen.

L'autre haussa les épaules et replaça le verre sur le support métallique au-dessus de sa tête.

— Possible. N'empêche, j'ai bien envie de me pointer à Clania pour un mois, histoire de lui hérisser le poil.

— Tu as besoin d'un garde du corps, lança soudain Max à l'adresse de Rule. On savait qu'ils s'en étaient pris à Isen, on aurait dû se douter qu'ils chercheraient aussi à se débarrasser de toi…

— Tuer Carlos n'est pas le moyen le plus sûr d'y parvenir. D'ailleurs… (Rule fronça les sourcils.) Ça ne colle pas. Pourquoi prendre le risque d'une enquête ?

— Peut-être par excès de confiance ? fit Max en haussant les épaules.

— Ou peut-être qu'ils ont une raison, intervint Cullen, qui jouait à présent avec les bouteilles de vin, les réorganisant selon un ordre ésotérique. Pour l'instant, ils ont réussi tous leurs coups.

— Mais ça n'a rien changé au score, rétorqua Max. Ils ont essayé de tuer Isen, et ont échoué. Aujourd'hui, ils tentent de mettre Rule sur la touche, mais leur machination est foireuse. Arrête ça ! siffla-t-il en voyant Cullen déplacer une autre bouteille. Mon barman ne va rien retrouver !

— À supposer qu'on ne se méprenne pas sur leurs objectifs, souligna calmement Rule. Isen n'est pas mort, mais il est écarté pour un bon moment, et ça peut tout aussi bien servir leurs desseins. On ne sait pas pourquoi ils ont tué Fuentes… Quant à moi, je vais peut-être finir en prison.

— Tu n'iras pas en prison, affirma Max.

Cullen se tourna vers lui.

— Enlève tes lunettes roses ! Elles ne te vont pas. Rule a raison. La stratégie de nos adversaires est subtile, on ne peut pas se permettre de les sous-estimer.

Max renifla.

— Ta boule de cristal passe des redifs de *Mission impossible* ou quoi ! « Subtile », c'est juste une autre façon de dire : « tirée par les cheveux ». En pratique, plus le plan est élaboré, plus il a de chances de capoter.

— Parfois, oui. (Cullen ramassa le briquet de Max, l'alluma, et observa la flamme.) On raconte qu'on a vu une banshie au Texas.

— Alors, c'est de ça qu'il s'agit ? ricana Max. De signes et de présages ? Le grand méchant loup-garou fait dans son froc parce qu'un imbécile ne sait pas distinguer un fantôme hurleur d'un feu follet ? Et au Texas par-dessus le marché !

Ce détail constituait apparemment la meilleure partie de la plaisanterie pour Max, car il se frappa la cuisse en riant et manqua de tomber de son tabouret.

Cullen ne répondit rien, mais son visage se crispa et ses pupilles s'étrécirent… La flamme du briquet grandit brusquement de trente centimètres et jaillit en direction de Max.

— Holà ! s'écria le gnome, en tombant cette fois-ci de son tabouret pour atterrir sur ses fesses. Espèce de taré ! Tu cherches à déclencher l'alarme incendie ? Ou à réduire le club en cendres ? Je me vois mal expliquer aux pompiers ou à mon assureur que mon cinglé de pote métamorphe a du mal à garder son sang-froid !

Il se leva en grommelant et en se massant la hanche.

— Cullen, dit simplement Rule. (L'autre le regarda. Au bout d'un moment, ses yeux retrouvèrent leur aspect normal et le feu s'éteignit.) Je ne trouve pas ça drôle. Qu'est-ce que tu proposes ?

— J'ai jeté les astragales après le départ des flics, répondit Cullen.

Max leva les yeux au ciel.

— Encore ces enfantillages…

Rule savait peu de chose sur la divination, mais tout le monde s'était à un moment ou un autre essayé au jeté d'osselets – généralement, comme le disait Max, à l'adolescence, quand l'attrait de l'interdit était au plus fort et le bon sens au plus bas. Au mieux, les résultats n'étaient pas fiables, du moins c'est ce qu'il avait toujours pensé. Mais lorsqu'il était pratiqué par un sorcier issu de la Souche ?...

— Conclusion ? demanda-t-il, dubitatif.

— J'ai demandé des détails sur votre ennemi, et j'ai obtenu... ça.

Il tira une poignée d'osselets de sa poche et les fit rouler sur le comptoir. Ils affichaient une fatidique série de uns. Un seul et unique point, sur chaque face de chacun des six osselets.

Il y eut un moment de silence, puis Max souffla :

— Ça par exemple !

Rule avait la bouche sèche.

— J'imagine qu'il y a peu de chances que tu aies inconsciemment provoqué ce résultat ? Par accident je veux dire.

— À peu près autant que tu en as de te changer en chaton à la prochaine pleine lune.

— L'œuvre d'un autre sorcier ?

— Ça m'étonnerait, dit Cullen, dubitatif.

— Certaines fées peuvent influencer le résultat d'un jeté, intervint Max. Je vois pas pourquoi elles feraient ça, mais qui peut dire les motivations d'une fée ?

— On peut aussi aller à l'évidence, dit Cullen en regardant Rule.

— Oui, répondit celui-ci, la mine grave. Peut-être qu'un des Anciens s'est réveillé pour semer le trouble...

IV

AVEC SES PLAFONDS bas et ses rampes sinueuses, le parking souterrain du Q.G. de la police évoquait toujours à Lily les entrailles d'un monstre de béton. Son portable sonna alors qu'elle s'engageait dans un nouveau boyau solide au volant de sa vieille Toyota.

Elle grimaça en lisant le numéro mais répondit néanmoins :

— Bonjour, mère. Je suis un peu pressée par le temps. Le capitaine m'attend dans son bureau à neuf heures.

— Le capitaine ? Tu as des ennuis ?

Pourquoi sa mère supposait-elle ça ? Ce n'était pas comme si Lily avait eu coutume d'avoir des ennuis étant gamine, bien au contraire.

— C'est juste un briefing, une sorte de réunion, tu vois ? À laquelle assistent les gens qui ont de vrais boulots.

Silence au bout du fil. Lily souffla bruyamment. Sa mère pouvait placer plus de reproches dans un silence que la plupart des gens dans un flot d'injures.

— Excuse-moi, dit Lily. Je manque de sommeil.

— Ça ne prendra qu'un moment. Tu es partie la nuit dernière sans me donner de date précise pour les essayages.

— Je suis en train de descendre dans le parking. Je n'ai pas mon agenda à portée de main.

— Dans ce cas, appelle-moi quand tu l'auras devant toi. Vraiment, Lily, l'amie de ma cousine est une femme très occupée, et elle nous accorde une jolie réduction. Un peu de courtoisie. Tu lui as déjà posé un lapin, et ta robe de demoiselle d'honneur a simplement besoin d'une retouche. Le corsage ne ressemblait à rien sur toi.

Lily avait envie de lui répondre qu'aucune retouche au monde ne pourrait arranger une robe couleur vomi, mais elle avait suffisamment d'ennuis comme ça.

— Je vérifie mon emploi du temps et je te réponds par mail, O.K ? Ce sera plus rapide que le téléphone.

Sa mère n'était pas fan des courriers électroniques, mais elle accepta malgré tout le compromis. Elle se lança alors dans une description détaillée du dernier pépin en rapport avec le mariage. La mère de Lily tenait mordicus à ce que sa fille aînée se marie en grande pompe.

Lily se gara sur sa place habituelle dans les entrailles du parking, absorbée en grande partie par le rapport qu'elle avait rédigé avant de quitter son appartement.

— Mmmh, fit-elle en attrapant son sac à dos avant de fermer et de verrouiller les portières.

Ce n'est qu'alors qu'elle saisit ce que sa mère venait de dire : il fallait apparemment modifier le menu pour le dîner de répétition, la sœur du marié étant allergique au gingembre.

— Lily ? Ça va ?

Lily se rendit compte qu'elle venait d'émettre un petit claquement de langue.

— Tu as parlé de gingembre et ça m'a rappelé que j'avais revu Ginger Harris la nuit dernière[1].

Sa mère laissa échapper une de ces exclamations typiquement chinoises, comme un « hé ! » très court. Il s'agissait d'un signe manifeste d'inquiétude. L'accent de Julia Yu était d'ordinaire aussi californien que celui des Beach Boys.

---

[1] *« Gingembre » se dit « ginger » en anglais (NdT).*

— Ginger Harris ? Pourquoi cherches-tu à la revoir ? Que se passe-t-il ?

— Je n'ai pas cherché à la revoir, ça s'est fait par hasard, dans le cadre de mon affaire. Tu sais ce que sont devenus les Harris ? Où ils ont déménagé ?

— Ce n'est pas sain, Lily. Je croyais que tu avais tiré un trait sur tout ça.

— C'est le cas. (Sauf pour les cauchemars, mais ils étaient rares.) C'est pour le travail, mère.

— Je ne sais pas où ils sont allés, je ne m'en souviens plus. Je suppose que je pourrais le demander à Doris Beaton. (Sa mère lui tendait de toute évidence une perche.) Je crois qu'elle et la mère de Ginger sont restées en contact.

— Ce serait gentil de ta part, répondit Lily en appuyant sur le bouton de l'ascenseur.

— Je ne comprends pas pourquoi tu cherches à te renseigner sur les Harris.

— Je ne suis pas encore sûre. Les enquêtes avanceraient beaucoup plus vite si on savait quels éléments sont vraiment importants. (Était-ce une intuition ou le rappel des souvenirs qui lui causait ce picotement sur les bras ? Elle se frictionna pour chasser la sensation désagréable.) En tout cas, merci de proposer de contacter madame Beaton. Je sais que ça t'angoisse d'aborder le sujet.

— Il ne s'agit pas de moi, Lily. C'est pour toi que je m'inquiète.

— Je sais. Je vais bien.

Mais il avait toujours semblé à Lily qu'il s'agissait tout autant de sa mère que d'elle : cet événement avait laissé un tel traumatisme dans sa vie… Elle avait eu beau faire de son mieux pour en nettoyer les traces, elles finissaient toujours par resurgir.

— L'ascenseur est là. Je vais y aller, dit-elle.

Julia lui dit au revoir en lui rappelant de vérifier son agenda, et Lily rangea le téléphone dans son sac à dos avant d'entrer dans le petit caisson de métal.

Avec soulagement, elle ramena son esprit à l'affaire, avec ses faits et ses hypothèses. Des bribes… c'était tout ce dont elle disposait : une quantité confuse de pièces sans la vision globale nécessaire pour reconstituer le puzzle. Elle avait relevé beaucoup de témoignages, mais la vérité s'y mêlait sans doute au mensonge, et à toutes sortes de faux-fuyants, omissions ou simples erreurs.

Dans ce genre d'enquête, établir l'heure exacte de la mort constituait le point de départ. Peut-être le laboratoire émettrait-il d'ici peu un rapport préliminaire. Et même si ce rapport ne lui apprenait pas grand-chose, il pourrait au moins confirmer que le tueur était un individu de la Souche.

La science reposait sur un socle de phénomènes infaillibles : l'eau bouillait à 100 °C au niveau de la mer, quelle que soit la cause de cette ébullition ; mélangez du nitrate de potassium, du soufre et du charbon de bois dans les bonnes proportions et vous obteniez immanquablement de la poudre à canon. Jamais on n'avait vu une seule poignée de bicarbonate de soude ou de poussière d'or venir compliquer l'expérience.

Mais la magie était une force capricieuse faisant de chaque individu un cas particulier. Les cellules et les fluides corporels des gens de la Souche – êtres magiques par leur nature même – ne réagissaient jamais de la même façon d'une analyse à l'autre. De ce fait, il était souvent plus simple pour un sensitif de repérer les traces magiques que ces individus laissaient dans leur sillage que pour les gars du labo d'y voir clair.

L'ascenseur s'arrêta bruyamment au premier étage pour accueillir deux autres personnes. Lily regarda sa montre : elle aurait dû prendre les escaliers.

Si le parking s'apparentait aux entrailles de la bête, les ascenseurs constituaient son système sanguin. Ainsi, les troubles moteurs du bâtiment s'expliquaient par une insuffisance circulatoire : tout le monde savait combien les ascenseurs étaient lents et vétustes.

L'appareil réussit toutefois à la déposer au troisième étage. Elle regarda à nouveau sa montre en poussant la porte de la brigade criminelle : si elle se dépêchait, elle aurait peut-être le temps d'attraper un café.

— Salut, Lauren, lança-t-elle à la robuste blonde assise au premier bureau ; trois des cinq bureaux étaient occupés, celui de Meck était vide.

— Meck est arrivé ? demanda Lily.

— J'ai l'air d'une réceptionniste ? répondit Lauren, les yeux plissés devant son écran, sans s'arrêter de taper. Merde à la fin ! Pourquoi tout le monde me prend pour la réceptionniste ?

— Sans doute à cause de ton sourire avenant, rétorqua Lily. On se sent immédiatement la bienvenue.

Meck était probablement dans les parages. Il devait se douter qu'elle souhaiterait lui parler avant de présenter son rapport à Randall. Elle se dirigea vers la cafetière.

Sean Brady leva les yeux du dossier qu'il étudiait, sourit, et hurla comme un loup.

— Bordel, murmura la femme qui occupait le bureau d'à côté. Ferme-la, tu veux ? Personne, je dis bien personne, te prendra jamais pour un lupin.

T.J. passa la tête par la porte de son bureau.

— Hé, quelqu'un a vu ma... Oh, salut, Lily !

Il sourit et échangea un regard avec Brady. T.J. était entré dans la police à l'époque où Dieu était encore jeune, et avait passé presque tout ce temps à la criminelle. Il avait des cheveux de Père Noël, des lunettes à montures dorées, un visage plus plissé qu'un basset hound et un sens de l'humour consternant. Peut-être devrait-elle vérifier qu'il n'y ait pas de piège sous son bureau, songea Lily.

— Quelqu'un a vu Meck ? demanda-t-elle.

La cafetière était quasiment vide, comme toujours ou presque. La règle voulait que celui qui la finisse prépare la prochaine cafetière, aussi tout le monde s'efforçait-il d'y laisser une goutte au fond. Lily se versa quelques gorgées de café dans un mug sur lequel on pouvait lire : « Les ovnis existent, pas l'armée de l'air. »

— C'est à nous que madame s'adresse ? plaisanta Brady. Devons-nous ôter nos « couvre-chefs » avant de répondre à madame ?

Lily leva les yeux au ciel.

— Au secours… Brady a découvert un nouveau mot.

— Je me demandais, c'est tout. Vu que maintenant tu fréquentes le gratin. Le prince, dit-il en poussant un nouveau hurlement.

— Que quelqu'un lui remette sa muselière, par pitié ! s'exclama Lily en se dirigeant vers ce qu'elle aimait appeler son bureau.

Il s'agissait à vrai dire d'un simple recoin en L dans le fond de la salle, dépourvu de porte ou de fenêtre, mais cela constituait néanmoins son coin à elle, où Lily avait logé son bureau, quelques meubles de rangement, une seconde chaise, un philodendron à l'agonie et un lierre en pot qui s'élançait fièrement à la conquête du monde.

— Tu vois, Brady, lança Lauren, je parie que t'as pas la moindre idée de ce que c'est qu'un couvre-chef.

— J'ai déjà trouvé le « chef », fit-il en se tâtant l'entrejambe. Tu veux faire sa connaissance ?

— Continue et je t'arrête pour outrage à la pudeur !

— Meck garde l'entrée de ton domaine, dit T.J. à Lily en passant devant elle.

Elle se retourna vers lui.

— Tu as les yeux qui brillent, T.J. Je n'aime pas ça…

— Si jeune et déjà si cynique, répondit-il en secouant la tête, avant d'ajouter avec un sourire : J'espère que tu apprécieras notre petit cadeau.

Oh, punaise. Lily s'approcha de son bureau, sur ses gardes : elle n'avait pas la moindre idée de ce qu'ils avaient pu lui concocter. A priori, si Meck était là, elle pouvait écarter l'éventualité d'une blague. Meck était tout l'opposé de Brady et de T.J., un vrai modèle d'austérité. S'ils lui avaient scié sa chaise, nul doute qu'il le lui aurait dit. Alors de quel « cadeau » parlait-il ?

Elle le découvrit en passant l'angle du mur.

— Inspecteur Yu, dit Rule Turner en se levant avec courtoisie de la vieille chaise en bois installée devant son bureau. Vos collègues m'ont assuré que je pouvais vous attendre dans ce recoin, expliqua-t-il avec un rictus désarmant. Il semble qu'ils soient un tantinet moqueurs.

— En fait… commença-t-elle, le regard brillant.

Turner était à nouveau vêtu de noir : une chemise noire à col ouvert accompagnée d'une veste noire et d'un pantalon habillé. Très hollywoodien. La veste semblait valoir autant que sa Toyota.

— Ils sont très blagueurs, oui… mais la plaisanterie était entièrement à mes dépens. (Une pique à sa vie sentimentale désertique. Elle soupira.) L'humour des flics tient beaucoup de l'humour de bac à sable… en plus vulgaire.

— C'est le grand chef qui te l'envoie, expliqua Meck.

Assis sur le bureau de Lily, il tâchait de prendre un air détendu.

Meck dépassait Lily de dix ans, de treize centimètres, et de quarante kilos – rien que du muscle. C'était un homme calme et méthodique, doté de la patience de Job. Il avait le teint caramel, et un fort penchant puritain.

Meck jouait très mal le rôle du mec détendu.

— Il… euh… son Altesse souhaite apporter sa collaboration à l'enquête.

Turner secoua la tête.

— Le titre d'« Altesse » ne s'impose pas. La presse aime à m'appeler « prince », mais la presse aime surtout vendre des magazines.

— J'ai remarqué ça, oui, dit Lily en balançant son sac à dos sur son bureau. Merci, Meck. Dis à T.J. que je me charge de lui… À Brady, aussi.

Meck hésita, comme s'il n'était pas sûr de pouvoir la laisser seule avec Turner. Elle le rassura d'un regard tout en ouvrant son sac à dos. Il hocha la tête à contrecœur et prit congé.

Lily tira son ordinateur portable de son sac.

— Nous encourageons bien évidemment l'esprit civique de nos concitoyens, cependant, le fait pour quelqu'un de collaborer à l'enquête dans laquelle il est le principal suspect peut poser problème.

Turner haussa ses sourcils en accents.

— Vous n'y allez pas par quatre chemins.

— Non, mais j'ai mis les formes pour vous l'annoncer. C'est le commissaire Delgado qui vous a adressé à moi ?

— Lui-même. Je l'ai appelé ce matin afin de lui proposer mon aide. Si celui que vous recherchez est un lupin, il y a certaines choses que vous devez savoir à notre sujet, et je doute que vous les connaissiez. Il ne s'agit pas d'une critique : la plupart des informations sur nous sont tout simplement inexactes.

— Vous voulez dire qu'Hollywood en a un peu rajouté dans *Twilight* ? (Elle secoua la tête.) Bientôt, vous allez m'annoncer que Charlie Chan n'était pas un vrai Chinois.

Il eut un petit rire.

— Bien vu. Son rôle était interprété par un acteur occidental, c'est bien ça ?

— Sydney Toler, entre autres.

Lily refusait d'admettre son faible pour les vieux feuilletons radio de Charlie Chan, bourrés de clichés et de stéréotypes. Ils étaient bien plus divertissants que ceux de James Bond ou de Bruce Lee. Chan se servait de ses méninges pour battre ses adversaires, au lieu d'avoir recours à la technologie ou au kung-fu.

— Les renseignements que vous proposez de nous communiquer s'avéreront sans doute difficiles à vérifier, dit-elle.

— Et vous ne me faites pas confiance. Je comprends. Sachez que j'ai tout intérêt à voir cette affaire éclaircie au plus vite. Je ne tiens pas à ce que tous les lupins paient pour un seul mouton noir. Et encore moins à porter le chapeau. Je n'ai pas tué Carlos, même s'il vous faudra des preuves pour croire à mon innocence.

Lily but une gorgée de café tiède tout en observant l'homme assis en face d'elle. Il n'était pas rare que des lupins haut placés collaborent avec la police. Lorsqu'un loup-garou se livrait à un carnage et qu'on échouait à le capturer, les répercussions pouvaient s'avérer désastreuses pour tous les lupins. Les gens paniquaient facilement dans ce genre de cas, et une opinion publique défavorable aux lupins mettrait en péril le projet de loi sur la citoyenneté des espèces que le Congrès s'apprêtait à voter.

Mais chez les lupins, la notion de collaboration n'incluait pas nécessairement des subtilités telles que les témoignages ou les preuves. À ce qu'on disait, leur pratique était plutôt de déposer un cadavre devant le commissariat, accompagné d'un mot affirmant que le problème avait été réglé.

Lily posa sa tasse.

— La nuit dernière, vous avez dit ne pas avoir la moindre idée de qui avait tué Carlos Fuentes.

— C'est exact.

— Je ne tolérerai aucune forme de justice personnelle. À mes yeux, un meurtre reste un meurtre.

— Attitude admirable, quand on sait qu'aux yeux de la loi, tuer l'un des nôtres sous sa forme animale n'en constitue pas un.

Il balaya la précision d'un geste indifférent. Il avait des mains fines, aux doigts longs, des mains de pianiste. Lily avait du mal à les imaginer se transformant en pattes.

— Mais vous vous méprenez, reprit-il. Je ne vous propose pas de retrouver le tueur à votre place, juste de vous dresser un portrait de notre culture et de nos coutumes.

S'il jouait franc-jeu, cela constituait une première. Sur l'échelle de la franchise et de la transparence, les lupins se classaient à peu près au même niveau que la mafia ou la CIA.

— Je n'ai aucune envie de discuter avec vous, dit-elle en attrapant le câble de l'imprimante pour le brancher à son ordinateur portable. Pour l'instant, je suis attendue dans le bureau du capitaine dans… Bon sang, murmura-t-elle en consultant sa montre, deux minutes. Si ça ne vous fait rien d'attendre dans la salle d'à côté, le sergent Meckle vous servira un café.

Il grimaça.

— Vous faites allusion au contenu de votre tasse ?

— Trop fort pour vous ? dit-elle en souriant.

— Vous le servez à vos suspects pour les ramollir ?

— Ça ne marche qu'avec les mauviettes.

Il secoua la tête.

— Je suis dans le pétrin, vous venez de découvrir mon point faible : je suis un snob en matière de café.

Lily éclata de rire. Ce n'était pas tant ce qu'il avait dit que la façon dont il l'avait dit.

— Si quelqu'un prétend que vous jouez bien les modestes, méfiez-vous : il vous ment.

— On ne peut pas avoir toutes les qualités. (Il sourit, et son regard s'attarda un instant sur elle – trop brièvement pour être insultant, mais assez longtemps pour qu'elle le devine appréciateur.) J'ai le sentiment que cette remarque serait tout aussi peu crédible si elle vous était adressée, inspecteur.

— Ma grand-mère prétend que l'humilité est le masque que l'envie revêt en public.

Pourquoi diable parlait-elle de sa grand-mère à cet homme ? Peut-être à cause des papillons qui venaient de s'installer dans son ventre. Il avait sans doute tiré les mêmes conclusions de sa réaction. Bon sang ! Les mille et une façons de flirter n'avaient plus aucun secret pour ce mec. Elle secoua la tête.

— Vous êtes doué, je vous l'accorde. Mais je ne joue pas.

— Et vous êtes directe. J'aime ça. (Il se rapprocha en souriant et lui caressa la pointe des cheveux.) Vos cheveux sentent l'orange.

Elle le regarda droit dans les yeux, ignorant les palpitations de son cœur.

— Vous commencez à m'ennuyer.

— Vous préféreriez que nos rapports restent professionnels, dit-il en hochant la tête et en reculant sa main. C'est parfaitement compréhensible, vu votre position. Mais je dois vous dire que j'ai du mal à garder mes distances avec une femme qui m'attire.

— Encore une qualité qui vous fait défaut, je suppose. Ne désespérez pas : il n'est jamais trop tard pour s'améliorer. Commencez donc à vous entraîner.

Il fit la moue.

— Je suis attendu quelque part à dix heures et demie, dit-il, et vous êtes en retard pour votre rendez-vous. Travaillez-vous le samedi, inspecteur ?

— Demain, oui. Pourquoi ?

— Nous pourrions discuter de tout cela autour d'un innocent déjeuner ? Tout ce qu'il y a de professionnel. Et dans un lieu public, histoire que je me tienne.

Elle l'avait vu en public hier soir au Club Inferno, et le moins qu'on puisse dire, c'est qu'il ne s'était pas tenu. Et puis mince ! Tant pis si elle ne pouvait pas lui faire confiance : elle avait confiance en sa propre éthique.

— Ça marche. Vous connaissez Bishop's, sur la Huitième ?

— Je trouverai. (Il lui tendit la main, avec un regard rieur.) Treize heures ?

— D'accord.

Il lui avait peut-être offert la poignée de main par défi, toujours est-il qu'elle l'accepta, pour ses propres raisons – principalement se faire une idée du type de magie qui l'animait. La main de Turner se referma sur la sienne ; elle était grande, chaude et ferme.

Aussitôt, Lily sentit son estomac se serrer. Elle eut le souffle coupé et fut prise d'un vertige, comme si l'oxygène lui manquait tout à coup ; les muscles de ses cuisses se mirent à trembler. Elle ne pouvait détacher son regard de cette bouche, de ces dents blanches et impeccables qu'il venait de dévoiler en entrouvrant les lèvres. Des lèvres qui semblaient si douces. Qu'elle mourait d'envie de toucher.

Son regard aimantait le sien. Elle vit des paillettes d'or danser dans ses iris sombres ; ses pupilles s'élargir ; les coins de ses yeux former des triangles rougeâtres ; ses cils sombres et épais papilloter.

Soudain, il écarquilla les yeux de stupeur et lui lâcha la main. Ils se regardèrent un moment. Lily sentait son cœur qui tambourinait dans sa poitrine. Il avait les narines grandes ouvertes, le souffle rapide.

Dieu du ciel. Que se passait-il ? Était-il trop tard pour revenir en arrière et effacer ce moment ?

Turner finit par rompre le silence.

— Je ne garderai pas mes distances bien longtemps, déclara-t-il d'un ton résolu, avant de se retourner et de partir.

V

Le couloir menant au bureau du capitaine était entièrement beige, des murs jusqu'aux boiseries en passant par la moquette. Aucune fenêtre. Son rapport à la main, Lily remonta ce tunnel beige, le cœur encore battant et prise de tournis.

Les contes populaires regorgeaient d'histoires sur le soi-disant pouvoir sexuel des lupins, leur capacité à envoûter les femmes sans défense. La plupart des experts s'accordaient à penser qu'il s'agissait de mythes qui s'alimentaient entre eux. Les forces obscures ont toujours exercé une certaine séduction sur la population, et le mystère dégagé un charme particulier.

Jusque très récemment, Lily s'était rallié au jugement des experts.

Mais à présent… eh bien, tout ce qui s'était produit entre elle et Turner n'avait aucune raison d'être, aucun doute là-dessus. Et par-dessus le marché, c'était normalement impossible. Car même si les lupins possédaient ce fameux « pouvoir sexuel », elle en était immunisée, non ? La magie glissait sur elle en lui laissant simplement la chair de poule. Mais elle n'entrait pas en elle, elle ne l'affectait pas.

Et pourtant, impossible de voir dans ce qui venait de se passer le simple effet d'une attirance sexuelle : ç'avait été trop soudain, et trop fort. Et Turner avait eu l'air si choqué, comme si la chose l'avait lui aussi pris au dépourvu.

Lily secoua la tête, comme pour remettre de l'ordre dans ses pensées. Ce qu'elle avait ressenti était une chose, mais dans le même temps, ce qu'elle n'avait *pas* ressenti était bien plus troublant. Elle avait serré la main d'un prince lupin... et n'avait pas détecté la moindre trace de magie. Il n'y avait aucune explication à cela.

Elle frappa à la porte du capitaine et ouvrit.

— Inspecteur Yu ! Content que vous ayez pu vous joindre à nous, dit sèchement son supérieur.

Lily balaya la pièce du regard. Il n'y avait pas là un homme, mais trois.

Frederick Randall était assis derrière son bureau. Le capitaine était un petit homme chauve qui dépassait la soixantaine, au front haut et au menton fuyant ; c'était le portrait craché du bureaucrate type : bien nourri et pas bien malin. Les apparences étaient cependant trompeuses.

Les deux autres hommes portaient des costumes et affichaient des expressions graves et professionnelles.

Tiens, pensa Lily. *Je parie que ce sont des fédéraux.*

— Oui, monsieur. Désolée d'être en retard.

— Voici les agents spéciaux Karonski et Croft du FBI. Ils s'intéressent à l'affaire Fuentes.

J'avais vu juste.

Lily les salua d'un signe de tête. Un doute la saisit aussitôt : Randall ne les aurait tout de même pas informés de ses aptitudes particulières ?...

Comme les deux hommes se levaient, Randall les invita à se rasseoir avec de grands gestes.

Le bureau avait beau être le plus grand du service, il n'était ni cossu, ni spacieux. L'unique chaise vide se trouvant sur le côté du bureau, Lily se retrouva par la force des choses placée entre son supérieur et les deux hommes face à lui.

L'agent à sa gauche avait une dentition parfaite, le teint un peu plus sombre que Meck, et un sourire agréable. Son front commençait à gagner du terrain sur sa chevelure.

— Je suis Martin Croft, dit-il. Comme je l'ai expliqué à votre capitaine, nous ne sommes pas là pour revendiquer la juridiction sur…

— Bien que nous le pourrions, coupa l'autre sans sourire. Karonski, précisa-t-il à Lily.

— Sur quel motif? grogna le capitaine.

— Le meurtre par magie constitue un crime fédéral.

Lily essaya de faire preuve de tact.

— Excusez-moi… vous avez dit « magie »? Fuentes a été victime de crocs particulièrement aiguisés, pas d'un sort mortel.

— Aux dires du capitaine, il a été tué par une créature magique, objecta Karonski. C'est donc bien un cas de meurtre par magie.

Lily esquissa une moue dubitative. Le capitaine réagit de manière plus directe.

— Foutaises! Même si vous réussissiez à convaincre un jury qu'un meurtre commis par un membre de la Souche constitue un meurtre par magie, la cour invaliderait toute condamnation.

— Possible. (Karonski toisait Lily d'un air désapprobateur.) Elle est jeune.

— Moins qu'elle le semble, et elle est parfaitement qualifiée. En outre, elle dispose de contacts dans… euh, la communauté paranormale, qui peuvent s'avérer utiles. C'est votre rapport que vous tenez à la main, Yu?

Bon, il ne leur avait rien dit. Le contraire l'eût cependant étonnée.

— Oui, monsieur, répondit-elle en se penchant pour le lui tendre.

— Voilà qui constitue déjà un risque évident de partialité, fit remarquer Croft d'un ton sarcastique. Compte tenu qu'il s'agit du premier meurtre apparemment commis par un lupin sous sa forme quadrupède depuis le décret de la Cour suprême…

— Le « premier » ? le coupa Lily. Dans tout le pays ?

— Le premier commis par un tueur non identifié, rectifia-t-il. Un meurtre a eu lieu dans le Connecticut, mais l'affaire a été, euh… traitée par la communauté lupine.

Il voulait dire par là que le tueur avait été tué par les siens. Elle avait lu le résumé de l'affaire : on avait retrouvé son corps sous sa forme lupine devant le palais de justice, assorti d'une confession signée.

— Et on a conclu à la légitime défense dans cette autre affaire jugée au Texas l'an dernier, dit-elle en le devançant.

Lily vit les yeux de l'agent fédéral s'arrondir légèrement.

— Oui. Un cas intéressant du point de vue juridique.

Elle acquiesça. Le lupin au cœur de cette affaire se trouvait sous sa forme humaine lorsqu'il avait été attaqué par une dizaine de voyous. Il s'était transformé. Seuls trois voyous avaient survécu.

— L'ACLU[2] était intervenue, précisa-t-elle.

— Cette décision a fait jurisprudence : c'était la première fois que la justice reconnaissait le droit de légitime défense à un lupin sous sa forme quadrupède. Une jurisprudence limitée dans son application bien sûr, étant donné la formulation du jugement.

La défense avait fait valoir qu'au vu des circonstances, le fait de se transformer s'apparentait en tout point à celui de lâcher un chien de garde sur son agresseur. Que la forme animale du prévenu avait en quelque sorte protégé sa forme humaine, qui elle, pouvait légalement prétendre à la légitime défense. Les différentes cours d'appel lui avaient donné raison, mais…

— Les juges ont longuement débattu du degré de dangerosité « claire et immédiate » nécessaire pour justifier la transformation en loup, expliqua Lily. La décision a donc créé un précédent, mais un précédent bien imprécis.

Croft sourit.

— Je commence à comprendre pourquoi votre capitaine vous veut sur cette affaire. Il est rare que je rencontre des officiers

---

[2] *ACLU : Union américaine pour les libertés civiles (NdT).*

aussi bien renseignés sur mon domaine. Ah... je ne pense pas avoir entendu le capitaine Randall le préciser, mais nous sommes de la SCM.

La Section des Crimes Magiques ? D'un côté, c'était logique, mais de là à considérer l'affaire comme ressortant du gouvernement fédéral, il y avait un gouffre. Encore qu'ils n'aient pas encore précisé leurs intentions... Pour le moment, ils se contentaient d'avertir le capitaine qu'ils pouvaient lui compliquer la tâche s'il refusait de coopérer.

Coopérer ? Mais de quelle façon ? Que cherchaient-ils ? Elle regarda Randall, qui parlait sans lever les yeux de son rapport.

— J'adresserai des copies de vos rapports écrits à ces messieurs, après les avoir lus. Allez-y, Yu, résumez-leur l'affaire dans les grandes lignes.

— Merci, capitaine, répliqua Croft, mais nous pouvons parfaitement attendre le premier rapport. Entre votre briefing et ce qui a filtré dans la presse, je pense que nous connaissons l'essentiel. Une question, cependant, inspecteur : quel degré de certitude avez-vous que l'auteur du meurtre soit un lupin ?

— Pour ce qui est des preuves, il faudra que vous voyiez ça avec le bureau du coroner. Mais j'en suis à quatre-vingt-dix pour cent sûre.

Elle ne pouvait pas leur expliquer pourquoi et, de toute manière, cet argument serait irrecevable, mais il y avait quantité d'autres indices. Lily reconstitua le déroulement du crime, en mentionnant les blessures, les éclaboussures de sang, et la main sectionnée.

— L'un des premiers agents arrivés sur les lieux a passé une partie de sa carrière dans la brigade spéciale, finit-elle. Quinze ans de service. D'après lui, l'agresseur était un loup-garou.

— « Lupin », rectifia distraitement Croft. Le meurtre est cohérent avec une attaque de lupin.

Karonski fronça les sourcils.

— Ça n'en fait pas pour autant un élément concluant. Il arrive qu'un meurtrier cherche à mettre son crime sur le dos d'un lupin. Seulement, la plupart du temps, ces tentatives sont cousues de fil blanc, admit-il. Contrairement au cas présent.

Lily étudia l'agent fédéral: taille moyenne, costume bon marché, baraqué. Un peu plus jeune que Croft, et une alliance à la main gauche, contrairement à son coéquipier.

— Le tueur a très certainement laissé de la salive dans les plaies, dit-elle. Le laboratoire ne pourra sans doute pas comparer son ADN, mais ils pourront au moins nous dire si l'échantillon vient d'un membre de la Souche. Quiconque serait assez malin pour imiter ces blessures – et je persiste à penser qu'elles sont authentiques – aurait été au courant de ce détail.

— La magie permet de créer des imitations très convaincantes, répliqua l'agent du FBI.

Lily n'en croyait pas ses oreilles.

— À ce point ? Je veux dire, j'imagine qu'on pourrait imiter les blessures elles-mêmes, mais les résultats d'analyses atypiques de fluides corporels lupins… pourrait-on les recréer par magie ?

— Je n'en sais rien, dit-il sombrement. Et vous ?

Il y avait là matière à inquiétude. Pratiquer la magie à un tel niveau était évidemment illégal – mais commettre un meurtre aussi.

— Si une telle chose était possible, ça relèverait effectivement du meurtre par magie. S'agit-il de la raison de votre présence ici ?

Croft haussa les épaules.

— En partie. Nous sommes venus pour confirmer cette éventualité, ou la réfuter. On craint également que cette affaire puisse avoir des répercussions sur le plan politique.

— Le projet de loi sur la citoyenneté des espèces ? demanda Lily en fronçant les sourcils.

Le Congrès avait presque réussi à se décharger de sa responsabilité en étouffant le projet de loi au comité, mais ses partisans avaient fait pression pour qu'elle passe au vote.

— La politique… soupira Randall en posant le rapport de Lily. Dieu merci, ça n'est pas mon métier. Quand vous parlez de recréer les choses par magie, vous faites allusion à un ensorcellement ?

Sans doute, songea Lily. Mais un ensorcellement ne changeait pas la nature fondamentale des choses… et Lily l'aurait détecté… Forcément.

— C'est une possibilité, répondit Croft, impassible.

— Ce sont des pratiques d'un autre âge, rétorqua le capitaine avec agacement. On tombe bien de temps en temps sur un amateur qui s'imagine avoir mis la main sur un fragment du *Codex Arcanum*. Mais personne n'a réussi à manipuler la magie transformatrice depuis la Purge.

— Il s'agissait d'un phénomène européen, souligna Croft. Or il existe des ensorceleurs en Afrique, et d'autres qui auraient paraît-il échappé à l'épuration communiste des années soixante.

Randall n'y croyait visiblement pas.

— Les rumeurs ont la vie dure, et à ma connaissance, les ensorcellements en Afrique sont davantage le fait de marabouts que de véritables sorciers. Vous n'êtes pas de cet avis ?

Croft et Karonski échangèrent un de ces regards impénétrables typiques des couples mariés et des collègues de longue date.

— Nous ne voulons surtout pas jeter le discrédit sur les résultats de vos analyses, dit alors Croft.

— Je l'espère, répondit le capitaine, parce que je compte bien m'y fier. Vous êtes censés être experts en occultisme, pas pigistes dans un journal de ragots.

La remarque déplut manifestement à Croft.

— Les seules personnes réellement expertes en magie sont celles qui la pratiquent. Abel et moi sommes simplement en mesure de vous conseiller sur les procédures d'enquête et d'appréhension des suspects, et de vous fournir quelques informations généralement ignorées sur les lupins. Cette affaire a de grandes chances de créer un précédent. Le Bureau croit que notre expérience pourrait vous être utile.

Oh, c'est pas vrai, se dit Lily.

Un sourire joua sur ses lèvres ; le regard du capitaine se posa sur elle.

— Quelque chose vous amuse, Yu ?

Mince. Sa jovialité allait une fois de plus lui causer des ennuis.

— Je viens de comprendre que ces messieurs nous offraient leur aide au titre de consultants.

— C'est exact, répondit Croft en souriant

Il avait vraiment un joli sourire.

— C'est… euh, précisément ça qui m'a fait rire. Vous voyez, je suis arrivée en retard parce que j'étais en train de discuter avec Rule Turner, qui venait de me faire la même offre. Nous avons fixé un rendez-vous. Il veut m'éclairer sur les coutumes des lupins.

Croft se tendit, comme s'il essayait de se mettre au garde-à-vous tout en restant assis.

— Rule Turner ? L'héritier Nokolaï ?

Elle doutait qu'il eût beaucoup d'homonymes…

— Oui.

Croft et Karonski échangèrent un autre regard.

— Turner est un suspect, la mit en garde le capitaine.

— Je sais, monsieur. Mais il est généralement payant de laisser les suspects s'exprimer à leur guise.

Karonski semblait irrité - mais à vrai dire, c'était sans doute son expression naturelle.

— Turner n'a pas tué Fuentes, affirma-t-il.

Lily laissa ses sourcils exprimer sa perplexité.

— Je suppose que vous être forcés de le considérer comme un suspect, concéda Croft, mais il est peu probable qu'il soit coupable. D'abord, les lupins ne manifestent aucune possessivité sexuelle, donc le mobile ne tient pas. Ensuite, s'il avait tué Fuentes, vous n'auriez jamais retrouvé le corps.

— Vous le connaissez ?

— Nous avons un dossier sur lui auquel je ne saurais trop vous conseiller de jeter un œil.

— Volontiers, merci.

— Je vous conseille de le lire *avant* de le rencontrer. (Karonski avait une curieuse façon de se pencher vers elle en lui parlant, comme s'il voulait l'attraper et la contraindre à écouter.) Il faut que vous sachiez à qui vous avez affaire.

Randall le regardait avec mépris.

— Peut-être pourriez-vous nous laisser ce dossier, et convenir avec l'inspecteur Yu d'un rendez-vous ultérieur pour la mettre au parfum. Pour l'instant, j'ai besoin de m'entretenir avec elle au sujet de son enquête.

Ils parurent mécontents d'être congédiés, mais durent se résoudre à se lever de leurs sièges. Lily se demandait ce qui motivait l'hostilité de Randall : cela dépassait de toute évidence la méfiance habituelle entre services. Peut-être avait-il un passif avec l'un d'entre eux, un vieux compte à régler ? Ou peut-être Karonski l'avait-il juste pris à rebrousse-poil. Le capitaine était quelqu'un d'entier.

Les deux hommes s'étaient levés et Croft fouillait dans une mallette en cuir, dont il sortit un épais dossier.

— Ce sont des copies, dit-il. Vous pouvez les garder.

Lily se leva à son tour, par politesse, et prit le dossier.

— Merci. Je crains d'être occupée jusqu'en milieu d'après-midi. Pouvons-nous nous voir à quinze heures ?

— Ça marche, répondit Croft en tendant le bras. On vous retrouve ici.

Ils échangèrent une poignée de main. Elle tendit alors sa main à Karonski… et eut sa seconde plus grosse surprise de la journée. Celle-ci ne la plongea pas dans une transe sexuelle, mais souleva néanmoins quelques questions.

Un sorcier. Karonski était un sorcier en exercice.

Les deux agents sortirent du bureau.

— Où en sont vos dossiers ? demanda aussitôt Randall. Y en a-t-il que vous soyez sur le point de boucler ?

Lily ramena son attention au moment présent.

— Le dossier Meyers. L'affaire Valencia, aussi, je pense. J'attends les résultats de labo sur deux autres. Le reste est plus ou moins au point mort.

— Bon. Gardez juste les derniers, ils ne vous distrairont pas… mais débarrassez-vous des autres. Donnez l'affaire Meyers à Lauren. Elle essaie de passer inspecteur, mais elle manque encore de trophées à son tableau de chasse. Et puis ça lui donnera une autre occasion de ronchonner, dit-il avec un semblant de sourire.

— Mais…

Mais il s'agissait de *ses* affaires.

Il se carra dans son fauteuil en croisant les mains sur sa bedaine, qui ne fondait pas plus qu'elle ne grossissait.

— Vous êtes ambitieuse. Ce n'est pas une mauvaise chose. Mais vous faites partie d'une équipe. Vous avez un bon dossier. Laisser quelqu'un d'autre s'attribuer le mérite d'avoir bouclé une ou deux de vos affaires ne va pas vous tuer. Vous récolterez vous-même une quantité d'éloges si vous alpaguez le tueur de Fuentes, et c'est à ça que je veux vous voir vous concentrer. Compris ?

— Oui, monsieur.

Mais il se trompait : si elle voulait conserver ses affaires, ce n'était pas pour monopoliser le mérite. Certes, elle tenait à ce qu'on reconnaisse son travail, mais… mais ce n'était pas la raison principale. Dans le dossier Meyers, par exemple, elle tenait à être celle qui passerait les menottes aux poignets du lâche qui avait tué son ex-femme. Quant aux autres affaires, elle avait simplement envie de les amener elle-même à leurs termes : relier les points, tirer les conclusions.

— Bon. Quelles sont vos pistes ? À quoi Meck est-il occupé ?

— Comme vous l'avez lu dans le rapport, deux des cinq lupins présents au Club Inferno disposent d'alibis. Meck est en train de les vérifier, après quoi il ira parler au patron de Fuentes et à ses collègues de travail. Les îlotiers s'occupent du porte-à-porte autour de la scène de crime. J'attends de faire le point avec eux. Cet après-midi, je comptais passer au domicile de la veuve. Elle était trop bouleversée pour pouvoir répondre à mes questions la nuit dernière. J'ai également prévu de parler à ses voisins. Ainsi qu'à ceux de Turner. Nous sommes pressés par le temps sur cette affaire.

Il acquiesça.

— Si Turner est coupable, il faudra vous assurer qu'il ne puisse pas nous filer entre les doigts avec un alibi monté de toutes pièces. Il faut cerner très précisément les déplacements de Fuentes et de Turner.

— Oui, monsieur. J'aimerais également faire un saut à l'église où Fuentes était censé répéter avec une chorale : « l'Église des Fidèles ».

Randall haussa les sourcils en entendant le nom.

— Oui, monsieur. C'est un brin ironique compte tenu des circonstances. Apparemment, ce serait davantage une secte. Ils adorent une déesse et se font appeler les « Azá ».

— Les Azá, oui. J'en ai entendu parler. Ils ont un temple ou quelque chose à L.A. Ils ont eu des pépins avec un groupe de fondamentalistes, je ne me souviens pas des détails.

Lily acquiesça tout en notant dans un coin de sa tête de se documenter à ce sujet.

— Et qu'avez-vous de prévu ce matin ?

— Je vais utiliser mes « contacts dans la communauté paranormale », répondit-elle, impassible.

Randall lui adressa un regard amusé.

— Allez-y, inspecteur. (Il ramassa le rapport et tassa la série de pages sur le bureau, signalant ainsi la fin de la réunion.) Vous allez avoir une flopée de journalistes sur le dos tout au long de cette affaire, dit-il. Dirigez-les vers le bureau du commissaire. Ne donnez pas d'interviews vous-même.

— Je… ne comptais pas le faire.

— Très bien. Votre rapport n'est pas bien épais, fit-il remarquer. Mais il fera l'affaire, compte tenu de la situation. Gardez à l'esprit que tous vos rapports seront transmis aux fédéraux.

Était-ce une façon de lui dire de ne pas tout y consigner ? C'était inutile : elle n'avait jamais mentionné ses facultés officieuses dans un seul de ses rapports. Elle n'en avait même jamais parlé à haute voix. Lui non plus, d'ailleurs : « motus et bouche cousue ». Alors, qu'avait-il voulu dire ? Quelque chose lui échappait.

— Oui, monsieur. Euh, y a-t-il quelque chose que je devrais savoir au sujet des agents de la SCM ?

— Deux chiens renifleurs assoiffés de gloire, répondit-il. Surtout Croft. Le genre à enfoncer les portes pour en mettre plein la vue. Il va tenter de vous soutirer des informations. Ne le laissez pas faire. Tenez, dit-il en lui passant un formulaire. Vous aurez besoin de recevoir des munitions et des menottes spéciales. Les gratte-papier insistent pour que je vous signe un bon de retrait – elles ne sont pas données vu qu'elles contiennent une certaine quantité d'argent. Maintenant, allez annoncer la bonne nouvelle à Lauren, dit-il en l'invitant à prendre congé.

LILY AFFICHAIT UN air soucieux en refermant la chemise de documents. Le dossier que lui avaient remis les agents de la SCM contenait beaucoup de choses intéressantes, mais un détail avait immédiatement retenu son attention : Rule Turner avait un enfant. Un fils de huit ans. Techniquement, c'était la mère du garçon qui en avait la garde, mais cette dernière, journaliste, était le plus clair du temps en mission ici ou là, aussi avait-elle depuis plusieurs années abandonné l'éducation de son fils à sa propre mère.

C'était assez courant de nos jours. Maman était trop occupée pour jouer les mères poules, et papa avait mieux à faire lui aussi – en l'occurrence faire la bringue à Hollywood et traîner au Club Inferno.

À quoi bon se mettre en colère ? pensa-t-elle en se levant pour se diriger vers le plus grand de ses meubles-classeurs. Le gamin ne faisait pas partie des préoccupations de son père ? Et après ? Cela faisait résolument de Turner un salaud aux yeux de Lily, mais il était loin d'être le seul homme avec de graves lacunes dans ce domaine. Il assumait au moins une part de responsabilité, nota-t-elle en ouvrant le tiroir d'un coup sec. Il versait une pension alimentaire, et le garçon passait ses étés dans l'enclave Nokolaï, où, vraisemblablement, il voyait de temps à autre son père.

Mais ce n'était pas assez.

Elle secoua la tête, agacée par son propre comportement. Elle avait mieux à faire que de perdre son temps à déplorer les défauts de Turner. Elle devait trier les dossiers en passe d'être résolus et les redistribuer. Mieux valait aussi penser à vérifier son agenda, même s'il semblait peu probable qu'elle trouve un créneau pour les essayages de robe.

Toutefois, ce n'était pas le mariage qui la préoccupait tandis qu'elle passait en revue ses dossiers, ni même ce que Lauren ferait du cas Meyers. Lily essayait de déterminer s'il était possible qu'on se serve d'elle dans l'affaire Fuentes.

Elle tapotait du doigt les chemises cartonnées tout en ruminant ses pensées. Elle avait toujours vu le capitaine Randall comme un homme juste et un flic compétent. Elle lui faisait confiance, merde. Certes, une part de cette confiance découlait des événements qu'ils avaient autrefois partagés... À l'époque, il était un jeune inspecteur attentionné, et elle une fillette de huit ans traumatisée. Mais par la suite, il avait gagné son estime d'adulte.

Pourtant, comme le disait Grand-mère, « Benjamin Franklin avait omis une fatalité : la mort, les impôts... *et* les intrigues. » Deux personnes qui se rencontraient pouvaient faire l'amour, se battre, ou jouer aux cartes ; mais sitôt qu'une troisième personne arrivait, l'une d'elles commençait infailliblement à manigancer.

Si l'affaire Fuentes lui explosait entre les mains, son dossier en serait sérieusement entaché... et elle hériterait d'une poignée de vieilles enquêtes irrésolues.

Ses doigts tapotaient la chemise de plus en plus vite. Était-ce pour cela qu'elle n'avait rien dit à Randall à propos de Karonski ? Elle n'informait peut-être pas son supérieur chaque fois qu'elle tombait sur une personne gratifiée d'un Don ou issue de la Souche, mais il serait sans doute intéressé de savoir qu'un agent du FBI s'avérait être un sorcier en exercice.

Elle ne tenait pas à le lui dire. Mais était-ce par instinct ou par amour-propre ?

Le capitaine avait clairement pris un risque en confiant un dossier aussi important à sa toute nouvelle inspectrice. Il était donc logique qu'il cherche à limiter les dégâts. Si elle résolvait l'affaire, tout le monde s'en sortait avec les honneurs ; si elle foirait, ou si l'enquête s'enlisait et qu'il faille sacrifier quelqu'un à la curée médiatique... eh bien, évidemment, mieux valait que ce soit une novice plutôt qu'un vieux de la vieille qui avait quinze ans de service ou plus. Il semblait plus sûr de faire jouer le rôle de fusible à une femme… chinoise de surcroît.

Ou peut-être qu'elle devenait paranoïaque.

Hésitante, elle décida de s'attaquer au problème le plus simple sur sa liste: vérifier son agenda. Un bref examen confirma ses soupçons, à savoir qu'il n'y avait aucun créneau libre pour l'essayage. Elle devrait sans doute sauter un repas… et ce ne serait probablement pas le seul qu'elle serait amenée à sauter dans cette enquête.

Mais pas demain. Demain, elle déjeunait avec Rule Turner. Quant au déjeuner d'aujourd'hui, elle le prendrait sur la route, avant de passer voir ses « contacts dans la communauté paranormale ».

Elle se tourna vers son ordinateur et envoya un court e-mail à sa mère. Puis elle prit le téléphone, et appela Grand-mère.

Il y a douze ans de cela, Grand-mère avait choqué l'ensemble de la famille en quittant le quartier chinois où elle avait vécu depuis son arrivée aux États-Unis en tant que mariée de guerre. Elle avait installé sa nouvelle demeure sur une parcelle de deux hectares isolée sur un terrain qu'elle avait acquis quarante ans plus tôt, bien avant que la ville étende ses tentacules jusque-là ; elle l'avait faite construire selon ses exigences, et payée cash.

La maison détonnait parmi ses voisines : il s'agissait d'un bâtiment carré en pierre, surmonté d'un toit à pignon incliné, plus adapté aux neiges de la Chine septentrionale qu'à la chaleur de la Californie du Sud. Avec ses murs percés de fentes horizontales élevées en guise de fenêtres, elle ressemblait à une forteresse coiffée d'un drôle de chapeau. Il n'y avait pas d'allée carrossable. Grand-mère n'aimait pas ça. Elle n'était pas non plus fana de voitures, même si elle en possédait une, qu'elle autorisait la petite-cousine âgée qui vivait avec elle à conduire à l'occasion.

Lily se gara donc dans la rue et remonta le chemin de gravier, qui serpentait jusqu'à une porte d'entrée rouge vif flanquée de deux lions de pierre menaçants. Elle sonna.

— Lily. Je suis contente de te voir. (L'âge avait arrondi le visage de Li Qin et donné à son corps anguleux un caractère plus androgyne. Toute sa beauté résidait dans sa voix: une voix légère et douce, claire comme un son de clochettes.) Entre. Ta grand-mère est dans le jardin.

— Je te remercie, répondit Lily. Tu as bonne mine.

Elle se sentait toujours maladroite face à la courtoisie délicate de la vieille femme, comme si Li Qin était un pétale fragile qu'un mot de travers risquait de froisser. Réflexion faite, ça ne tenait pas debout: cette femme vivait avec sa grand-mère. Elle devait cacher des nerfs d'acier, sans quoi elle aurait craqué depuis des années.

— Merci. C'est parce que je me sens bien.

Li Qin s'écarta, et Lily retira ses chaussures pour pénétrer dans un petit bout de Chine... ou du moins, une version recréée par Grand-mère. Le vestibule était exigu, et presque dépouillé; une fontaine en pierre finement sculptée glougloutait sur une table noire et brillante, et une étagère en bois le long du mur abritait plusieurs paires de chaussures d'extérieur et de chaussons. Lily en passa une paire turquoise et suivit Li Qin.

Elles traversèrent ce que Lily et ses cousines appelaient la «salle des trophées», une pièce remplie des collections de Grand-mère: jades, poteries, laques. Des pièces modernes en côtoyaient de plus anciennes; si certaines avaient leur place dans un musée, quelques-unes étaient tout simplement bizarroïdes. Mais les goûts de Grand-mère étaient des plus improbables.

La porte du jardin était ouverte. En la franchissant, Lily passa de la Chine à un paysage exubérant, à la fois tropical et méditerranéen. Au centre d'un atrium carré, on avait ménagé un rond de pelouse, entouré d'un dallage circulaire qui adoucissait la rectitude des lieux. Des bâtonnets d'encens brûlant aux quatre coins de la cour mêlaient leurs effluves à ceux d'hibiscus, de lavandes en fleurs et de bambous verdoyants, tandis qu'un parterre de pâquerettes s'épanouissait au pied d'un petit oranger.

En plein centre de la cour, un petit bout de femme était assise devant une table ronde. Si son visage trahissait un certain âge, sa position en tailleur témoignait de sa souplesse. Sa chevelure noire flanquée de magnifiques mèches blanches était tirée en un chignon sévère, et elle portait un pantalon noir ajusté et une chemise sans col rouge, tous deux en soie. Elle tournait le visage vers le soleil.

Lily marcha jusqu'à elle.

— Grand-mère... dit-elle d'un ton réprobateur en se penchant pour embrasser la joue douce et poudreuse, ta lavande fleurit.

— Son parfum me plaît, répondit la vieille femme en chinois, indiquant ainsi qu'elle n'appréciait pas le reproche.

À contrecœur, Lily continua en chinois : elle le comprenait mieux qu'elle ne le parlait.

— Ce n'est pas une bonne période pour la floraison de la lavande : la plante souffre.

Les sourcils dessinés au crayon de Grand-mère se soulevèrent.

— Tu es venue me demander une faveur ?

Sa grand-mère ne l'avait pas encore invitée à s'asseoir : la visite partait du mauvais pied... Malgré cela, Lily se mit à rire, et sentit monter en elle un élan d'affection.

— *Wo ai ni, Dzu-mu.*

La vieille femme leva la main et tapota la joue de Lily.

— Moi aussi, je t'aime bien. Même si je ne sais pas pourquoi... tu es impertinente, et ton accent est à couper au couteau. (Elle ajouta avec un geste royal de sa petite main.) Tu peux t'asseoir. Li Qin va apporter le thé.

Cela signifiait qu'elles n'aborderaient pas immédiatement le motif de sa visite. Lily s'agenouilla en tâchant de masquer son impatience. Elles passèrent les vingt minutes qui suivirent à boire du Oolong dans de fragiles tasses sans anse en discutant du « Mariage » (l'événement commençait à prendre une majuscule dans l'esprit de Lily), et de la politique en Californie, sujet qui amusait infiniment la vieille femme. Et bien sûr de base-ball.

Grand-mère était une fervente supportrice des Padres, l'équipe de San Diego. Plusieurs saisons en demi-teinte n'avaient pas réussi à refroidir son ardeur pour autant. Après avoir émis quelques jugements sur certains joueurs, elle expliqua qu'elle avait dressé l'horoscope de l'équipe.

— Ils vont vivre leur meilleure saison, il faut juste qu'ils évitent les blessures.

— Alors ce n'est pas gagné, répondit Lily. Combien ont-ils perdu de joueurs l'an dernier ? Cinq ?

— Autant de blessés, ça ne peut pas être une coïncidence. (Grand-mère réfléchit un moment.) Je vais envoyer à leur entraîneur les coordonnées d'une bonne société antisorcellerie. (Elle jeta à sa petite-fille un regard en coin.) J'ai entendu dire que Chang cherchait une sensitive pour sa société. Ils paient très bien.

— Tu ne vas pas t'y mettre !

Grand-mère eut un petit rire.

— Cela plairait beaucoup à ta mère. Mais pas à moi, je crois.

Lily n'avait jamais voulu travailler pour les entreprises privées qui employaient des sensitifs. Ni pour le gouvernement d'ailleurs. Pendant des siècles, on avait eu recours aux sensitifs – et notamment à une poignée d'imposteurs – pour débusquer les individus différents. Cette pratique avait connu ses heures les plus sombres lors de la Grande Purge, mais elle persistait encore à ce jour. Il subsistait tellement de préjugés parmi la population qu'on demandait régulièrement aux sensitifs de dénoncer des personnes qui choisissaient de cacher leur don ou leur souche.

— En fait, c'est justement la raison de ma visite : mes talents de sensitive, et les caractéristiques des lupins.

— Oui, j'ai lu ça dans les journaux, dit Grand-mère. Tu es responsable de ce meurtre, n'est-ce pas ? (Elle rectifia aussitôt en basculant vers l'anglais, qu'elle parlait assez bien, exception faite d'un accent tout aussi mauvais que celui de Lily en chinois.) Je voulais dire, de l'enquête. Tu es responsable de l'enquête.

— C'est moi qui m'en occupe, oui. Et j'ai besoin d'en savoir plus sur les lupins.

Grand-mère tapota le bord de sa tasse d'un long ongle verni.

— C'est la faveur que tu es venue me réclamer ? Tu veux que je te parle des lupins ?

Lily tourna plusieurs fois sa langue dans sa bouche ; il était préférable de rester vague sur certaines choses.

— J'ai quelques notions à leur sujet, bien sûr, mais il y a tellement de légendes à leur propos. J'ai besoin qu'on m'aide à faire le tri entre fiction et réalité. Je sais qu'ils sont regroupés en familles, en clans…

— Eh ! Je ne sais pas grand-chose sur les clans lupins. Ce sont des gens très secrets.

— D'accord, mais… tu peux au moins m'aider à identifier leurs points forts, et leurs faiblesses. Ils sont rapides. Ça je le sais. Mais rapides à quel point ? J'ai lu un rapport estimant qu'ils pouvaient courir à cent soixante kilomètres heure sous leur forme animale.

À ces mots, Grand-mère éclata de rire.

— Les experts disent ça ? Seuls les guépards courent aussi vite ! Pas les loups.

— Mais ce ne sont pas des loups ordinaires.

— Oui, oui, admit la vieille femme. Mais ce ne sont pas des guépards non plus. (Elle essuya du bout des doigts ses yeux brillants, humides d'amusement.) Tu sais déjà que leurs forces, ce sont leurs réflexes très vifs. Deux fois plus rapides qu'un homme ? Trois fois, peut-être ? Je ne sais pas. Je ne peux pas donner un chiffre précis. Mais ils sont beaucoup plus rapides. Quand ils s'en donnent la peine, ajouta-t-elle, toujours amusée. Ils ne passent pas leur temps à courir à fond de train.

Deux fois plus rapides, ce serait déjà exceptionnel, pensa Lily.

— Et leurs faiblesses ? demanda-t-elle.

— Ils n'aiment pas les espaces clos et, comment dit-on… exigus. Alors il n'est pas conseillé de les emprisonner. Quelquefois ils en deviennent fous.

Une race de claustrophobes ?

— Ils peuvent régénérer leurs membres, non ? C'est pour ça qu'on tatouait les lupins inscrits sur le front, parce que lorsqu'on leur tatouait les mains, ils se les coupaient afin qu'elles repoussent sans tatouage.

— Parfois les experts ont raison, répondit la vieille femme en haussant les épaules.

— Qu'en est-il des rumeurs sur leurs, euh... pouvoirs sexuels ? Est-il vrai qu'ils envoûteraient les femmes ?

— Ils dégagent une grande virilité, oui, ricana Grand-mère, mais ça n'a rien de magique. Sauf si tu considères comme « magique » le fait qu'un homme prête attention aux désirs d'une femme. (Cette remarque l'amusa.) Peut-être est-ce le cas, en fin de compte. Tu as retenu l'attention d'un lupin, mon enfant ?

— J'ai rendez-vous avec l'un d'eux aujourd'hui, à propos de l'enquête. (Elle fronça les sourcils et glissa une mèche rebelle derrière son oreille. Lily doutait d'avoir réellement été envoûtée. Mais dans ce cas, que s'était-il passé ?) Est-il possible qu'un lupin perde sa magie ? demanda-t-elle. À cause d'une malédiction ou d'un accident quelconque ? D'ailleurs, est-ce qu'un lupin privé de sa magie reste un lupin ?

— Quoi ? (Grand-mère se redressa, méfiante comme un chat à qui l'on a présenté la mauvaise nourriture pour le dîner.) Veux-tu m'expliquer cela ?

— Je lui ai serré la main. Au prince Nokolaï. Je lui ai serré la main, et je n'ai rien ressenti. (Ce n'était pas tout à fait exact, songea-t-elle en rougissant.) Aucune magie, je veux dire. Il faut que je sache pourquoi. Si mes capacités diminuent...

— Ne dis pas de bêtises. Tu peux perdre un bras ou une jambe, mais tu ne peux pas perdre ce que tu es.

— Alors qu'est-ce qui s'est passé ? s'exclama-t-elle, frustrée. Il est soi-disant l'héritier, le prince, le numéro deux de son clan... le lupin par excellence, et pourtant je n'ai senti aucune magie ! Je veux savoir pourquoi. Je dois savoir si c'est lui ou moi. Si mon impression est bonne, il ne peut pas se transformer, donc il ne peut pas être le tueur. C'est une information que je ne peux ni prouver ni expliquer, mais c'est néanmoins un point de départ. Si je ne me trompe pas, alors…

— Assez ! Tu es fatiguée. Tais-toi. Laisse-moi réfléchir.

Non sans mal, Lily garda le silence. Les ongles de Grand-mère tapotaient le bord de la tasse : *ting, ting, ting.* Elle était assise, parfaitement immobile et droite comme un i, le regard lointain ; une expression soucieuse pinçait ses lèvres minces.

Grand-mère percevait bien évidemment l'importance des enjeux, et bien au-delà. C'était ce qui avait amené Lily chez elle. La magie d'un lupin était innée, tout comme la capacité de Lily à sentir ce pouvoir. Si l'un pouvait en être privé, l'autre aussi. Et ainsi de toute chose.

— Tu as bien fait de porter ceci à mon attention, dit-elle enfin, revenant au chinois. (Elle hocha rapidement la tête). J'ignore cependant ce que tout ceci signifie. Il va me falloir m'adresser à un autre…

— Qui ça ? demanda Lily, surprise. Quelqu'un sachant…

— Ne sois pas indiscrète, lui intima fermement sa grand-mère. Ce n'est pas quelqu'un que je consulte à la légère, mais il me doit une faveur… depuis longtemps. Fort longtemps maintenant.

Une foule d'hypothèses inquiétantes se mit à foisonner dans l'esprit de Lily. Elle se pencha en avant, et toucha la main de sa grand-mère. Une onde de magie bourdonnante traversa la peau ridée pour passer dans la sienne.

— Ne prends pas de risques.

Elle vit les lèvres minces se courber, et les vieux yeux sombres s'adoucir. Sa grand-mère lui tapota la main.

— Je t'aime beaucoup, c'est vrai, mais je ne fais pas ça pour toi. Pas *seulement* pour toi. Et maintenant, dit-elle en s'installant dans son fauteuil, je vais te dire ce que je sais des lupins.

VI

L'appartement des Fuentes se situait à La Mesa, au sein d'un ensemble de bâtiments fades à un étage, disposés en carré autour d'une piscine et d'un parking. Un poète en manque d'inspiration avait baptisé la résidence « l'Oasis », un nom peu approprié à l'endroit, qui ne comportait ni jardin ni balcon, ni aucune zone de verdure à l'exception des deux malheureux palmiers qui le séparaient de la rue.

Au moins avait-on épargné aux riverains la peinture rose sur les murs, songea Lily tandis qu'elle guettait une place de stationnement. Elle repensa en soupirant à sa propre résidence, dont elle ne tolérait l'écœurante couleur guimauve des façades et l'exiguïté des logements que parce qu'elle se trouvait à trois rues à peine de la plage. Mais l'envie de déménager l'avait plus d'une fois démangée.

Lily dut se garer deux pâtés de maisons plus bas, mais la courte marche se révéla agréable. C'était une de ces journées claires et ensoleillées que connaissait parfois la ville à l'automne, le genre de journée qui incite les gens à déménager en Californie. Lily avait envie de plonger les mains dans la terre.

Bien qu'elle n'eût pas de jardin chez elle (tout juste disposait-elle de quelques pots ou jardinières), sa grand-mère la laissait travailler à sa guise la zone en friche autour de sa demeure. Elle pourrait peut-être s'accorder une heure de jardinage un peu plus tard.

Lily sonna au bas de l'immeuble de Rachel et, après une longue attente, la jeune femme l'invita à monter.

L'appartement des Fuentes se trouvait dans un angle, au premier étage ; Lily entra et emprunta l'escalier en ciment. Le palier ne desservait que deux logements, et elle résolut de rendre visite ultérieurement aux occupants du 41-C, histoire de voir ce qu'ils auraient à lui apprendre sur le couple Fuentes.

Lily pressa la sonnette et attendit. Alors qu'elle s'apprêtait à sonner une seconde fois, la porte s'ouvrit.

Rachel Fuentes faisait vraiment peine à voir. Elle avait le visage défait, et ses grands yeux, si brillants la nuit dernière, étaient ternes et rougis ; elle les cachait derrière une paire de lunettes à monture invisible. La jeune femme portait un survêtement informe, qu'on avait visiblement lavé un jour avec un tissu rouge, expliquant ainsi sa curieuse teinte violacée. Sa luxuriante chevelure était grossièrement nouée sur sa nuque.

— J'imagine que je suis obligée de vous parler, dit-elle.

— Désolée de vous déranger, je sais que c'est un moment difficile.

— Entrez.

Malgré le beau temps, Rachel avait allumé la clim : l'air chez elle était carrément froid. L'appartement des Fuentes était plus grand que celui de Lily, comme pratiquement n'importe quel logement cela dit… Il était aussi plus encombré – peut-être pas complètement en désordre, mais certainement loin d'être méticuleusement rangé. Et beaucoup plus coloré.

Toutes les couleurs dont la tragédie avait dépouillé Rachel subsistaient dans son appartement. Les murs irradiaient de tons or, tous plus chauds les uns que les autres. Une housse rouge recouvrait un canapé garni de coussins orange, jaune et vert citron. Chacune des chaises de la salle à manger était peinte d'une couleur différente, et Lily vit quelques toiles accrochées aux murs – pas des reproductions mais des huiles originales : un paysage lumineux, un peu surréaliste ; un chien bleu qui souriait, entouré de silhouettes bariolées.

— C'est vous qui vous êtes occupée de la décoration ? demanda Lily.

— Quoi ? (Rachel s'arrêta au milieu de la pièce multicolore et cligna des yeux.) Oh. Oui. Carlos aussi aime les couleurs vives, mais la déco ne l'intéresse... ne l'intéressait pas trop.

— Je suis impressionnée, dit Lily.

Et c'était vrai. Trop de tons chatoyants à son goût, mais il fallait résolument un œil d'artiste pour faire cohabiter avec succès autant de couleurs vives dans un si petit espace. *Elles évoquent la passion,* songea Lily, assez peu surprise. L'impression d'équilibre et d'harmonie l'étonnait davantage.

Rachel ne l'avait probablement pas entendue. La jeune femme se tenait près du canapé, les coudes serrés près du corps, regardant autour d'elle, l'air perplexe, comme si le canapé ou la table pouvaient lui dicter la conduite à adopter : comment une veuve devait-elle se comporter face au policier chargé d'enquêter sur la mort de son mari ?

Lily fit le premier pas :

— Votre sœur est absente ?

— Elle est au travail.

— Vous préférez peut-être attendre son retour ?

— Non. Je veux régler ça au plus vite. Et il y a certaines choses... ce sera plus facile d'en parler sans elle. Elle est très protectrice, vous savez, expliqua Rachel avec un haussement d'épaules. C'est ma grande sœur.

— Je connais ça. Elles ont beau être sympas, elles n'oublient jamais leur rôle de grande sœur. Elles n'arrivent pas à comprendre qu'on puisse faire nos lacets toutes seules.

Une lueur d'amusement apparut dans le regard sombre de Rachel.

— Exactement. Della fait ce qu'elle peut pour m'aider, mais elle ne portait pas Carlos dans son cœur. Et Rule lui fait horreur. Enfin... pas lui personnellement, mais le fait que j'aie eu une relation avec lui. Elle n'est vraiment pas facile à vivre en ce moment.

— J'en conclus que vos parents n'habitent pas ici.

— Non. Maman est retournée à Tucson après que papa soit parti, et aucune de nous ne sait où il est. Elle... elle passe son temps à prier pour moi. (Sa grimace contenait un mélange de douleur et de remords.) Je déteste ça. Je déteste qu'elle me voie comme une femme adultère. Il ne s'agissait pas de ce genre de relation.

— De quel type de relation s'agissait-il, alors ?

Rachel lui adressa un long regard inexpressif, mais Lily vit sa gorge se contracter. La jeune veuve déglutit.

— Je crois qu'il va falloir que je vous explique. Je veux qu'on attrape celui qui a fait ça, je veux qu'il soit puni, peu importe qui c'est. Carlos... c'était un nul... Pire que moi, ajouta-t-elle avec un petit rire aigu, même si ça paraît incroyable. Mais il méritait pas ça... il méritait pas qu'on mette fin à sa vie.

— Non, c'est vrai. Peut-être qu'on pourrait s'asseoir, pour que vous me racontiez ça ?

— Oh. Bien sûr. (Rachel se laissa tomber dans le canapé.) Excusez-moi... j'ai pas vraiment les idées claires.

Un magazine traînait sur la chaise rayée jaune et vert citron en face d'elle. Lily le posa par terre et s'assit.

— Ça risque de vous prendre un moment pour vous en remettre.

— J'imagine, oui. (Une longue mèche de cheveux s'était échappée de son chignon. Rachel la glissa derrière son oreille et se pencha en avant, les mains jointes entre les genoux.) Vous voulez savoir qui a fait ça, qui l'a tué. J'en ai pas la moindre idée, mais ce n'est pas Rule.

— Vous semblez sûre de cela.

— Il n'a pas... il a pas pu... (Elle avala sa salive.) Je pourrais vous dire qu'il n'aurait pas pu s'asseoir avec moi au club, et discuter en souriant comme si de rien n'était s'il venait de tuer mon mari, mais ça, c'est juste mon opinion… Vous vous attendiez sans doute à m'entendre dire ça. Sinon, ça voudrait dire qu'il est mort par ma faute… Mais de toute façon, c'est le cas, non ?

Lily sentit sa gorge se nouer.

— Pourquoi dites-vous ça ?

— Il s'est fait tuer par un lupin. (Elle se leva brusquement et se mit à faire les cent pas.) C'était peut-être pas Rule, mais c'était tout de même un lupin, alors ça a forcément quelque chose à voir avec Rule ou avec le club. Donc avec moi. Seulement, j'arrive pas à trouver d'explication.

— Vous raisonnez avec beaucoup de lucidité.

Rachel se tut. Elle jeta un regard amer à Lily.

— J'ai l'impression qu'il ne s'agit pas d'un compliment… Je devrais sans doute être effondrée.

— Chacun fait son deuil à sa manière. (Et il n'y avait aucun doute dans l'esprit de Lily que cette femme était en deuil.) Votre mari possédait une arme, madame Fuentes ?

— Oui, il… (Elle se frotta le front.) Vous m'avez pas déjà posé cette question hier soir ?

— Si. (Mais les réponses que Rachel avait données la veille avaient été en grande partie incohérentes.) On a retrouvé une arme à feu à proximité du corps. On va vérifier le numéro de série, mais si vous pouviez déjà nous dire quel type d'arme il possédait…

— Un pistolet, de calibre vingt-deux.

— L'avait-il souvent sur lui ?

— Non. Mais il le prenait quand on allait au Club Inferno. Le quartier est mal fréquenté.

Lily ne put cacher sa surprise.

— Il se rendait au club avec vous ?

— Non… pas ces derniers temps. (Les bras croisés sur sa poitrine, le regard plongé vers le sol – ou peut-être vers le passé – Rachel ne bougeait pas d'un pouce.) Je vais vous expliquer comment ça s'est passé, comment la liaison entre Rule et moi a commencé. J'en ai aucune envie. Je tiens pas à ce que vous fourriez votre nez dans ma vie, mais je veux que vous l'attrapiez. Celui qui a tué Carlos, je veux qu'il paie.

— Mon boulot se résume à le capturer. Le faire payer, c'est le travail du procureur.

— Ça me va, répliqua Rachel.

La jeune femme n'en restait pas moins muette, et immobile, les bras serrés contre elle. Lily tenta de l'aider à se lancer :

— J'ai cru comprendre que vous aviez rencontré Rule Turner au club.

Elle tenait ce maigre détail de Turner, lequel s'était montré muet comme une carpe concernant le reste de sa relation avec Rachel. Il avait juste admis qu'il connaissait Carlos.

— Oui, répondit-elle avec un petit sourire triste.

Son regard s'adoucit, comme au rappel de souvenirs réconfortants.

— Jamais j'aurais cru que ça puisse marcher. La plupart des hommes sont pas compliqués : s'ils croient avoir une chance de s'envoyer en l'air, ils sautent dessus. Mais Rule… il pouvait avoir qui il voulait. Et je n'ai rien de spécial. Je ne suis ni moche, ni belle… Mais avec lui je me sentais belle.

On dirait que Turner lui fait un sacré effet, nota Lily. *Et elle relate leur liaison au passé.*

— Vous avez succombé à son charme.

— C'était pas ce que vous croyez. J'ai été éblouie, oui, mais je ne suis pas tombée amoureuse, ni lui d'ailleurs. (Elle émergea de ses souvenirs pour décocher un regard vif à Lily.) Il m'aimait bien. Et puis il était gentil avec moi, le genre de gentillesse qui exprime le respect, pas la pitié. Mais il était pas du tout jaloux. D'une certaine façon, il était né avec tout ce qui manquait à Carlos – ou plutôt tout ce que Carlos *croyait* ne pas avoir en lui.

— Comment ça ?

Ses lèvres se pincèrent, mais Lily n'aurait su dire si c'était sous le coup de la colère ou du chagrin. Ou des deux.

— Vous devez vous douter que Carlos et moi, on ne formait pas un couple de romans-photos. C'était plutôt les montagnes russes : il se montrait hyper gentil pendant un temps, puis il pétait les plombs, et c'était à moi de recoller les morceaux pour sauver notre couple. (Elle inspira en tremblant.) J'en avais ras le bol.

— Il avait des aventures ? hasarda Lily.

— Il couchait à droite, à gauche. (Visiblement trop nerveuse pour rester plus longtemps immobile, elle se leva d'un bond et arpenta la pièce.) Il m'aimait. Je l'ai toujours su, même quand je me sentais blessée. Mais il cherchait sans arrêt à se prouver quelque chose à lui-même, encore et encore. En fait… il a eu les oreillons à l'âge de seize ans.

Rachel cessa de parler, mais continua d'arpenter le salon.

— Il était stérile ?

La jeune femme hocha la tête. Arrivée face au mur, elle se retourna.

— On s'est rencontrés en première, et mariés juste après le lycée. C'était l'homme de ma vie. Le seul homme que j'aimais, le seul que j'avais jamais connu. J'avais besoin qu'il ressente la même chose pour moi, d'être aussi la seule femme dans sa vie. Mais pour lui, c'était impossible. Un jour, c'est devenu trop dur à supporter. Alors j'ai fini par craquer. Quand il m'a dit que le pire des péchés, c'était pas l'infidélité, mais la jalousie, je lui ai répondu : « D'accord. On va voir un peu qui a raison. »

— Vous avez décidé d'avoir une aventure ?

— Non. J'ai *accepté* d'avoir une aventure. (Elle s'arrêta de marcher, le menton levé, un rictus amer sur les lèvres.) Ça vous choque ? C'était l'idée de Carlos. Il disait qu'il voulait me faire « désapprendre » la jalousie. Pour lui, la fidélité sexuelle, c'était juste un attachement puéril à un idéal romantique, qui semait la confusion dans l'esprit des gens. (Un feu s'alluma dans son regard et elle serra les poings.) Seulement ces mots, c'étaient pas les siens. C'étaient leurs mots à *eux*. Il se contentait de répéter ce qu'ils lui avaient inculqué.

— Qui lui avait inculqué ça ?

— Cette stupide église qu'il fréquentait. Les Azá.

On était vendredi soir et il était 23 h 30.

Lily était blottie au fond de son fauteuil à repose-pied, qui constituait un tiers du mobilier de son salon. Les deux tiers restants se composaient d'une table basse en teck installée près de la fenêtre et du coussin de sol jaune posé devant celle-ci. Elle compensait cependant la rareté des meubles par une abondance de plantes vertes : un lierre grimpait le long de l'arche entre le salon et la cuisine, une azalée fleurissait dans un coin, et onze pots en terre cuite se partageaient l'espace au pied de l'unique grande fenêtre.

Lily tenait un pot d'un demi-litre de Ben & Jerry's dans une main et un stylo dans l'autre ; un bloc-notes orange était posé sur l'accoudoir du fauteuil, et un chat gris tigré de huit kilos, à qui il manquait une moitié d'oreille, couché sur ses jambes.

Lily avait beau apprécier son ordinateur portable pour son côté pratique, il ne l'aidait pas à réfléchir comme pouvait le faire un bloc-notes. Elle avait tourné le carnet dans le sens de la longueur de manière à pouvoir y tracer des colonnes. Au sommet des quatre premières, elle avait inscrit les noms des lupins qui s'étaient trouvés la veille au Club Inferno, et dans les autres : Carlos, Rachel, Azá, et lupins.

Rien ne lui permettait de supposer que le tueur était un des lupins présents au club, mais d'une manière ou d'une autre, l'établissement semblait être lié au meurtre. On avait tué Fuentes à moins d'un pâté de maisons de la boîte : difficile de croire à une coïncidence. Deux des lupins qui s'y trouvaient la nuit dernière disposaient de solides alibis ; les autres n'avaient aucun mobile apparent, à l'exception de Turner.

Elle tapota de son crayon le deuxième nom : Cullen Seabourne. Il se distinguait des trois autres sur un point : il n'était pas Nokolaï. Quand elle lui avait demandé à quel clan il appartenait, il avait souri doucement et répondu qu'il n'en avait pas.

À l'époque où l'inscription était obligatoire, les lupins capturés prétendaient tous n'appartenir à aucun clan, afin que les autorités ne puissent pas se servir d'eux pour débusquer les autres. Mais aujourd'hui, ce subterfuge n'avait plus lieu de se perpétuer.

Qu'est-ce que le fait de ne pas appartenir à un clan signifiait pour un lupin ? À quoi devait-il un tel statut ? Était-ce une manière de le mettre « hors la loi », ou n'avait-il simplement jamais été introduit dans aucun clan pour une raison quelconque ? Elle avait tenté de joindre Seabourne dans la soirée, mais personne n'avait décroché. Et aucun répondeur ni boîte vocale. Elle avait laissé un message au gnome hargneux propriétaire du club, dans l'espoir que le danseur se présenterait à son poste dans la soirée.

Elle griffonna : « hors la loi ? » sous le nom de Seabourne et passa à la colonne suivante : les Azá.

Elle tapota à nouveau son crayon sur le bloc, avec agacement cette fois. Meck lui avait laissé un message sur son répondeur : il avait interrogé un couple de retraités à l'Église des Fidèles… Très bonne initiative de sa part, seulement il aurait dû l'avertir d'abord. Elle était en charge de l'affaire, après tout, il n'était pas censé faire cavalier seul.

Non pas qu'il eût bâclé la chose. Meck était un flic méthodique, et il avait posé les questions qui s'imposaient sur Fuentes. Mais son message avait soulevé d'autres questions chez Lily. Demain, se dit-elle, elle lirait son rapport, puis passerait faire un tour à cette église. Elle aurait également une petite conversation avec Meck.

Elle déplaça son crayon et s'arrêta sur le mot « lupins ». Sous celui-ci, elle avait écrit : « Mœurs légères. Projet de loi/racisme. Meute (clan) : passe en premier ; conflits politiques internes. Hiérarchique. Jalousie ? »

Aux dires de Rachel, les lupins n'étaient pas jaloux. Mais d'après Grand-mère, leur absence apparente de jalousie tenait plus de l'acquis que de l'inné. On leur apprenait à ne pas se montrer sexuellement possessifs, de même qu'on apprend à un enfant à partager ses jouets.

Mais bien souvent, l'égoïsme de l'enfance se poursuit dans l'âge adulte. Lily avait arrêté bon nombre de gens qui avaient cherché à s'emparer de l'objet de leur convoitise, simplement parce qu'ils en avaient décidé ainsi, et qui n'avaient vu aucun mal à cet acte – tant qu'ils n'étaient pas pris. Une bonne éducation ne portait pas toujours ses fruits.

Turner avait-il brûlé d'une jalousie d'autant plus vive qu'elle était cachée ?

Lily sentit soudain son pied s'engourdir et sa hanche l'élancer. Elle regarda le chat en fronçant les sourcils.

— Il va falloir que je bouge.

Les paupières de l'Inspecteur Harry se soulevèrent, juste assez pour dévoiler deux fentes jaunes inquiétantes qui lui adressèrent un regard mécontent. L'animal ponctua son commentaire silencieux d'un mouvement de la patte, enfonçant ses griffes dans le *keikogi*[3] de Lily.

— Arrête, dit-elle. Je ne suis pas d'humeur à supporter les avances d'un mâle.

En fait, elle aurait juré qu'elle était en train d'avoir ses règles : elle se sentait nerveuse et morose. Et apparemment, elle s'était fait greffer un deuxième pied gauche.

Elle avait raté une réception ce soir pendant son entraînement. Après une simple projection d'épaules, elle était violemment retombée sur le tatami, comme une débutante tétanisée de peur. Bonjour la honte. John lui avait jeté un regard sévère. Mais il faut dire que son *sensei* ne lui avait jamais pardonné de ne pas avoir montré plus de ferveur à sa discipline. Il l'avait poussée à la compétition, mais elle n'avait jamais pratiqué le judo pour les trophées. À la base, elle s'était mise au judo pour le sentiment de sécurité qu'elle en tirait. Aujourd'hui… elle n'était pas sûre. L'habitude, peut-être. La peur de perdre ses acquis ? Ou peut-être recherchait-elle encore ce sentiment de sécurité.

[3] *Tenue d'entraînement pour la pratique des arts martiaux, souvent appelée à tort «kimono» (NdT).*

Son irritation monta d'un cran.

— Bon, Harry, bouge ! Il va bien falloir que j'utilise ce pied un jour.

Elle tendit les bras vers lui, tout en sachant qu'il aurait sauté avant qu'elle ne l'attrape.

Elle ne s'était pas trompée. Une fois au sol, le chat s'assit et la regarda fixement, en agitant sa queue, tel un démon duveteux malveillant. Quand il fut sûr d'avoir son attention, il se dirigea vers la cuisine.

— Oh, ça va.

Elle se leva et le suivit.

Harry n'était pas censé recevoir de nouvelle ration avant le lendemain matin, mais le chat ne partageait pas l'avis du vétérinaire quant au poids idéal. Si elle avait vécu de moineaux et d'ordures pendant un temps, songeait Lily, comme il l'avait probablement fait, elle aussi aurait sans doute eu quelques problèmes de boulimie.

Lily attrapa la boîte de croquettes. Le chat prit un air dégoûté et se dirigea vers le réfrigérateur.

— Bon. Alors juste un peu, dit-elle en rangeant les croquettes pour sortir le lait.

Aux dires du vétérinaire, le lait de vache n'était pas bon pour les chats, en particulier ceux en surpoids, mais Harry adorait ça. Et elle n'avait pas le cœur à lui refuser sa gourmandise. Elle en versa un filet dans une soucoupe et la déposa sur le sol.

Lily ignorait totalement si elle agissait comme il le fallait avec l'Inspecteur Harry. C'était son premier chat – si elle cédait à l'usage et considérait l'animal comme le sien. La plupart du temps, cela semblait être l'inverse. Elle l'avait trouvé sur la plage un an plus tôt, affamé, avec une patte abîmée et douloureuse. C'était l'unique fois qu'il l'avait laissée le porter.

— Qu'est-ce que tu en dis, Harry ? (Elle s'adossa contre le réfrigérateur en croisant les bras et le regarda laper goulûment.) Le monde animal – pardon, je veux dire « le monde des animaux de type non-humain » – n'est pas exempt de possessivité sexuelle. C'est sûrement à ça que tu dois ta moitié d'oreille.

Harry ne lui prêtait aucune attention.

— Et les loups se disputent bien les femelles, continua-t-elle. Mais il est vrai que les lupins ne sont pas exactement des loups. D'après Grand-mère, leurs combats obéissent à des règles, des rituels. Cela dit, les femmes ne sont pas censées être à l'origine de ces duels.

Harry lécha la dernière goutte de lait et commença à se nettoyer le museau. Lily se frotta distraitement la hanche. Quelque chose la turlupinait, elle sentait qu'un détail ne collait pas.

— Soit Turner l'a tué dans un accès de jalousie, soit… Soit quoi ?

Elle quitta le réfrigérateur et se mit à arpenter la pièce. Quelques pas plus tard, elle était revenue dans le salon.

— À moins qu'il ne se soit entiché de Rachel, et que cela ait suscité en lui une furieuse possessivité, Turner n'avait aucune raison de tuer Fuentes. Possible qu'il l'ait tout de même fait, mais si ce n'était pas le cas… quel était alors le mobile du tueur ?

Lily s'arrêta devant la fenêtre et contempla les rideaux baissés, la mine songeuse. À qui profitait la mort de Fuentes ? Voilà ce qu'il fallait toujours se demander. Une fois sur deux, il était question d'argent. Peut-être pas cette fois, cependant. Aux dires de Rachel, Carlos n'avait souscrit qu'une petite police d'assurance, par le biais de son travail, qui lui permettrait à peine de couvrir les frais d'obsèques.

Crime passionnel ? Il courait effectivement les femmes, toujours selon Rachel… mais il n'avait pas été tué par un mari ou un petit ami jaloux, il avait été tué par un loup.

Bon. Quelle était la conséquence la plus évidente de sa mort ?

— Ma présence, souffla Lily tout bas. Cette enquête pour meurtre.

Visant plus particulièrement Turner, parce qu'il s'agit d'un lupin, et qu'il entretenait une liaison avec Rachel. Et la seule chose dont ils étaient certains, c'était que Fuentes avait été tué par un lupin.

Une minute. La vraie question était peut-être : pourquoi Fuentes avait-il été tué par un loup ? Pas simplement un lupin, mais un lupin transformé en loup... Le tueur aurait tout aussi bien pu leur laisser une note disant : « Le coupable est un lupin. »

Même si les lupins étaient plus dangereux sous leur forme animale, ils n'en restaient pas moins incroyablement forts et rapides sous leur forme humaine. Le tueur n'avait pas besoin de se transformer pour tuer Fuentes.

Harry se frotta contre sa jambe en ronronnant.

— Tu as raison, dit-elle. Il est tard. Je ferais mieux d'aller au lit.

Mais tandis qu'elle se préparait à se coucher, une question ne cessait de tarauder Lily.

Pourquoi le tueur de Fuentes s'était-il transformé pour commettre son crime ?

VII

Au nord-est de la ville, une petite route tortueuse montait en serpentant dans les montagnes. Une trentaine de kilomètres plus haut, un aménageur territorial avait installé un point de vue panoramique, qu'on avait pourvu d'une table de pique-nique en ciment et d'une poubelle métallique. Il était onze heures et c'était là que Rule attendait, appuyé contre sa voiture, les bras croisés et le nez levé.

Le soleil brillait dans le ciel dégagé, tel un disque éclatant. Seul le vent troublait le silence, un vent fort et poussiéreux chargé de senteurs de sauge et de créosote, et d'un fumet de lapin. En contrebas, le flanc accidenté de la montagne descendait vers la ville, située à belle distance. Deux kilomètres plus haut sur la petite route, cachée à la sortie d'un virage derrière une rangée de chênes sauvages, se trouvait l'entrée du territoire Nokolaï.

Rule ferma les yeux : le temps lui manquait. Sa présence était requise en deux lieux différents, et aucun de ces endroits n'était celui où il désirait être. Il avait tenté de joindre Cullen toute la matinée. Il fallait qu'il le trouve, ou au moins qu'il sache si son ami avait une fois de plus choisi de se volatiliser dans la nature. Il lui arrivait régulièrement de disparaître de la circulation, sans dire à personne où il allait, ni quand il serait de retour. Dans ses bons jours, Rule trouvait cette manie agaçante.

Aujourd'hui, il n'était pas dans ses bons jours.

Rule s'immergea dans le silence pour essayer de se calmer. Il y avait bien longtemps qu'il n'avait pas couru, ni même marché dans ces collines en étant loup… trop longtemps. Il ressentait le besoin de communier avec la nature, de s'imprégner de la terre et de laisser son empreinte sur elle… mais le temps lui manquait.

Malgré tout, l'occasion était trop belle.

Il tourna la tête face au vent, et huma l'air à la recherche de la source du fumet. Sous un buisson rabougri, il repéra la boule de fourrure gris-brun, à peine visible dans le paysage. Elle tremblait. Immobile, Rule fixa l'animal du regard et inspira à pleins poumons. Ça faisait du bien.

Le visage de Lily hantait en permanence son esprit : un visage en forme de cœur, avec un nez fort et droit, et deux yeux noirs en amandes. Quand elle souriait, sa bouche formait un joli triangle, et ses joues s'arrondissaient. Il repensa à sa peau, sa texture crémeuse couleur de miel ; à son parfum, légèrement épicé, éperdument humain, et si particulier.

Le souvenir raviva son excitation et attisa son impatience. Il voulait la voir maintenant, pas devoir attendre jusqu'à treize heures.

Sa réaction n'augurait rien de bon, pensa-t-il. Rien de bon du tout.

Quelques minutes plus tard, des pneus crissèrent sur le gravier et le lapin détala de sa cachette. Rule se retourna. Une Jeep d'un gris sale venait de s'arrêter derrière son cabriolet. Deux hommes en sortirent, alors qu'il n'en attendait qu'un seul ; tous deux étaient torses nus, en jeans et chaussures de sport. L'un d'eux, le conducteur, portait encore les marques de l'agression de l'avant-veille : trois longues cicatrices en travers de la poitrine.

L'homme était grand, bâti comme un quarterback avec les mains d'un joueur de basket. Il tenait son teint cuivré, inhabituellement sombre pour un lupin, de sa mère, et avait les cheveux noirs, striés d'argent et coupés très courts. Une machette dépassait de l'étui en cuir dans son dos ; un second étui à sa ceinture renfermait un couteau. Leurs lames étaient à n'en point douter aiguisées, même si l'argent contenu dans l'alliage, par sa souplesse, raccourcissait la longévité du tranchant.

Le passager de la Jeep était taillé comme les armes blanches de son compagnon : mince et effilé, avec de larges épaules osseuses en guise de poignée. Il avait le visage allongé, la peau et les yeux clairs, et ses cheveux châtains étaient assez longs pour qu'il puisse les attacher. Beaucoup lui auraient donné le même âge que Rule ; et ils auraient vu juste. Mais il faut dire que la plupart des gens ignoraient l'âge réel de Rule.

— Mick, dit Rule en se redressant, une méfiance coutumière ôtant à ses traits le peu de quiétude qu'il tirait du paysage montagneux. Je ne savais pas que tu étais à Clania.

— Je suis descendu en voiture, expliqua le plus mince des deux hommes en s'approchant. Le vignoble peut tourner quelques jours sans moi. Toby t'embrasse, ajouta-t-il, et te réclame des Mentos… ou toute autre sucrerie à même de lui pourrir les dents. Tu sais combien Nettie est à cheval sur son alimentation.

À ces mots, le cœur de Rule fit un bond.

— Tu as vu Toby ?

— Oui, quelques minutes, juste avant que les esclavagistes ne l'enchaînent à son cahier d'exercices. Tu pousses le bouchon, là. Quel besoin avais-tu de lui faire traverser tout le pays pour le mettre à l'abri ? Aucun lupin ne s'en prendrait à un môme !

Rule secoua la tête sans rien dire. Mick ignorait tout de ce que Cullen avait découvert, et pour l'instant, Rule préférait qu'il en soit ainsi. Il tendit le bras et les deux hommes se saluèrent à la manière des lupins, en s'attrapant les avant-bras. Mick esquissa alors un sourire et donna à Rule une tape dans le dos, assez forte pour faire chanceler un humain.

Rule recula, mais ce ne fut pas la claque faussement amicale qui l'amena à retrousser la lèvre d'un air menaçant, et à adopter une posture défensive. C'était l'odeur.

Le troisième homme saisit Mick par l'épaule et ordonna d'une voix caverneuse :

— Demande concorde.

— Pour l'amour de la Déesse ! Je lui ai juste donné une petite tape dans le dos !

Benedict renifla.

— Tu pues tellement le *seru* que même un humain réagirait, dit-il. Je n'ai pas de temps à perdre avec ces enfantillages. Demande concorde !

À contrecœur, Mick murmura la parole réconciliatrice. Rule se détendit aussitôt. Il faudrait cependant un certain temps pour que les substances chimiques libérées par son organisme se dissipent. L'hostilité de son frère empuantissait l'air.

— Et toi, lança Benedict en s'adressant à Rule, il vaudrait mieux apprendre à te contrôler. Le Lu Nuncio ne peut se permettre de partir au quart de tour comme un adolescent fougueux !

Rule se mordit la langue. Il ne partait plus au quart de tour aujourd'hui… excepté avec Mick. Les deux lupins avaient toujours été rivaux : enfants, Mick jalousait Rule parce qu'il vivait à Clania, tandis que Rule enviait Mick d'avoir une mère qui l'acceptait. Mais leur relation avait véritablement tourné au vinaigre lorsque Isen avait désigné son plus jeune fils comme héritier.

— Je sais, s'excusa Rule. Je suis sur les nerfs.

— Raison de plus pour te contrôler, lui rétorqua Benedict en lâchant l'épaule de Mick. Venons-en directement à la question qui nous préoccupe. Je ne tiens pas à m'absenter trop longtemps loin du Rho.

— Comme tu veux, acquiesça Rule. Cela étant dit, nous aurions pu nous retrouver plus près de Clania.

Et pourquoi Benedict avait-il amené Mick à leur rendez-vous ? Il se doutait bien qu'il y aurait des choses dont Rule ne pourrait discuter qu'avec lui.

— Crois-le ou non, mais c'est aussi ce que je lui ai suggéré, déclara Mick en se frottant l'épaule. Mais c'était peine perdue. Je ne vois pourtant aucune raison de t'interdire l'accès à Clania.

Benedict le gratifia d'un de ces regards autoritaires qui faisaient ramper Rule sous terre, du temps où Benedict s'occupait de sa formation.

— Tu es bien attentif aux droits de ton frère, dis-moi.

— Tu t'attendais sûrement à ce que je me réjouisse de le voir banni, répliqua Mick avec un rictus insolent avant de détourner les yeux. J'ai du mal à encaisser le fait que mon petit frère soit le Lu Nuncio, ça, tu le sais, il le sait, et tout le monde le sait… et c'est peut-être pour ça que j'apprécie d'autant moins qu'un autre que moi lui manque de respect.

— C'est la coutume qui exige ce bannissement… Attends ! (Benedict fendit l'air d'un geste pour couper court aux protestations de Mick.) Je sais qu'elle lui interdit simplement de se trouver en présence du Rho, pas sur le territoire du clan, mais Isen approuve ma décision.

Mick afficha un vif étonnement ; pas Rule : il l'avait déjà deviné. Isen ne passait pas tout son temps endormi ou en somnie, il aurait facilement pu annuler l'ordre de Benedict… s'il l'avait voulu.

— Rule, bredouilla Mick, je… je ne sais pas quoi te dire. Comment notre père peut-il te soupçonner ?

Rule haussa les épaules avec indifférence et s'efforça d'ignorer le malaise qui lui nouait l'estomac.

— Isen n'agit jamais sans raison, déclara-t-il.

— Si ça peut te consoler, poursuivit Mick, moi non plus je ne suis pas encore autorisé à le voir.

Il adressa un regard amer à Benedict ; celui-ci resta de marbre.

— Je t'ai laissé m'accompagner afin de ne pas avoir à répéter ce que je vais dire, lâcha soudain Benedict. Alors tais-toi et écoute.

Une lueur de colère brilla dans les yeux de Mick.

— Eh bien, vas-y, parle.

— Il semble qu'il y ait un traître au sein des Nokolaï, commença Benedict. C'est la principale raison qui m'a conduit à bannir Rule de Clania, le temps que notre père guérisse.

Rule sentit l'indignation monter en lui.

— Tu fais référence à l'agression ? Ils ignoraient que tu devais retrouver notre père à son retour, mais ils savaient que tu ne l'accompagnais pas.

— Une minute, intervint Mick. D'abord, Benedict a beau être fort, sa seule présence n'aurait pas suffi à empêcher l'agression.

— Ils n'étaient que cinq, rappela Rule. Qui oserait affronter Benedict et notre père avec seulement quatre hommes pour lui prêter main-forte ?

— Tu n'as pas complètement tort. Mais on sait qui a fait le coup : les Leidolf. Trois des agresseurs appartenaient à coup sûr à leur clan, et les deux qui se sont enfuis aussi sans doute.

— Nous avons contacté le clan Leidolf, déclara Benedict. Et le Conseil a émis une plainte et une requête officielle. Leur Rho a désavoué les coupables.

— Le Conseil ? répéta Rule sur un ton soucieux. S'il a émis la plainte à la place d'Isen, tout le monde sait désormais que notre père est gravement blessé.

— C'est justement ce qu'il voulait.

Rule considéra en silence cette nouvelle information : apparemment, Isen souhaitait donner l'impression qu'il se méfiait de son héritier ; il souhaitait également que ses ennemis le croient sérieusement diminué. Mais qu'avait-il à y gagner, puisque le simulacre recelait une bonne part de vérité ? Rule laissa paraître ses inquiétudes à Benedict, lequel, en retour, esquissa un très léger mouvement d'épaules. Ainsi donc, Benedict ignorait lui aussi ce que leur père tramait…

— Je suppose que le clan Leidolf n'a pas offert réparation.

— Non. Mais de toute évidence, ils savent qu'ils n'y couperont pas éternellement. Pour l'instant, le Conseil est disposé à les laisser différer la concorde. Dans les deux camps, la tension monte. Toutefois personne ne montre encore les dents.

Rule acquiesça en silence. Bien qu'étant ennemis de longue date, les clans Leidolf et Nokolaï avaient réussi à éviter le Défi clanique tout au long des soixante dernières années.

Une guerre aurait causé bien trop de victimes, aussi Isen privilégiait-il des moyens plus détournés pour parvenir à ses fins. Si les Leidolf, plus nombreux, pouvaient supposer sans trop de risque qu'une guerre d'envergure tournerait à leur avantage, ils n'oubliaient pas que le clan Nokolaï disposait de bien des alliés : il ne combattrait pas seul. Même les Leidolf se rendaient compte des conséquences désastreuses qu'un conflit généralisé entraînerait.

— Le problème, reprit Benedict, c'est que l'agression a été trop bien programmée. Très peu de gens étaient au courant qu'une rencontre entre Nokolaï et Kyffin devait se tenir : seulement trois des nôtres, et bien sûr le Conseil. L'unique personne à qui je l'ai dit, c'est le garde qui escortait Isen… et il est mort.

— Tout le monde sait que les Leidolf n'ont aucune parole, rétorqua Rule. Il n'y aurait rien de surprenant à ce qu'ils tuent leur agent double pour l'empêcher de les dénoncer…

— Rule ! s'exclama Mick, consterné. Tu oses salir l'honneur de Frederick ?

Rule secoua la tête.

— Je sais. Mon instinct se rebelle aussi contre cette idée… mais j'aimerais tout de même avoir l'opinion de Benedict. Il se trouvait sur place.

— Frederick est mort en défendant son Rho, déclara Benedict d'un ton sans appel. Il n'y a aucune place pour le doute. As-tu parlé à quelqu'un de la rencontre, Mick ?

— Bien sûr que non.

— Rule ?

Une seule personne en dehors du clan avait eu vent de la réunion : Cullen. Mais il ne l'avait pas appris de la bouche de Rule. Celui-ci formula sa réponse avec précaution :

— Je n'en ai parlé à personne avant sa tenue.

— J'ai discuté avec les conseillers, conclut Benedict. Ils m'ont tous assuré avoir gardé l'information pour eux.

Mick se fendit d'un sourire cynique.

— Ce qui ne prouve rien, étant donné que tu refuses d'autoriser Rule à aller leur poser la question en personne.

La remarque de Mick laissa Rule interloqué.

— Tu voudrais ni plus ni moins que j'adresse la question aux membres du Conseil sans avoir l'aval du Rho ?

— O.K. C'est bon, concéda Mick avec une grimace. Mes mots ont dépassé mes pensées. Mais arrêtons de tourner autour du pot : les conseillers ont peut-être gardé le secret, mais il y avait deux clans présents à cette rencontre. Qu'en est-il des Kyffin ?

— Jasper est une tête brûlée, répondit Rule, mais il est honnête.

— Je dis seulement qu'il s'est peut-être confié à la mauvaise personne.

Benedict secoua la tête.

— Si quelqu'un a tenu sa langue à propos de la rencontre, c'est bien le Rho Kyffin. Il assure que seuls lui et son Lu Nuncio ont été informés à l'avance de sa tenue, et ajoute qu'il est disposé à joindre l'acte à la parole : il accepte de se soumettre au clan Nokolaï lors d'une cérémonie officielle.

— *Merde*[4] *!* s'exclama Rule en secouant la tête d'un air tristement admiratif. Isen parviendrait à retomber sur ses pieds même si on l'amputait des deux jambes… Il n'avait pas prévu d'obtenir le soutien des Kyffin de cette façon, mais je parie qu'il s'en réjouira. Ont-ils fixé une durée ?

— Rien d'inhabituel : un an et un jour.

— Tu vas donc être forcé d'autoriser Rule à pénétrer dans Clania, fit observer Mick. À moins que tu n'envisages de demander à Jasper d'attendre patiemment que notre père

[4] *En français dans le texte (NdT).*

retrouve suffisamment de forces pour prendre part à la cérémonie.

— Non. C'est naturellement au Lu Nuncio d'agréer la soumission au nom des Nokolaï. Jasper est arrivé il y a une heure, accompagné de sept Kyffin et de deux membres d'autres clans en guise de témoins. La cérémonie a été fixée à quatorze heures. Rule rentrera à Clania avec nous.

— Maintenant ? s'écria Rule. Pourquoi diable avoir organisé cette rencontre sans m'en avertir ?

— Tu te méprends sur mon autorité, répondit Benedict d'un ton où pointait un léger étonnement. Ce n'est pas moi qui l'ai organisée, mais le Conseil.

Bien sûr. Quel imbécile. Rule avait laissé son désir de revoir Lily corrompre son jugement. Il devrait l'appeler pour reporter leur déjeuner – un déjeuner qu'elle considérait, hélas, comme purement professionnel…

— Ça tombe très mal, avoua Rule, mais je suppose qu'on ne peut pas faire autrement.

— Comment cela ? Tu avais une affaire plus importante à traiter qu'agréer la soumission des Kyffin aux Nokolaï ?

— Si j'étais certain qu'elle soit plus importante, je solliciterais immédiatement un report auprès du Conseil, éluda-t-il. Il se trouve que j'essaie par ailleurs d'échapper à une inculpation pour meurtre. Quels que soit mes sentiments sur la question, la Californie reste un état partisan de la peine de mort, et il serait fâcheux pour le clan que son héritier soit exécuté.

Une bribe d'émotion troubla le visage de Benedict.

— Qui as-tu tué ?

— Personne dernièrement. Attends, tu veux dire que tu n'es au courant de rien ? Bon sang ! Personne à Clania ne se tient donc au courant des infos ?

— Nous avons été quelque peu préoccupés ces derniers temps, rétorqua sèchement Benedict.

Rule se passa la main dans les cheveux. Il avait posé la question pour la forme. La plupart de ceux qui avaient la chance de vivre à Clania se coupaient effectivement du monde des humains. Le Conseil, lui, ne pouvait se le permettre, mais comme l'avait souligné Benedict, ils avaient eu d'autres chats à fouetter.

— Il semblerait qu'on m'ait tendu un piège, dit Rule, avant d'en résumer les grandes lignes.

— Alors ils s'en sont aussi pris à toi, déclara Mick d'un ton soucieux. C'est bien ça ! Ils veulent détruire les Nokolaï. Et on sait tous pourquoi, pas vrai ? À cause d'Isen et de ses fichues prises de position politiques ! Quand comprendra-t-il donc que nous n'avons jamais rien eu à gagner à nous mêler des affaires politiques humaines ?

Rule ne disait rien. Son statut de Lu Nuncio ne lui offrait pas le luxe d'avoir une opinion. Benedict ne se prononçait pas davantage, mais c'était classique chez lui : il aurait fait un parfait Lu Nuncio si les circonstances avaient été différentes.

— Il te faut des gardes du corps, déclara Benedict.

— Ma mort desservirait leurs plans.

— Ils préféreraient peut-être te voir arrêté plutôt que tué, mais qu'arrivera-t-il si tu échappes à l'arrestation ?

Rule hocha la tête, Benedict n'avait pas tort. S'ils ne pouvaient se débarrasser de lui de cette façon, ils pourraient très bien employer la manière forte.

— Tu as raison. Mais je ne peux pas vaquer à mes affaires en traînant des gardes du corps derrière moi. Et puis ce n'est pas comme si je faisais une cible facile.

Benedict lui porta un regard ombrageux, mais s'inclina. Il était certes en charge de la sécurité à l'intérieur de Clania, mais il ne pouvait pas forcer Rule à accepter une protection à l'extérieur du territoire du clan. Il fouilla dans sa poche et jeta un jeu de clés à Mick.

— J'ai besoin de discuter avec Rule, dit-il. Ramène ma Jeep.

Les traits de Mick s'assombrirent sous la colère, mais le lupin savait qu'il était vain de discuter un ordre de son frère. Au bout d'un moment, il haussa les épaules et salua Rule d'un signe de tête.

— À tout à l'heure ! dit-il avant de regagner la Jeep.

Benedict attendit que Mick soit parti, puis demanda :

— Bon. Que se passe-t-il ? Ce mystérieux avertissement que tu m'as adressé ce matin nécessite une explication.

— C'est pour cela que je suis ici, répondit Rule.

Benedict était responsable de la protection du Rho, il était légitime qu'il sache à quel type de menace s'attendre.

— Tu te souviens de Cullen Seabourne ?

— Seabourne… (Benedict fronça les sourcils et réfléchit.) Si ma mémoire est bonne, tu passais beaucoup de temps en sa compagnie quand tu étais un jeune écervelé. Mais… ce Seabourne, n'était-il pas sans-clan ?

— Si. Mais c'est aussi mon ami.

— Tu as de bien curieux amis. (Une sorte de perplexité transforma l'expression austère de Benedict.) Ça me revient maintenant : n'avait-il pas un chat ?

Rule esquissa un sourire à l'évocation d'un tel détail. En règle générale, les lupins et les chats s'évitaient comme la peste.

— Exact. Ce que je vais te dire doit rester strictement entre nous, Benedict. Isen est au courant, mais pas le Conseil.

Benedict acquiesça d'un hochement de tête.

— Tu parais nerveux, fit-il observer.

— Le changement de lune approche et il y a longtemps que je n'ai pas été loup. Mais même sans cela, ajouta-t-il en se passant une main lasse dans les cheveux, je ne manque pas de raisons d'être nerveux ces temps-ci.

— Tu manques surtout d'exercice, fit remarquer Benedict. Mais nous n'avons pas le temps pour cela… Marchons, dit-il en montant sur la route.

Une des choses irritantes avec Benedict, songea Rule, c'était qu'il mettait souvent dans le mille. Effectivement, marcher lui fit du bien.

— Cullen n'est pas le seul ami que j'ai conservé du temps où j'étais un jeune écervelé. Il ne s'agissait pas uniquement de lupins, du reste. Trop souvent, les peuples de la Souche vivent en vase clos, isolés parmi les hommes. Il n'y a aucune communication entre nous, et encore moins de coopération.

— Tu ne suggères tout de même pas que l'on fasse cause commune avec les banshies ?

Rule tourna la tête vers son frère.

— Je rêve ou tu viens de faire de l'humour ?

— Arrête un peu de rêver, lui rétorqua Benedict, la mine impassible.

Les deux hommes quittèrent le milieu de la chaussée et progressèrent sur le bas-côté, instinctivement tournés face au vent. La terre sous leurs pieds était dure et poussiéreuse ; Rule marchait sans faire de bruit, tandis que Benedict avançait d'un pas lourd qui résonnait aux oreilles de son frère.

— Nous avons coutume de nous cacher depuis toujours, reprit Benedict. Tous autant que nous sommes. Ajoute à cela plusieurs siècles de haine et de méfiance entre certains de nos peuples, et tu as ton explication… Rien n'arrive sans raison.

— La Division a rendu certaines de ces explications caduques. On prétendait la plupart des autres peuples endormis depuis des siècles.

— Tu veux me faire croire qu'ils se sont réveillés ?

Rule hocha la tête.

— Je n'en suis pas certain. Cullen, en revanche, si.

— Et as-tu une quelconque raison, autre que votre amitié, de le croire ?

— Tu te souviens de son chat ? Eh bien, il s'agissait en fait de son familier.

Benedict laissa échapper un hoquet de surprise.

— Impossible ! Seabourne ne peut pas être un sorcier. Il est de la Souche.

— Ce n'est pas un sorcier, mais un ensorceleur.

— J'imagine que tu ne fais pas référence à ces charlatans stupides. Tu veux dire un véritable ensorceleur ? Mais… comment est-ce possible ? Cette voie nous est fermée.

— Je n'en ai pas la moindre idée. Je sais seulement que sa mère était une sorcière.

— Encore une chose que je croyais impossible ! Un loup solitaire versé dans les sorts… (Il secoua la tête.) Tu commences à m'effrayer.

— Je ne t'ai pas dit le plus effrayant, annonça Rule d'un ton grave. Cullen est venu me voir il y a quelques semaines de cela pour me dire qu'il avait relevé une série de phénomènes étranges dans les énergies qu'il manie ; il a employé le mot « turbulences ». Je ne vais pas entrer dans les détails – à vrai dire, j'en serais bien en peine, parce que je n'ai pas compris un traître mot de ses explications – mais en résumé, il pense que ces turbulences reflètent un conflit de forces entre plusieurs mondes. Un conflit qui impliquerait d'une manière ou d'une autre le clan Nokolaï et ses ennemis.

Benedict semblait incrédule.

— C'est impossible, les différents mondes ne sont plus en phase. Autrefois, peut-être, mais plus aujourd'hui.

— C'est ce qu'on se figurait, mais des rumeurs circulent, au sujet d'entités qu'on croyait incapables de venir jusque dans notre monde : une banshie aurait été aperçue au Texas, un griffon au Pays de Galles…

— Des rumeurs, comme tu l'as dit, répliqua Benedict avec dédain.

— Peut-être bien… Je sais qu'une rumeur ne prouve rien, mais Cullen est venu me voir parce que… Bon sang ! J'ai failli oublier… (Rule respira lentement pour se calmer. L'effet bénéfique de la courte marche commençait à se dissiper, et son agitation le reprenait de plus belle ; il ressentait également un tiraillement singulier au creux de son ventre.) Pour remercier Cullen de nous avoir avertis de l'agression, Isen a décidé de lui accorder l'aide et l'hospitalité du clan pendant un mois. Je doute qu'il en profite, mais s'il se montre…

— C'est entendu : je ferai en sorte qu'il ait accès au territoire, répondit Benedict. Termine tes explications.

— Bien sûr…

Continue de marcher, se dit Rule en lui-même. Mais il marchait dans la mauvaise direction : il se dirigeait vers Clania, alors que tout son être, tout son corps, avait envie… avait besoin…

— Cullen est venu me voir après qu'un esprit élémentaire a surgi dans sa flamme divinatoire, reprit-il. L'esprit était terrifié…

Benedict eut un petit rire moqueur.

— C'est ainsi que fonctionne la divination, non ? En contrepartie de la flamme, ou de l'eau, ou de tout autre élément utilisé, les élémentaires montrent des images. Fausses, la plupart du temps, ajouta-t-il, ou sinon inutiles. Les élémentaires sont des esprits trop simples pour nourrir la moindre pensée, voire la moindre émotion.

— D'habitude, oui, mais cette fois-là, il s'agissait d'un élémentaire très important et très ancien. À en croire Cullen, il ne serait pas originaire de notre terre…

— Effectivement, reconnut Benedict au bout d'un moment, ce que tu me dis là est encore plus effrayant.

La tête de Rule commençait à tourner, comme s'il manquait d'oxygène. Il ralentit son allure, jusqu'à s'arrêter.

— La nuit dernière, Cullen a jeté les osselets. J'ai vu le résultat, Benedict : une série de uns, sur chaque astragale.

Aucun juron ne sortait jamais de la bouche de son frère, mais Rule devinait à son expression qu'il contenait sa stupéfaction.

— Je ne dis pas que je crois à son histoire, Rule, mais si la moitié seulement s'avère… Que t'arrive-t-il ?

— Je ne peux plus… (*Respirer. Peux plus…*) Il faut que je rentre. (Rule se retourna un peu trop vite, et vacilla ; il se serait probablement écroulé si la poigne de Benedict ne s'était pas refermée sur son bras pour le rattraper.) Il faut que je rentre, répéta-t-il en recommençant à marcher.

Oui, comme cela… Il repartait dans la bonne direction. Le vertige passa, mais le sentiment d'urgence s'amplifiait. Il accéléra le pas, jusqu'à courir, entraînant un Benedict silencieux à son côté.

Il doit penser que je suis fou, songea Rule. *Et il n'aurait pas tout à fait tort.* Mais il ne prit pas le temps de s'arrêter pour fournir une explication à son frère. En quelques secondes, il eut atteint son cabriolet. Il se pencha alors en avant, les mains sur les cuisses, et respira à pleins poumons.

Un sprint aussi bref n'aurait pas dû élever son rythme cardiaque, et encore moins l'essouffler. *Merde, merde, merde…*

Benedict le toisait d'un regard impérieux.

— Je te somme de me dire ce qui ne va pas. Immédiatement !

— Désolé. (Rule se redressa. Il fallait qu'il appelle Lily : d'abord pour décaler l'heure de leur déjeuner, ensuite pour s'assurer qu'elle allait bien. Si par malheur, elle s'était trouvée au volant…) Je ne peux pas me rendre à Clania, Benedict. Il va falloir que tu conduises Jasper ici. Non, mieux : propose-lui de me retrouver en ville à mon appartement. Nous devons planifier la tenue du rituel.

— Qu'est-ce que tu racontes ?

— Je n'en étais pas sûr jusqu'à maintenant, mais… il semblerait que la Déesse m'ait choisi une Élue.

Les yeux de Benedict s'agrandirent.

— De qui s'agit-il ?

Rule inspira profondément, bloqua son souffle, puis expira lentement, permettant ainsi à son rythme cardiaque de retrouver sa régularité.

— De l'inspectrice de police chargée d'enquêter sur le meurtre dont on me suspecte.

— *Putain de merde !* s'exclama l'homme qui ne jurait jamais.

VIII

Le quartier où Carlos Fuentes avait trouvé la mort était aussi sinistre de jour que de nuit, mais Lily nota cependant que les alentours du Club Inferno semblaient légèrement mieux fréquentés.

La plupart des commerces portaient certes des barreaux à leurs fenêtres, mais au moins ces derniers étaient-ils ouverts et pas à l'abandon. Les attroupements habituels de jeunes à l'air maussade encombraient les trottoirs, mais on apercevait ici ou là des femmes, et pas seulement des prostituées. Juste devant Lily, deux petites vieilles avançaient lentement sur le trottoir, jetant aux jeunes gens des regards mauvais tout en jacassant bruyamment en espagnol.

Aujourd'hui, les pas de Lily ne résonnaient plus sur le trottoir, elle n'avait plus à subir l'inquiétant cliquetis de ses escarpins, ni même l'inconfort de ses anciennes chaussures de service. Pouvoir porter des chaussures de sport était un des avantages de quitter l'uniforme.

Une chance de les avoir, se dit-elle. Elle se sentait nerveuse, irritée… comme prise d'une furieuse envie de courir.

— Avez-vous vérifié son casier ? demanda-t-elle à l'agent Larry Phillips qui déambulait à ses côtés, toujours aussi grand, aussi maigre, et aussi sarcastique.

— Elle en a pas, répondit-il. La brigade des mineurs pourrait éventuellement avoir quelque chose, mais on n'y aura pas accès. Ça ne fait pas longtemps qu'elle fait le trottoir, du moins en tant qu'adulte… D'après sa carte d'identité, elle vient d'avoir dix-neuf ans. (Il renifla.) Gonzales pense qu'elle est clean.

— Mouais. (En théorie, il était parfaitement possible pour une prostituée de travailler dans ce quartier sans être une toxicomane… Possible, mais peu probable.) Bon boulot.

Il haussa les épaules.

— Elle est pas exactement fiable à deux cents pour cent, mais qui d'autre vouliez-vous trouver qui traîne la nuit dans ce quartier ? Des macs, des putes, des dealers et des junkies… c'est à peu près tout.

— Vous avez oublié les gangs, fit remarquer Lily.

Sa nervosité se doublait d'une sensation de tiraillement, comme un besoin urgent de se rendre quelque part. Qu'est-ce qui lui arrivait ? Elle savait pertinemment qu'elle n'était pas une médium, ça n'avait donc rien à voir avec une prémonition ou une connerie de ce genre.

— Les gangs restent généralement à l'écart du quartier. C'est celui du bout, dit-il en montrant un bâtiment en brique délabré à l'extrémité ouest de la rue. Troisième étage. Vous semblez sacrément contente que j'aie déniché ce nouveau témoin. Son témoignage fiche pourtant en l'air les charges contre votre principal suspect, non ?

— Il corrobore d'autres déclarations. On sait que Fuentes a quitté une église du côté de La Mesa vers vingt heures trente.

— C'est à trente minutes d'ici, à tout casser. Qu'est-ce qu'il a bien pu faire de neuf heures à dix heures moins dix ?

— Je ne sais pas encore. (Lily marcha un moment avant d'ajouter :) Dites-moi, Phillips… vous qui en connaissez un rayon en loups-garous : pourquoi un lupin choisirait-il de se transformer en loup pour commettre un meurtre ?

— J'en sais rien, répondit le policier, surpris. Instinctivement, peut-être, Fuentes était armé.

— D'après ce que vous m'avez dit, et ce que j'ai pu lire, un calibre .22 ne constitue pas vraiment une menace pour un lupin.

— S'il s'était pris une balle, ça nous aurait permis de l'identifier assez facilement, fit observer le policier. Ils guérissent peut-être rapidement, mais vous auriez tout de même remarqué la plaie quand vous êtes allée les interroger au Club Inferno.

— Je ne me serais pas rendue directement là-bas si nous n'avions pas découvert que le tueur était un lupin. C'est comme s'il avait collé un Post-it sur le cadavre à notre intention, avec écrit : « Tueur lupin en cavale. »

— Peut-être qu'il voulait juste croquer un humain ? Et c'est tombé sur Fuentes. Bon Dieu, il y a tout un tas d'explications possibles auxquelles un humain ne penserait même pas.

— Mouais.

Ou peut-être qu'on cherchait à l'aiguiller sur une fausse piste. Pourquoi le tueur s'était-il transformé en loup pour attaquer Fuentes ? Était-ce par instinct ou de manière délibérée ? La première hypothèse ne tenait pas la route, à moins qu'il ne se soit produit ce soir-là un fait inhabituel dont elle n'avait pas connaissance. Aucun lupin n'avait jamais été amené à se transformer et à tuer par pulsion, du moins pas dans les onze derniers mois.

En revanche, le tueur aurait eu intérêt à revêtir sa forme animale s'il avait voulu que les soupçons de la police s'orientent vers les lupins… ou vers un lupin en particulier.

Celui qu'elle devait rencontrer au déjeuner.

Un curieux spasme lui laissa une sensation de creux à l'estomac. Elle se frotta distraitement le ventre : avait-elle pris son petit-déjeuner ?

— C'est ici ? demanda-t-elle quand ils eurent atteint le bâtiment que Phillips avait indiqué.

— Ouais, répondit le policier en tendant le bras par-dessus l'épaule de Lily pour pousser la porte.

Le hall de l'immeuble était sale et minuscule. Elle le précéda dans les escaliers.

— Qu'entendiez-vous par « les gangs restent généralement à l'écart du quartier » ?

— À cause des loups, expliqua-t-il avec une certaine réticence. On raconte qu'ils ont fichu les chocottes à deux-trois chefs de gangs, histoire qu'ils arrêtent d'emmerder les clients du club. Possible aussi que le proprio de la boîte, ce petit gars bizarre, leur foute les jetons. Quoi qu'il en soit, aucun gang ne revendique les rues autou… Hé ! Ça va ?

Lily venait de s'arrêter, la main agrippée sur la rampe. Elle s'efforçait de ne pas dégringoler au bas des marches.

— Je… Donnez-moi une seconde.

Mais le vertige qui l'avait frappé refusait de passer. Une tension soudaine lui comprima la poitrine, la privant d'air.

— Vous avez pas l'air en forme.

— Juste un vertige, dit-elle en posant la main sur sa poitrine, comme pour aider ses poumons à inspirer. (Elle respira lentement et, petit à petit, le malaise passa. Lily se redressa aussitôt, mortifiée.) Whaou ! Je ne sais pas ce que c'était mais… (Elle surprit alors l'expression soupçonneuse de Phillips.) Je ne me drogue pas, se défendit-elle sèchement.

— Vous êtes un peu jeune pour faire un malaise cardiaque… Une crise d'hypoglycémie, peut-être ? dit-il sur ce ton sceptique dont les flics ont le secret.

— Possible. J'ai oublié de prendre mon petit-déjeuner. (Cela dit, ça ne lui avait jamais posé de problème auparavant. Elle repensa au bleu qu'elle s'était fait à la hanche le soir précédent et resta perplexe. Elle couvait peut-être quelque chose…) Vous en faites pas. Ça va mieux. Et nous avons un témoin à interroger.

L'APPARTEMENT DU TÉMOIN était minuscule et croulait sous les poupées. Il y en avait de toutes sortes : baigneurs, Barbies, poupées à tête de porcelaine, robes en dentelle et chevelures brillantes et soyeuses. Elles occupaient deux petites bibliothèques sur le côté, étaient nichées dans les recoins, assises sur la table basse, couchées contre l'oreiller sur son grand lit… Et toutes étaient blondes.

En plus des poupées, la pièce contenait également un vieux réfrigérateur, une petite gazinière, une commode et une causeuse sans pied rembourrée bleue. Therese Martin les invita à s'asseoir sur la causeuse, tandis qu'elle s'installait sur le lit. La pauvre petite créature maigrichonne flottait dans un tee-shirt bleu trop large. Elle ne portait rien d'autre – ni pantalon ni soutien-gorge, en tout cas ; pour le reste, Lily n'était pas sûre.

Therese arborait la même chevelure blonde et soyeuse que ses poupées, à la seule exception qu'elle devait sa couleur aux bienfaits autoproclamés de la chimie. Si Phillips ne lui avait pas juré que la carte d'identité de la jeune fille était authentique, jamais Lily ne lui aurait donné plus de dix-huit ans.

— À cette heure-ci, je dors d'habitude, vous savez, déclara Therese en lui jetant un regard hostile. C'est le milieu de la nuit pour moi.

— J'apprécie que vous ayez accepté de nous aider, répliqua Lily tandis qu'elle sortait de son sac la photo de Carlos Fuentes.

— J'sais même pas pourquoi vous êtes venue, continua la jeune fille. Je lui ai déjà tout dit à lui.

Elle hocha la tête en direction de Phillips.

— Il n'avait aucune photo à vous montrer. Moi, si.

Lily ne se faisait guère d'illusions sur les femmes et les filles qui faisaient le trottoir. De toutes les manières de survivre, la prostitution était certainement la plus glauque : un univers divisé entre exploiteurs et exploitées, qui laissait peu de place aux valeurs morales. Pourtant, ces poupées… Une vague de compassion lui serra la gorge et Lily dut avaler sa salive.

— Est-ce l'homme avec lequel vous avez parlé hier soir ? demanda-t-elle.

Therese prit la photo que lui tendait Lily, la regarda, et la lui rendit.

— Ouais, c'est lui.

— D'après l'agent Phillips, vous le connaîtriez ?

Elle haussa légèrement les épaules.

— Pas par son nom. Je l'ai vu dans le coin. Ça aide d'avoir la mémoire des visages dans mon boulot.

— J'imagine en quoi ça peut aider, oui. Quelle heure était-il quand vous lui avez parlé ?

— Je lui ai déjà dit. Oh, c'est bon, je vais vous montrer.

Elle descendit de son lit (ce qui répondit à la question de savoir si elle portait ou non des sous-vêtements : elle n'en portait pas) et attrapa un téléphone portable posé sous une des poupées de la table basse.

— Vous voyez ? dit-elle en tendant l'appareil à Lily. Le numéro de la personne qui m'appelle s'affiche. Ça enregistre les appels. Hier soir, je marchais vers mon coin quand ma copine Lisa a appelé. J'avais pas encore commencé le taf, vous voyez ? Donc on discutait, quand j'ai vu ce gars-là s'arrêter près du terrain de jeux.

Lily regarda le téléphone, qui affichait effectivement un appel entrant, la veille, à 21 h 49. Elle nota le numéro.

— Vous dites qu'il s'est arrêté. Était-il seul ?

— Ouais.

— Quel genre de voiture conduisait-il ?

Ils avaient retrouvé la voiture de Fuentes garée à deux pas de l'aire de jeux : une grande Ford bleu foncé, un modèle moyennement récent.

— J'sais pas. Une grande caisse moche, à quatre portes. De couleur sombre. (Elle retourna sur le lit et cette fois, s'assit, les jambes pendant dans le vide.) Bref, j'étais en train de discuter avec Lisa quand j'ai commencé à le regarder. Vous pouvez lui demander à Lisa, je lui racontais au fur et à mesure. Et là, je me suis dit, après tout, pourquoi pas tenter ma chance avec lui ? Alors j'ai dit ciao à Lisa et j'ai été lui demander, genre, s'il cherchait de la compagnie, vous voyez quoi.

— Il est donc arrivé au terrain de jeux peu après vingt et une heures quarante-neuf.

Ce qui signifiait qu'il était toujours en vie entre vingt et une heures quinze et vingt et une heures trente, l'heure à laquelle sept témoins avaient vu Turner entrer au club.

Therese leva les yeux au ciel.

— C'est ce que j'ai dit.

— Combien de temps lui avez-vous parlé ?

— Pas longtemps. (Elle grimaça.) Il était pas intéressé, et moi, faut bien que je gagne ma vie. Alors j'ai tracé vers Proctor… c'est là que je travaille en général.

— Vous n'avez vu personne venir à sa rencontre ?

La jeune fille secoua la tête.

— Y avait-il quelqu'un d'autre dans le coin ?

— Peut-être des clients du club… répondit-elle avec une moue. Ouais, il me semble que oui. Ils venaient de se garer sur le parking de la boîte.

— Combien étaient-ils ?

— Je sais pas. C'est-à-dire qu'y avait surtout des meufs, alors je les ai pas calculés. J'ai vu personne d'autre jusqu'à ce que j'arrive à Proctor.

— Très bien. Et cet homme ? (Lily sortit une photo de Turner.) L'avez-vous vu hier soir ?

— Pas hier non. Mais je l'ai déjà vu plusieurs fois… Un jour je lui ai même parlé. (Elle soupira.) Juste parlé… Lui et les siens, ils paient pas pour faire l'amour. Mais bon, il est sympa. Respectueux et tout.

— Et celui-ci ?

La photo que Lily lui présentait cette fois était celle du danseur, Cullen Seabourne. Therese se passa le bout de la langue sur les lèvres d'un air gourmand.

— Bien sûr que je l'ai déjà vu. Il est danseur au club, vous savez. Il retire toutes ses fringues. Comme moi. Je lui ai dit ça une fois, que lui et moi on faisait quasiment le même boulot, sauf que dans le mien, fallait mettre la main à la pâte. Ça l'a fait marrer.

— Vous l'avez vu hier soir ?

— Je vous ai dit qui j'avais vu : le gars sur la première photo, et un groupe de meufs. C'est tout.

— Une dernière chose, mademoiselle Martin. Avez-vous parlé à quiconque de ce que vous aviez vu ? Cet homme arrivant sur le terrain de jeux…

Elle ricana.

— Vous êtes malade. Je suis pas conne, quand même. Par ici, si tu veux pas d'ennuis, mieux vaut la fermer.

— Bien. Ne changez rien à vos habitudes. Qu'en est-il de votre amie, celle qui vous a appelée ? Elle est au courant ?

— Je lui ai juste dit que j'allais peut-être alpaguer un client, et puis j'ai raccroché. Elle sait pas qui c'était.

Lily se leva.

— Merci pour votre coopération. L'agent Phillips ici présent vous apportera votre déposition, vous n'aurez qu'à la signer. Ainsi, vous n'aurez pas à vous rendre au commissariat. J'imagine que vous préféreriez que cet entretien reste entre nous… Moi aussi.

Lily laissa quelques instructions à Phillips : contacter l'amie de Therese Martin, vérifier ses dires, et s'assurer qu'elle n'était au courant de rien. Puis elle partit.

Elle jeta un coup d'œil à sa montre en redescendant les escaliers : midi cinq. Elle avait largement le temps d'arriver au Bishop's ; il lui tardait de découvrir l'expression de Turner quand il…

Soudain, son téléphone se mit à sonner ; elle décrocha.

— Inspecteur Yu.

— Ici Rule.

Oh, elle en voulait à son cœur d'avoir manqué un battement. Lily prit un ton brusque pour répondre :

— Oui ?

— Je regrette profondément, mais je ne pourrai pas déjeuner avec vous. Certaines affaires du clan réclament mon attention. Pouvons-nous nous retrouver aux environs de quatorze heures trente ?

— J'ai un rendez-vous à quinze heures, répondit-elle, d'un ton qui, à sa grande surprise, ne trahissait aucune déception.

— Disons pour dîner, dans ce cas ?

— Que pensez-vous de seize heures trente ? Nous ne sommes pas forcés de manger pendant que nous discuterons des lupins.

— Certes, mais pourquoi ne pas joindre l'utile à l'agréable ? Vous et moi devons de toute manière nous restaurer. Vous pourrez me poser toutes les questions qu'il vous plaira sur les lupins, en lien avec votre enquête, et j'aurai ainsi l'occasion de vous faire à nouveau du charme.

Elle ne put réprimer un rire. Ça alors, il ne s'avouait jamais vaincu.

— Il ne s'agit pas d'un dîner galant.

— Vous êtes libre de continuer à penser cela. (Il hésita.) À propos, je pourrai peut-être réussir à vous faire entrer dans Clania, si cela vous intéresse. Sous certaines conditions.

— Ça m'intéresse, oui.

Pendant des années, la plupart des gens avaient cru que l'enclave Nokolaï située en dehors de la ville appartenait à une secte de cinglés pseudo-religieux, qui en interdisaient l'accès aux étrangers. Le clan avait beau s'être révélé au grand jour après le décret de la Cour suprême, les étrangers n'en restaient pas moins indésirables. Sans mandat, un flic avait peu de chances de pouvoir franchir les frontières de leurs terres.

— Nous en discuterons ce soir autour d'un dîner, dit-il.

— Très bien. Je travaillerai tard. Huit heures et demie, ça vous va ?

— *Dum alius hora, delicia.*

— Qu'est-ce que ça veut dire ?

Il eut un petit rire.

— Quelle méfiance… Huit heures et demie, c'est parfait.

— Au Bishop's, lui rappela-t-elle.

— Au Bishop's. Faites attention à vous, dit-il avant de raccrocher.

Faites attention à vous ? Elle fronça les sourcils en regardant le téléphone dans sa main : un des instructeurs à l'Académie de police concluait toujours ses cours par la même formule, mais elle ne l'avait jamais entendu utilisée par un civil. La formule revenait également sans cesse dans cette série policière... Comment s'appelait-elle déjà ?[5] Peut-être Turner en avait-il été fan ?

La vision d'un prince lupin rivé devant une série policière lui tira un large sourire tandis qu'elle sortait du bâtiment. *Assez parlé de Turner*, se dit-elle en marchant vers sa voiture, il y avait un autre homme qu'elle avait tout intérêt à cerner : Carlos Fuentes. Il était arrivé au terrain de jeux peu après vingt et une heures quarante-neuf. Mais qu'était-il allé faire là-bas ? Qui devait-il y rencontrer ? Et comment vivait-il réellement la liaison que sa femme entretenait avec Turner ?

L'une des dernières personnes à avoir discuté avec Fuentes avant sa mort était le Très Révérend Patrick Harlowe. Sa prochaine étape serait donc l'Église des Fidèles. Elle mangerait en chemin.

— COMMENT ÇA, « IL ne peut pas me voir » ?

Le petit homme grassouillet semblait contrarié.

— Je n'ai pas dit cela. Oh, non. Le Très Révérend sera certainement disposé à vous parler, inspecteur, seulement il n'est pas ici en ce moment. Il a dû se rendre à notre Grand Temple de Los Angeles. Il devrait être de retour demain, précisa-t-il avec un sourire confiant.

— Demain ? répéta Lily, l'air déçue.

Quand Turner comptait-il l'emmener à Clania au juste ? Quelque chose lui disait qu'elle pourrait y trouver des réponses. Tout cela commençait à prendre les traits d'un règlement de comptes entre lupins, même si la victime avait été humaine...

— À quelle heure ? demanda-t-elle.

— Dans la soirée, je pense. Le père Hidalgo célébrera les offices matinaux.

— Vous avez deux pasteurs ?

— Deux prêtres, corrigea-t-il. Notre clergé comporte plusieurs rangs : père, révérend père, très révérend, sainteté, et

[5] *Hill Street Blues (Capitaine Furillo), série américaine diffusée dans les années 80 dans laquelle les briefings étaient conclus par la formule « Faites attention à vous » (en anglais : « Be safe ») (NdT).*

enfin, très sainteté, l'équivalent de votre pape. (Il souriait.) Il réside habituellement en Angleterre, mais il est venu en Amérique visiter notre nouveau Grand Temple. C'est pourquoi le Très Révérend Patrick a dû s'absenter.

— Impressionnante structure pour une si jeune religion.

Et tous les prêtres semblaient être des hommes… Bizarre, pour une religion qui vénérait une divinité féminine.

— Non, non, l'Église n'est pas aussi jeune que vous pourriez le penser. Enfin, elle est nouvelle en Amérique, oui, mais le culte existe depuis longtemps, fort longtemps. Il est né en Égypte en… Oh, ma foi, je ne retiens pas les dates. Était-ce la IIe dynastie ? Suite aux terribles persécutions que nous avons subies pendant le Moyen-Âge… (il secouait la tête)… nous avons dû entrer dans la clandestinité. C'est pourquoi vous n'avez sans doute pas entendu parler de nous, mais les rituels ont perduré. En partie du moins. Un grand nombre d'entre eux remonte à plusieurs millénaires.

Plus ces gens étaient cinglés, plus ils se revendiquaient d'une ancienne lignée, songea Lily. Et rien de tel que quelques récits de persécution – de préférence dans un lointain passé – pour ajouter à leurs croyances un certain cachet.

— Vous semblez bien informé. Peut-être pourriez-vous m'aider, répondre à quelques questions…

Son sourire faiblit.

— Je ne vois pas ce que je pourrais vous dire. Je connaissais Carlos, mais pas très bien.

— Vous lui avez parlé jeudi soir ?

— Brièvement, répondit-il d'un ton chagrin. J'ai déjà expliqué cela à votre collègue.

— J'ai juste besoin de confirmer certains points, préciser un peu le contexte. (Elle lui adressa un sourire qui disait : « Faites-moi confiance. ») Vous savez ce que c'est ? Je dois pouvoir répondre à toute question que mon supérieur pourrait me poser.

Il hocha la tête, mais restait dubitatif.

— Je suppose que nous pourrions nous installer dans le bureau du secrétaire…

Ils se trouvaient actuellement dans le hall de ce qui, à l'évidence, était autrefois une banque. On y avait simplement ajouté des bancs.

— Vous n'avez pas de bureau ?

— Oh, non, répondit-il en souriant à nouveau tandis qu'il se dirigeait vers l'arrière du bâtiment. Je suis juste un frère laïc. Je suis charpentier de mon état – ou plutôt je l'étais. J'ai pris ma retraite, voyez-vous, et à présent, je donne un coup de main… Mais je n'ai pas de statut officiel.

— Vous avez participé aux travaux de transformation de l'édifice ?

— Oui, dit-il, le visage rayonnant.

— C'était bien une banque, ici, non ?

— C'est exact. (Il regarda autour de lui avec fierté). Construite en 1932, mais il y avait des années qu'elle était vide. Nous sommes fiers de l'avoir restaurée. Le bâtiment était vraiment en piteux état.

— Mmmh.

Restaurer un vieil édifice demandait beaucoup d'argent. Celui-ci était petit, comme la plupart des banques, mais ça n'en restait pas moins un endroit étrange pour ouvrir un lieu de culte. Mais visiblement, l'Église des Fidèles ne manquait pas de fonds.

En fin de compte, le petit charpentier joufflu n'avait effectivement pas eu grand-chose à lui apprendre. Il confirma que Fuentes était venu à l'église le jeudi soir – il l'avait vu arriver – mais pas pour répéter avec la chorale. Il s'était entretenu en tête-à-tête avec ce fameux très révérend, qui lui avait « prodigué ses bons conseils ».

Tandis qu'elle déverrouillait ses portières, Lily se promit d'aller parler au « Très Révérend Patrick Harlowe », le lendemain, à la première heure. *Mais ce soir*… se dit-elle en souriant inconsciemment, ce soir, elle dînait avec Rule Turner. Il lui tardait de voir sa réaction quand il entrerait dans le restaurant…

IX

IL SUFFIT À Rule de dix secondes à peine dans les lieux pour deviner qu'on lui avait tendu un piège.

Le Bishop's était plus un bar qu'un restaurant, et il y régnait une ambiance de vestiaires de foot. Des photographies dans des cadres en plastique bon marché tapissaient les murs lambrissés, sortis tout droit des années soixante-dix. Les boxes en bois aménagés de part et d'autre de l'étroite salle donnaient l'impression d'avoir traversé une ou deux guerres, et laissaient penser qu'ils pourraient survivre à la prochaine. L'endroit empestait le poisson frit, les hamburgers, et l'hostilité.

Comme Rule se dirigeait vers le fond de la salle, les têtes se tournèrent sur son passage. Les conversations cessèrent. Il avait l'habitude d'être le centre de l'attention, mais les regards inexpressifs qui le suivaient en ce moment ne ressemblaient en rien aux réactions habituelles.

Le Bishop's était un repaire de flics.

Lily Yu était assise dans l'avant-dernier box sur la gauche. Elle portait une veste jaune avec un tee-shirt noir et un pantalon. La veste, comme il le devinait, cachait un holster. Aucun bijou.

Ses cheveux mi-longs, brillants et aussi noirs que l'intérieur des paupières d'un lupin par une nuit sans lune, étaient détachés. Il eut envie d'y laisser courir ses doigts. De nicher son nez dans le cou de la jeune femme, sous ce rideau soyeux, pour s'imprégner de son parfum.

Pour ça, il pouvait toujours courir…

Son cœur n'en battait pas moins la chamade quand il se glissa sur le banc en face d'elle. Ses doigts le démangeaient ; il crevait d'envie de la toucher.

— Je vais peut-être rester sage en fin de compte, dit-il avec un sourire en coin. Il y a une sacrée quantité d'armes dans cette salle.

Une lueur d'amusement brilla dans le regard de Lily, cette brève étincelle qu'il y avait vue l'autre jour. Il s'autorisa à espérer… La Déesse savait qu'il avait besoin d'espoir.

— C'est une supposition, pour les armes ? demanda-t-elle.

— Je les flaire. Leur graisse a une odeur caractéristique.

Elle hocha la tête.

— C'est étrange de se dire que vous percevez en permanence des informations dont je n'ai aucune conscience. À quel point votre odorat est-il sensible, quand vous êtes… eh bien, sous cette forme ?

— Pas aussi affûté que quand je revêts ma forme animale. Quand je suis loup, l'air prend tout à coup un poids, et une texture, je lis les odeurs comme une tapisserie qui défilerait devant moi.

— Ça vous manque.

— Cela fait un bail… oui.

C'était le genre d'endroit où l'on vous fournissait des couverts enveloppés dans une mince serviette en papier. Lily déballa les siens, en accordant à la tâche plus d'attention qu'elle n'en méritait.

— J'ai entendu dire que les lupins devaient obligatoirement se transformer de temps en temps, que vous ne pouviez pas réprimer éternellement ce… besoin, et que la pleine lune…

Lily s'arrêta. Une jeune femme venait de surgir devant leur table. Elle portait un jean baggy taille basse, qui dévoilait son nombril percé. Ses cheveux étaient courts, tout comme son tee-shirt, sous lequel ses tétons pointaient. Elle tenait un carnet de commandes à la main; Rule perçut l'excitation de la jeune femme... ainsi que sa frayeur.

— Je m'appelle Sharon, dit-elle, légèrement essoufflée. Qu'est-ce que je peux vous servir?

Automatiquement, le sourire du lupin s'adoucit.

— Un hamburger saignant, avec deux steaks et sans accompagnement. Comment est votre café?

— Il est bon. Je vais en faire du nouveau, promit-elle.

— Je vous remercie. Lily?

— Je pense que vous vouliez dire: «Inspecteur Yu»? (Elle regarda la serveuse.) Je vais prendre un hamburger aussi, mais bien cuit, et rajoutez-moi des cornichons. Beaucoup de cornichons. Et le café, léger.

— Ça marche. Je reviens tout de suite.

Elle contempla Rule un instant de plus, puis fila en poussant un petit soupir.

— Vous vous sentez plus à votre aise? demanda brusquement Lily.

— Aussi à mon aise qu'un homme dînant avec une jolie femme en présence d'une vingtaine de ses grands frères.

Elle eut un petit rire.

— Les murs de cet endroit dégoulinent pratiquement de testostérone, pas vrai? Mais vous êtes issu d'une culture où l'homme est dominant. Vous ne devriez pas être dépaysé.

— Tous les lupins sont effectivement des hommes, mais notre culture n'est pas androcentrique. Les femmes sont extrêmement précieuses à nos yeux.

— C'est drôle, c'est exactement ce que disent les hommes qui obligent leurs femmes à porter la burqa.

— Ça n'a rien à voir. (Il l'étudia un moment: quelque chose en elle avait changé ce soir. Elle était plus détendue. C'était précisément ce qu'il souhaitait, mais il s'était attendu à devoir manœuvrer pour parvenir à cette fin.) Ç'a dû être difficile pour vous de faire carrière dans un milieu qui, hum, « dégouline de testostérone ». Il a sans doute fallu que vous fassiez vos preuves… encore et encore.

— Les collègues ont simplement besoin de savoir que vous couvrez leurs arrières, c'est tout. Vous savez ce qui permet vraiment d'intégrer le groupe ? Une baston. (Elle secoua la tête avec amusement.) Une bonne prise de bec suivie d'une baston sur le trottoir, et vous êtes l'une des leurs.

Il resta bouche bée.

— Et vous vous êtes bagarrée ? Je veux dire, à mains nues ?

— Il y a des rituels auxquels on ne coupe pas, même si je… Hé ! vous en faites une tête !

Elle était si petite… Forte d'esprit, en bonne forme, mais absolument pas de taille à affronter neuf hommes sur dix dans ce bar.

— J'ai un instinct protecteur très prononcé. Il en est de même pour tous les lupins. Nous concevons Dieu comme une entité essentiellement féminine.

Lily haussa les sourcils d'un air intrigué.

— Vous faites allusion à la Déesse Mère ?

— Quelque chose comme ça.

— Elle n'a probablement pas besoin de grands types baraqués pour la protéger.

Il sourit.

— Un point pour vous.

— J'ai discuté avec d'autres personnes qui adorent une divinité féminine. Son nom serait trop sacré pour être prononcé par d'autres personnes que les prêtres dévolus à son service.

— Était-ce dans le cadre de votre enquête ?

Elle enchaîna sans répondre à sa question :

— Leur nom officiel, c'est l'Église des Fidèles, mais ils préfèrent se faire appeler les Azá. Ça viendrait soi-disant d'une langue ancienne, babylonienne ou je ne sais quoi. En avez-vous déjà entendu parler ?

— Pas vraiment, répondit-il en étendant sa serviette sur ses genoux. Vous avez dit être intéressée par une visite de Clania ?

— En effet.

— Une cérémonie doit s'y tenir demain, à laquelle je dois assister. Je pense que je peux m'arranger pour que vous m'y accompagniez.

En fait, sa présence s'avérerait nécessaire. Si Lily ne se trouvait pas à Clania, ou au moins à proximité, lui-même ne serait pas en mesure d'y assister.

— Vous êtes le successeur désigné, le prince héritier, mais malgré cela, il vous faut une autorisation ?

Il hocha la tête.

— J'occupe effectivement un « statut élevé », comme vous dites. Une telle position a de l'importance chez les lupins, mais je n'ai aucune autorité réelle : celle-ci revient entièrement au Rho.

— Votre père.

— Oui. Pouvez-vous me donner votre parole que vous garderez pour vous tout ce que vous observerez là-bas, excepté bien sûr si c'est en rapport avec votre enquête ?

— À ma connaissance, c'est la première fois qu'une personne étrangère au clan est autorisée – invitée, même – à assister à une cérémonie lupine. Pourquoi moi ?

Rule lui répondit la vérité, ou du moins une partie :

— Je veux gagner votre confiance.

Elle tapotait son index sur la table tout en réfléchissant. Décidément, sa *nadia* prenait son temps pour se décider… Elle finit par hocher rapidement la tête.

— Très bien. Vous avez ma parole. Quelle heure ?

— Je passerai vous chercher à onze heures demain matin.

— Non, c'est moi qui viendrai vous chercher. Où voulez-vous qu'on se retrouve ?

— Je préfère conduire.

— Moi aussi.

Pourquoi n'était-il pas surpris ?

— Malheureusement, on n'obtient pas toujours ce qu'on veut, pas vrai ? Et cette fois-ci, vous ne… Ah ! je vous remercie.

La serveuse venait de revenir avec leurs cafés et une carafe d'eau. Elle s'était aspergée d'un parfum musqué. Accoutumé à ce genre de maladresse, il retint une grimace de dégoût.

— Sharon, lui fit-il observer, il me semble que vous avez oublié la crème pour mon amie.

Elle cligna des yeux.

— Oh ! Oh, c'est vrai. (Elle fouilla dans une poche de son jean et en sortit deux portions d'une substance qui n'avait probablement jamais approché une vache.) Voilà. Je reviens avec vos burgers, dit-elle à Rule, un sourire aux lèvres, avant de s'éloigner.

Un homme à la table voisine lui attrapa le bras. Il était jeune, avec des cheveux bruns coupés en brosse. Les deux autres hommes à sa table étaient légèrement plus âgés.

— Sharon, si ce gars-là t'embête, dit-il à haute voix, fais-le-moi savoir !

Elle cligna les yeux, embarrassée.

— Euh… ouais, ouais. Mais c'est…

— Je sais qui c'est. (Le jeune policier posa un regard noir sur Rule, puis sur Lily, tout en feignant de continuer de s'adresser à la serveuse.) Je sais aussi que tu te respectes trop pour fréquenter les gens de son espèce.

Rule se crispa. Lily lui en voudrait-elle s'il démolissait la tronche de ce petit roquet ?…

— Hé, Crowder ! lança Lily. T'as un mouchoir ?

L'un des voisins de table du jeune policier la regarda, l'air surpris.

— Nan. J'ai pas apporté mon sac à main, répondit-il aussitôt en retrouvant son aplomb.

Le troisième homme ricana. Lily secoua tristement la tête.

— Faut prendre tes précautions, mon vieux. (Elle posa son sac sur la table et fouilla à l'intérieur devant tout le monde.) Tiens, dit-elle, en lui jetant un paquet de mouchoirs. Mouche un peu ta bleusaille. Il a encore la morve au nez.

La sortie de Lily déclencha une salve de rires, et pas seulement de la part des deux hommes ; le jeune flic rougit et relâcha le bras de Sharon.

— Vous avez bien géré la situation, observa Rule.

Elle esquissa un sourire, arracha l'opercule de la dosette de crème et vida celle-ci dans son café.

— Je n'imaginais pas qu'ils en arriveraient là. J'ai l'impression d'être une Blanche attablée avec un homme noir dans l'Alabama des années soixante-dix.

— Ce n'est pas aussi critique, je l'espère. Je doute que les clients de ce bar projettent de me traîner dehors pour me tabasser.

— Je ne pense pas qu'ils le pourraient de toute façon, à moins de sortir leurs armes. Il y a cependant des parallèles, vous ne croyez pas ? (Elle l'observait par-dessus le rebord de sa tasse tout en sirotant son café.) Le mouvement des droits civiques a ouvert des portes pour les lupins, des portes qui seraient autrement restées closes.

— C'est vrai. Si des gens n'avaient pas un jour refusé de s'asseoir à l'arrière d'un bus, des projets de loi tels que celui sur la citoyenneté des espèces n'auraient jamais vu le jour. Il faut d'ailleurs que je m'entretienne avec vous à ce sujet. Mais d'abord, avez-vous réfléchi à la possibilité de sortir avec moi ?

Elle pouffa de rire.

— Ce genre de rentre-dedans marche peut-être avec les autres filles, répliqua-t-elle en secouant la tête, toute trace d'amusement disparue. Faites une croix sur vos illusions, Turner. Vous êtes joli à regarder, et charmant, bien qu'un peu insolent…

— C'est ce qu'on dit des chiots, ironisa-t-il.

— J'allais oublier « arrogant » ? Mais passons. Vous pouvez bien être mignon et charmant… vous ne valez pas le coup que je fiche ma carrière en l'air.

— Êtes-vous certaine que c'est automatiquement ce qui se passerait ? (Il marqua une pause, puis hocha la tête.) Je vois. Cela complique les choses pour nous deux.

— Il n'y a pas de « nous deux ». Je suis juste venue vous poser quelques questions.

— J'espère qu'elles sont indiscrètes.

— Elles concernent les lupins. Est-ce que la pleine lune oblige un lupin à se transformer ?

La tentation de la taquiner davantage était presque irrésistible, mais il n'était pas là pour satisfaire ses penchants narquois.

— Passons à la partie professionnelle dans ce cas, soupira-t-il. La pleine lune nous affecte tous, mais seuls les jeunes lupins sont forcés de se transformer. Comme la plupart des adolescents, ils doivent apprendre à se contrôler.

— Alors la transformation est volontaire ?

— En général.

Il devina au pli sur son front que sa réponse évasive la laissait sur sa faim, mais elle n'insista pas.

— Qu'en est-il des très jeunes lupins ? Les enfants manquent généralement de self-control.

— La transformation ne survient pas avant la puberté. (Cette précision parut étonner Lily. *Bien*, se dit-il.) J'ose espérer que vous ne ferez pas figurer cette information dans votre rapport. Elle n'est pas exactement connue du public.

— J'en ai conscience, dit-elle calmement. Pourquoi me l'avoir révélée ?

— Parce que j'ai accepté de coopérer. Me serait-il possible de voir le corps de Fuentes ?

— Bon sang ! Pourquoi ?

— Il y a une petite chance que je puisse flairer le tueur. Mais sinon, je pourrais toujours relever des informations qui seront passées inaperçues.

Elle se remit à tapoter du doigt sur la table.

— Quel genre d'information ?

— Les plaies pourraient notamment me renseigner sur la nature du tueur : savoir d'abord s'il s'agit vraiment d'un lupin, comme vous le supposez. Ensuite, si c'est un adolescent ou un enragé.

— Un « enragé » ? Voilà un terme inquiétant. C'est un certain type de lupin ?

— Plutôt un état. Rare, heureusement, mais sanguinaire.

— En parlant de sang, voici votre hamburger. J'espère qu'elle n'a pas oublié le mien.

Sharon apparut dans un nuage de musc, avec un sourire timide ; elle tenait deux assiettes chargées de hamburgers énormes entourés de frites. La jeune femme s'attarda un instant, tripotant les flacons de sauce, et demanda à Rule s'il désirait autre chose. Un peu plus de café, peut-être. Un autre client l'appela alors en réclamant la cafetière et Sharon partit en soupirant. Rule attendit qu'elle soit hors de portée de voix pour glisser à Lily :

— Je me suis souvent demandé pourquoi les hommes aimaient tant que les femmes s'aspergent de l'odeur des glandes à musc de cervidés !

— J'en déduis que vous ne raffolez pas du parfum. (Lily ouvrit son hamburger et étala de la mayonnaise sur le pain.) Hé. J'ai mal jugé Sharon. Elle s'est souvenue pour mes cornichons.

— Elle a juste des étoiles dans les yeux. Je suis sans doute le seul lupin qu'il lui sera jamais donné de rencontrer – sciemment, du moins.

— Mmmh. (On avait grossièrement coupé les six cornichons de son sandwich au lieu de les trancher soigneusement. Elle en fit des rondelles identiques, puis les déposa au-dessus de la viande.) Sur chaque photo que j'ai vue de vous, vous êtes habillé en noir. Vous portiez également du noir la nuit dernière. Pareil aujourd'hui. C'est un choix délibéré, pas vrai ? Vous *tenez* à ce que les gens vous reconnaissent. Vous voulez qu'ils sachent qu'ils ont devant eux un lupin.

— Le noir passe bien à l'écran, éluda-t-il. Vous allez vraiment manger ça ?

— Vous aimez la viande crue. J'aime les cornichons. (Elle reposa son pain sur la montagne de cornichons.) Vous jouez sur le côté mystérieux : le sexe, la touche sophistiquée, le frisson de l'interdit, du danger. C'est intentionnel, n'est-ce pas ? C'est l'image que vous voulez qu'on associe aux lupins. Le côté glamour, plutôt que l'image bestiale. Vous cherchez à vous ériger en icône emblématique de votre peuple.

— Eh bien, je vous remercie, fit-il, la bouche en cœur.

Elle sourit.

— Vous commencez à vous prendre à votre propre jeu.

— Peut-être suis-je réellement sexy, sophistiqué, et qu'il émane bel et bien de moi… comment avez-vous dit ? « Un frisson d'interdit. »

— Ce qui est certain, c'est qu'il émane quelque chose…

Il la gratifia d'un sourire, et d'un regard appréciateur, et tendit le bras pour attraper le ketchup.

— Et vous, Lily ? Croyez-vous à l'image que vous vous forgez ?

— Je ne me forge aucune image.

— Bien sûr que si. Celle du flic dur à cuire et blasé.

— Ça, c'est ma véritable personnalité. Je ne cache aucun secret… à part peut-être un ou deux. (Soudain, son expression se vida de toute légèreté.) Mais rien de comparable aux vôtres. Je ne cache aucun gamin des caméras juste pour préserver mon image.

X

LILY CRUT QU'IL allait lui sauter à la gorge. La fureur qui avait embrasé son regard semblait annoncer un déchaînement de violence.

Il resta un long moment immobile et silencieux. Au bout de quelque temps, il se décida à demander d'une voix basse et doucereuse :

— Comment savez-vous pour mon fils ?

Elle avait la bouche sèche, ce qui l'excédait au plus haut point.

— Vous comptiez cacher son existence à la police ?

— J'avais oublié que je m'adressais à un officier de police. Quel imbécile je fais. Non, je ne souhaite pas que la police apprenne son existence. Je ne souhaite pas que quiconque en dehors du clan soit au courant de son existence… mais pas pour la raison que vous évoquez. (Il semblait offusqué.) Quelle intéressante opinion vous avez de moi…

Elle l'avait blessé. Cette idée l'ébranla et aussitôt, elle tenta de relativiser les choses. Il n'était plus un suspect sérieux désormais. Un trop grand nombre de témoins confirmaient sa présence au Club Inferno à vingt et une heures trente, tandis que le portable de Therese prouvait que Fuentes était encore vivant à vingt et une heures cinquante. Peut-être avait-elle par conséquent lâché trop de lest… et laissé s'installer un climat trop familier, trop cordial. Sans doute, pour quelque raison illégitime, commençait-elle effectivement à apprécier cet homme. Elle avait eu de la peine pour lui quand il avait reconnu qu'être loup lui manquait. Qu'est-ce qui avait bien pu lui retirer sa magie ? Pourrait-il un jour la recouvrer ? Elle n'osait pas le lui demander.

Mais il faut dire qu'elle ne le connaissait pas, pas vraiment, pas plus qu'il ne la connaissait. Ce qu'elle pensait de lui n'avait certainement aucune importance. Et pourtant, les mots sortirent d'eux-mêmes :

— J'ai dépassé les bornes, dit-elle doucement. Je suis désolée.

— Mon fils n'a rien à voir avec votre enquête.

Il jeta sa serviette sur la table, se leva du banc, et sortit son portefeuille. Elle se leva à son tour.

— Laissez, je vais…

— Non. C'est moi qui vous ai invitée. C'est à moi de payer.

Il jeta une paire de billets sur la table.

— *Bon appétit*[6], inspecteur. Si vous souhaitez visiter Clania, soyez devant votre quartier général demain matin à dix heures trente. Je passerai vous chercher.

Il sortit, sous le même cortège de regards silencieux qui avait accompagné son arrivée.

Bon, se dit Lily, attrapant son hamburger et le contemplant avec un simulacre d'intérêt, *on dirait que j'ai tout fichu en l'air*. Elle mâchonnait sans aucun plaisir quand Crowder s'approcha.

— Ton rendez-vous s'est fait la malle ? dit-il en se glissant sur le banc en face d'elle, sans lui demander son avis.

— Je suis en train de manger.

— Te gêne pas, continue. (Il trempa une des frites de Rule dans le ketchup.) T'as d'la moutarde ?

— Non, répondit-elle en prenant aussitôt une autre bouchée.

— Ah, la voilà. (Il attrapa le flacon et le pressa ; un épais jet

[6] *En français dans le texte (NdT).*

jaune gicla sur le pain.) C'est meilleur avec des oignons, souligna-t-il avant de replacer le pain sur le dessus, mais je suis pas difficile.

— La viande est saignante.

— Je t'ai dit, je suis pas difficile.

Il prit une énorme bouchée; Lily soupira et posa son hamburger.

— Tu vas rester là, hein ?

— Ben oui. (Il mâcha, puis s'essuya la bouche.) Je voulais m'excuser pour Tucker. Le gosse manque de bouteille, comme t'as dit. Seulement... eh bien, y a un truc qu'il faut que tu saches : certains gars parlent. Tucker est jeune, il prend tout ce qu'il entend pour argent comptant.

— « Parlent » ? (Elle sentit son estomac se serrer.) Ils parlent sur moi ?

Il hocha la tête et engloutit un autre quart du hamburger, en une seule bouchée, mâcha et avala.

— Rien de méchant, juste... tu sais, des racontars. À propos de toi et Turner, l'effet que ses semblables produisent sur les nanas. Ce genre de chose.

— Qui ? interrogea-t-elle. (Merde ! Elle était seulement sur l'affaire depuis la nuit dernière.) Qui bave sur mon compte ?

Crowder secoua la tête.

— Je veux pas cafter. Tu comprends.

Bien sûr qu'elle comprenait... Tu faisais partie du groupe tant que tu en respectais les règles. Les commérages de vestiaire étaient régis par les codes du lycée : « Pas un mot aux nanas ! » Et c'était probablement tout aussi bien, sans quoi aucune femme flic n'accepterait de travailler avec la plupart de ses collègues masculins.

Crowder avait enfreint ces règles tacites en venant lui parler.

— Merci pour l'avertissement, murmura-t-elle.

— Pas de problème. (Il termina le hamburger.) Mmmh. Ç'aurait été meilleur avec des oignons, lança-t-il à voix haute en se levant. Bon, ben, fais gaffe à toi.

— Ouais. Toi aussi.

Crowder regagna tranquillement sa table, abandonnant Lily à un flot de pensées agitées. Crowder avait les mêmes horaires qu'elle. Qui donc parmi les flics au courant de son affaire avait pu l'ouvrir dans les vestiaires à la fin de son service ?

Elle grimaça : trop de possibilités. Mais le souvenir de Meck tâchant d'éviter qu'elle ne se retrouve seul avec Turner ne quittait pas son esprit. *Pas de conclusions hâtives,* se mit-elle en garde.

Mais cette sinistre idée lui avait coupé toute envie d'avaler une autre bouchée. Elle attrapa son sac et se leva.

— Ça lui a pas plu ? demanda la serveuse hypnotisée.

Elle se tenait en face de Lily, les yeux sombres de colère et de déception. Lily soupçonnait qu'elle ne faisait pas référence au hamburger.

— Le hamburger était très bon, soupira-t-elle, mais il a dû partir. Et moi aussi.

Sharon secoua la tête.

— Un conseil, lui cours pas après. Attends qu'il vienne à toi. Bien sûr, je te comprends. (Elle soupira.) Ce mec respire le sexe. Un vrai brasier. Je parie qu'il… O.K ! O.K ! cria-t-elle à quelqu'un qui l'appelait. J'arrive tout de suite. (Elle sourit gentiment à Lily.) Maman m'a toujours dit : « Tâche toujours de te faire désirer, et si c'est pas possible, alors laisse-toi aller au désir ! » Allez, bonne journée.

Elle tapota Lily sur le bras et s'éclipsa. Lily la regarda s'en aller. Elle s'était bel et bien trompée sur le compte de Sharon.

Elle ramena son esprit à son enquête.

LA DOULEUR L'ÉLANÇAIT, sourde et opiniâtre, mais malgré tout supportable. Cullen sentit cependant quelque chose d'autre l'aiguillonner, l'informant qu'il était temps… grand temps de se réveiller.

Il remua… sentit quelque chose de dur sous lui… dur, si dur d'émerger. Il n'y avait aucune raison. Il s'était juste… il était…

L'espace d'un instant, il s'avéra tout bonnement incapable de retrouver le moindre souvenir. Une poussée de panique l'aida à s'extirper complètement de sa torpeur. Il ouvrit les yeux.

Au-dessus de sa tête : du bois brut. Au-dessous de lui, du bois également. La cabane. *Oui*, pensa-t-il, soulagé. *Voilà*. Il se trouvait dans sa cabane. Il y était venu pour… Il ne se souvenait plus.

Ses côtes le faisaient souffrir. Il se redressa doucement, repoussant la couverture qui le recouvrait, et cligna des yeux. Il était couché sur le sol, tout habillé. Et il y avait un grand trou dans le mur du fond.

Ah, oui. Il avait volé au travers suite à un petit désaccord avec l'ami de Molly. Il toucha ses côtes et fit la grimace. Apparemment, il n'était pas sorti victorieux de cette prise de bec…

Ses souvenirs étaient étrangement flous. Il avait dû recevoir un sérieux coup à la tête, pourtant son crâne n'était pas douloureux. Il avait dû guérir pendant qu'il était dans les vapes, songea-t-il en se relevant. Il avait eu tout le temps pour ça. Le flot de lumière qui pénétrait par le trou dans le mur indiquait qu'il s'agissait du petit matin. Il était arrivé à la cabane, avec Molly et son ami ensorceleur, la veille vers midi. Ils avaient discuté d'un échange de sorts, et puis…

Est-ce que c'était hier ? se demanda-t-il. *Sans doute.* S'il était resté inconscient pendant plus d'une nuit, ses côtes ne seraient plus aussi sensibles. Et il serait affamé.

Non pas qu'il n'eût pas faim. Mais chaque chose en son temps. Il contrôla mentalement ses charmes de protection, constata avec soulagement qu'ils étaient toujours en place, et vérifia alors les dégâts que sa piètre bicoque avait subis.

Cullen était loin d'être un charpentier confirmé, mais les réparations semblaient être dans ses cordes. Il faudrait qu'il s'en occupe assez rapidement, cela dit : le toit commençait à s'affaisser. Quelqu'un avait coincé deux des planches brisées en travers de la poutre supérieure, pour la renforcer temporairement, mais il suffirait d'un bon coup de vent pour que le toit s'effondre.

Quelle délicate attention, se dit-il en déambulant jusqu'à la glacière qu'il avait apportée. Ils lui avaient asséné un coup sur le crâne, puis brisé une côte ou deux, mais tout de même pris soin de s'assurer que le toit ne lui tombe pas sur la tête pendant qu'il était inconscient. Ils avaient également pris le temps de lui jeter une couverture sur le dos avant de partir.

Ç'avait probablement été à l'initiative de Molly: elle avait bon cœur. Mais elle n'était pas assez forte pour avoir effectué elle-même les réparations de fortune du toit. Il devait sûrement cela à... Comment cet homme s'appelait-il déjà ?

Plongé dans une profonde perplexité, il sortit le carton d'œufs de la glacière, puis s'arrêta, tentant d'identifier le vrombissement mécanique qui lui parvenait aux oreilles. *Un hélicoptère*, se dit-il. Venant du sud. Pas courant dans le coin – il se trouvait relativement à l'écart de toute habitation... mais rien d'alarmant en soi.

Il se dirigea vers le petit poêle alimenté au propane, en songeant qu'il devrait appeler Rule. De graves phénomènes étaient en train de se produire, des mouvements d'énergies inhabituels entre les mondes, qu'il ne comprenait absolument pas. Il avait bien une petite idée, l'autre homme avait dit quelque chose... un truc en rapport avec un glissement des mondes, peut-être...

Merde, il fallait vraiment qu'il se rappelle. Renfrogné, il se tourna vers le gaz et versa de l'huile dans une poêle en fonte. Quels étaient exactement ses derniers souvenirs ?

Il se rappelait de façon très précise son entretien avec la jolie petite inspectrice au Club Inferno. Cullen sourit de toutes ses dents. Rule avait flashé sur elle. Devait-il dire à son ami que sa dernière conquête était une sensitive ? Peut-être... Il décida de laisser cela à plus tard, et se concentra sur le souvenir suivant.

Le lendemain matin, il avait été tiré de son sommeil – bien trop tôt – par un coup de téléphone de Molly qui avait sérieusement attisé sa curiosité. Quelques heures plus tard, il se rendait à l'aéroport pour chercher Molly et son dernier petit ami en date, qui comme lui, était un ensorceleur.

Enfin... pas vraiment comme lui, corrigea Cullen mentalement. C'est à ce moment que sa mémoire se brouillait: il n'arrivait pas à se rappeler le visage de l'homme, ni rien de ce qui s'était passé après l'arrivée de Molly et du petit ami anonyme. Lui et l'autre ensorceleur s'étaient disputés, c'était tout ce dont il se souvenait. Il avait réclamé quelque chose que l'autre homme – Michael – refusait de lui donner. *Voilà, le type s'appelait Michael,* se dit-il, en partie soulagé de se souvenir de son nom.

C'était ainsi qu'il s'était présenté, du moins. Les ensorceleurs aimaient à s'entourer de mystère, alors il ne s'agissait sans doute pas de son vrai nom. En temps normal, jamais Cullen n'aurait invité un autre étudiant en *sorcerí* dans sa retraite: il existait tout près de sa cabane un noyau d'énergie vierge qu'il n'avait aucune intention de partager... Mais Molly s'était portée garante pour son ami.

Résultat: Cullen avait fini dans les vapes, pendant au moins vingt-quatre heures. *Ma foi,* se dit-il en se frottant distraitement les côtes, *peut-être que cela me fera les pieds*. Lui et Michael avaient échangé quelques sorts de base – intéressants, sans plus. Mais sitôt qu'ils avaient abordé des questions plus théoriques, Cullen avait immédiatement senti que l'homme avançait masqué. Il ne se souvenait plus exactement de ce qui s'était passé, mais il semblait évident que ce Michael lui avait joué un sale coup... *qui avait réussi,* songea-t-il avec amertume.

Tout à coup, un sourire triomphant lui étira les lèvres, et il en oublia les deux œufs dans sa main: il venait brusquement de se rappeler un détail net et précis.

Au diable la côte fêlée et la sieste imprévue sur le sol! Michael lui avait enseigné un formidable sort d'illusion, aussi sournois que puissant. Et bien plus abouti que tous ceux qu'il avait pu découvrir ou créer de toutes pièces. À elle seule, la formule de mise en place laissait entrevoir tout un tas d'usages possibles!

Un jet d'huile chaude lui éclaboussa tout d'un coup la main. Il frotta machinalement la brûlure, remarqua alors les œufs qu'il tenait à la main, et se décida à les casser au-dessus de la poêle, avant d'en ajouter un troisième. *D'abord manger*, se dit-il, *ensuite*… oh, ensuite il étudierait soigneusement sa nouvelle acquisition.

Mieux valait ne pas trop s'attarder cependant, ou il oublierait d'appeler Rule. Cullen soupira. Dommage… mais il ne pouvait pas se permettre de disparaître dans la nature pour travailler à son sort. Pas maintenant. Qui d'autre pourrait démêler la vérité ? En cette ère obscurantiste, bien peu saisissaient les bases les plus rudimentaires de la magie. Nul ne brûlait comme lui de l'envie d'apprendre… de comprendre. Non, tels des enfants qui tirent les couvertures au-dessus de leur tête parce qu'ils ont peur du noir, ils se muraient dans leur ignorance, et rejetaient ceux qui refusaient de vivre sous d'étouffantes interdictions.

À l'image de son clan, qui l'avait rejeté.

Cullen soupira. *Assez*. Rule, lui, ne lui avait jamais reproché ses activités. Pour cette seule raison, il méritait toute l'amitié de Cullen. Et, dans le cas présent… un coup de téléphone.

Les œufs prêts, il les glissa dans une assiette qu'il emporta avec une miche de pain sur la table. Il prit une canette de Coca-Cola dans la glacière et se restaura rapidement, prêtant à peine attention à ce qu'il mangeait, l'esprit fourmillant de symboles, de structures et de liens sans aucun équivalent immédiat dans le monde physique.

Trente minutes plus tard, l'assiette et ses morceaux d'œufs figés gisaient sur le sol, où Cullen les avait déposés lorsqu'ils l'avaient gêné dans ses gesticulations. La table était jonchée de bouts de papier, et le lupin considérait d'un air grave une série de symboles lumineux suspendus dans les airs. Au bout d'un moment, deux des symboles glissèrent vers la droite, et une autre séquence prit leur place.

Voilà, c'était ça ! Il avait mis le doigt sur le lien manquant. S'il voulait que le synchronisme entre l'objet et l'illusion fonctionne, il devait…

Une spirale d'énergie rouge se brisa subitement sous ses yeux. Cullen resta abasourdi. On venait de franchir un de ses charmes. Pas simplement l'affaiblir ou l'annuler. Non, quelque chose d'incroyablement puissant venait de traverser sa protection, comme si elle n'existait pas.

Ce qui était théoriquement impossible.

Contrairement aux autres lupins, Cullen n'avait aucune aversion particulière pour les armes à feu. D'un geste vif, il effaça les symboles lumineux et se rua sur la carabine chargée posée dans un coin de sa cabane, s'en saisit, et attendit. Il se concentra une seconde, et les bouts de papier s'enflammèrent. Il se dirigea alors sans traîner vers la sortie…

Pas la porte d'entrée, ni la sortie improvisée qu'il avait créée la veille dans le mur en le traversant, mais une trappe au fond de la cabane. Elle donnait sur un tunnel étroit menant dans une grotte qu'il avait autrefois explorée en détail. Comme tout loup qui se respectait, Cullen n'aimait pas les espaces clos exigus, mais la perspective de rencontrer la personne, ou la créature, capable de traverser aussi facilement ses charmes de protection lui plaisait encore moins.

Il était peut-être parano… mais d'ordinaire, les visiteurs amicaux frappaient avant d'entrer, bon sang !

Il souleva le tapis, saisit le bord de la trappe en acier et tira ; elle était plus lourde qu'il n'y paraissait.

C'est alors qu'un violent choc le frappa. Il se cambra sous la douleur cuisante et lâcha le fusil de chasse. Ses genoux se dérobèrent. Il tomba sur le sol.

Cullen avait un seuil de tolérance à la douleur très élevé – comme la plupart des lupins – mais celle-ci était sans commune mesure avec ce qu'il avait pu connaître jusqu'alors : on aurait dit qu'il se consumait de l'intérieur. Il s'entendit crier, et tenta de serrer les mâchoires, mais tout son corps se crispa ; pris de spasmes, il refusait de lui obéir. Instinctivement, Cullen essaya de se transformer. *Pas moyen !* Une terreur primaire, au moins aussi brûlante que la douleur physique, s'empara alors de lui.

Soudain, comme s'il avait suffi de presser un bouton, la douleur cessa.

Mais à l'instar de l'acte sexuel, une souffrance si aiguë laisse une rémanence. Cullen gisait sur le sol, secoué de spasmes et le souffle court, l'esprit obscurci, le corps aussi tendu que s'il souffrait d'une rage de dents.

Le fusil.

Il se trouvait à portée de main. Il tendit le bras pour l'attraper – ou plutôt tenta de faire ce geste, car son bras refusa de bouger. Dans un effort frénétique, il se concentra et fit un second essai. Ses muscles répondirent d'un bref et unique sursaut… qui lui envoya aussitôt une nouvelle onde de douleur à travers le corps.

Il serra les dents, en attendant qu'elle passe.

D'accord, se dit-il, *donc l'attaque n'est pas psychique, mais physique. Les dommages sont bien réels, mais mon corps va guérir. Déesse, donnez-moi le temps de…*

Tout à coup, un groupe de silhouettes vêtues de noir surgit par la porte : trois, quatre… plus deux autres qui sortirent du trou dans le mur. Ils portaient ce qui ressemblait à des *keikogi* noirs, fermés par de longues ceintures de tissu rouge nouées avec une infinie complexité. Des écharpes sombres leur enveloppaient la tête à la manière des Touaregs, dissimulant le bas de leurs visages.

Et ils étaient armés de fusils ; chacun de ces salopards en avait un.

Des pseudo-ninjas armés de fusils ?

— Toi ! aboya l'un d'eux – un petit gars à la peau blanche qui sentait le *seru*, la surexcitation et l'animosité. Où sont les autres ?

— Il ne peut pas répondre, Second. (Le murmure était venu de derrière le groupe d'hommes en noir qui se tenaient près du mur percé. La voix avait un timbre enfantin… mais il fallait s'imaginer un enfant s'exprimant comme un ordinateur, car il n'y avait aucune note de vie, aucun sentiment dans cette voix.) Je suis surprise qu'il soit même conscient. Il devra attendre plusieurs heures pour pouvoir parler.

Le groupe se scinda, et une femme vêtue d'une longue robe rouge se fraya un chemin entre eux avec précaution, à travers les planches cassées.

Elle était petite, à peine plus d'un mètre cinquante, et avait un physique adolescent. Ses cheveux longs, d'un noir de jais, étaient détachés, et un fin diadème d'argent encerclait sa tête. Une impressionnante opale noire était incrustée en son centre, juste au-dessus du chakra frontal. La femme tenait une sorte de crosse en bois noir baguée d'argent, aussi grande qu'elle. Il s'en dégageait une forte odeur de magie.

L'image ridicule qu'elle offrait d'une enfant attifée comme une figurante de film de série B aurait presque pu l'amuser. Au lieu de cela, il sentit les poils de sa nuque se hérisser. Un flot de haine – instinctive et irraisonnée – lui retroussa les lèvres en un rictus menaçant.

Ce très léger mouvement suffit à lui causer une douleur atroce. *Merde, merde, merde.* Il avait les larmes aux yeux tandis qu'elle s'approchait de lui d'un pas tranquille.

— Retrouvez-les ! commanda-t-elle sèchement, du ton d'une reine s'adressant à ses sbires.

Retrouver qui ? Michael et Molly, devina-t-il. Ce n'était pas lui que ces évadés d'un film fantastique recherchaient, mais l'autre ensorceleur.

Tout ce cirque, et ce n'est même pas moi qui les intéresse. Pas de bol.

— Madone, dit le premier homme d'un ton hésitant. Restez en retrait, s'il vous plaît. Laissez-nous vous protéger.

— Imbécile, répondit-elle avec cette voix électronique d'enfant. Il ne peut pas bouger. Voyez où mène ce... (elle fit un geste avec son bâton vers le tunnel)... trou. Et si quelqu'un s'y cache.

Le petit ninja aboya ses ordres. Aussitôt, trois d'entre eux s'exécutèrent et descendirent l'un après l'autre dans l'issue aménagée par Cullen. Le petit homme s'approcha de Cullen et le toisa avec méfiance.

Sans prêter aucune attention à son second, la femme dévisagea Cullen à son tour. Ses yeux étaient étrangement sombres, si noirs qu'on ne pouvait pas distinguer ses pupilles de ses iris. Son odeur aussi avait quelque chose de bizarre, mais celle de magie qui se dégageait de sa crosse était si forte qu'il ne pouvait démêler l'une de l'autre.

Sa crosse…

—Je me demande pourquoi tu n'es pas évanoui, dit-elle à voix haute.

La crosse. C'est sur elle qu'il dirigeait toute sa haine. Il brûlait d'une envie grandissante de la détruire. Il voulait se transformer, la prendre entre ses dents et la casser en deux, mais… *une minute.* Il n'avait pas réussi à se transformer tout à l'heure, mais la crise était passée. Il avait subi des dommages, mais peut-être que…

—Très bien, murmura-t-elle, voyons un peu à quoi tu penses. Où sont-ils ?

Il croisa son regard et plissa les yeux tandis qu'elle tentait de sonder son esprit, sans y parvenir. Il lui aurait volontiers tiré la langue, si ses mâchoires avaient accepté de s'ouvrir.

—Tu disposes d'une protection ! dit-elle d'une voix aiguë où perçait l'étonnement.

Son visage se crispa alors et elle lui enfonça sa crosse dans les côtes.

Je refuse de laisser cette abomination me toucher, songea Cullen. Mû par sa haine, il bondit sur ses pieds, le corps dévoré de douleur mais cependant emporté par le besoin d'écraser cet objet impur.

Mais il avait beau l'ignorer, la souffrance n'en disparaissait pas pour autant. Elle le rendait lent, maladroit. Il tenta de s'emparer du bâton, tituba, manqua son coup… et eut juste le temps d'apercevoir la crosse du fusil s'abattre sur son crâne.

XI

ILS AVAIENT FRANCHI les limites de la ville depuis vingt minutes et grimpaient à présent dans la montagne ; Lily contemplait le paysage par la vitre, composé de buissons, de rocaille et de chênes rabougris. La route était raide, et le ciel au-dessus d'eux si limpide et si bleu qu'il lui semblait qu'elle n'aurait qu'à passer la tête par la fenêtre pour en respirer l'azur. Comparées aux montagnes Rocheuses du nord-est du pays, ces montagnes étaient ridiculement petites, mais Lily y était profondément attachée. Elles lui évoquaient de vieux cow-boys usés jusqu'à la moelle par une vie à la dure.

Une bonne partie de ces montagnes appartenait au père de Rule.

Elles ne constituaient pas la seule possession d'Isen Turner, à en croire le dossier que le FBI lui avait remis. Il détenait également des vignes à Napa Valley, des terrains immobiliers à San Diego et Los Angeles, des actions, des obligations, ainsi que d'autres terres dans une région reculée du Canada. Le FBI estimait à trois cents millions de dollars ses avoirs, que Rule s'occupait de gérer.

Encore les fédéraux ne savaient-ils pas tout. Ils ignoraient notamment l'identité de la mère de Rule, ainsi que l'âge d'Isen. Ils n'étaient même pas certains de l'âge exact de Rule.

Elle supposait qu'il avait une trentaine d'années. On eût tout à fait pu lui donner la vingtaine, cependant, à son maintien, on le devinait plus âgé – mais celui-ci était peut-être dû à son ascendance royale.

Elle l'étudia un instant, puis tourna à nouveau son regard vers la vitre. La vue y était plus intéressante que celle d'un loup-garou faisant la tête.

Sa voiture, en revanche, était vraiment éblouissante. Il s'agissait d'un cabriolet Mercedes flambant neuf – extérieur gris argenté, intérieur en cuir noir, avec système de navigation embarqué. Elle n'avait pas osé lui suggérer d'abaisser la capote, compte tenu de l'ambiance tendue qui régnait. Mais de toute manière, on profitait mieux de l'incroyable stéréo avec la capote refermée... même s'il n'y avait pas grand-chose qui valût d'être écouté.

L'autoradio diffusait du Dvo ák quand il était venu la chercher.

Elle supportait en général assez bien la musique classique, mais pas ce genre-là : il s'agissait d'un des quatuors. Il eût été plus convenable de prendre son mal en patience et d'attendre la fin ; au lieu de cela, elle avait poliment demandé s'il pouvait passer autre chose. Tout aussi poliment, il avait changé pour une station qui jouait d'anciens standards. Fallait-il y voir une pique détournée à ses goûts musicaux ? Peu importe. Elle s'en fichait.

Elle lui avait déjà présenté ses excuses la veille. Que voulait-il de plus ? Et après tout, sa remarque avait mis un brusque arrêt à ses tentatives lourdingues de séduction... Avait-elle vraiment envie qu'il les reprenne ? Elle n'était quand même pas aussi stupide.

O.K, admit-elle en silence, *eh bien peut-être que si en fin de compte*... Il faudrait qu'elle corrige cela. Mais bon sang, il n'avait pas besoin d'être aussi... aussi *froid*, tout de même ! Elle avait bien essayé d'engager une conversation polie, mais un enchaînement de réponses laconiques l'avait réduite au silence avec une efficacité déconcertante. En somme, Turner l'avait faite taire avec distinction.

Il lui rappelait sa mère.

L'absurdité de cette pensée la fit sourire. Elle accordait bien trop d'importance à ses réactions – et à celles de Turner. Tout ceci entrait dans le cadre de son enquête, il ne s'agissait pas d'une balade en voiture.

Elle avait obtenu l'accord du capitaine un peu plus tôt dans la matinée : il avait accepté qu'elle laisse en dehors de son rapport tout détail qui ne concernerait pas strictement l'enquête. À vrai dire, il s'était réjoui à l'idée de cacher certaines informations aux fédéraux. Lily était ensuite allée discuter avec les voisins des Fuentes ; deux d'entre eux s'étaient trouvés à leur domicile.

Celui de l'étage du dessous ne connaissait absolument pas le couple. Elle n'apprit donc rien de lui. En revanche, avec le 41-C, elle avait touché le gros lot. Erica Jensen était une jeune femme célibataire, amie de Rachel. Elle avait reconnu que Carlos avait les yeux baladeurs – ainsi que les mains, et d'autres parties du corps. Il avait réussi à convaincre Rachel de jouer son petit scénario au Club Inferno et s'était réjoui quand elle avait attiré l'attention d'un prince lupin.

« Il avait un délire bizarre, vous savez ? avait dit Erica en haussant les épaules. Carlos répétait toujours que la jalousie était un péché, mais j'sais pas… Si vous voulez mon avis, ça lui plaisait que sa femme excite d'autres mecs. Du coup il se sentait important, car elle était à lui. C'était juste une autre façon de lui rappeler qu'elle lui appartenait. Mais bon, ça semblait pas la gêner. »

Lily lui avait demandé si elle tenait tout cela de Rachel, ou de la bouche même de Carlos.

« Surtout Rachel, avait répondu Erica d'un air triste, mais Carlos parlait à qui voulait bien l'écouter de cette église bizarre où il allait. Vous allez croire que c'était une vraie crapule, mais en fait, non. Il bossait dur, et la plupart du temps il était gentil avec Rachel. Si vous voulez mon avis, il lui manquait une case, c'est tout. Rachel était raide dingue de lui. La liaison avec Turner... ben, elle aimait bien aussi. Elle disait qu'il faisait l'amour comme un dieu, mais je pense aussi qu'il la faisait se sentir spéciale. Et du coup, Carlos l'aimait encore plus.

À l'entendre, Rule Turner avait fait œuvre de charité en acceptant de se taper Rachel Fuentes. Lily ne croyait pas à cette vision des choses. Cela dit, les lupins avaient effectivement des mœurs très différentes. Pour commencer, ils ne croyaient pas au mariage.

Lily tourna son regard vers l'âme charitable au volant.

Turner avait oublié de l'avertir de l'assouplissement du code vestimentaire. Comme à son habitude, le prince lupin était vêtu de noir, mais il portait un jean usé et un vieux tee-shirt défraîchi ; des chaussures de sport sans chaussettes et des lunettes de soleil miroir. Et il ne s'était pas rasé.

Alors pourquoi donc gardait-il si fière allure ?

— Si j'ai bien compris, Clania appartient à votre père, demanda-t-elle, rompant le silence.

— Techniquement, oui, répondit-il du même ton froid et poli qu'il utilisait depuis qu'elle était montée à bord. Mais il en est propriétaire au nom du clan.

— Pourquoi ne pas l'avoir confié à une société de gestion ?

— Cette question a été soumise à discussion depuis qu'il n'est plus illégal d'être lupin. Mais le droit des sociétés et la coutume lupine s'accordent assez mal.

— Je veux bien le croire. Les actionnaires, eux, sont autorisés à voter.

Les verres réfléchissants se tournèrent un bref instant vers elle, puis retournèrent à la route.

— Sans doute vous figurez-vous que les membres du clan sont privés de leurs droits et qu'ils regrettent de ne pas pouvoir voter ?

— Ce n'est pas le cas ?

— Non.

Un simple non ? Sans autre forme d'explication ? Lily ravala sa frustration. Il était loin d'être le premier suspect récalcitrant auquel elle avait eu affaire.

— Parlez-moi de votre père. Vais-je le rencontrer aujourd'hui ?

— C'est une sacrée vieille crapule. Je dis ça littéralement, bien sûr. (Ce qui pointait à présent dans sa voix n'était plus une note courtoise mais moqueuse.) Mais à vos yeux, il est vrai que nous sommes tous des crapules.

— Vous n'avez aucune idée de ce que je pense. Y a-t-il quelque chose que je doive savoir sur la cérémonie d'aujourd'hui ?

— Oui : vous n'y assisterez pas.

Elle avait beau contrôler sa colère, elle bouillait intérieurement.

— Alors tout ce cinéma pour obtenir ma parole, c'était quoi… de la poudre aux yeux ?

— Toutes les personnes invitées à Clania doivent jurer de ne pas parler de ce qu'ils y voient. Et vous ne pouvez pas assister à la cérémonie d'alliance tout simplement parce qu'elle implique un autre clan, et que son Rho ne souhaite pas qu'un étranger soit présent.

Un autre clan… un nouvel allié ? Grand-mère lui avait expliqué que les affaires politiques des lupins obéissaient à des règles très strictes. La coutume lupine incluait des combats rituels, parfois à mort.

— Quel clan ? Que se passe-t-il ?

— Cela n'a rien à voir avec votre enquête, inspecteur.

— C'est stupéfiant de voir comment le mot « inspecteur » peut tout à coup sonner comme une injure dans votre bouche.

— N'est-ce pas ce que vous vouliez ? Que je ne m'implique pas ? Que notre relation se limite strictement au cadre de votre enquête ?

— Est-ce vraiment ce que vous faites ? (Elle se tourna pour l'observer, puis secoua la tête.) Je ne crois pas. Si c'était le cas, vous ne seriez pas en train de bouder dans votre coin.

Il parut étonné.

— « Bouder » ? Voilà qui s'accorde certainement avec l'idée que vous vous faites de mon caractère... mais en effet, vous avez raison. (La voiture ralentit.) Je ne peux m'empêcher de m'impliquer, car notre relation dépasse le cadre de votre enquête. Et pour *ma* part, je n'ai aucun problème à l'avouer.

— À vous entendre, nous serions impliqués dans une relation... Vous cherchez sans cesse à vous rapprocher. Et votre mauvaise humeur actuelle prouve combien... Que faites-vous ?

— Je crois que je m'apprête à faire une bêtise, dit-il en arrêtant sa voiture au beau milieu de la route.

— Vous ne comptez tout de même pas me demander de descendre et de continuer à pied !

— Très loin de moi cette idée...

Il balança ses lunettes de soleil sur le tableau de bord et détacha sa ceinture de sécurité.

Son cœur s'emballa dans sa poitrine, elle devinait ce qu'il avait derrière la tête, mais elle ne voulait pas y croire. Il n'oserait jamais faire ça. Pas quand il y avait tant de choses en jeu, pas alors qu'il se pensait encore suspecté... pas au beau milieu de la route, pour l'amour du ciel.

— Il y a un virage juste devant nous et les véhicules qui arrivent n'ont aucune visibilité. Vous feriez mieux de bouger cette voiture, si vous ne voulez pas vous prendre...

— ... une gifle, peut-être, dit-il en lui saisissant le bras gauche. Dans un moment.

La main droite de Lily jaillit, non pas pour lui coller une claque, mais un coup de poing en bonne et due forme. Rule stoppa son poing en vol et riposta... pas par une gifle, mais par un baiser. Sur sa bouche.

Elle le mordit.

Rule retint un cri mais ne retira pas ses lèvres. Non, le salopard émit un petit rire. Il frotta sa lèvre ensanglantée contre les siennes. Lentement. Doucement. Puis lui lécha la lèvre inférieure.

Lily, elle… ne bougeait pas. Elle en était incapable. C'était comme s'il l'avait paralysée. Immobilisée et tremblante, Lily sentait son être vibrer au son d'une nouvelle musique silencieuse.

Il lui lâcha la main pour saisir l'arrière de sa tête et approfondir son baiser. Et bien qu'elle fût libérée, elle ne le repoussa pas pour autant. Au contraire, elle approcha sa main pour le toucher. Son oreille et la boucle de cheveux qui s'y enroulait ; son épaule, ferme et d'une virilité sans faille. Elle sentit ses doigts vigoureux lui caresser les cheveux sur sa nuque, et soudain, la musique prit un tempo familier, s'accordant au rythme de son désir. Elle émit un petit son et pourchassa sa bouche de ses lèvres.

Il répondit par un murmure d'approbation viril, et sa main glissa vers sa poitrine, lui taquinant le téton. Il cessa d'hésiter et prit possession de sa bouche.

Elle mêla alors son désir au sien. Le tissu de son tee-shirt était fin, mais n'en restait pas moins une entrave. Elle avait besoin de son corps, dans toute sa nudité, afin de pouvoir en revendiquer les moindres courbes, les moindres creux. Elle le connaissait… non, elle avait *besoin* de le connaître. Désormais, maintenant, pour toujours, chaque centimètre de sa peau…

Lily surprit son propre gémissement. Le son incongru la ramena brusquement à la raison – ou tout au moins à ce qu'il en restait. Elle recula son visage.

Rule se pencha vers son cou dénudé, l'embrassant, le léchant…

— Non… non, vous ne pouvez pas. On ne peut pas…

Le son de sa voix affolée la terrifia et elle le repoussa. Il leva alors la tête et posa sur elle un regard aveuglé de désir, aux pupilles si dilatées qu'elles engloutissaient presque ses iris.

— Non, bien sûr… pas ici, dit-il. Je n'aurais pas dû… Viens ici, *querida*, tu as besoin d'être rassurée. Viens, j'en ai besoin aussi.

D'une main tremblante, il détacha la ceinture de sécurité de Lily.

Elle aussi tremblait. Elle avait l'impression d'avoir été plongée dans une piscine glacée ; son dos et ses cuisses étaient parcourus de minuscules frissons. La mâchoire crispée, elle peinait à articuler ses mots.

— Ne me touchez pas… Mon Dieu, vous ne pouvez pas vous retenir. C'est vous qui avez fait ça ! C'est vous qui m'avez fait ça !

— Je t'ai simplement embrassée. Ensuite, j'ai perdu tout contrôle sur… Fichue console centrale ! s'exclama-t-il en essayant de se rapprocher d'elle.

L'esprit embrumé par la confusion, le corps encore brûlant d'envie, Lily se laissa faire tandis qu'il lui rabaissait son chemisier.

Rule passa son bras autour d'elle et la serra contre lui, autant que la console le permettait, son souffle aussi haletant que le sien.

— Je suis désolé, *nadia*. J'étais furieux, mais je n'en avais pas le droit. Tu ignores pourquoi tu me mets dans cet état. C'est difficile pour toi. Tant que tu ne comprendras pas…

Ce qu'elle comprenait, c'était que quelque chose clochait. Elle ne cessait de se le répéter, mais ne bougeait pas pour autant.

— Vous devez utiliser un sort quelconque, même si je ne peux pas le sentir. C'est la seule explication…

— Je n'utilise aucun sort. Toi et moi… l'attirance que nous éprouvons l'un pour l'autre n'a rien d'ordinaire, tu as raison. Nous sommes liés. Ni toi ni moi ne l'avons choisi, et nous ne pouvons pas le contrôler.

— Non ! (Elle se força à se redresser et s'écarta de lui.) On a toujours le choix. Même s'il est parfois… limité par… par les circonstances…

Comme par exemple fantasmer sur un homme avec qui elle n'avait aucun droit de s'engager. Un homme qui n'avait pas la moindre notion de ce que pouvait être la fidélité. Un homme qui n'était même pas tout à fait humain.

— On ne contrôle pas toujours ses émotions, finit-elle plus calmement, mais on peut décider de les laisser ou non guider nos actes.

— Pourquoi ai-je l'impression de savoir à l'avance quel sera ton choix ? (Il se frotta le cou en soupirant.) Lily, ça ne fonctionnera pas. Toute la logique du monde, toute la volonté du monde ne réussira pas à briser le lien qui nous unit. On ne peut tourner le dos à cette fatalité comme on se détourne d'un engouement passager.

— Incroyable ! On s'accorde enfin sur quelque chose. Je ne suis pas *amoureuse* de vous. Je ne suis même pas tout à fait sûre de vous apprécier.

— Je sais cela. Pour le moment, je ne suis pas vraiment fou de toi non plus. Tu es têtue, exaspérante, pleine de préjugés…

— Je n'ai aucun préjugé !

— Alors comme ça, tu n'as aucun problème avec ma nature ?

— Non. Ce sont vos pratiques sexuelles que je ne partage pas vraiment.

Il accueillit la remarque d'un rictus amer.

— Tu seras sans doute ravie d'apprendre que tu as bouleversé ces pratiques. Définitivement.

— Bien sûr, vous me prenez vraiment pour une idiote ! (Elle regarda droit devant elle et coinça ses cheveux derrière ses oreilles, en espérant avoir l'air moins dévastée qu'elle ne l'était intérieurement.) Bon sang ! dit-elle, encore tremblante. Vous ne deviez pas assister à une cérémonie ?

Il restait assis là, à l'observer. Elle en revanche refusait de le regarder, mais sentait le poids de son regard sur elle. Et la chaleur de celui-ci.

Son cœur ne se calmait pas.

Rule finit par remettre la voiture en marche.

— Il y a beaucoup de choses que tu ignores, et te fournir des explications ne servirait à rien, puisque tu as décidé de te méfier de moi. Alors fais-moi savoir quand tu seras prête à les entendre.

Tous deux se murèrent dans le silence pour le restant du voyage.

CLANIA FORMAIT UNE longue bande de terre sinueuse bordée d'un côté par les terres fédérales de Californie, et de l'autre par un parc naturel. Les cartes officielles n'indiquaient que deux routes d'accès : celle sur laquelle ils roulaient maintenant, et un chemin privé plus au nord arrivant de la petite localité de Rio Bravo. La partie du territoire lupin jouxtant ce chemin était soigneusement clôturée et dûment fermée.

Rule s'arrêta devant un portail. Un jeune homme vêtu d'un simple short l'attendait pour lui ouvrir. L'air sportif et amical, il ressemblait, avec ses pieds nus et ses taches de rousseur, à une version loup-garou de Jimmy Olsen. Il portait un talkie-walkie accroché à sa ceinture.

Après avoir ouvert la grille, il resta en travers du passage et s'approcha du véhicule. Rule abaissa la vitre.

— Salut Sammy !

— Salut Rule ! Benedict te fait dire qu'il faut que tu conduises ton invitée chez le Rho avant de te rendre sur les terres.

Rule jeta un coup d'œil à Lily.

— Tu lui diras que tu as bien transmis le message.

Le jeune homme grimaça.

— Je me suis mal exprimé. C'est le Rho qui insiste pour la voir, pas Benedict.

Il regarda dans la voiture, visiblement curieux de connaître l'identité de la passagère, mais Rule n'était pas disposé à faire les présentations. Il tapota un instant sur le volant, puis hocha la tête. Le jeune homme recula alors d'un pas, et ils franchirent le portail.

— Apparemment, dit Rule, il semble qu'en fin de compte, tu vas rencontrer mon père.

— Parfait.

— C'est l'inspectrice chargée de résoudre le meurtre qui s'exprime, je suppose. Pas la femme avec qui j'entretiens une relation.

Elle voulut lui dire qu'ils n'entretenaient aucune relation, mais les mots restèrent coincés dans sa gorge. Il y a encore quelques minutes, elle l'embrassait avec fougue. Quelle que soit la nature de leur relation, une chose était sûre : elle était bien réelle. Aussi ne répondit-elle rien.

Le portail passé, la route gravillonnée s'enroulait autour du versant de l'ancienne montagne rocheuse, avant de redescendre dans une longue vallée peu profonde. Au creux de celle-ci se nichait un semblant de village. Deux chiens – un terrier et un colley croisé hirsute – accoururent le long de la corniche comme ils approchaient du village.

Elle ne s'était pas attendue à trouver des chiens. Dans son imaginaire, ça ne collait pas avec le côté loup.

La séparation entre zone naturelle et village était floue. Elle ne vit aucune barrière ni rangée d'habitations marquant une limite. Les modestes maisons de stuc ou de pisé, à charpentes de bois, semblaient avoir été jetées au hasard, quelques-unes tombant le long de la rue principale, d'autres parmi les pins et les chênes couvrant les flancs de la petite vallée. Ils dépassèrent une station d'essence, un petit marché, un café, une laverie et un bazar.

Elle vit également des gens. La route se divisa en deux de part et d'autre d'une large pelouse, légèrement plus grande qu'un terrain de football ; plusieurs dizaines de personnes y étaient rassemblées. Peut-être le lieu où se tiendrait la cérémonie à laquelle elle n'assisterait pas ? Comme le garde au portail, la plupart des hommes qu'elle voyait ne portaient rien d'autre que des shorts. Les femmes, elles – car à sa grande surprise, il y avait également des femmes – portaient en plus de leurs shorts des chaussures, et des tee-shirts ou des débardeurs. Deux d'entre elles firent des signes de la main ; la plupart se contentaient de les regarder passer.

Plus loin, elle aperçut une adolescente assise sur les marches de la véranda d'une petite maison en stuc. Elle buvait une canette de soda. Vêtue d'une robe légère, elle avait le bras passé… autour d'un immense loup à la fourrure argentée, haletant allègrement sous le soleil. L'animal tourna la tête pour suivre la Mercedes.

La demeure du Rho se trouvait à mi-hauteur de la route en pente située dans le prolongement de la grand-rue. Il s'agissait d'une gigantesque bâtisse en stuc, au toit de tuiles rouges – charmante, mais loin du manoir qu'elle s'attendait à voir habiter un homme valant trois cents millions. Rule ralentit en approchant et Lily aperçut alors un homme posté au coin du bâtiment. Il était d'âge moyen et presque aussi peu vêtu que tous ceux qu'elle avait vus jusqu'à maintenant.

L'épée qu'il tenait à la main, elle, était entièrement nue. Elle devait mesurer près d'un mètre.

— Bon Dieu. Qui c'est celui-là… le garde du palais ?

— Quelque chose comme ça, répondit Rule en s'arrêtant devant la maison.

Le garde les regardait. Il semblait bien moins amical que celui de tout à l'heure.

— Voilà qui en dit long sur la satisfaction de votre peuple face à cette absence de démocratie.

— Vous ignorez tout de la situation.

— À vous de me l'expliquer.

— Je ne sais pas ce que le Rho accepte que vous sachiez.

— Et vous ne pouvez pas prendre ce genre de décisions sans le consulter ?

— Pas quand je m'adresse à la police, répondit-il en ouvrant sa portière.

Elle se pencha vers lui, sans avoir la moindre idée de ce qu'elle allait dire. Et elle n'eut pas l'occasion de le découvrir, car la porte de la maison s'ouvrit d'un coup, et un jeune garçon en surgit.

— Papa ! Papa !

Rule sortit presque aussi précipitamment de la voiture. Elle avait à peine défait sa ceinture de sécurité qu'il faisait déjà le tour du véhicule, avec sur le visage une expression de joie si intense qu'elle se sentit gênée, comme si elle faisait preuve d'indiscrétion.

Lily descendit de la voiture sans se presser, tandis que l'enfant accourait vers l'homme, qui l'attrapa pour le faire tournoyer dans les airs, avant de l'asseoir sur son épaule, aussi facilement qu'elle y aurait balancé son sac à main. Le garçon avait les cheveux coupés court et raides, un peu plus foncés que ceux de Rule, et le menton moins prononcé. Ces détails et son absence de barbe exceptés, c'était le portrait craché de son père en miniature.

Quoique la ressemblance fût peut-être accentuée par leurs expressions aussi rayonnantes l'une que l'autre.

— Dis-moi un peu, qu'est-ce que tu fais ici ? demanda Rule. Et tes leçons, alors ?

— C'est l'heure du déjeuner ! protesta l'enfant. De toute façon, j'ai terminé l'orthographe, et maintenant, je connais tous les États du pays par cœur. Nettie a dit qu'on allait faire des maths, mais après. (Il grimaça.) J'aime pas trop ça les mathématiques, tu sais.

— Je sais. Mais tu t'en sors de mieux en mieux avec les divisions, et tu te démerdes bien avec les multiplications. Combien font sept fois sept ?

— Quarante-neuf ! Et tu as dit un gros mot.

— Oups ! Désolé. Il y a quelqu'un que je voudrais te présenter, *ma animi*.

— Ah oui ? (Il détourna son regard du visage de son père et, sans accorder la moindre attention au garde, arrêta celui-ci sur Lily.) C'est une fille, dit-il, surpris.

— Une dame, corrigea Rule. Lily, je vous présente mon fils, Toby Asteglio. Toby, voici Lily Yu.

— Lily *You* ?

— C'est un nom chinois, expliqua-t-elle. Il se prononce comme le pronom anglais « *you* », alors forcément, les gens croient toujours que je parle de quelqu'un d'autre. Mais en chinois, il signifie tout un tas de choses, selon la façon dont on l'écrit.

— Vous parlez chinois ?

— Ça m'arrive, quand je suis avec ma grand-mère.

— Cool. Mon copain Manny, il m'apprend l'espagnol. Sa famille parle tout le temps en espagnol et je comprends rien à ce qu'ils disent, mais je sais parler un peu. Je peux compter jusqu'à vingt. *¿Como está usted ?*

— *Muy bien, gracias,* répondit-elle sérieusement. *¿Y usted ?*

— Vous parlez espagnol, aussi ! Hé, papa ! (Il tapota la joue de son père.) Elle parle espagnol. Peut-être qu'elle peut m'entraîner pour que j'oublie pas ce que j'ai appris, vu que je vais rester un peu ici. Mamie dit que t'es cinglé de m'avoir emmené à l'autre bout du pays ! Et que si t'es pas cinglé, alors il faut vraiment que tu te reprennes en main. Mais je crois qu'elle voulait pas que j'entende quand elle a dit ça.

— Je crois aussi, répondit Rule. Ne t'inquiète pas, j'y travaille.

— Elle l'a pas dit pour te faire de la peine, tu sais. Elle dit tout le temps ça. Par exemple, si j'oublie de faire mes devoirs, elle me dit : « Toby, il faut que tu te reprenne en main ». Mais moi je suis bien content que tu te reprennes pas en main, parce que du coup, je peux rester ici.

Une grande femme, auréolée d'un nuage de cheveux gris crépus qui lui descendaient presque jusqu'à la taille, sortit de la maison.

— Toby, viens terminer ton repas, sans quoi Henry va s'imaginer que tu nous couves quelque chose.

— Je suis pas malade !

— Toi tu le sais, et moi aussi, mais il faut convaincre Henry !

La femme portait un short de coureur et une brassière sport. Elle avait la peau cuivrée, aussi bien du fait de ses origines que sous l'effet du soleil, et une musculature ferme et tonique. Il était difficile de lui donner un âge.

— Bonjour, Rule. Toby reconnaît à tous les coups le son de ta voiture. Il est sorti de table comme une trombe en t'entendant arriver, comme s'il y avait le feu dans la cuisine.

— C'est juste des sandwiches, expliqua l'enfant à son père.

Mais ils sont meilleurs parce qu'ils sont faits avec le pain de Henry. (Il ajouta à l'intention de Lily.) Il le fait lui-même. Mamie elle, elle l'achète, mais Henry, il le fait lui-même. Même des fois, il me laisse l'aider. (Il demanda à son père.) Vous allez déjeuner avec moi ?

— Mademoiselle Yu peut-être, oui, une fois qu'elle se sera entretenue avec ton grand-père. Moi, je ne peux pas aujourd'hui.

Toby fit une grimace.

— Ah oui, j'avais oublié. Tu as pas le droit d'entrer à l'intérieur. Mais après le rituel ?...

— Je passerai te voir, promit doucement Rule. Si tu travailles bien tes divisions, toi et moi, nous descendrons à la rivière. (Il saisit le garçonnet sur son épaule, l'embrassa sur le front, puis le déposa au sol en lui donnant une petite tape dans le dos.) Retourne manger.

Lily vit que Toby ne bougeait pas. L'air buté sur son visage lui rappelait Rule.

— Je voudrais bien aller avec toi.

— Sûrement, oui. Mais les enfants ne sont pas autorisés à assister aux cérémonies, tu le sais très bien. Maintenant, retourne faire ce que tu as à faire, et je vais faire de même.

Le garçon poussa un énorme soupir.

— Au revoir, mademoiselle Yu. Peut-être qu'on pourra parler espagnol tout à l'heure.

— Peut-être, dit-elle. (Charmée par l'enfant, elle se sentait coupable. C'était loin d'être la relation à distance qu'elle s'était imaginée.) Mais tu sais, je ne sais pas dire grand-chose.

— C'est pas grave, moi non plus. Bye !

Et il fila en direction de la maison, à l'allure qu'elle devinait être son rythme habituel : à toute vitesse.

Lily jeta un coup d'œil au garde. Les autres se comportaient comme s'il n'était pas là, mais elle trouvait difficile d'ignorer un homme armé d'une épée. Enfin, une machette, rectifia-t-elle. Celle-ci était moins longue qu'elle ne lui avait semblée tout à l'heure : peut-être soixante-dix centimètres.

— Votre fils est un charmeur, chuchota-t-elle à Rule.

— Je le pense aussi. (Son regard s'attarda sur la porte derrière laquelle Toby avait disparu, puis il se tourna vers elle.) Je crains de ne pas pouvoir vous accompagner à l'intérieur.

— C'est quoi cette histoire ?

Il secoua la tête et lui présenta d'un geste la grande femme qui se tenait silencieusement à leurs côtés.

— Voici Nettie Two-Horses. J'imagine que c'est elle qui vous introduira auprès du Rho. Nettie, voici l'inspecteur Lily Yu. Il me semble que tu l'attends ?

— Effectivement, répondit-elle.

Elle tendit la main à Lily, qui reçut un picotement caractéristique en la lui serrant. La poignée de main était franche et tonique, la magie typiquement amérindienne – elle avait déjà rencontré cette catégorie de magie auparavant.

— Rule n'a pas effectué les présentations comme il se doit, précisa la femme. Je suis le *Docteur* Two-Horses. Non pas que vous soyez obligée de m'appeler ainsi. Ma foi, personne ici n'emploie mon titre, ajouta-t-elle avec un bref sourire. J'imagine que je ne ressemble pas à un médecin pour vous.

— La plupart des médecins ne portent pas de blouses blanches chez eux, fit observer Lily.

— Et vous vous demandez certainement si j'habite ici. Eh bien, j'habite Clania. Mais pas dans cette maison. En revanche, j'y ai un patient. (Elle grimaça.) Un patient sacrément difficile.

Rule eut un sourire amusé.

— Je suppose qu'il est réveillé.

— Et bien portant, compte tenu des circonstances. Mais je tiens à le replonger en somnie à la première occasion, aussi je préférerais conduire Lily devant lui immédiatement.

Rule acquiesça.

— O.K. À tout à l'heure, alors. (Il adressa un regard à Lily – un regard impossible à déchiffrer – et lui toucha la joue.) Faites attention à vous, chuchota-t-il.

Elle haussa les sourcils.

— Vous voulez dire : « Faites attention à vous, *inspecteur* » ?

Il eut un petit rire. Et là, au lieu de remonter dans sa voiture, il partit à grandes foulées, et le voir se mouvoir ainsi avec aisance était un véritable plaisir pour les yeux.

— Il est magnifique quand il court, vous ne trouvez pas ? dit Nettie. Comme tous les lupins. Je ne me suis jamais lassée du spectacle d'un lupin en mouvement.

Embarrassée d'avoir été surprise en train de l'admirer, elle donna une réponse évasive et changea aussitôt de sujet.

— Je ne savais pas qu'Isen Turner était malade. J'espère que ce n'est pas grave.

— C'est assez grave, si, mais il n'est pas malade. Venez, entrons et je vous expliquerai dans les grandes lignes, mais vous devrez réserver la plupart de vos questions pour Isen.

Elle se mit en marche vers la maison ; Lily accorda un dernier regard à l'homme à l'épée, puis emboîta le pas au médecin.

— Je ne savais pas que le fils de Rule était de séjour ici.

— Mmmh. Dites-moi, dois-je vous appeler « inspecteur » ? Ou Lily ?

Autrement dit, elle se demandait ce qu'avait signifié le geste de Rule, lorsqu'il lui avait touché la joue. Lily aussi se le demandait.

— Je suis ici dans le cadre d'une enquête.

— Oh. Navrée de l'entendre. Cela vous gênerait-il d'ôter vos chaussures en entrant ? C'est la coutume ici.

— Pas du tout, répondit-elle, toutefois déconcertée : cette pratique lui rappelait celle de sa grand-mère.

Le seuil franchi, Lily s'arrêta et jeta un rapide coup d'œil autour d'elle. Elle se pencha pour ôter les chaussures à talons plats accompagnant son tailleur en lin. Le hall d'entrée était vaste, carrelé, et percé d'une lucarne. À l'autre bout, des portes-fenêtres s'ouvraient sur un atrium. De chaque côté, deux ouvertures donnaient l'une sur une salle à manger, l'autre sur un couloir.

Lily vit une étagère à chaussures à côté de la porte. *Encore une impression de déjà-vu*, songea-t-elle en se redressant. Comme ses pieds foulaient les carreaux froids, elle perçut une très légère trace de magie : un bourdonnement diffus semblable à ce qu'elle avait ressenti sur la scène de crime.

La magie lupine. Celle-là même dont Rule semblait dépouillé. Elle se tourna vers son guide.

— Si monsieur Turner n'est pas malade, alors c'est qu'il est blessé.

— Effectivement. Puisque vous êtes agent de police, je présume que vous avez le cœur bien accroché.

— Rien de tel qu'un passage par la brigade routière pour endurcir une âme sensible.

— Je vous crois volontiers. C'est un peu comme travailler aux urgences, je présume. Mais vous êtes à présent inspecteur, non ?

— Oui. À la criminelle.

À ces mots, le médecin afficha sa surprise, sans toutefois poser les questions que Lily attendait. Au lieu de cela, elle se dirigea vers le couloir sur la droite.

— Les lupins cicatrisent plus vite quand leurs blessures sont laissées à nu, et, comme vous avez pu le remarquer, ils ne sont pas portés sur la pudeur. Isen ne porte ni bandages ni vêtements, et il n'est pas joli à regarder en ce moment. Sa peau et une partie de ses muscles se sont régénérées sur l'abdomen, mais...

— Attendez une minute. Il présente une blessure abdominale et malgré cela il n'est pas hospitalisé ?

Nettie s'arrêta et regarda par-dessus son épaule.

— En règle générale, les lupins détestent les hôpitaux. Et le Rho a des raisons supplémentaires de rester ici. Il est bien soigné, même s'il n'est pas à l'abri d'un choc traumatique... C'est pourquoi je le maintiens en somnie aussi souvent que possible.

— Quand et dans quelles circonstances a-t-il été blessé ?

Un nouveau sourire apparut brièvement sur le visage du médecin.

— Vous ne perdez pas de temps. Mais gardez ces questions pour Isen.

— Très bien. J'en ai cependant une à laquelle vous pourrez sans doute répondre. Vous avez utilisé à plusieurs reprises le terme « somnie ». Que signifie-t-il au juste ?

— Il s'agit d'une transe curative. Elle facilite généralement la guérison chez une personne, mais les lupins en retirent un bénéfice bien plus grand du fait de leurs capacités de cicatrisation naturellement accrues. Elle élimine pratiquement le risque de choc traumatique.

Elle se remit à marcher en direction de la porte lambrissée au bout du couloir.

— Je présume que vous êtes une sorte de guérisseuse.

— J'ai passé mon diplôme de médecine conventionnelle à Boston, et mon oncle m'a enseigné les pratiques chamaniques.

Lily hocha la tête. Le chamanisme relevait de la magie terrestre, et c'étaient précisément les traces qu'elle avait perçues quand elles s'étaient serré la main à l'extérieur. Lily s'étonnait cependant de trouver un chaman diplômé dans ce village reculé. Les guérisseurs indiens faisaient fureur ces derniers temps, particulièrement auprès du gotha Hollywoodien, mais la plupart ne quittaient pas les réserves. Et encore moins pour suivre des études de médecine classique.

— Vous exercez ici à Clania ?

— Ici et à Rio Bravo. Il m'arrive aussi de me déplacer ailleurs. Voilà, nous y sommes, dit-elle en frappant à la porte.

Sitôt qu'elle l'ouvrit, elles virent surgir devant elles un bon mètre quatre-vingts de muscles durs et virils qui leur bloquait l'accès. L'homme portait un short en jean et avait les pectoraux les plus impressionnants que Lily eût jamais vus ; une lanière de cuir traversait ce torse lisse et imberbe.

La machette qu'il tenait à la main d'un air résolu était tout aussi impressionnante, et il comptait manifestement l'utiliser pour embrocher la prochaine personne qui franchirait le seuil.

XII

— Benedict ! s'exclama Nettie Two-Horses. Écarte-toi.

— Elle est armée, répondit l'homme avec calme. Nul n'est autorisé à faire entrer d'armes dans la chambre du Rho.

Lily en avait assez entendu.

— Rangez cette machette, ordonna-t-elle.

L'homme ne bougeait pas. Il avait les yeux sombres et la peau cuivrée, à l'image de Nettie, et des cheveux noirs striés d'argent. Il la fixait d'un regard vide de toute expression. Lily aperçut un autre fourreau plus petit à sa ceinture.

— Rangez cette arme, répéta Lily, ou je vous arrête pour menaces sur agent de police.

Un petit ricanement s'éleva derrière l'homme.

— Je serais curieux de vous voir procéder à cette arrestation… mais nous manquons de temps. Écarte-toi, Benedict. Elle peut garder son arme.

Cette nouvelle voix, caverneuse, encore plus grave que celle du garde, semblait monter des profondeurs d'un puits. D'un geste fluide, le beau mâle impassible se recula en rengainant sa machette dans le fourreau sur son dos. Nettie Two-Horses entra alors dans la pièce, suivie de Lily.

La salle était spacieuse, et les boiseries et les poutres apparentes au plafond apportaient une touche très masculine ; ce qui ressemblait à une tapisserie médiévale ornait l'un des murs gris-vert. Elle aperçut un violoncelle dans un coin. Le mobilier était sombre et élégamment vernis ; on l'avait déplacé pour aménager un espace au centre de la pièce pour le lit d'hôpital. Allongé dans ce lit se trouvait un homme aux allures d'ours, une perfusion plantée dans un bras. Il ne ressemblait en rien à Rule, avec son visage anguleux et son grand nez aquilin. Il était difficile de deviner son âge. Cinquante ans ? Soixante ? Et comme Nettie l'avait dit, il était entièrement nu, à l'exception du bandeau sur son œil.

Il n'était effectivement pas beau à regarder.

Une plaie boursouflée recouverte d'une sorte de croûte montait le long de sa joue et disparaissait sous son bandeau. Une nouvelle peau rosâtre avait commencé à se former sur les bords, en partie cachée par une barbe rousse grisonnante. Sur son torse, les entailles commençaient dans la toison, juste au-dessous du téton gauche, et descendaient jusqu'à son ventre. Elles s'arrêtaient à quelques centimètres de son appareil génital… qui ne semblait pas abîmé. Son abdomen formait un creux bizarre, comme si tous les organes n'étaient pas à leur place habituelle sous la peau. Elle ne voyait pas son bras gauche, mais sa main droite en revanche n'avait que deux doigts. Le reste de la main ne présentait que de minuscules moignons roses.

— Qu'est-ce que tout cela signifie, demanda-t-elle ?

— Veuillez excuser mon fils, dit le Rho Nokolaï. C'est lui qui est responsable de ma sécurité et il met beaucoup de zèle à la tâche. Nos coutumes interdisent à quiconque d'entrer armé en ma présence.

Son fils ? Lily se retint de détailler les éventuelles ressemblances entre Benedict et Rule et marcha jusqu'au lit, le regard rivé sur son occupant au corps mutilé. Elle avait déjà interrogé des gens mal en point auparavant, mais la plupart étaient un peu plus vêtus que celui-ci. C'était… difficile de… se concentrer.

Mais peut-être était-ce le but recherché ?

— Vous vouliez me rencontrer. Je suis flic. Les flics sont armés, et je devine que vous n'êtes pas un idiot. Vous auriez pu régler la question de l'arme avant mon arrivée. Alors à quoi rime cet accueil théâtral ? Cherchiez-vous à m'énerver pour que je ne m'apitoie pas sur votre état ? Ou était-ce juste une autre façon de me déstabiliser ?

L'œil enfoncé dans son orbite afficha une lueur d'amusement.

— Si mon intention était de vous énerver, j'ai réussi. Voudriez-vous vous asseoir ?

Constatant qu'il n'y avait pas de chaises près du lit, Lily s'apprêtait à lâcher une réplique cinglante, mais Benedict s'avéra utile à autre chose qu'à prendre un air menaçant. Il apporta un fauteuil richement décoré, le soulevant d'une main aussi facilement que s'il s'agissait d'une chaise de jardin en plastique. Il reprit aussitôt son poste près de la porte.

Lily se retrouvait réduite à deux choix : lui tourner le dos ou refuser de s'asseoir. *Très bien*, se dit-elle en s'asseyant. Si Isen Turner voulait s'amuser à ce petit jeu, ça ne lui posait aucun problème. Elle avait passé sa vie à s'accommoder des petits manèges de sa grand-mère.

— Vous avez été victime d'une agression qui vous a laissé presque mort. Qui est le responsable ?

— Je ne me souviens pas avoir été attaqué, dit-il platement. Peut-être un coup à la tête m'a-t-il fait perdre la mémoire… Je sens l'odeur de mon fils sur vous. Le plus jeune, précisa-t-il.

— Vous commencez à m'agacer.

Il émit un petit son étouffé, et la peau boursouflée de son abdomen frémit.

— Ah… fit-il au bout d'un moment. Ça fait mal. Je ne peux pas encore rire. Nettie, j'ai besoin que tu surveilles Toby. Ou que tu ailles me préparer un de ces laits de poule dont tu as le secret…

— Pour le moment, tu n'as pas assez de duodénum pour pouvoir digérer un lait de poule, mais j'ai compris le message.

Je vous laisse, mais dis-lui ce que tu as à lui dire rapidement. Je te donne quinze minutes.

— Trente.

— Quinze, ensuite je reviens et tu retournes en somnie.

— Le mot « négocier » ne fait pas parti du vocabulaire de cette femme, grommela-t-il en regardant Nettie Two-Horses refermer la porte derrière elle.

Elle saisissait au contraire très bien le sens de ce mot, se dit Lily : la négociation ne s'imposait qu'à celui qui n'avait pas d'autre choix. Apparemment, ce n'était pas son cas, ce qui constituait un point intéressant. Autre détail intéressant, le Rho n'avait pas renvoyé Benedict et son impressionnante machette.

— Quinze minutes, c'est court, dit-elle. Vous avez certainement un planning chargé. Moi aussi. Peut-être est-il temps de déposer les armes.

— Pourquoi pas en effet ? Vous n'avez pas perdu votre sang-froid, en dépit de mes efforts pour vous déstabiliser. Je ne détecte même pas sur vous l'odeur de la peur. Je me demande d'ailleurs pourquoi.

— Votre fils, celui qui se tient derrière moi avec ce gros ouvre-boîtes crâniennes, ne lèvera pas la main sur moi sans votre accord. Et vous ne m'avez pas amenée ici pour me charcuter.

L'homme alité haussa un de ses sourcils broussailleux, et elle lui trouva soudain une ressemblance avec Rule : pas dans les traits, mais dans l'expression.

— Et pourtant, nous suscitons la crainte, du moins au premier contact, chez les gens les plus raisonnables. La logique aide peut-être à vaincre le sentiment de peur, mais elle ne l'élimine pas totalement.

— La curiosité aussi fait parfois oublier la peur. Et je suis quelqu'un de très curieux. Je m'interroge par exemple sur vos agresseurs. Vous dites ne pas vous en souvenir. (Elle hocha la tête comme si cette éventualité était parfaitement plausible.) Mais si vous deviez émettre des hypothèses, qui suspecteriez-vous ?

— Eh bien, voyons… (Une lueur d'amusement brilla dans son œil.) Je me demanderais sans doute si le clan Leidolf trempe dans cette affaire. J'ai ouï dire que trois de ses membres ont été victimes d'accidents tragiques pendant qu'ils étaient loups. Un peu comme s'ils avaient été pris dans une rixe.

— Auriez-vous également entendu le nom des autres individus impliqués ?

— Je crains que non, mais cela importe peu. Ils sont morts.

Et tuer un lupin quand il se trouvait sous sa forme animale ne constituant pas un crime, elle n'avait aucune raison légitime d'enquêter sur ces faits.

— J'aimerais beaucoup savoir qui est le chef du clan Leidolf.

— Je suis sûr que l'information vous serait fort utile… dit-il en souriant mais sans rien ajouter.

Lily elle-même avait souvent recours à ce stratagème pour tirer les vers du nez d'un suspect. Il suffisait d'amener un blanc dans la conversation pour que la plupart des gens se sentent obligés de le combler, et dans leur embarras, leurs paroles dépassaient leurs pensées. Elle lui retourna son sourire.

— Je vous aime bien, Lily Yu, dit-il avec un petit rire. Cela ne vous fait probablement ni chaud ni froid, mais je voulais que vous le sachiez. Comme vous le disiez, trêve de palabres… mon cerbère sera là d'un moment à l'autre. Vous avez parlé de planning. Sur le vôtre, je suppose, figure votre enquête pour meurtre.

— J'ai effectivement un meurtrier à arrêter. Pour cela, j'ai besoin d'avoir les mains libres pour parler aux gens de votre clan. Ils se montreront sans doute peu coopératifs sans votre accord.

— Je souhaiterais pourtant éviter qu'un membre de mon clan se retrouve derrière les barreaux. Tout spécialement mon héritier.

Elle hocha la tête.

— Il est donc préférable que vous m'apportiez votre aide, car quiconque a commis ce meurtre essaie de faire porter le chapeau à votre fils. Votre autre fils, pas celui qui est debout derrière moi.

Il prit un air grave à ces mots. *Parfait.* Elle sortait quelque peu de sa réserve, mais elle misait que les informations qu'elle récolterait méritaient qu'elle laisse filtrer quelques renseignements.

— S'agit-il là de déductions ? Ou avez-vous des preuves de ce que vous avancez ?

— Je dispose de certains éléments. Je me fie également à mon instinct, et celui-ci me dit que le clan Nokolaï est impliqué d'une manière ou d'une autre. Peut-être en tant que cible. Pour commencer, la victime de cette machination est votre prince. Ensuite, on a cette cérémonie qui se déroule aujourd'hui. Vous concluez une nouvelle alliance, et je ne peux m'empêcher de me demander pourquoi. Enfin, il y a cette agression dont vous n'avez aucun souvenir. Quelqu'un semble avoir une dent contre votre famille. Je tiens à savoir qui et pourquoi.

— Je ne peux pas vous dire qui, répondit-il calmement. Mais je sais pourquoi. Le clan Nokolaï soutient le projet de loi sur la citoyenneté des espèces. Nombreux sont ceux qui ne reculeraient devant rien pour l'empêcher de passer.

Elle n'avait aucun mal à le croire, mais…

— Vous avez tout de même été attaqué par un ou plusieurs lupins, et c'est encore un lupin qui a tué Carlos Fuentes.

— Les humains ne sont pas les seuls à s'inquiéter des conséquences du passage de cette loi.

Lily accorda un instant de réflexion à la remarque. Le projet de loi sur la citoyenneté des espèces reposait sur deux axes : premièrement, il établissait officiellement le caractère non-humain des gens de la Souche, chose que beaucoup de personnes considéraient comme allant de soi, mais qui n'avait jamais été codifiée ; deuxièmement, il faisait de certains d'entre eux – notamment les lupins – des citoyens à part entière.

Lily souleva un point qui l'embêtait.

— Parce qu'ils refusent d'être légalement considérés comme non-humains ?

Isen Turner balaya la question d'un geste de sa main en cours de régénération.

— Humains, non-humains… où se situe la différence ? Du point de vue génétique ? Nous pouvons avoir des bébés avec les gens de votre race, mais ce n'est pas pour autant que nous sommes pareils. Les noms n'ont aucune importance. Nous savons ce que nous sommes. Non, ce que craignent les plus bornés d'entre nous, c'est l'effet d'une telle loi sur notre culture, notre système de gouvernance et nos coutumes.

— Pour commencer, argua Lily, ça criminaliserait le fait d'abattre l'un des vôtres quand il se balade « en fourrure ». Cela en soi constitue un progrès. Mais d'un autre côté, vous ne pourriez plus vous entre-tuer.

— Précisément. Ce qui changera notre société d'une manière que vous ne pouvez pas saisir. Mais la civilisation grignote la nature chaque jour un peu plus, il devient de plus en plus difficile de se cacher dans le fourmillement de ce monde informatisé. Nous sommes forcés de nous adapter pour survivre. Certains refusent de voir cela. Tout ce qu'ils retiennent, c'est que la loi changera la manière dont nous répondons au Défi.

Lily sentit soudain sa hanche vibrer – pas sous l'effet d'une quelconque présence magique, mais à cause de son téléphone portable qu'elle avait réglé sur vibreur.

— À quel défi faites-vous allusion ? demanda-t-elle en sortant son téléphone de sa poche. (Elle reconnut alors le numéro de l'appelant.) Un instant, je dois prendre cet appel.

Une minute plus tard, la mine sombre, elle rangeait le téléphone dans sa poche.

— Je dois retourner en ville immédiatement. Un autre meurtre a été commis.

RULE SENTIT SON frère aîné avant de le voir. Benedict ne dégageait cependant pas d'odeur particulièrement alarmée, aussi Rule poursuivit-il la cérémonie, même si une partie de son esprit se demandait ce qui avait amené Benedict ici, loin du Rho.

Peu probable qu'il s'agisse de bonnes nouvelles, se dit-il.

Mais seule une partie de son esprit était tracassée : la part humaine. L'autre partie était plongée dans l'exquise immédiateté du monde : la sensation de l'herbe et de la terre sous ses coussinets ; les bruissements émis par ceux qui l'entouraient et par le Rho des Kyffin. Bien que les spectateurs soient silencieux, une patte grattait de temps à autre le sol, la brise se faufilait entre les corps et les pelages. Il entendait les respirations autour de lui. L'air lui-même était si riche en parfum que Rule avait l'impression d'aspirer la nature en lui à chaque inspiration et de la rendre au monde à chaque souffle. De telles richesses compensaient largement ce que sa vision avait perdu en netteté et en variété et vivacité des couleurs.

Il voulait courir pour le simple plaisir de courir. Mais la partie humaine n'avait pas entièrement disparu. Les termes de l'alliance avaient été proclamés alors que lui et Jasper se tenaient encore debout sur leurs pieds, mais l'accord devait être validé par la soumission. Rule attendait, immobile, tandis que le Rho Kyffin approchait.

Jasper était un beau loup, plus mince et plus élancé que Rule, avec un pelage brun fauve et des yeux jaunes qui rappelaient à Rule la forme lupine de Cullen. Il était plus rapide que l'éclair, d'après ce qu'il se remémorait de leurs empoignades de jeunesse, et avait le caractère dominant qu'on attendait d'un Rho. La soumission n'était pas chose facile pour lui.

Il avait également une fâcheuse tendance à se perdre dans le loup. Tandis qu'il s'approchait de Rule, celui-ci nota immédiatement son poil hérissé et la forte odeur de *seru*. Malgré cela, Jasper se coucha sans rechigner au sol et roula sur le dos, le ventre en l'air, comme un chiot attendant une grattouille.

Il y eut quelques rires étouffés. Vraiment décevant, se dit Rule en baissant la tête pour renifler le ventre qui s'offrait à lui. D'habitude, la soumission était précédée de quelques grognements pour la forme, voire d'un bref combat. Pas destiné à infliger de réelles blessures, mais juste à démontrer la force de chacun et à confirmer la soumission programmée. Jasper avait déclaré à Rule d'un air grave qu'il doutait qu'un combat même simulé fût une bonne idée: le Rho des Kyffin craignait de se laisser prendre au jeu. Il n'en avait pas pour autant perdu l'estime de Rule, bien au contraire. Un bon leader connaît ses faiblesses comme ses points forts.

Il avait décelé une note de peur dans l'odeur de *seru* et le parfum humain de Jasper, mais pas la puanteur caractéristique de la culpabilité.

Ayant agréé la soumission, Rule se recula: le rituel était terminé. En refusant d'étriper ce ventre offert, il admettait que Jasper n'avait joué aucun rôle dans l'agression contre son père, rétablissant l'honneur de Jasper aux yeux des clans. En retour, les Kyffin se subordonnaient au clan Nokolaï pour un an et un jour.

D'ordinaire, à ce stade, les membres des deux clans – mais surtout les plus jeunes – se transformaient et en profitaient pour socialiser dans un mouvement de foule général. Rule avait prévu de rester loup afin de gérer ce rassemblement et de s'assurer que les choses ne tournent pas au vinaigre. Mais au lieu de cela, il flaira l'odeur de son frère. Ce dernier se tenait debout au premier rang du cercle de spectateurs, à côté des vêtements de Rule.

Benedict fit le geste circulaire de la main qui signifiait: « transformation ».

Avec regret, Rule répondit à la consigne et laissa la sauvagerie s'échapper. Comme il foulait la terre où s'était tenu le rituel, ce fut aisé et presque sans douleur. En quelques secondes, il se dressait nu, la tête haute, à nouveau sourd au monde, tous ses sens diminués à l'exception de la vue.

Jasper avait bondi sur ses pattes et l'observait, la tête inclinée avec perplexité.

— Je suis désolé, s'excusa Rule. Benedict a besoin de moi, mais veuillez disposer de l'amitié du clan Nokolaï de la manière qu'il vous plaira.

Rule jeta un coup d'œil autour de lui, croisa le regard de l'un des plus vieux conseillers, et fit le même geste que Benedict. Les yeux de l'homme s'arrondirent légèrement, mais il obéit et se transforma. Maintenant qu'il était loup, Seth s'acquitterait sans problème du rôle d'hôte – fonction qui constituait tout autant un service qu'un honneur. Il saurait rappeler les jeunes Nokolaï à l'ordre, ils avaient l'habitude de lui obéir.

Le regard de Jasper passa du conseiller changé en loup à Benedict, puis se posa de nouveau sur Rule. Il hocha la tête et s'assit en attendant que Seth accoure jusqu'à lui. Rule se précipita alors vers Benedict.

— Qu'est-ce qu'il y a ? demanda-t-il en attrapant les vêtements que son frère lui jetait.

— Ton inspectrice doit retourner en ville immédiatement. (Un sourire ironique joua sur les traits inexpressifs de Benedict.) Elle n'avait pas l'air heureuse quand on lui a dit qu'elle devait attendre ton retour.

— Que s'est-il passé ? s'enquit-il en enfilant son pantalon.

— Elle a reçu un coup de téléphone. Il s'est produit un autre meurtre.

Avec un juron, Rule ferma son jean et enfila un pied dans une chaussure.

— Qui ? Où ?

— Elle n'a rien dit, mais j'ai naturellement entendu. J'imagine qu'elle ignore cela. Il s'agit d'une certaine Therese Martin, au 1 012 Humstead Avenue, appartement 12.

— Une femme ? s'exclama Rule d'un ton incrédule. Victime d'un lupin ?

— C'est ce que soupçonnent les flics, oui. Est-ce que tu la connais ?

— Non… (Mais le nom de la victime lui était vaguement familier.) Humstead Avenue n'est pas très loin du club. Je l'ai peut-être croisée. Par tous les diables !

Rule était censé emmener Toby à la rivière. Il comptait sur

ce moment de détente avec son fils. Et Toby aussi. Ce départ précipité était une déception amère… mais inévitable.

Rule partit vers la maison à petites foulées en compagnie de son frère. Les gens qu'ils croisaient, bipèdes ou quadrupèdes, s'écartaient sur leur passage en leur lançant des regards curieux.

— Toby ? demanda laconiquement Rule.

— Notre père a dit qu'il expliquerait à l'enfant. Il ne laissera pas Nettie le plonger en somnie avant de lui avoir parlé. Toi, tu as tes propres explications à fournir… à ton Élue.

Ne trouvant rien à répondre, Rule garda le silence. Lily, en revanche, n'allait pas accepter la vérité aussi facilement.

— Isen lui a parlé des liens entre le projet de loi sur la citoyenneté des espèces, l'agression contre lui et le meurtre sur lequel elle enquête – après qu'elle lui eut précisé que tu n'étais plus suspect. Elle dispose de preuves.

— *Quoi* ?

Rule aurait dû être soulagé, mais le premier sentiment qui lui vint fut la colère. Elle en avait informé son père, mais pas lui. Un instant plus tard, il comprit, mais ne s'en sentit pas mieux pour autant. Lily ne lui avait rien dit parce qu'elle voulait maintenir une barrière entre eux, la plus haute possible.

Le point positif, se dit-il, c'était qu'en lui dévoilant l'existence de la conspiration, Isen levait de fait l'interdiction de divulguer à la police toute information sur le clan. Rule serait désormais libre de décider de ce qu'il lui révélerait.

— Se pourrait-il qu'elle mente au sujet des preuves ? demanda Benedict.

— Aucune idée. Je ne crois pas, mais impossible d'être sûr… J'essaie d'apprendre à la connaître aussi vite que je peux, mais elle reste encore une inconnue.

— J'imagine. (Benedict resta silencieux pendant quelques pas, puis il ajouta.) Notre père l'aime beaucoup.

Cette dernière remarque réchauffa légèrement le cœur de Rule. Il avait bien sûr deviné pourquoi son père avait demandé à voir Lily. Benedict lui avait certainement parlé d'elle, et Isen avait voulu rencontrer l'Élue de Rule. En outre, en tant que Rho, il était tenu d'évaluer toute personne susceptible d'intégrer son clan. Même si cette dernière ignorait tout de cette éventualité…

Rule priait pour qu'elle accepte.

Lily attendait près de la voiture avec Toby. Soit elle avait réellement un faible pour les tenues habillées, soit elle les trouvait commodes pour cacher son holster, songea-t-il en avisant le tailleur noir qu'elle portait (peut-être une pique à la palette de couleurs très limitée qu'il utilisait). Ses cheveux étant ramenés en une tresse sur le haut de sa tête, on distinguait nettement la ligne régulière de ses mâchoires et l'expression grave de son visage.

Le désir monta aussitôt en lui, dur et soudain, lui nouant l'estomac. Son sexe se réveilla. Quand il arriverait devant elle, Lily pourrait constater de visu combien il était heureux de la revoir.

Pour l'instant, elle écoutait attentivement ce que Toby lui disait. Rule ralentit afin d'écouter leur conversation, et un sourire adoucit ses traits, apaisant quelque peu sa tension. Malgré son impatience manifeste, Lily parlait espagnol avec Toby.

Rule vit alors Mick sortir de la maison et son sourire s'évanouit. Il entendit Benedict le rappeler sèchement à l'ordre.

— Je sais, je sais, soupira Rule, et il s'arrêta sur place. Il faut que je me contrôle. C'était bien plus facile tout à l'heure face à Jasper.

— Tu n'éprouvais aucune animosité envers Jasper.

Et c'était la triste vérité : alors qu'il avait de l'estime pour Jasper, Mick, en revanche, n'avait plus ses faveurs ces derniers temps.

— Tu ne lui as rien dit au sujet de Lily ? demanda Rule.

— Je l'ai juste dit à Isen. Et je présume qu'il a mis Nettie au courant.

— Sans doute, oui. Mais elle ne dira rien.

Compte tenu de la direction du vent, Mick avait certainement reniflé Rule à présent. Il rejoignit cependant Lily et Toby sans couler un seul regard dans sa direction. Tout sourire, il complimenta Lily sur ses cheveux, puis éclata de rire quand elle lui fit son regard de flic.

Rule savait que les femmes avaient envie de lui. Il avait depuis toujours suscité leur désir, et il se faisait une joie de les combler. Mais ce plaisir reposait sur une excitation sensuelle, saupoudrée pour certaines d'un soupçon d'attrait de la célébrité. Mick, lui, n'attirait pas une attention aussi immédiate de la gent féminine, mais les femmes recherchaient sa présence. Elles aimaient ses taquineries, sa joie de vivre.

C'était le rêve de tout adolescent d'éveiller le désir chez toute femme qu'il croisait, se dit Rule. Lui était un adulte. Il préférait être *aimé*. Il avait envie… non, il avait *besoin* que Lily l'apprécie. Et il craignait qu'elle lui préfère Mick. *Quel raisonnement pathétique*, pensa-t-il, et il ramena son attention à l'urgence présente.

— Quand le Rho se réveillera, fais-lui savoir que maintenant qu'il a mis Lily au courant du complot, je me considère également autorisé à lui en parler.

— Entendu. (Benedict lui tendit la main.) Sache que le moment venu, je ferai moi aussi bon accueil à celle qui t'a été choisie.

— Merci, répondit-il en saisissant l'avant-bras de son frère ; il savait que les siens accepteraient Lily, mais l'écart entre accepter et accueillir creusait parfois un douloureux fossé.

Benedict salua brièvement Rule puis s'éloigna à grandes foulées vers la maison. Rule couvrit la distance restante jusqu'au petit groupe en veillant à n'émettre aucun signal agressif. Même s'il n'appréciait pas de voir Mick flirter avec Lily, il ne tenait pas à jouer à qui avait la plus longue avec son frère. Pas pour le moment. Pas devant Toby.

Et encore moins devant Lily.

— Inutile de courir, dit-elle, froide comme un iceberg, lorsqu'il les eut rejoints. Mick a proposé de me raccompagner.

— Vous revenez avec moi, répliqua Rule en attrapant Toby dans ses bras et en serrant amoureusement son enfant contre lui.

— Ce n'est pas nécessaire.

Elle jeta un regard dans sa direction et s'éloigna.

— Je crains que si.

— Je ne veux pas que tu t'en ailles, lança Toby. Tu es revenu plus tôt à cause de Lily, et maintenant tu t'en vas. C'est nul. Oncle Mick peut la remmener.

Rule appuya son front contre Toby.

— Nous n'irons pas à la rivière. Oui... c'est nul. (Toby acquiesça.) Et ni toi ni Lily ne comprenez pourquoi. Mais ton grand-père est resté éveillé. Il a suspendu sa guérison pour pouvoir t'expliquer.

— Il faut vraiment que tu partes ? demanda l'enfant.

Rule hocha la tête.

La moue de Toby indiquait clairement qu'il n'estimait pas que l'explication de son grand-père suffirait. Il poussa un lourd soupir et gigota pour que Rule le repose par terre. Chaque fois qu'il voyait son fils, ce dernier tolérait un peu moins d'être porté – c'était un réflexe que Rule savait naturel à cet âge, mais qui l'attristait. Il reposa le garçon.

— Je vais aller parler à grand-père pour qu'il puisse retourner dormir et guérir, déclara l'enfant à Lily. Il est encore tout déglingué. Tu l'as vu ? Mais il repousse. Bientôt il ira mieux.

— Ça ne fait aucun doute. Le docteur Two-Horses veille au grain.

— Quoi ? Ah, oui, Nettie sait presque tout soigner. Bye, Lily.

— *Hasta la vista*, répondit-elle. Çà veut dire : « à plus tard ». Je préfère dire « à plus tard » que « au revoir ».

— Oui c'est vrai. (Il se tourna vers Rule, le visage grave.) *Hasta la vista*. Tu m'appelleras ce soir ?

Rule ébouriffa les cheveux de Toby.

— Sans faute.

Il appelait chaque soir son fils, mais Toby avait besoin qu'il lui réitère régulièrement sa promesse. Rule maudit une nouvelle fois la mère de l'enfant, qui n'avait pas été en mesure de faire face à la nature de son fils. Un tel rejet causait à l'âme des fêlures qu'un père ne pouvait réparer complètement. Nul ne le savait mieux que Rule. Mais lui, au moins, avait eu Clania.

— N'oublie pas tes maths, rappela-t-il à Toby.

L'enfant fit la grimace avant de se mettre en marche vers la maison, à une allure moins rapide qu'habituellement.

— Il est très déçu, commenta Mick en regardant la porte se refermer sur Toby. Je sais que je ne te remplacerai pas dans son cœur, mais je peux toujours l'emmener à la rivière. Je suis à Clania jusqu'à ce soir.

— Merci.

Mick avait toujours été fou de Toby. Mais après tout, Rule n'avait jamais douté du bon fond de son frère. Et puis, quel lupin n'aimait pas les enfants ?

— J'aimerais cependant une explication moi aussi. (L'expression de Mick n'était pas si différente de celle de Toby : un mélange de révolte et de sentiments blessés.) Je voudrais savoir pourquoi tu refuses de me confier la tâche de raccompagner la charmante petite inspectrice.

— Bon Dieu, Mick, ça n'a rien à voir avec toi.

— Tu ne comptes pas m'en dire plus ?

— Pas pour l'instant. Une chose est sûre : je dois une explication à Lily, mais pas à toi.

Mick le regarda un moment, puis haussa brièvement les épaules.

— Je crois que tu ferais mieux de ramener Lily. Elle a des crimes à résoudre. Au moins cette fois, ils ne pourront pas te mettre ça sur le dos : tu as un flic pour te fournir un alibi.

Lily secoua la tête.

— Je ne connais pas encore l'heure de la mort, alors il est un peu tôt pour parler d'alibis. Mais je dois effectivement être sur place au plus vite.

— Alors je vais moi aussi vous dire « *hasta la vista* », répliqua Mick, avec autant de chaleur dans la voix que dans le sourire. On aura sans doute l'occasion de se rencontrer à nouveau. La Déesse ne peut tout de même pas être si cruelle.

— *Hasta la vista,* Mick. Rule… Qu'attendons-nous ?

Ce n'était pas le ton de sa voix qui contrariait Rule, même si sa façon d'en changer selon qu'elle s'adressait à Mick ou à lui l'agaçait. Ni les yeux doux que lui faisait son frère (après tout, il n'y avait rien de déplacé à laisser une femme savoir qu'on appréciait sa compagnie). Non, ce qui contrariait Rule, c'était la façon dont Lily évitait ses regards, comme si elle pouvait nier l'attraction entre eux tant qu'elle ne le regardait pas en face. Il fit deux pas dans sa direction et s'arrêta, assez près pour se rendre compte que son odeur approbatrice démentait son expression et son comportement glacial. Son cœur fit un bond : il devait faire vite.

— Oui, nous allons y aller, répondit-il. Mais d'abord…

Il se pencha pour planter un baiser sur sa bouche mécontente.

Rule s'attendait à recevoir un coup de poing, et pas seulement à cause du baiser, mais il avait déjà décidé de la laisser évacuer sa colère. En revanche, il ne s'attendait pas à atterrir les quatre fers en l'air.

Mick hurla de rire. Rule leva vers Lily un regard éberlué. Elle lui avait crocheté la jambe et poussé le buste… et il s'était retrouvé par terre avant même que ses lèvres aient pu toucher les siennes.

— On ne vous a pas appris à demander ? dit-elle en ouvrant la portière. Ah, et à propos, j'attends cette explication que vous me devez, lui rappela-t-elle en montant. Sur la route.

Elle claqua la portière.

XIII

APPELEZ-MOI MISS *Dure à Cuire*, pensa Lily avec autodérision tandis qu'elle attachait sa ceinture de sécurité. Elle avait réagi de manière excessive... Mais mon Dieu, ce qu'elle avait aimé voir sa tête !

Sa satisfaction fut malheureusement de courte durée. En réalité, elle tremblait comme une feuille, comme le jour où, alors qu'elle n'était encore qu'une recrue, elle était arrivée la première sur les lieux d'un carambolage de cinq véhicules. À l'époque, elle avait senti ses entrailles se tordre et se liquéfier sous l'appréhension, mais elle avait su pourquoi.

Aujourd'hui en revanche...

C'était la peur qui l'avait poussée à le plaquer au sol. Cela dit, elle ne l'avait pas fait pour l'empêcher de l'embrasser, mais bien parce qu'elle en avait envie. Salement envie.

Lily respira lentement. Elle se sentait comme un moteur poussé en surrégime mais coincé au point mort, et approchant dangereusement du seuil critique : il lui fallait trouver le moyen soit d'arrêter le moteur, soit d'enclencher la vitesse.

La portière du conducteur s'ouvrit et il monta. Elle regarda droit devant elle.

— Rassurez-moi : vous n'espérez pas des excuses ?

— Pas du tout, répondit-il en démarrant la voiture. (Il manœuvra rapidement pour faire demi-tour.) Je ne suis pas furieux mais abasourdi. Ça fait bien longtemps qu'on ne m'avait pas pris ainsi par surprise. D'un autre côté, moi non plus je n'ai pas l'intention de vous présenter des excuses, pour un baiser que je n'ai pas obtenu. Je regrette cependant de vous avoir fait attendre.

Lily repensa au baiser qu'il lui avait en revanche dérobé plus tôt dans la matinée et eut un mouvement d'embarras sur son siège.

— Vous comptez peut-être me sortir une étrange règle propre aux lupins...

— Pas dans le sens où vous l'entendez, la coupa-t-il. Mais vous allez effectivement trouver mon explication étrange. Et malvenue.

Ses mots sortaient au compte-gouttes, comme s'il les distillait à travers un tube étroit. Jamais Lily ne s'était sentie si excitée par la seule présence d'un homme. Ni si troublée. Elle rectifia automatiquement l'axe de ses pensées et ramena ces dernières au motif de son départ.

— Oublions ça. Connaissez-vous une dénommée Therese Martin ?

— Vous changez de sujet.

— Je ne me souviens pas vous avoir autorisé à le choisir.

Il émit un petit claquement de langue, quelque part entre l'exaspération et l'amusement.

— Très bien. Ce nom ne me dit rien. C'est elle qui a été tuée ?

Elle lui lança un regard dur.

— Qu'est-ce qui vous le fait croire ?

— Benedict a entendu la totalité de votre conversation au téléphone tout à l'heure.

— C'est... (Elle voulait dire : « impossible ».) Vous êtes aussi capable d'une telle chose ?

— Mon ouïe n'est pas aussi fine que la sienne.

— Ça ne répond pas à ma question.

— La vanité veut que je conserve une part de mystère. (Il continua d'une voix grave.) Si elle a été tuée par un lupin…

— « Si » ?

— Les lupins ne s'attaquent pas aux femmes. Je ne dis pas que c'est impossible, mais un lupin qui tuerait une femme… serait vu comme fou.

Lily passa mentalement en revue les listes de meurtres commis par des lupins qu'elle avait consultées et se concentra sur le sexe des victimes. Il y avait forcément eu des femmes parmi elles…

— Je croyais que le meurtre de Fuentes relevait d'une plus vaste machination contre les Nokolaï, fit observer Rule. Mon père vous en a touché un mot, il me semble.

— En partie. J'ai des questions à ce sujet.

— Ça ne me surprend guère. Mais ce nouveau meurtre… ça ne colle pas. Je n'entretenais pas de liaison avec Therese Martin. Je ne la connaissais même pas.

Il lui avait pourtant parlé à un moment donné : la jeune femme l'avait trouvé « respectueux et tout ».

— Il s'agissait d'une jeune prostituée. Elle avait un bout de trottoir à elle sur Proctor. (*Et une centaine de poupées chez elle,* songea Lily, *toutes blondes*. Y aurait-il maintenant quelqu'un pour réclamer ces poupées ? Une mère ? Une sœur ?) Elle était très certainement la dernière personne à avoir vu Carlos Fuentes vivant, à l'exception du tueur. Son témoignage nous avait permis de réduire l'heure de la mort à une fourchette assez étroite pour vous mettre hors de cause.

— Merde.

— Comme vous dites.

O'Brien photographiait la scène de crime, et Meck était également sur place. Elle savait ses deux collègues compétents, mais elle avait néanmoins besoin de se rendre sur les lieux ; de voir l'endroit, afin de comprendre ce qui s'y était passé. Elle avait besoin de toucher la scène de crime tant que la magie y frémissait encore. Quel dommage qu'elle ne puisse pas renifler les traces olfactives à la manière de…

Une minute.

— Pourriez-vous flairer son assassin ? Si je vous amenais devant le corps de la victime assez rapidement, pourriez-vous déterminer l'identité du meurtrier ?

Turner parut surpris. Il ne dit rien pendant quelques instants.

— Sous cette forme, probablement pas.

— Il faudrait que vous vous transformiez ?

— Oui. Je ne peux rien vous garantir, mais j'en serais peut-être capable.

Comment sa hiérarchie verrait-elle la chose si elle le laissait accéder au corps ? *D'un très mauvais œil,* se dit-elle, contrariée. À cause de ce qu'il était. Personne n'aurait vu d'objection à ce qu'elle sollicite l'avis de tout autre consultant *humain* dès lors qu'il ne constituait plus un suspect. Et c'était injuste. Quelqu'un avait éteint l'étincelle de vie qui avait fait tenir Therese contre vents et marées en s'entourant de poupées aux cheveux jaunes, et c'était le boulot de Lily de découvrir qui.

Au diable le règlement, se dit-elle. *Je n'arriverai à rien sur ce dossier en jouant la sécurité et la demi-mesure.*

— Très bien. Aurez-vous, euh… besoin d'un endroit à l'écart pour vous transformer ?

— J'aimerais si possible avoir la terre sous mes pieds. Un coin à l'écart m'évitera de semer la panique parmi vos collègues. Lily…

— Quoi ?

Ils venaient de quitter la vallée et se dirigeaient vers le grand portail. Le même gardien aux cheveux roux le leur ouvrit.

— Bon, j'aimerais autant que la presse ne sache pas que vous êtes là, enchaîna-t-elle, mais je ne peux pas vous amener sur la scène de crime elle-même. Non seulement vous risquez de la contaminer, mais en plus les avocats de la défense s'en donneraient à cœur joie à broder des théories. Alors… l'équipe du coroner s'apprêtera probablement à transporter le corps à notre arrivée. Donc une fois que j'aurais examiné la scène, je le déplacerai dans la cage d'escalier et vous pourrez le faire là-bas.

— Je peux aussi m'y transformer si besoin. Vous évitez le sujet, Lily.

— Je ne crois pas que vous ayez votre mot à dire. Étiez-vous au Club Inferno la nuit dernière ?

Il tapota ses doigts sur le volant.

— J'ai dîné avec des amis dans mon appartement. Ils sont partis vers huit heures et demie et j'ai passé le reste de la soirée seul chez moi. Pourquoi ? Je pensais que je n'étais plus suspect.

— Juste histoire de mettre les choses au clair, répondit-elle d'un air absent. (Quelque chose ne collait pas dans ce second meurtre, mais impossible de dire quoi.) Je suppose que quelqu'un pouvait vous surveiller pour savoir quand vous seriez seul. Qui savait que vous seriez au Club Inferno la nuit où Fuentes a été tué ?

Il haussa les épaules.

— Un tas de gens. Le jeudi était le jour où j'avais l'habitude d'y retrouver Rachel.

— Aviez-vous aussi une heure habituelle ?

— Non, ça variait.

— Aviez-vous informé quelqu'un d'autre que Rachel de l'heure à laquelle vous arriveriez ce soir-là ?

— En quoi est-ce important ?

— Veuillez répondre.

— Très bien. J'ai prévenu Max, qui l'a sans doute dit à Cullen. Rachel par contre a pu en parler à tout un tas de gens.

— Exact.

Elle se mâchonna la lèvre inférieure. Si seulement elle savait comment le tueur avait attiré Fuentes jusqu'à l'aire de jeux… Les deux centres d'intérêt principaux de Fuentes semblaient être les femmes et l'Église des Fidèles. Le terrain de jeux n'était pas l'endroit le plus indiqué pour un rendez-vous galant.

— Avez-vous déjà entendu parler de l'Église des Fidèles ? On les connaît aussi sous le nom d'« Azá ».

— Vous m'avez déjà posé la question. Ce nom ne me dit rien. Lily, j'ai quelque chose à vous dire. C'est important.

— Tout comme un meurtre. Donnez-moi une minute. Je pense à quelque chose. (Elle réfléchit profondément.) D'accord. Hypothèse de travail : admettons qu'on ait tué Fuentes pour vous faire porter le chapeau. En toute logique, le tueur devait commettre son crime à un moment où vous n'aviez pas d'alibi. Mais là où ça se corse, c'est qu'il devait en même temps le commettre un soir où vous aviez coutume de retrouver Rachel, histoire de s'assurer que les pauvres imbéciles que nous sommes vous désignent en tant que principal suspect. Il savait bien sûr qu'il est difficile de déterminer précisément l'heure de la mort en l'absence de témoin. Il suffit de lire des polars ou de regarder des séries policières pour savoir ça. Il choisit donc un créneau pendant lequel on ignore où Fuentes se trouve.

— Jusqu'ici ça tient la route. Comment s'y est-il pris pour se ménager ce créneau ?

— Soit il se l'est ménagé, soit il l'a trouvé. D'une manière ou d'une autre, son souci principal restait les témoins. Il choisit le terrain de jeux, car l'endroit est situé près du club et qu'il le présume désert. S'il a un peu de jugeote, il s'arrange pour y arriver avant Fuentes afin de s'en assurer. Pourtant Therese a dit n'avoir vu personne ni dans la rue ni sur le terrain de jeux. Elle a échangé quelques mots avec Fuentes peu avant dix heures et a affirmé n'avoir vu personne d'autre à proximité.

— Si le tueur était loup, il n'a eu aucun mal à se cacher.

— Peut-être, mais dans ce cas, pourquoi s'entêter dans son projet et tuer Fuentes ? S'il était là, tapi dans l'ombre, il avait vu Therese discuter avec Fuentes, il savait qu'il y aurait un témoin pour attester de l'heure à laquelle Fuentes est arrivé. (Elle secoua la tête.) Ça ne tient pas.

— À moins qu'il ne soit arrivé *après* Fuentes, auquel cas il ne savait pas pour Therese. Et quand il a découvert son existence…

Rule n'acheva pas sa phrase.

— Oui. (Lily sentit une boule se former dans sa gorge. Elle

avala sa salive.) C'est justement le problème. Comment l'a-t-il découvert ?

— Elle a peut-être dit à quelqu'un qu'elle avait vu Fuentes.

— Elle m'a assuré du contraire, et je lui ai dit de ne surtout pas en parler. Elle a pu le faire malgré tout… ou peut-être quelqu'un nous a-t-il vus monter chez elle ? Mais quand bien même, le tueur n'avait aucun moyen de savoir ce qu'elle nous avait dit. Il a pu paniquer… mais pour quelle raison ? On ne l'a pas arrêté. (Sa nausée s'amplifiait.) Rien ne pouvait laisser penser qu'elle pouvait l'identifier. Il ne pouvait pas savoir ce qu'elle nous avait dit. À moins que…

Rule termina la phrase à sa place.

— À moins qu'un policier ne le lui ait dit.

Une angoisse la prit aux tripes. Sa bouche s'assécha d'un seul coup. *Va jusqu'au bout de ton raisonnement,* s'ordonna-t-elle en silence. Qui était au courant pour Therese ? Phillips… mais si c'était un pourri, pourquoi aurait-il choisi dans un premier temps de lui rapporter le témoignage de la jeune prostituée ?

Qui d'autre ? À qui en avait-elle parlé ? Qui avait lu son rapport ? Meck. Le capitaine Randall. Le commissaire Delgado. Les deux agents du FBI.

Bon Dieu. Elle se passa une main dans les cheveux. Ça ne pouvait pas être le capitaine. Sûrement pas… Meck ? Elle se refusait à le croire… Quant aux deux agents du FBI, ils pouvaient très bien se pointer là-bas et personne ne leur prêterait attention…

— À combien peut rouler cet engin ? demanda-t-elle.

— Deux cents.

— Alors mettez les gaz.

Rule ne se fit pas prier. Il ne roula toutefois pas à pleine vitesse : même avec ses réflexes, les lois de la physique et le tracé sinueux de la route de montagne lui imposaient des limites. Mais il frôla ces limites de près.

C'était une sensation merveilleuse.

— Avouez que vous prenez votre pied, dit-elle.

— Je plaide coupable, admit-il sans lui adresser un regard. (À cette vitesse, ç'eût été une mauvaise idée.) Vous n'êtes pas malade ?

— Pas encore.

Elle paraissait plus tendue qu'effrayée.

— Je me trompe ou vous y prenez plaisir, vous aussi ?

— Pas du tout, vous pouvez me croire. (Elle se tut, puis reprit.) Dites-moi une chose. Vous avez deux frères, et l'un d'entre eux au moins est plus âgé que vous. Malgré cela, c'est vous l'héritier. Pourquoi ?

— Les lupins ne suivent pas la règle de la primogéniture.

— Alors quelle règle suivez-vous ?

Rule hésita. Il avait décidé de ne pas lui dire immédiatement ce que signifiait d'être Élue. Elle venait juste de recevoir un choc et il ne comprenait que trop bien ce qu'elle devait ressentir. Se rendre compte qu'un flic pourri était impliqué, ce devait être un peu comme apprendre qu'il y avait un traître parmi les Nokolaï. Mais elle avait néanmoins besoin d'en savoir plus sur le clan.

— La règle coutumière. Elle varie d'un clan à l'autre, mais la figure essentielle reste le Lu Nuncio…

— Qu'est-ce que ça veut dire ?

— En gros : « l'héritier établi ». Le Lu Nuncio doit faire ses preuves par le sang, le combat, et la fertilité.

— Et vous avez un enfant, dit-elle lentement.

— Oui. Mais Benedict aussi, seulement pas un fils.

— Mais… commença-t-elle d'un ton hésitant, avant de lâcher d'une traite : Très bien, je crois que j'ai supposé sans réfléchir. Tous les lupins sont des hommes, j'en ai donc déduit que vous n'aviez que des enfants mâles. Alors, certaines des femmes que j'ai vues à Clania seraient des parentes de lupins ?

— Plutôt que leurs esclaves sexuelles, vous voulez dire ?

— En fait, rétorqua-t-elle, j'avais plus en tête des domestiques. Les hommes aiment avoir des femmes sous la main pour faire la vaisselle et la lessive.

— Je crois que toutes celles qui vivent actuellement à Clania sont issues d'un des clans. (Il ralentit en approchant du virage débouchant sur la route 67, et lui jeta un bref regard.) Vous pensiez qu'on noyait nos filles à la naissance ? Nos filles et nos sœurs sont aussi Nokolaï, même si elles ne se transforment pas en louves.

— Je reconnais que j'avais des préjugés. J'y travaille. Qu'en est-il de vos mères, de vos tantes, de vos grands-mères ? Font-elles partie du clan ?

— Elles sont peu nombreuses.

Combien exactement, et pour quelle raison, il ne pouvait pas le lui dire. Il était trop tôt.

— Hmm.

La circulation était encore fluide à cette distance de la ville. Rule ralentit sans toutefois s'arrêter, puis accéléra d'un coup à l'abord du virage.

— Hé ! cria Lily en agrippant le tableau de bord comme le cabriolet se déportait brusquement de côté. Il s'agit pas d'une course-poursuite !

— J'adore quand vous laissez ressortir votre côté flic, murmura-t-il en mettant le pied au plancher. Vous en faites souvent ?

— Non, et nous ne sommes pas là pour réaliser vos fantasmes.

— Mes *nouveaux* fantasmes. Je ne jouais pas au policier quand j'étais gosse. Vous, vous étiez les méchants.

— Les temps changent. Je… Ho !

Elle s'accrocha à nouveau au tableau de bord, alors qu'il zigzaguait entre deux semi-remorques qui se traînaient à moins de cent vingt kilomètres à l'heure.

— Vous vouliez que je mette les gaz.

— Oui, mais n'oubliez pas que je guéris moins vite que vous, répondit-elle. Tenez, pourquoi ne m'expliqueriez-vous pas l'histoire du sang et du combat pour me détourner l'esprit de ma mort imminente ?

Il eut un petit rire.

— La preuve par le sang signifie que j'appartiens à la bonne lignée. Quant à la preuve par le combat, c'est exactement ce que vous pensez.

— Vous avez combattu vos frères ?

— Je me suis battu contre Mick et deux autres qui me contestaient ma condition physique.

L'un des combats s'était déroulé essentiellement pour la forme, aucun héritier ne pouvant être établi officiellement sans avoir fait ses preuves au combat.

Le deuxième avait pris un tour plus sérieux – et même mortel.

Mais ç'avait été celui contre son frère Mick qui avait par la suite tenu Rule éveillé la nuit durant de longues semaines. Pas le combat en lui-même, assez prévisible compte tenu de la nature belliqueuse de son frère. Rule n'en voulait même pas à Mick d'avoir cherché à le tuer au lieu de se contenter de le vaincre : chez certains lupins, le loup prédominait. Ce qui en revanche n'avait cessé de le hanter, c'était l'idée terrible que la part humaine de Mick ait pu elle aussi désirer sa mort.

— Pas Benedict ? demanda Lily, le tirant de ses sombres pensées. Votre frère aîné ne vous a pas défié ?

— Benedict s'est rallié à la décision de notre père.

Sans quoi Rule ne serait jamais devenu Lu Nuncio. Il n'aurait jamais pu battre Benedict.

Lily secoua la tête.

— Je persiste à préférer le vote démocratique.

— Le vote fonctionne pour les humains. Ma communauté n'est pas un exemple de démocratie, mais elle n'est pas non plus passive au point de s'accommoder d'une autocratie. La coutume prévoit que le pouvoir du Rho soit soumis à un ensemble de contrôles. Le reste se règle par le Défi.

— Votre père parlait justement d'un « défi » avant qu'on m'appelle au téléphone. En quoi est-ce qu'ils consistent ?

— Les défis sont monnaie courante, tant au sein du clan qu'entre les clans, surtout chez les jeunes au sang chaud. Voyez-les comme des duels où les crocs remplacent les épées ou les pistolets. En revanche, quand on parle du « Défi », cela fait référence au fait pour un membre du clan de contester son Rho.

— Votre père n'est plus tout jeune.

— Il y a certaines batailles qu'un Rho doit livrer seul. Mais habituellement, si l'autorité du Rho est contestée, c'est au Lu Nuncio qu'il revient de la défendre.

— Vous, en l'occurrence.

Il hocha la tête.

— Est-ce un duel… à mort ?

— Parfois oui. Mais ne vous inquiétez pas, inspecteur, nous nous battons sous nos formes de loups, il n'y a donc rien d'illégal.

— C'est tout ce que je voulais savoir… Que vous… Rule ! pour l'amour de Dieu, faites attention où vous allez !

— Détendez-vous, dit-il en dépassant le camion-citerne qui inquiétait Lily ; il l'avait certes frôlé d'un peu près, mais la Datsun qui arrivait en face ne lui avait guère laissé le choix.

Lily marmonna un juron et sa réaction lui gâcha une partie de son plaisir.

— Je vais ralentir. Vous êtes pâle.

— Je perds généralement mon teint d'Asiatique au-delà de cent quarante kilomètres à l'heure. Faites comme si de rien n'était.

Il eut un petit rire et lui décocha un autre coup d'œil. Elle fronçait légèrement les sourcils, sans doute son esprit vif analysait-il les informations qu'elle venait d'acquérir.

— Vos défis deviendront illégaux si le projet de loi passe, dit-elle soudain.

— Mon père estime que seuls les défis à mort seront concernés. Ceux n'impliquant que des blessures ne seront tout simplement pas signalés.

— Et vous ? Qu'en pensez-vous ?

— Le Lu Nuncio n'a pas à exprimer d'opinions. Ce serait comme demander à un général d'approuver ou de contester publiquement les décisions de son commandant en chef.

— Vous n'exprimez pas vos opinions à votre père ?

— À mon père, si. Pas à mon Rho.

— Assez délicat quand il s'agit de la même personne.

— Il s'arrange pour que je sache au quel des deux je m'adresse. (Ils venaient d'atteindre l'entrée de la ville. La circulation était trop dense pour continuer à la même vitesse, mais Rule fit de son mieux.) Nous devrions être sur les lieux d'ici quinze à vingt minutes.

— Très bien. Et que pensez-vous de la thèse du complot avancée par votre père ? À l'entendre, le soutien des Nokolaï au projet de loi serait suffisamment décisif pour justifier qu'on commette un meurtre.

— Sans l'appui des Nokolaï, il est peu probable que les autres clans soutiennent le projet de loi.

— Les lupins ont-ils réellement un si grand poids politique ?

— Mmh. Tous les lupins ne paradent pas aussi ouvertement que je le fais.

Elle haussa les sourcils d'un air incrédule.

— Vous voulez dire que vous avez parmi les vôtres des gens haut placés ? Des lupins qui cachent leurs fourrures ?

Il sourit.

— Le temps des devinettes a assez duré, renchérit-elle. Donc selon vous, vous éliminer vous et votre père pourrait affecter les choses à Washington ?

— L'idée n'était pas simplement de me mettre sur la touche. On me voulait sous les verrous. Compromis. Si la... comment disiez-vous... l'« icône emblématique » de la communauté des lupins venait à être inculpée de meurtre, croyez-vous que l'opinion continuera de soutenir un projet de loi visant à faire de nous des citoyens à part entière ?

— Malheureusement, nos citoyens s'entre-tuent à longueur de temps... Mais je vois ce que vous voulez dire.

Sur ces mots, elle se tut, et ce silence était à vrai dire le bienvenu, car il avait besoin de consacrer l'essentiel de son attention à la conduite. Une partie de son esprit s'attardait cependant sur une toute autre considération…

Elle l'avait appelé « Rule ».

Un détail, un simple prénom, mais il n'avait encore jamais entendu Lily le prononcer. Et voilà qu'elle l'avait dit dans un moment de stress, comme si leurs rapports étaient devenus plus personnels. Une sensation de chaleur se répandit en lui. Elle commençait aussi à s'ouvrir à lui au sujet de son enquête, à discuter de ses pistes.

Comme par exemple la possibilité qu'un flic ripou soit impliqué. Quelqu'un qu'elle connaissait, avec qui elle travaillait, en qui elle avait confiance… Quelqu'un qui avait bafoué la loi qu'elle avait juré de servir, tout ça pour de l'argent, ou pour un idéal déviant qui justifiait le meurtre. La sensation de chaleur se changea en sueur froide.

Un flic véreux capable de semer de fausses preuves pouvait tout aussi bien dissimuler de vraies preuves. Peu rassurant, songea-t-il, étant donné qu'il semblait être leur suspect favori. Toutefois, si un policier complotait contre lui, un autre travaillait maintenant à l'innocenter. Ou du moins, corrigea-t-il, à rétablir la justice.

Comment réagirait-elle quand il lui révélerait la vérité sur leur lien ?

Il n'aurait jamais imaginé qu'il vivrait ça un jour. En fait, ça n'avait jamais été un rêve ni une attente, même quand il était adolescent. Cependant, grâce à l'exemple de Benedict et aux avertissements de Nettie, il savait quels dangers le guettaient. Et il était si rare d'être Élu qu'il n'avait à aucun moment eu peur. Lui au moins connaissait les tenants et les aboutissants du lien ; Lily, elle, ne savait même pas qu'une telle relation pouvait exister.

Elle n'allait pas bien le prendre.

Rule aurait voulu avoir le temps de lui faire la cour. Qu'elle puisse apprendre à le connaître, à tisser avec lui un rapport de confiance. Mais tout son corps la réclamait avec une telle urgence, le pressant d'une façon qui ne tolérait aucun délai… Elle croyait avoir le choix d'obéir ou pas à ses sentiments… or lui savait que ce n'était pas le cas. Il devait à tout prix lui dire la vérité avant qu'ils couchent ensemble.

C'était le conseil qu'on donnait aux jeunes lupins : si la Déesse vous gratifiait d'une Élue, il fallait jouer franc-jeu avec celle-ci. Et se montrer patient. « C'est à toi qu'il incombera de lui faciliter les choses autant que possible, lui avait expliqué Nettie. Ne lui cache pas les difficultés. Si elle est jeune et idéaliste, elle pourra regarder le lien d'un œil romantique, y voir une sorte de parfaite union, de fusion… la rencontre de l'âme sœur. » Elle avait ajouté avec un grognement de dépit : « Ne la laisse pas non plus penser ça. »

Coincé derrière un bus qui débordait sur l'autre voie, Rule lança un regard vers Lily. Elle était jeune, oui, et possédait de très hauts idéaux, à ce qu'il avait pu constater. Mais ce qui était certain, c'est qu'elle ne verrait pas les choses d'un œil romantique. Il était prêt à parier qu'elle tiendrait tête au destin, et à lui, de toutes ses forces… Et la Déesse seule savait combien sa réaction risquait de leur nuire à tous les deux.

Ce soir, se promit-il. Il lui dirait ce soir.

XIV

Une foule de véhicules occupaient la rue devant la cage d'escalier de Therese Martin : deux voitures de patrouille noir et blanc, l'ambulance et la voiture du coroner, la berline bleue de Meck, et la Chevrolet cabossée d'O'Brien. Lily demanda à Rule de la déposer au coin.

— Je vais transmettre la consigne de vous laisser accéder au bâtiment, dit-elle en descendant.

— Ça marche pour moi. Je vais me garer au club. La réputation de Max dissuade les entreprises du coin de se servir de son parking comme d'une extension de leur réserve, répliqua-t-il, d'un ton léger, mais la mine sombre.

Lily partageait son état d'esprit. Elle ne vomissait plus face à une scène de crime atroce, mais son estomac ne s'en serrait pas moins. Et c'était toujours pire quand elle avait connu la victime, même brièvement.

— Vous arriverez à supporter ? demanda-t-elle de but en blanc.

— J'ai déjà vu la mort. Allez-y. Faites votre job.

Avec un hochement de tête, elle ferma la portière et se dirigea vers le bâtiment. Arrivée devant le hall crasseux, Lily reconnut le flic en uniforme posté à l'entrée : il s'agissait du petit nouveau originaire du Texas. Elle lui adressa un bref salut.

— Gonzales, c'est ça ? Inspecteur Yu. Le sergent Meckle est à l'intérieur ?

— Oui, m'dame. Il s'entretient avec un témoin, dans la loge du gardien. La porte derrière les escaliers.

— O.K. Donc, à ce qu'on m'a dit, la victime a été retrouvée morte juste avant midi. Qui a découvert le corps ?

— Un jeune du nom d'Abel Martinez. Quatorze ans. Votre sergent a pris sa déposition puis l'a laissé repartir avec sa mère. Il habite au numéro 10, au même étage ; pas de père dans le foyer ; deux sœurs plus jeunes.

— Le numéro 10 c'est l'appartement voisin du 12, se souvint Lily. Les parois sont fines. Personne n'a entendu quoi que ce soit ?

— Je sais pas, m'dame. Phillips a discuté avec quelques personnes avant que le sergent Meckle arrive et prenne le relais, mais moi, je m'occupais de filtrer l'accès.

— Vous avez vu des fédéraux ? Il y en a deux qui s'intéressent à l'affaire.

— Non, m'dame.

Elle pinça les lèvres, contrariée. Ça n'en éliminait pas pour autant Croft et Karonski, mais cela renforçait la nécessité d'avoir Meck et le capitaine à l'œil. *Oh, Seigneur, pourvu que ce ne soit pas le capitaine…*

— J'ai quelqu'un qui doit intervenir à titre de consultant : Rule Turner. Dès qu'il arrivera, laissez-le accéder au bâtiment et dites-lui de m'attendre ici. Il n'est pas censé monter les escaliers. Qu'il m'attende ici.

Il parut surpris, mais acquiesça sans rien dire.

Comme Lily montait les escaliers, une odeur aigre de vomi la frappa à mi-hauteur. Peut-être la contribution d'Abel Martinez, pensa-t-elle. Il faudrait qu'elle s'assure qu'il voit un psy.

Posté devant la porte de l'appartement 12, l'agent Larry Phillips discutait avec les ambulanciers. Lily entendit le bourdonnement d'un aspirateur à l'intérieur de l'appartement.

— Ma parole ! Ça devient une habitude de vous voir dans le secteur, dit-il d'une voix traînante.

— Une habitude dont je me passerais volontiers. C'est encore vous qui êtes arrivé le premier sur les lieux ? Alors ? Que s'est-il passé ?

— J'ai reçu l'appel du central à douze heures sept. À mon arrivée, j'ai jeté un œil à la scène depuis la porte. Elle était bel et bien morte, alors j'ai averti le central. En attendant l'arrivée des collègues, j'ai discuté avec Abel, le gosse qui l'a trouvée. Apparemment un mal de ventre l'avait empêché d'aller à l'école aujourd'hui, mais suite à une guérison miraculeuse, l'envie l'a pris de descendre faire quelques paniers. En sortant de chez lui, il a remarqué que la porte du 12 n'était pas fermée. Il a expliqué qu'il était entré pour s'assurer que tout allait bien. (Phillips haussa les épaules.) Probable qu'il pensait pouvoir faucher quelque chose. Pauvre gosse… Il s'attendait pas à trouver ça.

— O'Brien est à l'intérieur ?

— Ouais. Dites, inspecteur… la môme méritait pas ce que cette maudite bête lui a fait. Je veux savoir comment il a découvert qu'elle nous avait parlé.

— Moi aussi.

Ça sentait mauvais – au propre comme au figuré… Lily reconnaissait très nettement l'odeur du sang, ainsi qu'autre chose, de plus pestilentiel. Elle ouvrit son sac et en sortit des gants jetables et des chaussons en plastique.

— Blessure au ventre ?

— À l'odeur, je dirais que oui, répondit l'un des ambulanciers. Je ne l'ai pas encore vue

— Blessure au ventre, confirma Phillips. Entre autres. Le fils de pute l'a ouverte à coups de griffes.

Lily termina d'enfiler ses gants. La porte était entrebâillée de quelques centimètres. Elle la poussa.

Therese était étendue sur la causeuse… celle qui était bleue, autrefois.

— Mettez des chaussons, cria O'Brien.

Il était accroupi près du corps, le dos à la porte. Une fille de la scientifique, agenouillée dans la minuscule cuisine, ratissait le sol à l'aide d'un aspirateur à main.

— C'est fait.

— Oh, *it's You*. (Il jeta un regard à l'ambulancier près de la porte.) T'as capté ? « *It's you, Yu ?* »

— J'avais compris.

L'humour d'O'Brien était encore plus lourdingue que d'habitude, mais c'était peut-être parce que son cœur n'y était pas.

Le salaud l'avait bel et bien éventrée, et il n'avait pas fait les choses à moitié. La mort remontait à plusieurs heures : dix ou douze probablement. La plupart du sang avait séché, mais elle en avait tant perdu…

La jeune femme était couchée sur le dos, la tête appuyée sur deux oreillers et légèrement tournée vers la gauche. On lui avait tranché la gorge. Un de ses bras pendait du canapé, et ses doigts touchaient le sol – c'était aussi le cas de ses tripes, d'ailleurs. Elles avaient l'aspect d'un hamburger abandonné dans le réfrigérateur : une masse de viande rouge et visqueuse débordant d'une croûte brunâtre. Le tueur l'avait tailladée à plusieurs reprises, lui ouvrant les intestins, entre autres organes.

L'odeur écœurante souleva l'estomac de Lily, mais c'est la poupée qui la marqua plus que tout le reste. Therese continuait de la serrer dans son autre bras. Seulement, ses cheveux n'étaient plus blonds.

Lily se dirigea vers O'Brien, en faisant attention où elle mettait les pieds. Elle s'arrêta et considéra la moquette beige d'un air perplexe.

— Il n'y a pas de sang ici.

— Sans doute parce qu'elle a été tuée sur le canapé, et pas là où tu te trouves.

— Mais le tueur devait être couvert de sang, vu la façon dont il s'est acharné sur elle. Il aurait dû en mettre partout en s'éloignant.

O'Brien regarda par-dessus son épaule, visiblement confus.

— T'as raison. Merde, je me fais vieux. J'aurais dû tilter. Il semble s'être nettoyé après le meurtre – Mona a trouvé du sang près de l'évier – mais il aurait tout de même dû laisser des traces sur le chemin de la cuisine. (Un pli soucieux barrait son front.) Peut-être que le sang disparaît de leurs corps une fois qu'ils se transforment.

— Alors pourquoi se nettoyer ? (Elle se rapprocha. Aucune blessure défensive sur le bras pendant de la causeuse. Apparemment, il l'avait égorgée d'emblée, ce qui expliquait que personne n'ait entendu ni cris ni bruits de lutte.) Qu'as-tu trouvé ?

O'Brien était en train de ramasser quelque chose sur la moquette ensanglantée à l'aide de ses pincettes.

— Des poils. De loup, je dirais, mais laissons le labo le confirmer. Il y en a aussi quelques-uns collés dans sa main, mais la plus grosse touffe est celle sur le sol. On dirait qu'elle les lui a arrachés.

Lily fronça les sourcils.

— Elle a réussi à lui arracher une touffe de poils alors qu'il était en train de l'égorger ?

O'Brien haussa les épaules.

— De toute évidence elle l'a laissé entrer. Il n'y a aucun signe d'effraction ni de lutte, c'était donc sûrement un client. Peut-être qu'elle le pelotait pour le chauffer. Ce serait pas la première fois qu'une nana veuille faire ça quand ils sont loups. Si ça se trouve, certains lupins prennent aussi leur pied comme ça.

— Ce n'était pas un client, affirma Lily.

— Qu'est-ce qui te fait dire ça ?

— Il ne reste pas grand-chose de son tee-shirt, mais je suis à peu près sûre que c'est celui qu'elle portait quand je lui ai parlé. Elle est habillée pour rester à la maison, pas pour faire le trottoir.

— O.K. C'était pas un client. Juste un ami alors.

— Mouais. (Lily se rapprocha. La moquette fit un bruit humide sous ses pieds.) C'est quoi ce bout de papier collé près d'elle ? dit-elle en se penchant. On dirait un morceau de petite annonce. Brillant, comme une page de magazine.

— Bingo ! dit-il. C'était une lectrice de *Cosmo*. (O'Brien eut un bref sourire.) Je l'ai déjà emballé.

— Elle lisait donc une revue, allongée sur sa causeuse, caressant son ami lupin. Et tout à coup, il décide de l'égorger, puis de l'étriper, mais prend garde de ne pas la défigurer. Et à ne pas avoir de sang sur lui…

— Me regarde pas comme ça, rétorqua O'Brien. Mon travail se résume à recueillir des éléments de preuve. C'est ton boulot à toi d'en tirer des explications.

Elle n'en trouvait aucune.

— Ça ne ressemble pas à des coups de couteau.

— Tu penses que quelqu'un aurait pu tenter de simuler une attaque de lupin ? (O'Brien posa ses pincettes et scella soigneusement le sachet plastique.) On dirait pas : la peau présente des plaies trop irrégulières.

— Mais pourquoi a-t-il continué de la taillader après l'avoir tuée ? Ça ne s'est pas passé ainsi avec Fuentes.

— Fuentes a été tué dans la rue, alors qu'ici, le tueur était tranquille, il avait le temps de s'amuser.

Lily secoua la tête d'un air incrédule.

— Ça ressemble à de l'acharnement. Il ne voulait pas seulement la tuer, mais la réduire en charpie. En particulier son corps, pas ses bras ni ses jambes ni son visage.

— Peut-être qu'il déteste les femmes ?

Aux dires de Rule, un lupin qui tuerait une femme serait vu comme un fou. C'était donc à ça qu'ils avaient affaire ? Non pas une conspiration de grande envergure, mais un simple lupin devenu fou ?

Qui, par un hasard malencontreux, avait choisi de jeter son dévolu sur le témoin de Lily. Le doute dessina un pli sur son front. La technicienne était à présent dans la minuscule salle de bain, les laissant elle et O'Brien seuls pour le moment.

— Je dois vérifier quelque chose, annonça-t-elle.

— O.K. (O'Brien se leva rapidement.) Je vais aller étiqueter ça.

Tandis qu'O'Brien détournait ostensiblement la tête, Lily enleva un de ses gants et, retenant un souffle, toucha l'épaule de Therese.

Une vibration de magie remonta le long de son bras. Elle retira brusquement sa main, surprise par la force de l'impression… et par une autre sensation. Une sensation inconnue. Elle se mordit la lèvre. Peut-être l'empreinte était simplement bien plus forte que toutes les traces de magie lupine qu'elle avait rencontrées jusqu'alors. Mais ça ne tenait pas debout. Elle devait essayer une nouvelle fois, ce qu'elle fit à contrecœur.

Lily s'accroupit et plaça sa main sur la hanche de Therese. Elle choisit une partie où le sang avait séché et où la peau était intacte… et reçut à nouveau la même sensation : une brûlure persistante, comme lorsqu'on passe la main sur des orties. Elle se força à rester immobile et concentrée sur la sensation, malgré son envie de s'en détourner, aussi bien mentalement que physiquement.

L'empreinte rappelait vaguement la magie lupine… mais il y avait quelque chose d'autre derrière. Quelque chose de fort et de « maléfique ».

Lily poussa un soupir frémissant. Elle retira sa main et la secoua pour tenter de dissiper la sensation désagréable. De quoi s'agissait-il ? La magie était une force neutre par essence, comme l'électricité ou le feu. Il y en avait différentes catégories, on pouvait l'utiliser pour de bonnes ou de mauvaises causes, mais jamais Lily n'avait perçu aucune intention ni aucune charge éthique derrière celle-ci, juste l'énergie elle-même.

Du moins jusqu'à ce jour…

Était-ce là ce que l'on ressentait au contact du mal ?

Elle se leva, remit son gant, et tenta de faire bonne figure.

— Ils peuvent emporter le corps, c'est bon.

— Ça roule. (O'Brien leva les yeux de ses échantillons et lui adressa un regard soucieux.) Ça va ?

Elle secoua la tête pour éluder la question.

— J'ai quelqu'un en bas qui attend de jeter un coup d'œil au corps. Pour ça, il faut que je la déplace, dit-elle en partant vers la porte.

Que pourrait lui apprendre l'odorat de Rule ? Décèlerait-il le même type de sensation qu'elle ? Elle s'arrêta sur le seuil pour informer les ambulanciers qu'ils pouvaient emporter le corps, puis s'adressa à Phillips.

— Suivez-moi, dit-elle en se dirigeant vers l'escalier.

Avant tout, prendre garde que Rule ne laisse pas de poils sur le cadavre une fois transformé. Vu la sale manie qu'avait la magie de fausser les tests, le labo ne serait peut-être pas en mesure d'identifier le lupin auquel appartiendrait l'ADN, mais la démarche s'écartait de façon flagrante de la procédure habituelle : elle devait pouvoir réfuter les insinuations de l'avocat de la défense s'il laissait entendre qu'il y avait eu contamination des preuves.

Il fallait donc prévoir des témoins, au moins deux. Phillips, d'abord – il n'était pas mêlé à la mort de Therese, et son passage par la brigade spéciale ajouterait du poids à son témoignage. La défense ne pourrait pas l'accuser de partialité envers les lupins. Pour les autres…

— Sainte Mère, qu'est-ce qu'il… (C'était la voix de Meck, à l'étage du dessous.) Reculez ! Tout le monde recule ! Vous ! Plus un geste ou je tire !

L'instinct et l'adrénaline soufflaient à Lily de se précipiter sur place, mais elle savait parfaitement que surgir sans crier gare au milieu de policiers armés était le meilleur moyen de se prendre une balle ou de gêner un flic sur le point de tirer.

Elle n'avait cependant aucune visibilité sur ce qui se passait dans l'angle mort au bas de l'escalier. Elle dégaina donc son arme et descendit d'un pas rapide mais prudent, se laissant guider par son ouïe. Dans son dos, elle entendit Phillips faire de même.

— Je pensais être attendu.

C'était la voix de Rule. Le cœur de Lily fit un bond. Elle baissa aussitôt son arme et gagna le palier quelques marches plus bas pour découvrir l'origine du tapage.

Rule se tenait près de la porte de l'immeuble, les bras loin du corps, la tête tournée vers quelqu'un sur sa droite… Meck, qui tenait son Glock à deux mains, en position réglementaire, braqué sur Rule. Le flic en uniforme à l'entrée avait lui aussi dégainé et visait Rule sur sa gauche. Et derrière Meck : Ginger Harris ! Que diable faisait-elle ici ?

Lily rangea son arme. Elle nota que Phillips, derrière elle, avait toujours la sienne au poing.

— Je vous avais prévenu que j'attendais Turner, cria-t-elle au policier en uniforme.

— Je l'ai laissé entrer, mais quand j'ai vu le sergent sortir son arme, j'ai dégainé en renfort, répondit Gonzales d'un ton penaud.

Deux autres policiers avaient encore leur arme au poing.

— Sergent Meckle ! s'exclama Lily. Quelle raison aviez-vous de dégainer ? Turner représentait-il une menace pour quelqu'un ?

— J'ai un mandat d'arrêt contre lui, répondit Meck, le regard brillant. Ou j'en aurai un bientôt. Il est en route. Ainsi qu'un véhicule de transport spécial.

— Vous attendez un mandat ? (Elle ne pouvait pas y croire.) Avant même que j'arrive sur la scène de crime, vous aviez déjà demandé un mandat d'arrêt ?

— Vous n'étiez pas joignable, répliqua-t-il sans quitter Rule des yeux.

— J'avais mon portable sur moi. J'avais mon putain de portable sur moi !

— Vous étiez avec *lui*.

— Et alors ? (Elle s'avança en face de lui.) Rangez votre arme. Rangez-la. *Tout de suite*.

Il se déplaça pour garder Rule dans sa ligne de mire.

— Jamais ils n'auraient dû vous confier l'enquête. Vous n'avez pas ce qu'il faut pour ça. S'il se tire, c'est vous qui serez responsable !

Phillips apparut en haut des marches.

— Vous feriez peut-être mieux de vous écarter de la ligne de mire, inspecteur. Jetez un coup d'œil à ses yeux.

Lily se retourna.

Rule n'avait pas bougé. Son visage était calme, impassible. Mais ses yeux étaient noirs. Complètement noirs, avec de minuscules triangles blancs dans les coins… comme ceux d'un animal. Elle avala sa salive.

— Vous vous sentez bien ?

— Je me contrôle. (Il parlait d'une voix calme, mais la bestialité dans ses yeux trahissait une toute autre humeur.) Si vos hommes pouvaient cependant rengainer leurs flingues Je n'aime pas voir des armes pointées sur moi, mais ne vous en faites pas, je ne vais pas me transformer. C'est ce *qu'il* voudrait. Mais ça me met mal à l'aise, dit-il dans un grondement sourd. Ça me met extrêmement mal à l'aise de voir des pistolets braqués sur moi.

Avant qu'elle puisse réitérer son ordre, Phillips rangea son arme dans son étui. Une seconde plus tard, son partenaire fit de même.

— Que faites-vous ? cria Meck. Vous obéissez à l'un des leurs ?

Phillips se tourna vers lui.

— Désolé de vous dire ça, mais cet endroit est trop exigu : ouvrir le feu servirait pas à grand-chose. Nous sommes trop rapprochés. S'il tient à nous éliminer, il nous charcute comme il veut.

— J'ai des balles spéciales dans mon chargeur. Une dans la tête et…

— Ça pourrait l'arrêter, si vous le touchez du premier coup. J'ai bien dit « pourrait ». Ils réagissent au quart de tour, et vu que c'est leur prince, je suppose qu'il est l'un des plus coriaces. J'aime autant pas le fiche en rogne.

Lily regarda Meck. Sans rien dire. Lentement, il baissa son arme puis, plus lentement encore, la rangea.

— Vous commettez une erreur, lui dit-il. Une grosse erreur.

— Merde, Meckle, l'erreur je l'ai déjà commise. (Elle secoua la tête, dégoûtée.) En vous choisissant pour m'épauler sur l'enquête. Considérez-vous comme suspendu. (Elle regarda Phillips.) Vous aussi, vous avez dégainé, tout en sachant que vous étiez trop près ?

Il soupira, la mine sombre.

— Vous savez ce que c'est. Vous voyez un collègue sortir son flingue, alors vous vous sentez obligé de faire pareil.

Non, se dit-elle. Il l'avait fait pour multiplier les menaces sur Rule, afin de minimiser les risques sur chacun de ses collègues si le lupin décidait d'attaquer. Lily n'était pas sûre d'apprécier Phillips, mais elle commençait à le respecter.

Tout à coup, elle se sentit trembler. Ils étaient passés à un cheveu du bain de sang. *Un vrai gâchis d'adrénaline*, se dit-elle. *Bref. N'y pensons plus.*

D'un coup d'œil dans le petit hall, elle constata que Ginger avait disparu. Le petit nouveau semblait soucieux, Meck furieux, et Rule... eh bien, ses yeux n'avaient pas encore retrouvé leur aspect normal, mais ils en prenaient le chemin. Il lui fit un sourire en coin, comme pour la rassurer.

Ce n'était pourtant pas elle qu'on s'apprêtait à emmener dans un véhicule spécial et à inculper de meurtre – un meurtre dont elle le savait innocent. Lily se dirigea vers Meck, rouge de colère.

— Maintenant, sergent, peut-être pourriez-vous prendre une minute pour m'expliquer ce qui vous a poussé à enfreindre la procédure de façon si flagrante au risque de remplir cette cage d'escalier de cadavres. À moins que ce ne soit votre manière habituelle d'interroger un suspect ? Pointer votre arme sur eux sans vous soucier de qui se trouve dans la ligne de mire ?

— La procédure normale est inefficace contre ceux de leur espèce. Je ne pouvais pas le laisser se tirer.

— Ben voyons. Alors maintenant qu'on ne le tient plus en joue, vous le voyez aller quelque part ?

Meck clignait des yeux, confus.

— Je... j'ai peut-être agi un peu vite.

— Non, sans blague ? (Lily laissa éclater son mépris.) Qu'en est-il des autres entorses que vous avez faites à la procédure ? Comme par exemple demander un mandat d'arrêt sans même en référer à l'officier en charge de l'enquête...

— J'ai vu ça avec le capitaine, *madame*, répondit-il en insistant sur le mot avec un sarcasme à peine voilé.

— Vous vous fichez de moi ? J'imagine que vous lui avez expliqué que vous comptiez faire cavalier seul pour alpaguer le grand méchant loup ?

— Oui, inspecteur. (Une satisfaction pointait à présent dans sa voix.) Je l'en ai informé, mais pas en ces termes. Il a reconnu que les éléments dont je disposais justifiaient une demande de mandat.

Sans même lui en parler ? Lily eut un frisson. Le traître était-il donc le capitaine ? Était-ce Randall qui avait arrangé le meurtre de Therese Martin ? Ou bien étaient-ils tous les deux dans le coup ?

Arrête de te faire des films, se dit-elle. *Les complots, ça rend parano.*

— Je présume que vous comptez à présent porter ces précieux éléments à ma connaissance, vu que je suis en charge de l'enquête. Expliquez-moi un peu pourquoi Turner aurait tué le seul témoin qui l'innocentait du meurtre de Fuentes.

— Il l'avait payée pour mentir. J'ai un bordereau attestant qu'elle a déposé dix mille dollars en cash sur son compte juste après vous avoir parlé. Elle l'aura ensuite menacé, ou bien se sera montrée trop gourmande, bref, il aura voulu s'en débarrasser. Je dispose également d'un témoin qui affirme l'avoir vu entrer dans l'immeuble à l'heure du crime. On a le mobile et l'opportunité. Pour le moyen... ma foi, c'est un lupin. Il *est* l'arme du crime.

— Vous en avez fait des choses en si peu de temps ! Et eu une sacrée veine, étant donné qu'elle a été retrouvée il y a une heure et demie à peine. Ce témoin serait-il Ginger Harris ?

Meck tourna son regard vers Rule, puis de nouveau vers Lily.

— J'ai besoin de m'assurer qu'elle va bien.

— Allez-y, dit-elle.

— Et quand ce mandat arrivera, je compte bien l'appliquer.

— Je n'ai aucun doute là-dessus.

Elle tourna la tête, écœurée. Toute cette affaire était une vaste machination, et Meck en faisait partie. Soit il trempait volontairement dans tout ça, soit il était si aveuglé par ses préjugés que cela revenait au même.

Et le capitaine ? Était-il lui aussi corrompu ? Que faire désormais si elle ne pouvait plus se fier au capitaine ?

Elle se retourna lentement, sentant un regard sur elle. Rule n'avait pas bougé d'un pouce, il se tenait immobile, comme le prédateur qu'il était, observant chacune de ses réactions. Dès que leurs regards se croisèrent, le cœur de la jeune femme fit un bond dans sa poitrine. Même ici, même maintenant, elle se sentait attirée vers lui, comme s'il lui avait planté un crochet dans le ventre… ou un peu plus bas.

Pendant une seconde, elle le détesta.

Mais après tout, ça n'avait aucune importance, pensa-t-elle en détournant les yeux alors que le caisson en acier sur roues qu'ils appelaient « véhicule spécial » s'arrêtait devant le bâtiment. Au regard de l'enquête, qu'elle déteste Rule ou qu'elle se le tape ne changeait strictement rien… pour la simple et bonne raison qu'elle n'aurait bientôt plus voix au chapitre.

Therese Martin avait été tué par un ensorceleur, pas par un loup-garou. Et le meurtre par magie constituait un crime fédéral. Elle allait donc devoir passer la main aux fédéraux.

XV

— Comment ça, « nous n'allons rien leur dire » ?

Randall joignit les mains sur son bureau.

— Qu'avons-nous ? dit-il. Votre « sensation », qui ne constitue pas une preuve, ni même quelque chose que vous puissiez mettre dans un rapport.

— J'ai conscience que nous aurions à leur révéler mes capacités, répliqua froidement Lily. Je n'aime pas ça, mais il n'y a pas d'autre moyen.

— Nous ne sommes pas obligés de leur communiquer un élément qui ne figure pas dans votre rapport. En particulier s'agissant d'informations aussi subjectives. Attendez. (Il leva la main.) Vous êtes convaincue de l'exactitude de vos, euh, « sensations ». Mais vous avez dit vous-même que vous n'aviez encore jamais eu affaire à des ensorcellements. Vous ne pouvez donc pas identifier précisément ce que vous avez perçu.

— Ça colle, insista-t-elle. Toute « information subjective » mise à part, les éléments concordent. Ça sent la machination à plein nez ! Il n'y a aucune trace de sang nulle part, sauf près du corps et sur l'évier, histoire que l'on croit qu'il s'est nettoyé. Quant au bordereau de dépôt que Meck a trouvé… rien ne le relie à Turner. N'importe qui aurait pu déposer cet argent. Enfin, il y a les poils de loup. Impossible qu'elle les ait arrachés elle-même. Quelqu'un les a déposés là-bas.

— Écoutez-vous donc une minute, s'exclama Randall, clairement exaspéré. Meck dit que vous seriez devenu partiale, comme envoûtée par ce prince lupin. Je refusais de le croire, mais…

— Meck a un problème avec les lupins. Je ne m'en étais pas rendu compte auparavant, mais ça sautait aux yeux tout à l'heure.

Il tapa du plat de la main sur son bureau.

— Et vous êtes plus disposée à désigner pour coupable un autre agent plutôt qu'un loup-garou ! Non seulement vous évoquez une conspiration, mais vous prétendez par-dessus le marché qu'elle impliquerait ce service. Et un meurtre commis à distance par un ensorceleur pour couronner le tout. C'est tout simplement impossible.

— Ça s'est déjà vu. Les dossiers de police…

— Avant la Purge, oui ! Ça remonte à quatre cents ans ! (Il se pencha en avant.) Écoutez-moi bien. Je refuse de livrer ce service à une paire de fédéraux en quête de gloire pour qu'ils s'y livrent à une chasse aux sorcières. Car c'est ce qui se passerait. Ils nous considéreraient tous – même moi – comme des suspects. À moins que ce détail ait échappé à votre esprit conspirationniste ?

— Non, monsieur, répondit-elle, impassible. Ça ne m'avait pas échappé. Mais bien qu'il soit possible qu'un des agents du FBI ait averti le tueur de Therese, il est plus probable que la fuite provienne de ce service.

Les mâchoires du capitaine se crispèrent.

— Sortez.

— Monsieur…

— Dehors ! s'écria-t-il en la fusillant du regard. Je ne vous retire pas l'affaire, mais j'en suis à deux doigts. Sortez. Allez donc vous remettre les idées en place.

Lily partit. Elle s'arrêta à son bureau pour fourrer le dossier du FBI ainsi que deux ou trois autres rapports dans son sac, puis se dirigea vers l'ascenseur.

— Hé ! cria Brady comme elle traversait la salle, c'est quoi le problème entre toi et Meck ? T'en pinces pour lui ?

Elle répondit sans ralentir :

— Mon rapport est dans le dossier. Lis-le si tu veux le savoir.

Brady fronça les sourcils.

— Pourquoi tu lui cherches des poux ? Il t'a quand même pas draguée ? Pas Meck…

T.J. secoua la tête.

— Essaie de penser à autre chose que le sexe, petit. Ça va être dur, mais essaie. Lily…

Elle s'arrêta et croisa son regard.

— Bon, prends soin de toi, dit-il.

— O.K, répondit-elle avec un faible sourire.

Au moins un qui ne la détestait pas, pensa-t-elle en balançant son sac sur la banquette arrière de sa voiture. Pour l'instant. Mais si elle persistait à tenir tête au capitaine… Il avait pourtant bel et bien tort.

Ou alors, il était corrompu. Lily ne pouvait se résoudre à le croire, mais elle n'écartait pas pour autant cette éventualité. Il avait des raisons de faire ce qu'il avait fait – pas les bonnes, selon elle. C'était toutefois plausible.

Elle fit marche arrière sur le parking, braqua et passa la première avant d'enfoncer l'accélérateur assez fort pour faire fumer les pneus. Le capitaine avait raison sur un point : elle avait besoin de s'éclaircir les idées.

Quinze minutes plus tard, elle claquait la portière de la voiture et remontait le chemin menant à la maison de sa grand-mère. Elle sonna et attendit.

— Lily, dit Li Qin en souriant. Quel plaisir de te revoir. Entre, je t'en prie.

Lily secoua la tête.

— Pas aujourd'hui, je te remercie. Je voulais juste te dire que j'étais ici. Je vais jardiner un peu.

— Bien sûr, répondit Li Qin, comme si Lily avait l'habitude de passer arracher les mauvaises herbes du jardin au beau milieu d'une journée de travail. Voudrais-tu que je t'apporte un rafraîchissement ? Un thé ou une boisson ?

— Peut-être plus tard ? Je ne suis pas de bonne compagnie en ce moment.

Elle réussit à prendre congé poliment, puis se précipita le long du chemin dallé jusqu'à l'arrière de la maison où l'attendait l'abri de jardin.

Cinq minutes plus tard, Lily détruisait les envahisseurs dans la zone réservée aux plantes indigènes sur le côté ouest de la maison. Le chêne bleu qui dominait le lieu projetait son ombre clairsemée, et s'animait sous la forte brise soufflant de l'ouest. Lily s'agenouilla dans la terre, sans se soucier de tacher son élégant pantalon de toile. Plantant sa truelle dans le sol aride, elle dégagea les racines d'une touffe d'herbe et tira dessus avec son autre main.

Il y a vingt ans de cela, quand Sarah Harris était morte et que Lily avait survécu, Grand-mère avait conduit Lily dans un coin du jardin et lui avait dit de se débarrasser de toutes les mauvaises herbes. Elle avait en elle tellement de crainte et de haine à cette époque… Et la thérapie s'était avérée inefficace - comment un psy pouvait-il aider une enfant qui refusait de parler ?

La terre, le soleil et les mauvaises herbes avaient cependant réussi là où les mots avaient échoué. Lily avait creusé, tiré, creusé, tiré… et les mauvaises herbes avaient fini par disparaître. Elle avait pu planter, et au bout d'un moment, son jardin avait fleuri. Et Lily avait compris que la vie continuait. Des gens vivent, d'autres meurent, mais la vie continue.

Lily avait continué à créer d'autres jardins, comme celui-ci. Aplanir un sol était amusant, planter gratifiant, et voir le jardin prendre vie lui procurait un sentiment de plénitude incomparable.

Parfois cependant, elle avait juste besoin de creuser et tirer, creuser et tirer.

Le capitaine affirmait qu'il l'avait laissé en dehors du coup parce qu'elle se trouvait avec Rule. Il craignait qu'elle l'informe par inadvertance de ce que la police préparait, et mette en péril à la fois sa propre sécurité et l'arrestation. Meck avait reçu pour consigne de la mettre au courant dès son arrivée sur les lieux, mais manque de chance, il s'entretenait avec son témoin. Ginger Harris.

Qui, au passage, avait probablement menti. Pourquoi ?

Lily secoua la tête : elle aborderait ces questions plus tard.

Les insinuations de Randall auraient été moins insultantes, se dit-elle en enfonçant sa truelle dans la terre, s'il avait su que les lupins pouvaient entendre la totalité d'une conversation téléphonique. Or il l'ignorait. Il avait craint que Rule flaire la peur de Lily et s'était dit qu'elle ne serait pas assez maligne pour trouver un prétexte à cet accès de nervosité.

À moins qu'il n'ait menti.

Elle avait peur de rester seule avec Rule, oui, reconnut-elle en arrachant un pied de chardon étoilé envahissant. Mais pas pour la raison que le capitaine supposait. Rule n'avait pas tué Therese – même si jusqu'ici, elle n'avait réussi à en persuader personne. Une chose était sûre : sa parole ne suffisait pas.

Le capitaine avait réprimandé Meck pour la forme. Pas pour la façon dont il avait précipité l'arrestation, mais simplement pour l'avoir bâclée.

La plupart des policiers n'avaient aucune expérience quand il s'agissait d'arrêter un lupin. Ici, en Californie, on ne les avait jamais arrêtés ; ils avaient été chassés, puis plus tard capturés ou tués par les brigades spéciales. Mais tout le monde avait désormais été formé pour appréhender un lupin selon la procédure, et Meck ne s'y était pas soumis. Cela aurait facilement pu mener à la mort d'autres officiers.

Au lieu de cela, on avait emmené Rule, les menottes aux poignets, dans un véhicule spécial.

Les yeux de Lily brillaient, mais elle n'aurait su dire si c'était l'effet de la fureur ou des larmes. Résultat : Rule était à présent en cage. Les villes de la taille de San Diego disposaient d'installations isolées pour les gens de la Souche. Ils étaient trop dangereux pour les mêler à la population carcérale classique, et bien trop difficiles à gérer.

À l'heure qu'il était, Rule devait être enfermé dans un compartiment de quatre mètres carrés, renforcé d'acier, réservé aux lupins et à quelques êtres surnaturels. Aux dires de Grand-mère, les lupins étaient claustrophobes. Ils devenaient fous dès qu'on les enfermait. Et ces cellules étaient si petites…

Lily frissonna et arracha une autre touffe d'herbe. Elle comprenait très bien l'horreur d'être prise au piège dans un espace exigu.

Aucun juge n'accepterait de libérer sous caution un lupin inculpé de meurtre. Rule resterait donc assis dans sa cage de métal minuscule jusqu'à ce qu'elle puisse prouver que quelqu'un d'autre avait tué Therese.

Elle y parviendrait. D'une manière ou d'une autre.

Très bien, se dit-elle, accroupie devant son champ de bataille jonché de cadavres de racines et de mauvaises herbes. *Assez pleurniché. Examine les faits. Réfléchis à ce qui est sûr, et à ce qui est hypothétique. Ensuite, prends une décision.*

Elle se mit à creuser plus soigneusement. Des pousses de mauvaises herbes avaient élu domicile près des *mimulus*. Elle retourna la terre avec sa truelle et commença à les arracher.

Les faits : le capitaine Randall refusait d'informer le FBI qu'ils avaient affaire à un meurtre par magie. Trois explications possibles : soit il ne la croyait tout simplement pas, soit il pensait qu'elle mentait, ou qu'elle s'était trompée. Ou peut-être qu'il ne pouvait se résoudre à adhérer à quelque chose qu'il n'arrivait pas à percevoir par lui-même.

Possible, admit-elle en se déplaçant pour s'attaquer à la section près de la manzanita. Les gens savaient que loups-garous, farfadets et autres créatures avaient en partie recours à la magie, mais certains affirmaient que la Wicca était strictement une religion, qui n'impliquait aucune magie. Comme les gens qui soutenaient que la terre était plate, ils se confinaient dans le déni, trouvant des prétextes pour justifier les désordres liés à de la magie et niant ce qu'ils ne pouvaient expliquer.

Le capitaine soutenait que les ensorcellements n'existaient plus. Certes, quelques experts partageaient son avis, mais son attitude semblait plus émotionnelle que rationnelle. Peut-être ne pouvait-il tout simplement pas admettre que la vraie magie existait dans son monde.

D'accord. Possibilité numéro deux : Randall savait qu'elle avait raison, mais il refusait de porter préjudice à son service. Quitte à couvrir Meck.

Elle n'aimait pas cette idée, car ç'allait à l'encontre de ce qu'elle savait de son supérieur. C'était cependant possible. Randall était ambitieux. Il ne portait pas Croft et Karonski dans son cœur, rechignait à leur laisser la main, et surtout, il ne voulait pas que quiconque prouve qu'un de ses hommes était mouillé.

Eh bien, elle non plus après tout. Lily commença à arracher les mauvaises herbes qui s'étaient cachées sous les feuilles de l'arbuste. Néanmoins la dissimulation n'était pas une solution.

Possibilité numéro trois : Randall lui-même était un ripou. Il savait qu'elle avait raison à propos de l'ensorcellement et connaissait l'identité du tueur de Therese ainsi que son mobile. Auquel cas elle était en danger. Il serait obligé de la discréditer… ou de la tuer.

Déduction également valable si le mouton noir était Meck.

Une goutte de sueur roula sur son front, mais elle frissonnait. Pas parce qu'une menace potentielle pesait sur elle, mais à l'idée d'être la cible d'un autre flic.

Ça n'avait pas toujours été facile d'être une femme policier – et pour ne rien arranger : petite, menue et chinoise. Mais elle s'était fait une place parmi eux. Elle faisait partie du groupe.

Toutefois, le prix de cette appartenance venait soudain d'augmenter. Pour rester dans le groupe, elle devrait continuer à jouer selon les règles, officielles ou pas.

Mais n'avait-elle pas toujours été douée à ce jeu-là ? Cette fois pourtant, se dit-elle en détruisant un autre pied de chardon étoilé, suivre certaines règles impliquait d'en ignorer d'autres. Elle était sûre et certaine que Therese avait été tuée par un ensorcellement et qu'on avait enfermé un innocent. Mais elle ne pouvait informer le FBI de ce qu'elle savait ; mieux valait d'ailleurs qu'elle n'en parle à personne. Si elle voulait garder l'affaire, elle devrait fermer les yeux sur le fait qu'il y avait un traître dans le service. Faire semblant de rentrer dans le rang et d'obéir aux consignes du capitaine.

Mais c'était logique en fin de compte, non ? se dit-elle en s'essuyant le dos de la main sur le front, mêlant la terre à la sueur. Elle pouvait faire plus pour Rule en restant à son poste qu'en se lançant dans une croisade pour la justice et la vérité en solitaire. Jusqu'où pourrait-elle aller sans la loi pour l'appuyer ?

Et, inversement, si la loi était utilisée contre elle ?

Au moins une des personnes qui avait juré de la faire respecter la corrompait… Meck ? Le capitaine Randall ? Les agents du FBI, Croft et Karonski ? Elle ignorait qui était son ennemi… mais lui la connaissait.

Rule était enfermé entre quatre murs, victime d'une machination orchestrée par un flic.

Lily se leva. Elle tourna son visage face au vent qui balaya une mèche de cheveux contre sa joue. Des nuages s'accumulaient à l'ouest, au large. Peut-être allait-il bientôt pleuvoir. La terre en avait bien besoin.

Lentement, elle retira ses gants. D'ordinaire, Lily aurait débarrassé le jardin de toutes les herbes indésirables qu'elle avait retirées, mais aujourd'hui, elle les regardait sans s'en soucier. Le vent s'en chargerait.

Elle se dirigea vers sa voiture où elle avait laissé son téléphone. Elle avait un appel à passer. Ensuite, elle rentrerait au QG comme prévu.

XVI

Ils n'éteignaient jamais les lumières.

Il y avait beaucoup de choses détestables dans la cellule en métal où ils l'avaient enfermé, et d'autres moins gênantes. Rule n'était pas dérangé par l'absence de lit. Il ne pouvait pas s'arrêter de faire les cent pas, une couchette aurait donc simplement constitué un obstacle. Il n'y avait pas grand-chose en lieu de sanitaires, mais ils étaient corrects ; lavabo et toilettes se rabattaient dans la paroi. Les murs eux-mêmes, cependant, l'isolaient entièrement de l'extérieur. Rule parvenait à peine à sentir la lune à travers tout cet acier, mais il avait développé une tolérance à ce manque. Les humains utilisaient une quantité de métaux pour construire leurs villes. Le silence en revanche était plus difficile à supporter : il n'entendait rien en dehors de sa cellule minuscule.

Toutefois, c'était la lumière incessante qui le rendait dingue.

S'il avait pu se réfugier dans une bulle d'obscurité, au moins il n'aurait plus vu ces murs. Il aurait pu se persuader qu'ils étaient loin. L'obscurité ne l'aurait pas empêché de faire les cent pas cependant. Il avait essayé un certain temps de fermer les yeux pour voir si c'était plus supportable… et découvert que ça n'arrangeait rien.

Mais les choses auraient pu être pires. Les lupins guérissant très vite, ils faisaient des cibles de choix pour une certaine catégorie de flics. Les hématomes disparaissaient vite. Et si quelqu'un venait à remarquer que le prisonnier avait un ou deux os cassés, il suffisait de prétendre qu'il avait fait preuve d'indiscipline. Il fallait s'y mettre à plusieurs pour calmer un lupin indiscipliné… Et si d'autres flics se doutaient de la vérité, ils la gardaient pour eux.

Rule le comprenait parfaitement. La police était comme un clan, même si ce clan était selon lui mal dirigé. On plaçait beaucoup d'attentes sur eux, et parallèlement, ils se voyaient refuser le statut que leur métier aurait dû leur accorder. Rien d'étonnant que certains d'entre eux dérapent.

On lui avait néanmoins épargné l'humiliation d'être frappé sans pouvoir répliquer, se dit-il.

Il aurait préféré qu'on le batte.

Rule jeta un regard amer à la paroi métallique et se retourna. Trois pas à droite, demi-tour, trois pas à gauche, demi-tour… Il n'avait pas cessé de faire les cent pas depuis qu'on l'avait enfermé ici. Peut-être que d'ici un jour ou deux, il se serait suffisamment fatigué pour s'endormir.

Il avait utilisé son appel téléphonique pour avertir Benedict de ce qui s'était passé. Son frère prendrait des dispositions pour faire intervenir un avocat, et tôt ou tard, ils devraient laisser cet avocat lui parler. Il ignorait s'il était autorisé à recevoir d'autres visites. Et même si quelqu'un d'autre essaierait de venir le voir.

Il plissa la lèvre de dégoût. À quoi bon se leurrer : il ne se demandait pas si « quelqu'un d'autre » essaierait de lui rendre visite. Il voulait que Lily vienne. Il voulait qu'elle tienne suffisamment à lui pour cela.

Pourtant, elle l'avait regardé comme s'il lui faisait horreur.

Trois pas… demi-tour.

Elle avait cependant empêché son subalterne de lui tirer dessus. Il n'y avait aucun doute dans l'esprit de Rule que c'était l'intention de ce flic: le provoquer pour qu'il se transforme. Ou du moins, le forcer à faire un geste qui pourrait être interprété comme une menace. Il cherchait une excuse pour l'abattre. Les autres flics l'auraient probablement couvert. Les lupins constituaient depuis toujours une proie facile.

Elle était venue se placer devant ce foutu flingue.

Qu'est-ce qui lui était donc passé par la tête, bon sang ? Elle lui avait rappelé plus tôt qu'elle ne guérissait pas aussi vite que lui. Lui n'était pas enclin à négliger cette donnée, mais tout à l'heure, Lily semblait bien l'avoir oubliée. Si son sergent avait tiré sur lui, Rule aurait certainement vécu assez longtemps pour emmener ce bâtard avec lui. Le flic plus âgé avait dit vrai : il aurait également pu survivre aux tirs, tout dépendait de combien de balles il recevait et où elles l'atteignaient.

Mais pas Lily. Si ce flic avait appuyé sur la détente lorsqu'elle était dans la ligne de tir… *Pense à autre chose !*

Trois pas… demi-tour.

Qu'arriverait-il au clan Nokolaï s'il était reconnu coupable ? Qu'arriverait-il à son fils ?

Ce n'était pas vraiment un sujet plus gai.

Depuis combien de temps était-il ici d'ailleurs ? D'ordinaire, il parvenait à deviner l'heure qu'il était en observant la danse de la terre et de la lune, mais ici, l'acier étouffait toute attraction lunaire. Cela dit, ce devait être la nuit.

Ils lui avaient retiré sa montre, ses chaussures, son couteau de poche, son téléphone, ses clés… Tous ces objets dangereux n'étaient rien comparés à ce qu'il pouvait faire avec ses mains nues. Les imbéciles.

Il s'arrêta et regarda ces satanées lumières au plafond.

Les deux tubes de néon étaient fixés dans un évidement du plafond et protégés par des barres d'acier. La distance du sol au plafond était d'au moins trois mètres, plus que la largeur de sa cellule. Il pouvait sauter à cette hauteur. Il lui suffisait d'attraper l'une des barres, de glisser la main entre les barreaux, et de briser les maudites lumières. Il se couperait certainement la main. Et alors ?

Alors, nul doute qu'ils rappliqueraient, l'arme au poing, prêt à affronter Dieu sait quelle sournoise tentative d'évasion. Il était surveillé. Il le savait. Rule avait repéré l'œil rond et noir d'une caméra perchée dans un coin.

Si elle avait été plus basse, il aurait pu pisser dessus. Un geste puéril, peut-être, mais compréhensible. Autrement, il n'aurait aucun mal à la réduire en miettes, si l'envie lui en prenait.

Ça le changerait toujours des cent pas, non ?

Il plia les genoux et s'élança, tendit les bras vers les néons, s'accrocha à un barreau… et entendit cliqueter la serrure.

Il se laissa retomber sur le sol et se tourna vers la porte. Elle s'ouvrit.

— Tout va bien ? demanda une voix. (Il ne vit personne sur le seuil.) La porte va rester ouverte. Inutile de cogner qui que ce soit.

Rule cligna des yeux.

— Karonski ? Abel Karonski ?

— Ta mémoire fonctionne, en tout cas.

Une silhouette imposante apparut : costume fripé, visage amer, odeur écœurante de cigare clandestin. Abel Karonski, à coup sûr, bien qu'il y eût un moment que Rule ne l'avait pas vu.

— Tu figurais pas sur ma liste, répondit Rule.

— La liste des visiteurs désirés ou non désirés ?

— Celle des visiteurs éventuels. Je pensais voir arriver un avocat, peut-être, ou… En tout cas, je n'attendais pas la SCM.

— Quoi qu'il en soit, nous voilà. Et c'est tant mieux pour toi… parce que tu es libre à présent.

— Libre ?

Il fit un pas hésitant vers la porte. Karonski recula et Rule sortit à la vitesse de l'éclair. C'était un geste irréfléchi, car quand un lupin se déplaçait trop vite, ç'avait tendance à effrayer les humains, et un humain effrayé et armé était susceptible de trouer un corps.

Rule observa les alentours de sa cellule. Le petit couloir était désert, à l'exception de Karonski et d'un autre homme que Rule ne connaissait pas. Ni l'un ni l'autre n'avait sorti son arme.

— Suis-je votre prisonnier ?

— Non. Tu es libre, comme je te l'ai dit. Remercie ta petite amie. J'aimerais cependant que tu viennes avec nous. C'est d'ailleurs dans ton intérêt, vu la dizaine de journalistes en train de saliver sur le perron du commissariat. Ils vont te sauter dessus dès que tu sortiras. On a une voiture qui nous attend.

Rule hocha la tête vers l'autre homme.

— Et lui, c'est qui ?

— Martin Croft, répondit l'autre homme.

Il était plus grand et avait la peau plus foncée que Karonski. Il était aussi beaucoup mieux habillé. Il lui tendit la main.

Karonski donna un coup de coude à son collègue.

— Attends un peu, dit-il. Il a besoin d'être en confiance. (Il scruta Rule.) Tu as beau être sur les dents, tu as l'air de garder ton sang-froid. Tu crois que tu peux traverser le banc de piranhas sans mordre une main ou un micro ?

— Bien sûr. (Il aurait dû s'attendre aux journalistes. Mais il n'avait pas les idées claires. Rule se passa une main dans les cheveux en regrettant de ne pas avoir de miroir. Il jouerait le jeu devant les caméras, mais il vaudrait mieux que ce soit bref.) J'espère qu'on compte me restituer mes chaussures. Quelle heure est-il ?

— À peu près vingt-deux heures. La consigne est par ici, dit Karonski en s'engageant dans le couloir.

Celui-ci débouchait sur une simple porte de métal, impossible à ouvrir de l'intérieur. Rule se concentra pour calmer sa respiration. Il était presque à bout de forces. Il ne fallait pas craquer maintenant.

L'autre homme, Croft, sourit en le rattrapant.

— Si vous vous demandez pourquoi c'est à nous qu'est revenu l'honneur de vous faire sortir, dit-il, remerciez la mémoire photographique d'Abel. Il a décrit très en détail ce qui est arrivé aux derniers flics venus libérer un lupin enfermé depuis trop longtemps.

— Bon Dieu, Abel ! Tu voulais qu'ils me butent ?

— Je leur ai pas dit pourquoi l'enfermement rend tes semblables nerveux, Turner, grommela Karonski. Ils croient juste que tu es révolté par toute cette injustice.

Il l'avait manifestement dit à Croft, cependant.

— Vous êtes coéquipiers ?

— Hélas oui, pour mon malheur, répondit Croft.

À la grande surprise de Rule, Karonski éclata de rire.

— Il dit ça littéralement, plaisanta-t-il en poussant la porte.

Quelques minutes plus tard, Rule enfilait ses chaussures et rangeait son portefeuille dans sa poche après avoir signé un reçu. Deux autres flics attendaient pour l'escorter ; les autorités n'avaient apparemment aucune envie qu'il donne une conférence de presse sur le perron du commissariat.

Lily n'était pas là, constata-t-il, profondément déçu. Il n'avait pas réalisé jusque-là combien il aurait voulu qu'elle l'attende à sa sortie.

Quoi qu'il en soit, sa part humaine appréciait de retrouver ses affaires. Il se demanda si les humains éprouvaient le même sentiment de perte de leur moi civilisé quand on les dépouillait des accessoires qui habillaient d'ordinaire leurs corps.

— Tu as soutenu que j'étais dehors grâce à ma petite amie, dit-il à Karonski. Qu'est-ce que tu entendais par-là ?

Karonski lui adressa un rapide coup d'œil.

— Plus tard les explications. Traversons la cohue de journalistes et allons quelque part où nous pourrons discuter.

— Merde, dit Croft comme ils arrivaient à la porte. Il pleut encore. Je suppose que les journalistes n'auront pas la jugeote de rentrer s'abriter.

— Tu vas pas fondre. Viens.

Rule sortit dans la nuit humide, Karonski d'un côté, Croft de l'autre, et deux autres flics, un devant et un derrière, pour se frayer un chemin parmi la foule.

Les flashes se mirent à crépiter. Des microphones surgirent sous son nez. Des voix criaient des questions. Rule était pressé de tout côté – des gens, du bruit, des lumières, l'étouffant jusqu'à ce qu'il ne puisse plus respirer. Devant ce mur d'obscurité, sous cette pluie crachotante et ces perches lumineuses surélevées hors de vue des caméras, la foule se transforma en un rideau de personnes et de sons dépourvu de visages ou de voix propres.

Du calme, se dit-il. *Tu es libre, inutile de t'énerver.*

Il s'arrêta, composa un sourire pour les caméras, et livra une des meilleures performances d'acteur de sa vie.

— Messieurs, mesdames… Je suis bien trop vaniteux pour vous permettre de m'interviewer dans cet état, dit-il en montrant son tee-shirt et son jean, une tenue résolument plus décontractée que celles qu'il portait habituellement pour une conférence de presse.

Deux d'entre eux se mirent à rire. Quelqu'un hurla comme un loup.

— Je vous remercie. (Il espérait que son large sourire les convainque.) Laissez-moi passer une bonne nuit et m'apprêter comme il se doit. Je ferai une déclaration et répondrai à vos questions dans la matinée.

Ils n'abandonnèrent pas sur-le-champ, mais la promesse d'une interview diminua toutefois leur insistance. Sous escorte, Rule réussit à rejoindre la berline noire qui l'attendait. Croft prit le volant et Karonski s'assit à côté de lui, laissant Rule s'installer sur la banquette arrière. Celui-ci se concentrait sur sa respiration.

— Ça va ? demanda Karonski en se retournant.

Rule s'en voulait de réagir ainsi. Aucun lupin n'affectionnait les espaces clos et exigus, mais tous n'y étaient pas aussi sensibles que lui. Mais il ne pouvait s'en empêcher. Il était barbouillé.

— Il y a un parc à quelques rues d'ici. J'aimerais qu'on s'y arrête.

— Sous la pluie ? s'étonna Croft.

— C'est quoi ton problème avec la météo ? grogna Karonski. (Il se retourna.) Ma mère disait toujours : « N'étouffez pas un loup-garou quand il est à bout. » Il n'y a pas de murs dans le parc. Montre-lui par où passer, ajouta-t-il en direction de Rule avant de lâcher un petit rire : Moi je lui indique toujours la route.

— Toujours oui, répliqua Croft avec un soupir.

Quelques feux rouges plus loin, ils s'arrêtèrent devant le parc. Rule sortit. Ce n'était pas une grosse pluie, mais les rafales de vent la projetaient bruyamment en tous sens. Il leva le visage vers le ciel et laissa la Déesse le nettoyer.

Cela lui fit du bien. Lorsque les deux agents descendirent, il réussit à articuler :

— Excusez-moi un instant, messieurs. Je reviens.

Et il partit en courant.

Douze minutes plus tard, il était de retour à la voiture. Il s'en était tenu à de longues foulées tranquilles – l'allure que la plupart des humains pouvaient atteindre – et avait croisé deux autres joggers qu'un peu de pluie n'avait pas réussi à enfermer à l'intérieur. C'était un bon rappel, se dit-il. Les êtres humains ne s'isolaient pas tous de la nature.

Les agents du FBI, en revanche, s'étaient empressés de remonter dans la voiture pour se mettre au sec. À son retour, il s'excusa de les avoir fait attendre.

— Je n'étais pas en état de poser des questions ou d'entendre des réponses. Maintenant, je le suis. Pourquoi m'a-t-on libéré ?

— C'est une bonne chose que tu aies décompressé, déclara Karonski. Je sais que tu n'es pas du genre à tirer sur le messager, mais je préférais t'annoncer ça quand tu aurais les idées claires. Tu ne vas pas aimer la réponse…

CROFT ET KARONSKI avaient l'adresse de Lily. C'est là qu'ils le déposèrent.

Elle vivait au deuxième étage d'une petite résidence excessivement rose qui avait dû commencer son existence une cinquantaine d'années auparavant en tant que motel. À chaque étage, une passerelle de ciment reliait l'escalier au bâtiment et permettait d'accéder aux appartements.

Le parfum à la fois doux et fort de l'océan emplit les narines de Rule dès qu'il descendit de la voiture. L'eau et la décomposition, le sel et le sable… Il voyait dans son choix un bon signe. Nul doute qu'une femme qui avait choisi d'habiter si près de l'océan n'était pas du genre à avoir peur de la pluie.

Ce qui ne voulait pas dire qu'elle n'aurait pas peur d'autre chose.

— Allez-vous en, dit-elle à travers la porte après qu'il eut frappé.

— Non.

— Comme vous voudrez. Mais je n'ouvrirai pas la porte.

— Et moi je ne partirai pas.

Il s'installa sur le ciment humide, le dos appuyé contre la porte. Aucun commentaire ne filtra mais il savait qu'elle était toujours là. La porte était trop mince pour lui cacher ses mouvements.

— Tu vas souvent à la plage ? Tu habites si près.

Autre silence. Il l'imagina secouer la tête, décontenancée par sa question.

— Je cours près de l'eau. C'est bon pour les mollets.

— Et pour l'âme. Nous ne cherchons pas auprès de l'océan quelque chose d'aussi banal que le bonheur, pas vrai ? Nous y allons pour nous sentir vivant. Comme la vie, l'océan promet l'espoir et le changement, la douleur, la terreur et la beauté. Il promet la mortalité, pas la paix.

— Je ne suis pas d'humeur à la poésie ce soir.

— Je suppose que non. Tu sens ta vie t'échapper. Tu préférerais frapper, crier et jeter des choses. Mais tu ne peux pas me frapper à travers la porte, cela dit.

Un long silence, puis :

— Vous ne bougerez pas d'ici, pas vrai ?

— Non.

Une seconde plus tard, la serrure cliquetait et Rule se leva pour faire face à la porte.

Lily portait un vieux bas de survêtement noir et un tee-shirt gris sur lequel on pouvait lire : « San Diego Police Dept. » Pas de soutien-gorge, devina-t-il. Elle avait les cheveux tirés en arrière et grossièrement noués en queue de cheval. Encadrée par la lumière diffuse de l'intérieur, elle avait un air austère et intouchable.

Ça ne l'empêchait pas de vouloir la toucher.

— Je devrais prévenir la police, dit-elle en secouant la tête, signaler la présence d'un rôdeur et les laisser vous enfermer à nouveau.

— Heureusement pour moi, tu n'iras pas jusque-là.

— J'en suis parfaitement capable. (Elle recula d'un pas.) Entrez, que nous réglions cette question.

Il entra et regarda autour de lui, humant les odeurs : senteurs de plantes, arôme de spaghettis, parfum de Lily. Partout Lily. Son odeur imprégnait les oreillers et les tapis et les murs de son appartement, et cela le rendait heureux. Mais il y avait une autre odeur…

— Tu as un chat.

Elle parut surprise.

— Il est dehors. Les chats vous posent problème ?

— Ce sont eux ont souvent un problème avec moi. (Il avança à l'intérieur de l'appartement, toucha une feuille, les rideaux, contempla la photo sur le mur, un cliché noir et blanc de l'océan. Son salon était petit, impeccablement rangé, et presque vide à l'exception de…) Tu préfères les plantes aux meubles ?

— J'aime le jardinage. Faute de jardin, je cultive dans des pots. (Elle croisa les bras, se fermant entièrement à lui.) Vous n'êtes pas venu ici pour inspecter mon appartement, je l'espère.

Elle avait de si jolis bras, ronds et fermes, la peau lisse. Il avait envie de promener sa langue d'un bras à l'autre. Histoire de s'occuper les mains, il s'ébouriffa les cheveux pour en chasser l'humidité.

— Non, mais j'étais curieux de savoir où tu vivais. Ça sent bon.

— Ah ? Merci. Écoutez, je suis contente que vous soyez sorti de prison, mais je n'ai pas envie de compagnie en ce moment. Si vous êtes venu pour me remercier, considérons que c'est fait.

— La reconnaissance est un mot bien faible quand je te dois plus que je ne peux te rembourser. Pourquoi t'ont-ils retiré ta plaque ?

Lily eut un frisson.

— C'est temporaire. Comment savez-vous ça au juste ?

— Les agents du FBI avec qui tu t'es entretenue. Ce sont eux qui m'ont relâché de la cage en métal où on m'avait jeté.

— Je suppose qu'ils ont parlé au capitaine. (Elle haussa les épaules d'un air indifférent, mais le mouvement semblait faux.) C'est pas vos affaires.

— Ah non ? (Sans réfléchir, il fit un pas vers elle, puis s'arrêta à contrecœur. Il était déjà trop près, son cœur battait trop vite. L'espace était diablement exigu, propice au rapprochement) On t'a suspendue parce que tu es allée trouver le FBI ?

— Techniquement, non. On ne peut pas reprocher à un flic de suivre les règles. Quoique je les aie enfreintes aussi… les règles tacites, je veux dire.

— Alors, pour quel motif ?

— On me suspecte d'avoir une liaison avec vous, dit-elle avec un sourire jaune.

La réponse de Lily lui coupa le souffle.

— Ton capitaine a des dons de voyance ?

— Toujours aussi prétentieux, à ce que je vois. Non, il est énervé. (Elle se mit à faire les cent pas dans la pièce, mais le petit appartement ne lui donnait pas beaucoup de place pour cela. Elle atteignit le mur, se retourna, et revint vers lui.) Il m'avait demandé d'abandonner ma piste, vous voyez, mais je ne trouvais pas ça juste. Je n'avais peut-être pas de preuves, mais j'étais sûre que c'était un ensorcellement qui l'avait tuée. Le capitaine refusait de me croire, et vous constituiez le coupable idéal. Tant qu'il réussissait à se convaincre de votre culpabilité, il n'avait pas à débusquer un ripou dans son service. J'ai fini par le mettre devant le fait accompli.

Elle passa près de lui en arpentant le salon. Il ne bougea pas d'un pouce. Au lieu de cela, il s'accroupit et s'assit par terre, pour ne pas être tenté de l'enlacer.

— Comment ça ?

— Je me suis adressée aux Affaires internes. (Elle atteignit le mur et fit demi-tour.) Vous ne savez sans doute pas ce que cela signifie.

— Il s'agit des flics qui surveillent les autres flics, non ?

— En gros, oui. Mais ça ne se fait pas de s'adresser à eux : on ne balance pas son supérieur ou ses collègues, sans quoi plus personne ne vous fait confiance. C'est difficile à expliquer, mais c'est comme ça.

— Je crois que je comprends. Les Affaires internes sont d'autres flics qui ne font pas partie de votre clan.

— Quoi ? (Elle s'arrêta, rit nerveusement, et reprit son tour de la pièce.) Ça n'a rien à voir avec vos clans de lupins.

— Ça y ressemble beaucoup pourtant. Le capitaine est votre Rho. Tu savais qu'il avait tort, mais vos règles ne te permettent pas de le défier directement, alors il te faut aller chercher un champion en dehors de ton clan – ce que vos règles permettent, encouragent même... Mais bien sûr, ce comportement vous met mal à l'aise vis-à-vis de votre clan. (Il secoua la tête.) Étrange système.

— Je dois perdre l'esprit, murmura-t-elle. Ça tient la route.

— Dans un vrai clan, ta punition serait de te soumettre au Défi lui-même. Vos règles donnent l'impression que vous pouvez sortir de votre clan sans avoir à payer un prix, mais c'est une hypocrisie. Alors les autres flics cherchent à te punir d'une autre façon, quitte à mentir. Toi et moi ne sommes pas encore amants.

— « Pas encore » ? Arrêtez un peu de parler de cette façon. Et cessez de me tutoyer.

Elle se passa la main dans les cheveux, attrapa l'élastique retenant sa queue de cheval et le jeta au sol.

— Qui a raconté ce mensonge sur vous ?

— Meck a balancé au capitaine un tas de conneries. Randall savait que c'était des craques – je pense qu'il le savait en tout cas. Mais bon, d'un autre côté, j'étais là à lui mettre la pression pour qu'il vous libère… après avoir été cafter au FBI et aux Affaires internes. Il fallait qu'on me punisse, c'est clair. (Elle ralentit.) Ça devrait être temporaire cela dit : ils ne peuvent pas prouver quelque chose qui n'existe pas.

Mais Lily ne croyait pas à ce qu'elle disait. Rule venait d'être emprisonné sur la foi d'un mensonge étayé par des *preuves*. Mais elle avait envie d'y croire, elle en avait besoin. Elle ne voulait pas être exclue de son clan, voilà tout.

— *Querida*. J'ai mal pour toi.

Son regard se posa sur lui et ricocha comme une pierre sur l'eau.

— Je ne l'ai pas fait pour vous, sachez-le, mais parce que je veux être en accord avec ma conscience, et que je me refuse à couvrir un mensonge. Même temporairement. (Ses jambes reprirent leur mouvement automatique.) Je voulais m'occuper moi-même de l'enquête. J'ai essayé de me persuader que j'en étais capable, mais j'ai fini par comprendre que ce serait trop risqué. Je n'avais pas le droit de prendre de tels risques.

Il se revit lui-même, quelques heures plus tôt, battant le pavé de sa cellule, incapable de s'arrêter. Quels étaient les murs qui la retenaient, elle ?

— Quel genre de risques ?

— Vous, pour commencer. Vous étiez dans une cage. Je sais à quoi ressemblent ces cellules : elles sont minuscules. Elle devait sans doute aussi sentir mauvais, pour votre odorat. Vous auriez peut-être craqué avant que je puisse réussir à rétablir la vérité.

— *Merde*[7] ! Karonski l'a hurlé sur les toits ?

— Quoi ?

— Rien. Vous avez dit ne pas l'avoir fait pour moi.

— J'ai pris votre situation en compte. (Elle passa encore devant lui, douloureusement près.) Ce qui a le plus joué, cependant, c'est le risque que moi, je courais. Étant la seule à savoir avec certitude que le meurtre de Therese était lié à un ensorcel-

---

[7] *En français dans le texte (NdT).*

lement, je constituais un élément gênant. S'ils me tuaient avant que je mette quiconque au courant…

Il bondit sur ses pieds.

— Je n'avais pas pensé à cela. J'étais tellement occupé à tourner comme un fou dans cette cellule…

— Rien d'étonnant. Moi aussi ça m'a pris du temps pour parvenir à cette conclusion. Je n'ai pas l'habitude de voir d'autres flics comme un danger. Je ne voulais pas le voir, en fait, mais une fois que je l'ai compris, j'ai su que je ne devais pas rester la seule à envisager les choses sous cet angle. Informer le FBI était un bon début, mais ce n'était pas suffisant. Pour autant que je sache, ils pouvaient très bien faire partie de la conspiration.

Il se passa une main tremblante sur le visage.

— Pas Karonski.

Elle fut surprise.

— Vous le connaissez ?

— On s'est rencontrés il y a longtemps, oui. Je mettrais ma main au feu qu'il est clean. Incroyablement casse-pieds parfois, mais honnête.

— Qu'est-ce qu'il vous a dit, alors ? lui demanda-t-elle, debout et immobile devant lui.

— Que vous l'aviez contacté parce que votre capitaine refusait de le faire. Que vous saviez que Therese Martin avait été victime d'un ensorcellement, pas d'un lupin. Il n'a pas expliqué comment vous l'aviez découvert cela dit. Quand je lui ai demandé, il m'a dit de vous poser la question.

— Eh bien… Je vois qu'il sait tenir sa langue.

— Vous ne voulez pas me le dire ?

— Ce n'est pas à lui de décider qui doit être au courant. Mais vous… (Elle paraissait mécontente, mais haussa les épaules.) Pourquoi pas, après tout ? Le capitaine compte en informer le public de toute manière, alors ça ne restera plus longtemps un secret. Je savais qu'elle avait été tuée par le biais d'un ensorcellement parce que j'ai touché l'empreinte magique que le tueur a laissée. Je suis une sensitive.

XVII

Rule avait une curieuse expression sur le visage. Lily fronça les sourcils et se frotta les bras. Elle-même se sentait bizarre : elle avait froid et chaud en même temps. Nerveuse et terriblement excitée… *Ma foi,* songea-t-elle, *rien d'étonnant.* La présence de Rule emplissait son petit salon. Il semblait se presser contre elle, alors même qu'il ne bougeait pas.

Il fallait qu'elle s'éloigne de lui. Dès l'arrivée de cette pensée sans appel, elle se remit à arpenter la pièce.

— Quoi ! dit-elle. Vous n'avez quand même pas peur des sensitifs ?

— Non… répondit-il, l'air distant, stupéfait.

— C'est parfois utile pour un policier de savoir qui fait partie de la Souche ou qui est Gratifié. Comme votre ami Max… Drôle de surprise. Je n'avais jamais rencontré de gnome. Mais je ne l'ai pas mentionné dans mon rapport. Je ne dénonce pas les gens.

Il secoua la tête comme un chien s'ébroue pour se sécher. On aurait dit qu'il émergeait d'un songe.

— Non, bien sûr que non… Ça explique… beaucoup de choses.

Ça explique quoi ? S'était-elle trahie d'une manière ou d'une autre ? *Ce n'est pas grave,* se dit-elle, agacée. Son secret serait bientôt largement éventé. Randall avait prévu de le révéler dans son propre rapport. Il lui avait affirmé qu'il y était forcé afin d'expliquer pourquoi il lui avait confié l'enquête.

Elle atteignit le mur et se retourna. Il l'avait peut-être déjà fait. Elle verrait désormais toutes les actions du capitaine sous le prisme de la méfiance maintenant qu'ils se tenaient sur les bords opposés d'un tel gouffre. Mais ce serait une erreur.

Le capitaine croyait-il réellement les accusations de Meck ? Ou les avait-il prises comme prétexte pour la punir d'être sortie du clan ?

Bon sang. Elle se mettait à penser comme Rule, comme si elle et le capitaine étaient des lupins. Il fallait qu'elle arrête. Elle allait vraiment finir par perdre les pédales si elle continuait.

Elle devait découvrir ce que Randall pensait au juste. S'il s'en était pris à elle par vengeance, il ne réagirait pas de la même façon que s'il croyait vraiment qu'elle avait franchi la ligne jaune. Ils étaient adversaires maintenant. Elle avait du mal à accepter cela, mais il portait pourtant des accusations contre elle. Elle devrait se défendre contre celles-ci.

Lily s'arrêta et posa les yeux sur Rule, avant de les détourner, puis de le regarder à nouveau. Elle semblait incapable de le fixer pendant plus d'une seconde. Mais elle ne pouvait pas s'empêcher de le regarder non plus.

— Votre présence ici ce soir ne va pas m'aider à réfuter les accusations de Meck.

— Je suis désolé. (Il avait une expression hantée dans le regard.) Je ne peux pas te le cacher plus longtemps, *nadia*. Tu dois savoir.

— Savoir quoi ?

Son cœur s'emballa sans qu'elle comprenne pourquoi. Sa bouche devint sèche, et elle se sentit étrangement consciente de ses propres doigts, de sa gorge, de sa peau – cette forme de conscience suraiguë qu'elle avait parfois développée quand le danger avait failli faire vaciller son monde.

Sans même s'en rendre compte, elle se figea.

— Savoir quoi ? répéta-t-elle.

— Toi et moi avons été choisis l'un pour l'autre.

Tout d'un coup, l'air manqua dans la pièce. Elle essaya pourtant de pouffer.

— Qu'est-ce que c'est ? Une technique de drague de lupin ?

— Cela signifie que nous sommes âmes sœurs, élus l'un pour l'autre par la Déesse. Liés à vie. Rien d'autre que la mort ne peut briser ce lien.

— C'est dingue. Tout simplement dingue. (Il fallait qu'elle bouge. Elle ne pouvait pas détacher son regard de lui.) Vous n'espérez quand même pas me faire croire ça.

— Les preuves ne manquent pas. Si je posais la main sur toi à cet instant même, tu serais mienne. Malgré tout ce que tu aurais à perdre, tu ne serais pas en mesure de me refuser. Ton désir est trop grand.

— C'est… c'est… (Elle réussit à arracher son regard et à se déplacer. Elle se remit à faire les cent pas.) Vous dépassez les bornes de l'arrogance.

— Tu ne réussiras pas à te calmer. Quelque chose te ronge de l'intérieur. Je sens ton excitation à chaque fois que tu passes devant moi.

Elle pâlit, puis rougit.

— Dans ce cas, bouchez-vous le nez ! Bon sang. Tout ça devient franchement… gênant. Vous n'avez aucun droit de…

— Je ne peux pas m'en empêcher. Pas plus que tu ne le peux. Un Élu se voit privé d'une partie de son libre arbitre. On dit qu'on a toujours le choix, qu'il soit doux, ou terrible. Être Élu est une chose rare, dit-il sur un ton amer, et pas du tout enjôleur.) Tu ne veux pas y croire, mais tu n'as pas le choix.

— Non, je ne crois pas à tout ça. Je n'adore pas votre Déesse et je ne pense pas que vous soyez amoureux de moi.

— C'est tant mieux. Le lien unit nos corps, pas nos esprits ni nos cœurs. Même si je t'apprécie énormément, Lily, dit-il avec un sourire si triste que Lily en eut le souffle coupé. Je t'admire autant que je te respecte. Nous avons beaucoup à construire ensemble.

Elle ne pouvait pas lui en dire autant. Non pas parce que c'était faux, mais parce qu'elle n'osait pas.

— Je ne pense pas que Dieu puisse prononcer un *geis* sexuel. C'est bien de ça que vous parlez, non ? Pas d'un lien romantique, mais d'une sorte d'obligation divine ?

— Dis-moi de partir.

Lily sentit ses genoux faiblir.

— Si je me trompe, si tu es libre de choisir, alors dis-moi de m'en aller.

Elle était incapable de parler. Ou de bouger.

— Il y a deux jours, tu as eu un vertige que tu n'as pas pu t'expliquer.

Sa tête lui tournait en ce moment même.

— Il n'a pas duré longtemps, heureusement, continua Rule. Parce que j'ai réalisé ce qui se passait et que je me suis rapproché de toi. Il y a une limite à la distance physique que nous pouvons mettre entre nous. J'avais dépassé cette limite, et nous en avons tous les deux souffert.

Son cœur battait frénétiquement.

— Je suis envoûtée, murmura-t-elle.

— Une sensitive peut-elle être envoûtée ?

Elle secoua la tête. *Non.*

— Je dois pourtant l'être. C'est la seule explication.

— Tu es plongée dans la confusion, dit-il doucement en s'approchant, mais ce n'est pas ta faute. J'ai l'avantage d'avoir eu le temps d'accepter ce changement. Pas toi. Tu as l'impression que tout ton monde tourne et s'écroule, tout en restant immobile. Ça va te dévorer vivante, Lily. Ça me dévore déjà. Il faut que nous nous touchions.

Ce qu'il fit.

Ses mains étaient grandes, et douces pour des mains d'homme – se pouvait-il que ses callosités cicatrisent avant même de se former ? Il ouvrit sa main et lui prit la joue. Lily sentit nettement chacun de ses doigts. Elle ne bougeait pas. Son esprit se vida de toute pensée, toute hypothèse, toute préoccupation, pour ne s'emplir que de la justesse de son toucher.

Il s'approcha, baissant la tête comme pour l'embrasser, mais ne le fit pas. Au lieu de cela, il promena son souffle sur sa bouche.

— Échangeons nos souffles, murmura-t-il. C'est bon, si bon de te respirer.

L'air lui-même s'était chargé de quelque chose. Le simple fait de respirer l'enivrait. Sa peau s'avivait, son corps la démangeait. Mais un élément restait absent…

— Pourquoi ne puis-je sentir ta magie ? Quand on se touche, pourquoi est-ce que je ne ressens aucune impression ?

— Ça a dû te laisser perplexe. Je pense que nos magies se fondent si bien l'une dans l'autre que tu ne peux pas les différencier.

Elle eut un choc.

— Je n'ai pas de magie.

— Ma chérie. (Il lâcha son visage pour la rapprocher plus près de lui. Elle sentit ses habits humides, son corps ferme et chaud.) Que crois-tu que les sensitifs soient, sinon des Gratifiés ? D'un Don très rare, mais un Don tout de même.

Plus tard. Elle réfléchirait à ce qu'il disait plus tard. Comment réfléchir avec son corps contre le sien ? Elle sentait sa propre peau vibrer comme la peau d'un tambour. Et son visage, si près du sien, son visage si fascinant… Elle suivit le contour de ses sourcils avec son doigt.

— Je suis morte de trouille, tu sais…

En réponse, il eut un sourire avide, tellement moins séduisant que son habituel sourire poli. Tellement plus dangereux. Il était lui-même quand il souriait ainsi de toutes ses dents.

— Vraiment, tu me ravis, dit-il.

— Sadique. J'ai peur, et ça te plaît.

Il secoua la tête et son grand sourire s'estompa.

— Nous avons tant à apprendre l'un de l'autre. (Il remonta ses mains le long du corps de Lily.) Plus tard. Maintenant j'ai besoin de toi… ma *nadia*, mon unique.

Et il écrasa sa bouche sur la sienne.

Tout son être bondit à sa rencontre. Son goût… oui, elle l'avait déjà goûté auparavant, et elle avait besoin de le sentir à nouveau, besoin de lui…

Un hurlement surnaturel et terrifiant retentit alors. Elle recula brusquement, les yeux écarquillés. Il trembla et renversa la tête en arrière, les yeux fermés, le torse haletant.

— Que la Déesse me vienne en aide… Ton chat veut entrer…

Oh. Oh, oui, bien sûr, pensa-t-elle, la tête posée sur sa poitrine, tentant de reprendre son souffle. C'était effectivement Harry, réclamant à cor et à cri son défi.

— Il te sent.

— Oui, dit-il d'un air grave. Tu aimes ce chat ?

— Bien sûr.

— Bien sûr… (Il soupira.) Ç'aurait été tellement plus simple avec un chien. Et c'est un mâle par-dessus le marché. Tu ferais mieux de le laisser entrer.

— Mais…

Mais je ne peux pas te laisser, je ne peux pas m'arrêter comme ça, je brûle de désir. Tu ne pourrais pas… On ne pourrait pas… Elle secoua la tête, refusant l'image qui s'était matérialisée dans son esprit. Son corps se jouait d'elle, lui criait à tue-tête son envie. Combien il avait besoin… de lui. En elle. Immédiatement.

— Je perds la tête.

— Tu vas retrouver tes esprits, mais il faut pour cela qu'on s'unisse. Mais d'abord… (Il grimaça et lâcha ses hanches en reculant.) Je dois rencontrer ton chat.

Elle déglutit. Il fallait qu'elle fasse entrer Harry. Les voisins ne tarderaient pas à se plaindre, voire à lui jeter des choses. Elle ne voulait pas qu'on lui fasse de mal. Il continuait de pousser son chant de combat.

— Je pense pas que ce soit une bonne idée, balbutia-t-elle. Je vais le mettre dans la chambre à coucher.

— Non, dit Rule en secouant la tête. Il a besoin de te défendre. Laisse-le entrer.

— Tu ne vas pas lui faire…

— Je ne vais pas lui faire de mal.

Lui t'en fera peut-être, pensa-t-elle en grimaçant. Mais c'était ridicule. Rule affrontait d'autres loups-garous, bon sang ! Il n'aurait aucun mal à se débrouiller d'un chat. Même un matou de huit kilos doté d'un sale caractère… non ?

Tandis qu'elle s'approchait de la porte, elle jeta un coup d'œil par-dessus son épaule et vit Rule s'accroupir au centre de la pièce, genoux fléchis, les bras le long du buste. Il prenait le défi d'Harry au sérieux.

Il faisait peut-être bien.

— Euh… il s'appelle « Inspecteur Harry ».

Rule haussa les sourcils.

— Tu as donné à ton chat le nom d'un flic de fiction qui pulvérise les méchants ?

— Ça lui va bien. Même si sa définition du mot « méchants » est assez large.

Elle tourna la poignée et ouvrit la porte. Harry s'engouffra à l'intérieur et fondit sur Rule.

Tous deux bougeaient trop vite, chat et homme confondus, pour que les yeux de Lily puissent suivre leurs mouvements. À un moment donné, elle vit cependant Harry s'élancer dans les airs. Rule semblait se téléporter d'un point à l'autre, en filant comme une flèche comme elle avait vu Harry le faire certains jours. Harry s'aplatit soudain au sol à un ou deux mètres de Rule, les oreilles couchées et la queue fouettant l'air.

— C'est ça, murmura Rule, sans détacher les yeux du chat. Tu as le droit de la protéger, mais sache que je ne compte pas lui faire de mal. Tu ne veux pas partager, et moi non plus, mais tu n'auras pas le choix.

Harry sauta à nouveau ; Rule esquiva… et se retrouva avec le chat sur le dos. Il y eut un autre mouvement flou, et Rule se mit soudain à rouler sur le sol, tandis qu'Harry crachait à quelques pas de lui.

Rule avait le visage en sang. Lily se précipita vers lui.

— Reste où tu es, s'écria-t-il sans la regarder.

Elle s'arrêta. L'homme et le chat se fixaient en plissant les yeux, tandis qu'elle essayait de comprendre pourquoi elle obéissait à ses ordres. Et qu'était-il en train de se passer, exactement ?

Brusquement, Harry poussa un dernier grondement et s'assit sur son postérieur en détournant le regard de Rule.

Rule se redressa et tourna la tête, comme s'il était soudain fasciné par le mur.

Harry se leva, remua une fois la queue, puis se dirigea vers Lily, le poil encore hérissé. Il se frotta contre sa jambe en miaulant avant de partir vers la cuisine.

— Il… (Elle retint ce qui aurait pu être un rire.) Il veut que je lui donne à manger.

— Il a besoin d'affirmer sa place auprès de toi, dit Rule qui contemplait toujours le mur.

— C'est bizarre. (Elle suivit cependant Harry dans la cuisine, où il attendait près de sa gamelle en la regardant fixement. Elle la remplit puis retourna dans le salon en secouant la tête.) J'obéis à un chat, et à un loup à mi-temps… Je ne sais plus ce que je fais. De toute évidence, j'ai perdu la tête, pensa-t-elle à voix haute.

Lily aperçut deux traînées rouges le long de la joue de Rule. L'une se prolongeait jusque dans son cou, l'autre s'arrêtait juste en dessous de son œil. Elle déglutit.

— Tu saignes encore ? Pourquoi l'as-tu laissé te griffer ? Il a raté ton œil de peu.

— Ne sous-estime pas la vaillance de ton champion, dit-il avec ironie. Je ne lui ai pas fait de cadeaux.

— Tu savais qu'il t'attaquerait quand j'ai ouvert la porte.

Il haussa les épaules.

— Je l'ai laissé définir les termes de la négociation. Me griffer la gueule, en revanche, ce n'était pas au programme.

Elle se mit à rire.

— Tu appelles ça une négociation ?

— Les chats négocient différemment des humains.

— Je devrais peut-être aller chercher quelque chose pour cette coupure dans l'armoire à pharmacie… Une pommade antibiotique. (Au lieu de cela, elle se dirigea vers lui. L'attraction était trop forte.) Je ne m'attendais pas à ce que tu aimes les chats.

— Je les respecte.

Lily s'arrêta devant lui. Il lui toucha les cheveux. Ses yeux sombres brûlaient de désir.

— *Nadia*. Je ne peux plus attendre.

Elle répondit, la gorge nouée :

— Je vais le faire, n'est-ce pas ?

— Nous, corrigea-t-il avant de plonger sa main dans la chevelure de Lily. *Nous* allons le faire, oui.

— Alors vas-y, dit-elle avec une férocité soudaine. Arrête de parler et vas-y, prends-moi.

C'était comme si elle l'avait frappé, Rule perdit le souffle une seconde. Puis sa bouche descendit sur la sienne, avec fougue.

Elle l'attrapa à deux mains, plantant les doigts dans sa chair sous le tee-shirt encore humide, et l'agrippa. Il laissa ses mains courir le long de son dos, puis les redescendit pour lui saisir les fesses et la serrer tout contre lui. Elle gémit.

Lui aussi avait une odeur, réalisa-t-elle. Un parfum que même son odorat humain lui permit de percevoir quand elle enfouit son visage dans son cou. Un effluve sauvage, mêlant l'odeur d'homme et de tissu humide, et quelque chose d'autre, quelque chose qui le définissait indéniablement. Un parfum qui la rendait folle. Elle lui mordilla le cou.

— Vas-y…

Il poussa un gémissement et, déplaçant sa main vers la braguette de son jean, libéra son sexe en érection avant de baisser brusquement le jogging et la petite culotte de Lily. Elle les envoya tous les deux balader d'un coup de pied, ivre de désir et tremblante.

— Ça va, dit-il pour la rassurer, avant d'attraper ses fesses et de la soulever. Passe tes jambes autour de moi, Lily. Oui, comme ça. (Il frissonna comme elle s'exécutait, s'ouvrant à lui.) Ça va aller, répéta-t-il.

Toujours debout, il entra alors en elle.

Elle émit un petit bruit, comme si elle s'ouvrait brusquement, comme si une barrière intime venait d'être forcée en elle.

— Ahh, fit-elle en s'agrippant à lui, les yeux fermés : au lieu de l'obscurité, elle vit une blancheur éblouissante derrière ses paupières… un tourbillon blanc.

Elle le sentait long et chaud en elle.

Sans la lâcher, il se mit alors à marcher. La sensation était incroyable. Elle ouvrit brusquement les yeux.

— Attends, tu fais ça en marchant ?

Il étira les lèvres, peut-être pour sourire à nouveau, mais son rictus se transforma en grimace sous l'effort.

— Le fauteuil. Je ne peux pas attendre d'arriver jusqu'à ton lit.

Je t'aime.

Elle avait failli le dire, réalisa-t-elle, effarée. Pourquoi ? Parce qu'il était en train de lui faire l'amour ? Ou bien parce qu'elle était une imbécile, une idiote incapable de faire la différence entre…

— Ça va être juste, dit-il en avisant le fauteuil avec repose-pied. Il est fait pour s'y blottir, pas pour y faire l'amour.

Et il parlait en connaisseur. Il avait sans doute fait l'amour à plus de femmes qu'elle n'avait serré la main à des hommes.

— Qu'est-ce qu'il y a ? (Son regard se fit tout à coup féroce.) Où étais-tu ? Tu n'étais plus avec moi.

Elle recula sa tête pour le regarder à son tour.

— Bien sûr que je suis avec toi. Un centimètre de plus et tu serais carrément dans mon utérus…

Il gémit de satisfaction. Et tomba à genoux tandis qu'elle continuait de le chevaucher pour sentir son sexe se mouvoir en elle, lui offrant des sensations qu'elle n'avait jamais ressenties auparavant.

— Accroche-toi… accroche-toi à moi, dit-il, et il la coucha doucement sur le dos ; il se remit à bouger.

Entraînée par le rythme régulier de ses allées et venues, elle jeta la tête en arrière, planta ses doigts dans les épaules de Rule et accompagna ses élans. C'était une course folle. Leurs désirs conjugués l'abrégèrent. Elle se crispa sous un vibrant orgasme qui lui vida totalement l'esprit. Et il cria…

Quand elle recouvrit ses esprits quelques instants plus tard, son visage était mouillé. Son nom, se rappela-t-elle soudain, c'était son nom qu'il avait crié quand il avait joui. Mais pourquoi cela l'avait-elle fait pleurer ?

Rule était étendu sur elle, sa tête contre la sienne, elle sentait son souffle dans ses cheveux. Il s'était retenu sur ses coudes au moment de l'orgasme et ne pesait donc pas de tout son poids sur elle. Mais il était toujours en elle… et toujours en érection.

— Lily ? dit-il en levant la tête. Ah, *cara*, non. Qu'est-ce que c'est que ça ? (Il colla sa bouche au coin de son œil et lécha ses larmes. Il l'embrassa ensuite sur les lèvres, et sa langue était douce et persuasive, ses lèvres la suppliaient de lui faire confiance. De le laisser entrer, entièrement.) Ne pleure pas. S'il te plaît, ne pleure pas.

— Mais non… (Elle retint son souffle comme il déplaçait son bassin.) Je ne pleure pas. Je ne sais pas ce qui m'arrive. Est-ce que *ça*, c'est habituel pour toi ? demanda-t-elle.

— Rien de ce qui m'arrive en ce moment n'est habituel pour moi, Lily. Ni pour toi, d'ailleurs, ce qui explique sans doute tes larmes.

— Sans doute, oui. (Elle avait encore envie de lui. Elle venait tout juste d'avoir un orgasme digne de figurer dans le livre des records, et déjà son désir grandissait à nouveau.) En tout cas, si c'était censé m'éclaircir les idées, ça n'a pas marché.

De petites rides amusées apparurent au coin de ses yeux.

— Alors on ferait mieux de remettre ça histoire de voir si ça marchera la seconde fois.

— Je sais que pour les mecs le sexe est la réponse à tout, mais… Oh !

Il s'était penché sur elle et lui suçait les tétons à travers son tee-shirt. Au bout d'un moment, il leva les yeux.

— Nus, ce serait mieux.

— Oui. (Elle promena ses mains le long de son dos.) Oui, tu as raison !

Trente minutes plus tard, elle était allongée sur le dos dans son lit, Rule étendu à côté d'elle. Ils haletaient, tous les deux, ce dont elle s'enorgueillissait compte tenu de l'avantage que sa nature conférait à Rule.

— Je pense… que je peux dire… sans mentir… (Elle s'arrêta pour reprendre son souffle.) …que oui, nus, c'est mieux.

Il eut un petit rire et roula sur le côté en s'appuyant sur son coude pour la regarder.

— Mmmh. (Il laissa sa main descendre le long des côtes de Lily, puis remonter sur sa hanche.) Tu es aussi proche de la perfection qu'on peut l'être sans inspirer l'ennui.

Elle tourna la tête vers lui.

— Je ne vois pas comment tu pourrais t'ennuyer.

— Vraiment ? répondit-il en arquant un sourcil d'un air entendu. On dit que le premier mois pour un couple d'Élus peut être… assez intense.

— Je ne suis pas sûre de croire à tous ces trucs sur les Élus. Il existe un lien, une attirance… quelque chose. Je ne le nie pas. Mais tu te trompes peut-être sur certains points.

— Possible. Personnellement, je crois à tout ce que je t'ai expliqué, mais ça… ce que nous vivons… c'est très rare. Il y a beaucoup de choses que j'ignore à ce sujet.

Lily garda le silence. Elle aurait dû le questionner, et une partie d'elle voulait le faire : l'interroger, décortiquer son histoire… ou découvrir la vérité sur sa propre nature.

Mais elle n'avait pas envie de savoir. Lily ferma les yeux et s'efforça de ne plus penser à rien. Elle était au lit avec un homme qui restait un étranger sous bien des aspects. Mais le pire, c'était qu'elle se sentait étrangère à elle-même.

Elle devait finir ce qu'elle avait commencé, trouver les réponses à la mort de Carlos Fuentes. Et de Therese. Elle était flic. Ce n'était pas seulement son métier ; c'était sa raison d'être. Mais un flic sans insigne… Qu'est-ce que cela faisait d'elle ?

— Finalement, ç'a été une sacrée journée, dit-elle.

— Pour nous deux, oui. Ces accusations portées contre toi... Nous n'étions pas amants avant, comme ils le prétendaient, mais maintenant, nous le sommes. Qu'est-ce que ça change pour toi ?

Elle tourna la tête. Les oreillers étaient par terre, tout comme les draps et les couvertures. Lily le regarda dans les yeux, sans plus rien pour les séparer.

— Je suis probablement foutue.

— Je suis navré, répondit-il avec une expression contrite.

S'il jouait franc-jeu, alors lui non plus n'avait pas eu le choix. Il était aussi piégé qu'elle, aussi incapable de faire machine arrière. La seule option de Lily était d'aller de l'avant désormais. Mais pour le moment, cela semblait si bon d'être allongée ici auprès de lui. Si revitalisant.

Alors si cela posait un problème, elle réglerait la question demain.

— Distrais-moi, dit-elle en déposant un baiser sur son épaule tout en laissant courir sa main sur son ventre.

Un frisson le parcourut.

Elle sentait déjà le plaisir monter à nouveau en elle, comme une eau jaillissant d'une source.

— Tu ne peux rien effacer de tout ça, dit-elle, mais peut-être que tu peux me le faire oublier pour un certain temps... (Elle lui mordilla le cou.) Peut-être qu'on peut tous les deux l'oublier.

XVIII

ILS REVENAIENT LE chercher.

Cullen, couché sur le dos sur le sol dur, percevait les vibrations de leurs pas. Mais il resta sans bouger. Mieux valait les laisser croire qu'il ne sentait rien en dehors de sa cage – ce qui n'était pas loin d'être vrai. Le verre était une saloperie de matière quasiment imperméable à la magie : difficile d'opérer au travers… Et les parois de sa cage étaient faites d'un épais verre trempé dans un cadre en acier. Il sentait cependant courir un réseau magique sous le sol de pierre, malgré l'épaisseur de la roche qui en compliquait très efficacement la détection. Ce réseau était connecté au noyau d'énergie situé à proximité, lui-même relié à Elle… l'Ancienne que ces cinglés vénéraient.

Le désespoir était vache. Mais chez lui, étrangement, il faisait naître une patience proche de l'obsession. Et il s'y connaissait en matière d'obsessions…

S'ils avaient décidé de le garder en vie, dans un premier temps, c'était par curiosité. Un loup-garou ensorceleur ? Une telle chose n'était pas censée être possible. À trois reprises, il avait dû se livrer à quelques ensorcellements pour « Sa Sainteté ». La première fois, il avait enduré une horrible souffrance.

La douleur s'était maintenant atténuée, mais la femme continuait d'être protégée par sa maudite crosse à chaque fois qu'il réalisait ses tours. Cette saloperie de bâton renfermait plus de puissance qu'il n'en avait jamais vu, plus qu'assez pour le contrôler. Mais elle-même n'était pas une ensorceleuse. Elle disposait d'un pouvoir – un vaste pouvoir – mais n'était pas plus capable de s'en servir qu'un enfant s'amusant aux commandes d'un Boeing 747.

Ils avaient besoin de lui. Ils ne lui faisaient pas confiance, mais ils crevaient d'envie de l'utiliser. Il n'avait eu aucun mal à les convaincre de sa vénalité. « Demandez à tous ceux qui me connaissent, avait-il dit. Je suis une pourriture égoïste. Je me vends sans aucune honte au plus offrant... mais pas pour du fric. »

Il y avait cependant un revers à avoir été égoïste toute sa vie : personne ne se lancerait à sa recherche. Max ronchonnerait en ne le voyant pas se pointer pour danser, mais il ne s'alarmerait pas plus que ça. Rule...

Il se redressa en entendant grincer la porte.

— Elle veut te parler.

Il s'agissait du geôlier qu'il avait baptisé « Hulk ». Il était grand et stupide, et avait un sale caractère... que Cullen ne pouvait parfois s'empêcher de titiller, pour son plus grand malheur. Mais on se faisait tellement chier ici.

— Mais bien sûr. J'en serais ravi. (Il se leva facilement – au moins ils ne lui avaient retiré ni sa mobilité ni son ironie, à la grande frustration de ses geôliers.) Suis-je présentable ? demanda-t-il. J'ai horreur d'être négligé quand je dois passer du temps avec une dame.

Un coup de bâton sur le côté du crâne le fit tituber.

— Silence. Mets ça.

Les menottes atterrirent sur le sol avec un raclement métallique. Il enrageait intérieurement, mais réussit encore à se contenir. Il imaginait la jeune harpie se tordre de douleur quand le feu la consumerait...

Il ne se démerdait pas trop mal avec le feu.

Sa réaction se limita à un soupir tremblant. Il se pencha alors, ramassa les menottes et glissa ses mains dans les bracelets avant de les enclencher.

— Où est mon joli collier ? demanda-t-il.

Il reçut bien évidemment un autre coup : il parlait trop.

— Par ici.

Il mourait d'envie de dire non, cela lui brûlait les lèvres. Mais le seul moyen de sortir de cette cage, pour l'instant, était d'obéir. Il avança.

C'était le moment qu'il détestait par-dessus tout. On lui passait brutalement un collier étrangleur par la tête avant de le refermer autour de son cou. Puis un autre sbire tirait sur la laisse.

— Au pied, dit l'un d'eux en s'esclaffant.

Ses geôliers possédaient vraiment un sens de l'humour des plus simples. Encore et toujours la même blague, et ils ne manquaient jamais d'éclater de rire. Mettre le loup-garou en laisse ne constituait cependant qu'une partie de la plaisanterie. L'autre consistait à le taquiner tant qu'il était aveugle. Quoi de plus marrant qu'un petit croche-pied ?

Cullen avança. Il connaissait parfaitement les contours de sa cage de verre, et ses geôliers n'y entraient pas, il était donc à l'abri de leur humour tant qu'il y restait. Il chercha du pied le seuil de porte métallique.

Un coup sec sur la laisse faillit lui faire perdre l'équilibre.

— J'ai dit : au pied, garçon ! Dépêche-toi.

Cette fois, la rage l'emporta. Il se jeta vers celui qui tenait sa chaîne.

Les gardes étaient de simples humains. Ils n'eurent pas le temps de réagir. Il percuta un corps lourd et solide et réussit à passer ses mains menottées autour de la tête de l'homme tandis qu'ils tombaient tous deux au sol. Cullen atterrit sur le garde et lui enfonça le genou dans le ventre, tout en croisant ses avant-bras en étau autour de sa tête. S'il serrait davantage…

La douleur le frappa d'un coup, lui paralysant le corps et l'esprit, et il fut pris de spasmes. L'écrasant supplice ne dura qu'un instant, puis un pied botté le fit rouler du corps de son bourreau, qui était devenu pour un moment sa victime.

Gisant sur le dos en sursautant nerveusement comme un chien qui rêve – chaque spasme lui envoyait des éclairs de douleur à travers les muscles – Cullen entendit Hulk gémir. Apparemment, la femme l'avait tasé en même temps que lui. Et cette odeur… le colosse s'était pissé dessus.

Cullen tenta de sourire mais ses nerfs électrisés rendaient le rictus incroyablement douloureux.

— Vous pensiez que je n'étais pas là ? (Une note amusée apportait une légère touche de vie à cette voix aiguë qu'il détestait tant. La femme se tenait à ses pieds.) Vous devriez apprendre à maîtriser vos pulsions, Cullen. Je ne peux pas vous laisser abîmer mes serviteurs. Second… (Le léger décalage dans sa voix indiqua à Cullen qu'elle s'était retournée.) Je vous ai demandé de dire aux hommes de ne pas le harceler. Ce genre de comportement perturbe le bon déroulement des choses.

— Je leur ai dit, Madone.

— Alors John a désobéi.

Cette voix stridente et inhumaine ressemblait énormément à une voix de petite fille… mais elle n'avait rien d'enfantin.

— S'il vous plaît, Madone… suppliait Hulk en haletant. Par pitié, faites que ça cesse.

— J'ai arrêté, John. Vous ne ressentez plus que la douleur résiduelle. Je vous conseille de ne plus bouger, ça ne fait qu'augmenter votre souffrance. Mais j'exige une réponse de votre part. Vous m'avez forcée à utiliser le pouvoir pour l'empêcher de vous tuer. Ai-je gaspillé ce pouvoir ? Allez-vous continuer à désobéir ?

— Non, Madone. (Il sanglotait à présent.) Non, je vous obéirai à la lettre.

— Tâchez de vous en souvenir. Second, qu'on l'emmène. Il sent.

Cullen était toujours étendu par terre, à récupérer, tandis qu'ils emmenaient John/Hulk gémissant. C'était la distraction la plus divertissante à laquelle il avait eu droit depuis qu'une horde de pseudo ninjas avait surgi bruyamment dans sa cabane.

— Je crois que vous pouvez vous lever maintenant, lui dit la fille à la voix d'ordinateur. Vous êtes plus résistant que John, et la punition fut brève.

Y avait-il un avantage quelconque à simuler ? *Pas assez net*, se dit-il. Elle était imprévisible. Il tourna très légèrement la tête et réussit à la « voir » à travers l'énergie émise par sa crosse, qu'il ne percevait pas du tout comme un simple bâton, mais comme une fissure dans la réalité auréolée d'un rayonnement rouge et violet. La puanteur qui en émanait lui donnait envie de vomir.

Au lieu de cela, il sourit. Ses muscles lui obéissaient à nouveau, malgré qu'ils lui fissent un mal de chien.

— Vrai ? Je peux me lever ? Voyez comme je suis docile, je demande la permission.

— Vous êtes loin de l'être. Mais vous êtes intelligent et extrêmement égocentrique. Vous vous tiendrez tranquille pour l'instant. Oui, levez-vous. Second, saisissez-vous de sa laisse et amenez-le dans mes quartiers.

Le léger bruissement d'étoffe lui indiqua qu'elle s'éloignait.

Tous ses muscles le faisaient souffrir, mais Cullen réussit à se lever sans se pisser dessus ni gémir. Une petite victoire qui l'aida à supporter le trajet jusqu'aux quartiers de la dame, à coups de saccades sur son collier et d'ordres aboyés.

Il n'était pas plongé dans une complète obscurité. Il était aveugle au monde matériel, certes, mais il disposait d'autres sens. Il savait par exemple qu'il se trouvait bien loin sous terre ; il pouvait même deviner le lieu approximatif en étudiant les lignes telluriques rayonnant à partir du noyau d'énergie. Après qu'ils eurent quitté la grande salle où se trouvait sa cage – il savait qu'elle était grande à la façon dont le son y résonnait – l'air prit une odeur de pierre humide. Il devait s'agir d'une sorte de tunnel creusé dans la roche.

Une onde de *sorcerí* tournoyait dans les lieux et Cullen percevait un kaléidoscope d'aurores énergétiques autour du noyau de puissance, si proche et si inaccessible. Mais la *sorcerí* n'était pas d'une grande aide pour éviter les murs ou avancer sur un sol rocheux irrégulier.

Ils lui avaient crevé les yeux alors qu'il était encore inconscient. Soi-disant pour l'empêcher de s'échapper. Il n'y croyait pas.

Il est vrai qu'il s'agissait d'un moyen éprouvé de neutraliser les ensorceleurs. Lors de la Grande Purge, les autorités avaient aveuglé et mutilé ceux qu'elles n'avaient pas pu tuer sur le coup, leur coupant les mains et leur arrachant la langue. Impossible alors pour ces pauvres bougres de lancer un sort. Impossible même de se torcher… Cullen, lui, avait encore ses mains. Mais il était sûr qu'elle lui avait crevé les yeux par pure malveillance, plus que par commodité. Sa Sainteté devenait grognonne quand on la contrariait.

La *sorcerí* s'épaissit à l'approche des appartements de la Madone, qui étaient situés tout près du noyau. On racontait que dans l'ancien temps, certains adeptes pouvaient utiliser les énergies ambiantes à l'aide de leur esprit seul, sans avoir à recourir ni aux incantations ni aux sorts. Cullen soupira. Il était loin d'être aussi doué.

Mais il l'était toujours plus qu'elle. La femme ne pouvait pas voir la *sorcerí* et elle ne remarquerait pas s'il l'utilisait. Peut-être même ignorait-elle sa présence. La *sorcerí* n'avait rien de commun avec les lignes telluriques ; il s'agissait plus d'une fuite d'énergie. De faible puissance, comparé à un noyau, mais ça restait une source de pouvoir.

Si Cullen ne pouvait pas attirer ces énergies à lui par l'esprit seul, il suffisait qu'il passe à proximité pour y puiser le pouvoir nécessaire. Il trébucha pour la quatrième ou cinquième fois… et détecta une ligne de *sorcerí* verte.

La chaîne se resserra autour de son cou.

— Encore deux pas et tu tourneras à gauche, lui intima celui qu'elle nommait « Second ».

Cullen avait remarqué que seuls les sous-fifres étaient appelés par leurs noms. Dès qu'ils atteignaient un certain statut, ils étaient appelés par leurs grades. Ou peut-être croyaient-ils encore qu'on pouvait acquérir une emprise sur quelqu'un par son simple nom – c'était théoriquement possible, mais les sorts de magie nominative avaient disparu depuis longtemps avec le *Codex Arcanum*, le livre de la magie suprême.

Il fit deux pas et tourna, soulagé de ne pas rencontrer de mur. En sentant la puanteur de la crosse, il devina qu'il était arrivé ; le coup sec sur son collier confirma la chose. Il se tourna en direction de la crosse et fit une petite révérence.

— Il n'est pas très présentable, commenta une voix d'homme amusée. Vous ne lui avez pas dit de se laver ?

— Vous êtes si propret, Patrick. (C'était la voix de la Madone. Comme d'habitude, elle avait la crosse à côté d'elle.) Il pourrait être en mesure de faire appel à l'eau si je lui en laissais assez pour se laver. J'ignore l'étendue de ses compétences avec la magie. Et si je chargeais nos serviteurs de lui faire sa toilette, il risquerait de leur faire du mal. Cullen, voici le Très Révérend Patrick Harlowe. Vous vous adresserez à lui en disant : « Très Révérend ».

— Enchanté, « Très Révérend », dit Cullen en hochant la tête en direction de l'homme, qu'il repéra à son parfum – une eau de Cologne musquée pour hommes. Veuillez excuser ma dégaine abominable.

— Je comprends tout à fait. (L'amusement dans sa voix était très net, le timbre de celle-ci chaud et suave : une voix charismatique. *Ça sent le Gratifié,* se dit Cullen.) Vous ne vous asseyez pas ? Oh… il y a une chaise sur votre gauche.

— Je vous remercie.

Cullen fit glisser son pied sur le côté jusqu'à ce qu'il repère le siège. Il s'assit alors.

— Vous trouverez une tasse de thé sur la table à votre gauche, ajouta Sa Glaciale Sainteté. Je pense qu'il est encore chaud.

— Du thé ? Comme c'est charmant.

Il repéra la tasse – pas facile avec ses mains menottées – et réussit à s'en saisir et à boire une gorgée. *Pouah.* Dégueulasse. Ils auraient pu lui offrir du whisky.

— Combien de temps faudra-t-il à vos yeux pour se régénérer ? demanda le Sacrément Révérend. Je ne vois aucune amélioration jusqu'ici.

— Les paupières doivent d'abord repousser. (Un mensonge, mais ça valait la peine d'essayer.) Je ne peux quand même pas me balader les globes oculaires à l'air, non ? Ça devrait prendre une semaine, et ça irait plus vite si vous me laissiez porter un bandeau. Une fois protégés, les yeux commenceront à se régénérer. Mais mieux vaut les laisser repousser tranquillement, de mon point de vue. Serai-je autorisé à les conserver cette fois ?

— Nous vous autoriserions bien des choses, murmura la voix sans vie, si vous étiez plus raisonnable.

— Ah, voilà. Je crois que nos avis diffèrent sur la notion de ce qui est raisonnable et de ce qui ne l'est pas. (Il reposa la tasse sur sa soucoupe, qu'il trouva sans tâtonner.) Je ne considère pas comme raisonnable de vous laisser vous immiscer dans mon esprit.

— Je ne vous demande pas de baisser définitivement vos défenses. Juste assez longtemps pour que je confirme vos dires.

— Pardonnez ma méfiance naturelle, mais une fois que j'aurai baissé mes défenses, vous pourrez faire à peu près tout ce que vous voulez de moi, non ?

Cette femme n'était donc pas une adepte de la sorcellerie, ce qui expliquait qu'elle discute avec lui au lieu de le tuer. Elle avait besoin de ses compétences. En revanche, c'était une télépathe, et plutôt forte avec ça. De plus, elle disposait de cette crosse maudite grâce à laquelle elle pourrait lui réduire la cervelle en bouillie en moins de deux. Ou le contraindre à lui obéir, perspective plus probable.

— D'où tirez-vous ces défenses ? demanda Patrick dans un tintement de porcelaine, comme s'il prenait part à la *tea party*. Helen dit qu'elle n'en a jamais rencontrées d'aussi poussées.

Helen ? Cette pute s'appelait Helen. Il grava précieusement le nom dans son esprit.

— D'un troc entre ensorceleurs qui avait justement eu lieu peu de temps avant que Sa Sainteté frappe à ma porte.

— Ah oui. (Il entendit un craquement de cuir comme l'homme se penchait en avant.) L'autre ensorceleur, celui que nous espérions trouver. Vous avez dit qu'il s'appelait Michael ?

— C'est le nom qu'il m'a donné. Je doute que ce soit le vrai.

— Et vous n'avez aucune idée d'où il est à présent.

— Aucune. (Il donnerait cependant ses yeux – aussitôt qu'ils auraient repoussé – pour le découvrir : il avait un compte à régler avec lui.) Et je n'ai aucune raison non plus de vous mentir à ce sujet. Je me fiche de ce qui lui arrive.

— Mais si nous le trouvions, aurions-nous besoin de vous ? demanda-t-elle.

— Madone, je ne sais pas. Vous m'en avez dit si peu sur vos plans. (Il en savait en vérité beaucoup plus que ce qu'ils avaient bien voulu lui dire, car il avait surpris des conversations depuis sa cage. Ils pensaient sans doute que le verre stoppait le son aussi bien que la magie.) Mais vous m'avez moi, ça ne vous suffit pas ?

— Vous avons-nous vraiment ? demanda Son Révérendissime. Nous vous détenons physiquement, oui. Mais vous refusez de nous laisser entrer dans votre esprit, et vous n'êtes pas attaché à notre cause. Vous ne La vénérez pas.

Cullen haussa les épaules.

— Je vénère la connaissance, et je suis avide de pouvoir. La Madone peut me procurer les deux. Je ne vois aucune raison qui nous empêche de faire affaire.

— Vous aviez suggéré quelques façons de nous prouver votre sincérité la dernière fois que nous avons parlé, déclara la femme.

Elle semblait réfléchir tout haut, retourner les choses dans sa tête, mais quelque chose sonnait faux : Sa Chiennerie, Helen, ne parlait jamais sans réfléchir. Elle avait décidé comment elle se servirait de lui. Cullen sentit son pouls s'accélérer. Il fit de son mieux pour conserver son air et sa posture désinvolte. Il avait peut-être une chance.

— La plupart nous menaient à vous tuer en cas d'échec, continua-t-elle. (Il y avait une trace d'émotion dans sa voix, légère, mais perceptible. La perspective de le tuer présentait apparemment un certain attrait pour elle.) Mais aucune n'impliquait de tuer d'autres personnes. Accepteriez-vous de tuer pour moi, Cullen ?

— Oui.

C'était comme à l'école. Servir au prof la réponse qu'il attendait pour obtenir un A.

— « Oui » ? Vous ne demandez ni qui ni comment ni pourquoi ?

— Ma question concerne uniquement la rémunération. Qu'est-ce que j'ai à gagner ?

— Madone. (Patrick changea de position sur son siège, peut-être pour se tourner vers elle.) Cet homme n'a aucune morale. Est-ce vraiment le genre de personne que nous voulons voir travailler avec nous ?

— *Pour* nous, rectifia-t-elle calmement. Nous ne pouvons pas nous permettre de l'accueillir parmi nous. Il est trop dangereux, trop susceptible de nous trahir. Nous devons obtenir son entière loyauté.

— Mais comment faire, s'il ne veut pas se livrer à Elle ?

Allons bon, pensa Cullen. Patrick était peut-être meilleur acteur qu'elle, mais cette conversation était à l'évidence scénarisée. Ils cherchaient à l'emmener quelque part.

— Nous veillerons à ce qu'il ait toutes les raisons de vouloir nous plaire. D'abord, en lui accordant une partie de ce qu'il demande. Ensuite, en rendant sa survie sans nous impossible. Cullen, vous avez dit que vous tueriez pour moi.

— C'est vrai.

— Vous tueriez des inconnus ? Des gens que vous n'avez jamais vus ?

— Si le prix est correct.

Il sentit son estomac se nouer alors qu'il repensait à une conversation qu'il avait surprise.

— Vous seriez payé en connaissances. Je ne partage pas le pouvoir.

Sans blague.

— Puis-je espérer de meilleurs appartements ?

— Peut-être. (Elle s'amusait à nouveau.) Et si je vous demandais de tuer sous votre forme de loup ? De telle manière qu'il n'y aurait aucun doute sur la nature du tueur ?

Il ne put cacher sa surprise.

— Vous ne cherchez pas à exploiter mes talents d'ensorceleur ?

— Plus tard peut-être, quand vous serez davantage impliqué dans notre… association. Ce qui sera le cas une fois que vous aurez tué sous votre forme lupine. Nous nous servirons de vous pour détruire…

— Helen !

La protestation de Patrick semblait sincère, cette fois-ci. Inopinée.

Intéressant.

— Nous devons lui révéler notre objectif ultime, Patrick. Il est assez intelligent pour comprendre les choses par lui-même. Mieux vaut qu'il sache tout de suite dans quoi il s'engage.

Silence.

— Vous avez raison, Madone, comme d'habitude.

— Cullen, vous savez ce que je suis ?

Il hocha la tête.

— Une télépathe, très puissante. C'est un des Dons les plus rares.

En raison de sa tendance à faire sombrer son possesseur dans la folie.

— Oui. Mon Don Lui permet de se servir de moi. Pour me parler et parfois agir à travers moi. (Il y avait à présent une réelle émotion dans sa voix : un fond ardent et lancinant de fanatisme.) Elle m'a richement récompensée pour mes services, au-delà de ce que je mérite, mais la vraie récompense, c'est ce contact avec Elle. Je sais ce qu'Elle veut, ce dont Elle rêve. C'est avec joie et plaisir que je m'attelle à le lui offrir, Cullen. Mais… (Sa voix reprit un ton ironique.) …son rêve risque de vous déplaire.

Parfois, le prof tend la perche à ses élèves, se dit Cullen.

— Quel est Son rêve ?

— La première étape est d'empêcher le passage du projet de loi sur la citoyenneté des espèces, et nous sommes sur la bonne voie pour y parvenir. Mais ce n'est que le début. Nous allons tuer un certain nombre de personnes, Cullen. Un grand nombre, assez violemment, à travers tout le pays. Ces meurtres seront attribués aux lupins, et il ne sera plus question d'aucune tolérance ni d'aucun statut juridique pour eux. Le peuple américain réclamera l'extermination de *votre* peuple, Cullen. Voilà Son rêve : la destruction des lupins.

C'était une bonne chose en fin de compte qu'il n'ait plus d'yeux. Les gens avaient coutume d'y chercher une réaction, une émotion. Ils pouvaient toujours courir pour fouiller son regard.

— Je n'ai pas de peuple, répondit Cullen.

XIX

Le soleil matinal entrant par les stores verticaux de l'unique fenêtre striait le lit de fines rayures. La chambre de Lily n'était pas beaucoup plus grande que la cellule où Rule faisait les cent pas la veille, et était presque aussi dépouillée. En plus du lit, il n'y avait qu'une commode placée au pied de celui-ci et une télé posée dessus. C'en était tout des meubles. Une grande photo sans cadre ornait le mur au-dessus du lit, quelque chose d'oriental, se souvint Rule – il ne pouvait pas la voir d'où il était couché.

Ce n'était pas la lumière qui l'avait réveillé, mais les huit kilos du chat assis sur sa poitrine.

— Tu n'approuves pas, hein ? murmura Rule. (Il ne commit pas l'erreur de bouger ne serait-ce que le petit doigt. Harry appréciait bien trop sa position dominante. Il n'hésiterait pas à punir toute velléité de mouvement de la part de Rule.) Il faudra pourtant bien t'y faire.

Comme Rule aussi devrait s'y faire. Il allait y avoir d'énormes changements dans sa vie, dont il ignorait encore la forme qu'ils prendraient. Mais il en retirerait à coup sûr certains avantages. Il doutait toutefois que Harry voie d'un bon œil son intrusion.

Lily se retourna dans son sommeil et se blottit contre lui.

Enfant, Rule avait entendu parler d'Élus qui avaient été tués ou étaient morts l'un pour l'autre. Des histoires héroïques captivantes, plaisantes aux oreilles d'un enfant. Mais il existait d'autres récits, destinés à mettre en garde, évoquant des Élus qui n'avaient pu accepter le lien ou s'adapter à leur âme sœur. Il y était question de suicide et de folie.

Puis il y avait eu l'expérience de Benedict. Rule n'en connaissait pas tous les détails mais il en connaissait la conclusion. Il avait vu les ombres que projetaient ces blessures impossibles à cicatriser.

En dépit de ces contes lugubres, le statut d'Élu valait bien des réjouissances. Rule n'avait jamais compris pourquoi. Être Élu, c'était être mis à part des autres lupins. Déjà, du fait de sa naissance et de sa position dans le clan, il existait une distance entre lui et le reste de la communauté. Il n'avait rien voulu qui puisse l'isoler davantage. Ni voir une seule personne prendre autant d'importance dans sa vie. Qu'est-ce qui pouvait bien valoir un tel prix ?

Lily roula sur le ventre, lui frappant les côtes avec son coude, et Rule sentit son cœur chavirer.

Maintenant il comprenait.

— Lily, murmura-t-il, je pense que l'Inspecteur Harry a faim. J'espère qu'il attend juste de la bouffe pour chat et pas de la chair fraîche.

— Quoi ? (Elle leva la tête et le regarda en fronçant les sourcils derrière ses cheveux emmêlés.) Seigneur. Je ne rêvais pas.

— Non, dit-il en tendant le bras pour écarter les cheveux de son visage. (Harry miaula.) Euh… il dort habituellement avec toi ?

— Qui ça ? (Elle releva sa frange et tourna la tête pour voir de qui il parlait.) Oh ! fit-elle en souriant. Il a l'air vraiment maléfique ce matin, non ?

— Je crois qu'il me transmet un message. Il espère que je débarrasse le plancher.

— Mmmh.

— Et toi ? demanda-t-il calmement.

Le regard de Lily rencontra le sien. Elle secoua la tête mais ne dit rien.

— Ou préférerais-tu que la nuit dernière n'ait jamais eu lieu ?

Elle prit son temps pour répondre.

— Il n'y a plus moyen de remettre le génie dans sa bouteille, dit-elle. Et ce serait difficile… (Elle esquissa enfin un sourire.) …voire impossible de souhaiter qu'il ne se soit rien passé hier soir. Mais ce matin, ça va être compliqué.

Harry décida soudain de se rappeler au bon souvenir de Lily. Il se leva, s'étira et planta ses griffes dans son épaule en la regardant droit dans les yeux. Elle l'écarta.

— C'est bon, Harry, bouge, je vais me lever.

Le chat sauta à terre, et Rule envisagea malicieusement de la retenir auprès de lui une trentaine de minutes. Mais elle avait raison. La matinée allait effectivement être compliquée.

Lily se retourna et sortit du lit.

— Allez, Harry. Toi, tu manges, moi je prends une douche. Et toi, dit-elle en regardant Rule, tu réponds à mes questions. Dont certaines que j'aurais déjà dû poser la nuit dernière.

Il soupira.

— Bien sûr. Encore et toujours des questions.

— C'est ma façon d'aborder la plupart des problèmes. Le truc, c'est de trouver les bonnes questions.

Elle se retourna, ouvrit la commode et en tira une robe. Elle était jolie, en soie, d'un bleu vif, mais pas aussi jolie que sa peau.

— Tu as du café en grains, j'espère ? demanda-t-il en descendant du lit. Un moulin ? Je vais préparer un peu de café.

Il fut déçu de l'entendre lui répondre :

— Il y en a mais il est déjà moulu. La cafetière est à côté de la cuisinière. Donne à manger à Harry, tu veux ?

Elle entra dans la minuscule salle de bain et referma la porte. Le chat s'arrêta devant, vexé.

Rule regarda le chat.

— Je crois qu'elle veut qu'on se rapproche, Harry.

Le chat lui décocha un regard noir et remua la queue.

— Peut-être. Mais je vais tout de même te donner à manger.

Lily prit son temps sous la douche, dans l'espoir de chasser un peu la confusion de son esprit. Rien n'allait comme elle le voulait ce matin. Elle devait se concentrer sur sa défense, se dit-elle en faisant mousser ses cheveux. Mais elle n'avait pas encore vu le détail des allégations portées contre elle. Elle avait été suspendue sur la base d'accusations provisoires, mais ignorait encore à quoi elle devait faire face.

Elle s'inquiéterait de cela plus tard, décida-t-elle en se rinçant les cheveux.

Lily en voulait cependant à Randall. Elle se sentait profondément trahie. Normalement, elle aurait dû être en train de se préparer pour partir au travail. Il y avait des pistes à creuser : elle devait parler au très révérend des Azá ; et puis il y avait Ginger et Meck. Ginger avait menti en prétendant avoir vu Rule. Et Meck n'avait attendu qu'une occasion de le piéger. Ils étaient tous les deux impliqués dans l'affaire.

Et elle était hors-jeu. Le FBI enquêterait sur Ginger et Meck. Mais pas elle. Officiellement du moins…

Dès qu'elle sortit, elle sut que Rule avait trouvé le café. L'arôme l'attira dans la cuisine une fois qu'elle eut enfilé quelques vêtements. Il avait aussi trouvé sa minichaîne, installée sur l'étagère de la penderie. Et ses CD. Plusieurs d'entre eux étaient éparpillés sur le sol.

Mais ce n'était pas sa musique qui passait. Il écoutait de l'opéra à la radio. Debout au milieu de son salon, nu comme un ver, il écoutait un soprano chanter une aria.

— Rule, dit-elle, consternée. Il est sept heures et demie du matin.

Il lui jeta un regard amusé et baissa le volume.

— Pas fan d'opéra, je présume ?

— Non. (Elle fronça les sourcils devant le désordre.) Tu ne crois pas que tu devrais passer quelques vêtements ?

— Si ça peut te rassurer.

Il se tourna pour la regarder et son corps manifesta immédiatement son intérêt. Il sourit.

— Il me faut du café, dit-elle en partant dans la cuisine. Où est Harry ?

— Il a mangé et filé. J'espère que je n'ai pas fait une gaffe en le laissant sortir.

— Non. Je ne peux pas l'enfermer à l'intérieur. Il a vécu trop longtemps dans la rue pour être heureux entre quatre murs.

Elle remarqua que la gamelle de Harry était presque pleine. Rule lui avait donné plus que ce qu'il était censé recevoir.

Lily se versa une tasse de café et la sirota dans un coin en réfléchissant. Vu la taille de son appartement, la cuisine n'offrait qu'un semblant d'isolement, mais elle avait besoin de ce minimum.

Il y avait longtemps qu'elle ne s'était pas réveillée avec un homme à ses côtés. Et qui plus est, un homme qui ne s'était pas éclipsé au réveil. Elle n'arrivait pas à décider si c'était une bonne ou une mauvaise chose, c'était en grande partie… déroutant. Elle aimait sa présence… ou peut-être que c'était ce « lien d'âme sœur » qui influençait son jugement.

Elle analyserait ses sentiments plus tard. Pour l'instant… comment fonctionnait cette histoire d'« Élus » ? Comment savoir ? Même si Rule était tout à fait honnête avec elle, il pouvait se tromper sur certains points. Il semblait associer cela à la religion, et la religion empêchait parfois les gens de poser les bonnes questions. D'ailleurs, pourquoi s'interroger quand on croit posséder toutes les réponses ?

Lily, elle, n'avait que des questions, et il était temps d'en poser certaines. Elle prit une dernière gorgée de café et entra dans le salon.

Rule avait enfilé son jean et rangeait les CD qu'il avait sortis. C'était tout à son honneur, seulement…

— Ils sont classés par type, et ensuite par artiste, par ordre alphabétique, précisa-t-elle.

Il la regarda d'un air étonné.

— Ne me dis pas que tu ranges aussi tes épices par ordre alphabétique.

— Je le ferais si je cuisinais.

Il reclassa les CD.

— Ça va être un vrai défi à relever, pour toi comme pour moi.

— Que veux-tu dire ?

— Tu comprendras quand tu verras mon appartement.

Elle se frotta la poitrine, où sa peau semblait étrangement tendue. Le sentiment d'oppression revenait.

— Tu bases tes hypothèses sur tes croyances. Je me fie davantage aux preuves matérielles qu'aux croyances.

— C'est compréhensible pour un flic. (Il rangea le dernier CD et se retourna.) Je croyais que tu aimais l'opéra. Tu as beaucoup de musique classique.

— Seulement instrumentale. J'ai joué du violon à une époque. (Elle se surprit à marcher vers lui, s'arrêta et fronça les sourcils.) Ça m'attire, pas vrai ? C'est ce qui me donne envie de te toucher.

— Nous avons besoin du contact physique, oui. (Il vint vers elle et posa ses mains sur ses bras.) Est-ce si terrible ?

— Je n'aime pas me sentir forcée. Je n'aime pas sentir qu'on m'impose ce besoin.

Mais quand il l'attira vers lui, elle se laissa aller à son étreinte, posant sa tête sur sa poitrine.

Il était trop grand. Elle n'avait jamais aimé les hommes aussi grands… mais ses battements de cœur la rassuraient, apaisaient sa tension, la laissant à la fois calme et revitalisée.

— Ce n'est même pas le sexe. Je veux dire… il y a de ça, mais pas seulement.

— Non, dit-il en lui caressant le dos. Pendant les premières semaines, nous aurons tous les deux besoin du contact physique, de sentir l'autre.

— Comme un toxicomane a besoin de sa dose. (Elle s'écarta.) Eh bien, j'ai eu la mienne.

Il n'était pas content.

— Tu as remarqué que nous étions deux dans l'histoire ? Et si moi, je n'ai pas eu ma dose ?

— Je... (Qu'était-elle censée répondre ? Devait-elle le faire souffrir ? Les faire tous les deux souffrir ? Mais si elle cédait et laissait son désir fou l'emporter, elle ne serait plus elle-même. Elle abandonnerait les commandes à ce « lien ».) J'ai peur.

— Je sais. Mais ce n'est pas une crainte dont tu pourras te défaire avec un programme en douze étapes. Plus tôt tu l'accepteras, plus ce sera facile pour toi.

— On verra. (Bon sang, son angoisse revenait. Dès qu'elle cessait de le toucher, Lily se sentait mal.) À quelle distance peut-on s'éloigner l'un de l'autre avant de ressentir ces malaises ?

— Ça dépend, mais... pas très loin, admit-il. L'attraction ne restera pas toujours aussi forte. Parfois, deux Élus peuvent être éloignés de plusieurs kilomètres pour quelque temps. Cet éloignement n'est pas agréable, mais il est tout de même possible, pour certains. Le rapport sexuel a dû resserrer notre lien, si bien que pour les semaines à venir, nous devrons rester près l'un de l'autre. Ensuite...

— Une minute. Tu ne m'avais pas dit que faire l'amour resserrerait le lien. (Elle sentit la panique la gagner.) Tu veux dire que c'est pire maintenant ?

— Pour un temps, oui. Lily, nous n'avions pas le choix. Nous sommes libres de choisir comment nous gérons le lien, mais pas libres de le refuser.

— C'est ce que tu crois.

— C'est la réalité. (Il semblait vouloir la secouer.) Si tu combats ce besoin trop longtemps, tu deviens fou.

— J'ai *déjà* l'impression d'être folle. (Elle céda au besoin... de faire les cent pas.) Mais je tirerai ça au clair plus tard. (Elle remettait beaucoup trop de choses à plus tard, pensa-t-elle.) Pour le moment, tu vas devoir me donner un coup de main dans mon enquête.

— Je pensais qu'on te l'avait retirée.

— C'est justement…

— Lily, la coupa-t-il en tournant la tête en direction de la porte.

Deux secondes plus tard, la sonnette retentissait. Elle n'avait entendu aucun bruit. De toute évidence, lui si.

— Il faut le temps de s'habituer à toi, murmura-t-elle en allant à la porte.

Dans le judas, elle reconnut le visage chocolat de Croft. *Super.* Devait-elle demander à Rule de se cacher ? Non, c'était stupide. Il y avait trop d'indices qu'il avait passé la nuit ici. De toute manière, mentir n'était pas dans sa nature.

Elle soupira et ouvrit la porte.

— Vous, de si bonne heure ?

— Nous avons besoin de vous parler, dit Croft. (Karonski se tenait derrière lui, la mine renfrognée.) Pouvons-nous entrer ?

— Pourquoi pas ? Il y a du café.

Karonski se désembrunit légèrement.

— Vous avez de la crème ?

— J'ai du lait.

Elle s'écarta pour les laisser entrer.

XX

Aucun des deux fédéraux n'eut l'air surpris de trouver Rule dans le salon de Lily, à moitié nu de surcroît. Karonski lui adressa un signe de tête. Croft parut déconcerté en constatant qu'il n'y avait qu'un seul siège.

— Vous pouvez vous battre pour le fauteuil, dit-elle en rentrant dans sa minuscule cuisine. Je prends le coussin jaune. Faites-moi savoir qui l'emporte.

Personne ne prit le fauteuil. Quand elle revint avec quatre tasses, le sucre et un petit verre de lait sur un plateau, ils étaient assis autour de la table basse qui lui servait de table à manger.

Les deux agents du FBI paraissaient incongrus, assis sur le sol en costumes. Rule avait l'air d'être nu, et pas du tout gêné. Il parlait à Karonski.

— Tu peux certainement faire quelque chose.

Karonski secoua la tête.

— Ça marche pas comme ça. Non seulement ses collègues verraient notre ingérence d'un mauvais œil, mais en plus on… Hé hé, voilà le café.

Lily posa le plateau sur la table.

— Servez-vous. (Elle regarda Rule.) Tu leur demandais d'intervenir en ma faveur auprès du capitaine ?

Il haussa les épaules.

— Oui.

— Comme il l'a dit, ça ne marche pas comme ça.

Elle récupéra sur son fauteuil les dossiers qu'elle avait ramenés du QG et les apporta avec elle à table.

Le coussin jaune était juste à côté de Rule. Elle hésita. Mieux valait qu'il y ait la table entre eux. L'envie de le toucher était forte et imprévisible. Imaginez qu'elle se mette tout d'un coup à le peloter.

Il était cependant tout aussi embarrassant de leur demander de se décaler pour qu'elle n'ait pas à s'asseoir à côté de l'homme qui avait partagé son lit. Bon. Elle n'aurait qu'à se contrôler.

Elle s'assit en tailleur sur le coussin.

— Je suppose que vous avez des questions à me poser au sujet de l'affaire Fuentes, étant donné qu'elle est liée à la vôtre. Voici des copies de mes derniers rapports. (Elle remit un dossier à Croft.) Et ça, c'est le vôtre.

Le second dossier qu'elle lui tendait était celui qu'il lui avait laissé. Celui sur Rule.

Les deux agents échangèrent un regard, puis Croft prit la parole.

— Nous avons quelques questions à vous poser, mais ce n'est pas notre priorité.

Karonski soupira.

— Faisons court. On est ici parce qu'on veut vous recruter.

Lily resta bouche bée.

— Nous pensons que votre capitaine a commis une lourde erreur de jugement, déclara Croft avec son sourire aimable. Dont nous espérons tirer profit.

Elle secoua la tête.

— Une minute. Le FBI ne s'amuse pas à recruter des flics qui sont en froid avec leur hiérarchie et s'enfoncent jusqu'au cou dans les sanctions disciplinaires. D'ailleurs, vous ne recrutez même pas de flics du tout.

— Le FBI, non. Mais nous sommes de la SCM. Nous procédons de façon moins bureaucratique.

Karonski avait déjà ajouté du lait dans son café et remplissait à présent sa tasse de sucre.

— Et puis merde. Au diable la modestie. Turner est déjà au courant, et il faudra bien qu'elle l'apprenne. (Il se pencha en avant.) On n'appartient pas simplement à la Section des crimes magiques, mais à une unité spécialisée en son sein. Le genre top secret, si vous me suivez. On est habilités à recruter sur place, et on vous veut parmi nous. Vous n'êtes pas idiote. Vous savez pourquoi.

— Parce que je suis une sensitive, répondit-elle à contrecœur. Une sensitive tactile.

— Ce qui vous rend extrêmement rare. On a besoin de vous.

— Oubliez ça. Je ne dénonce pas les Gratifiés.

— Ça n'est pas notre rôle, répliqua Croft. C'est vrai, la SCM a par le passé été chargée d'identifier des lupins et d'autres êtres surnaturels, mais ça n'a jamais été la mission de notre unité. Nous sommes dépêchés sur les cas inhabituels, ceux nécessitant des connaissances ou des talents particuliers.

Lily regarda Karonski. Il sourit de toutes ses dents et ajouta une cuillerée de sucre dans son café.

— Comme la sorcellerie, oui. En bossant un peu, j'ai pu confirmer ce que vous nous aviez dit sur le meurtre de Therese Martin. (Il prit une gorgée du breuvage immonde qu'il avait fait de son café et poussa un soupir de contentement.) Bien vu, c'est effectivement un ensorcellement. Le résultat n'est pas beau à voir.

— Et vous ? demanda-t-elle en se tournant vers Croft, avec une curiosité involontaire. Je n'ai rien senti quand on s'est serré la main.

— Tout le monde dans l'unité n'est pas Gratifié. Je ne suis qu'un agent de terrain avec une grande expérience et un hobby inhabituel. J'ai une assez vaste connaissance des systèmes, personnes, créatures magiques.

Karonski eut un petit rire.

— C'est une grosse tête avec une obsession bizarre. Utile, mais bizarre.

Rule prit froidement la parole.

— Est-ce pour cela que vous refusez de l'aider à se disculper ? Vous voulez la recruter. C'est dans votre intérêt qu'elle soit renvoyée de la police.

— On ne peut pas l'aider. On pourrait glisser un mot en sa faveur à Delgado, bien sûr, mais Randall a une dent contre les fédéraux. Et il peut pas supporter Croft. Ils se sont affrontés sur une affaire il y a quelques années. Si l'un de nous deux prend parti pour Lily, ça risque de se retourner contre elle.

— Toi, tu pourrais faire mieux que glisser un mot en sa faveur, dit Rule à Karonski.

L'agent parut contrarié.

— Les sorts de persuasion sont illégaux, répondit-il.

Lily frappa du poing sur la table.

— Attendez une minute, vous deux. Je n'ai besoin de personne pour livrer bataille à ma place, et je ne suis pas encore renvoyée. Je suis simplement suspendue, et je risque d'être rétrogradée pour manquement au règlement. Mais je ne pense pas que je serai viré.

— Vous sous-estimez peut-être les risques, rétorqua Croft, soucieux. Si c'est bien le capitaine Randall qui a renseigné le tueur de Therese Martin, vous représentez une menace importante pour lui.

— Je ne pense pas que ce soit lui. Je n'en ai pas la moindre preuve, mais je n'arrive pas à y croire. C'est un flic ! (Devant l'expression sceptique des deux fédéraux, elle précisa :) Randall ne se contente pas de faire son boulot de flic, il le vit ! Il n'aurait jamais pu s'en écarter pour monter un meurtre et de fausses accusations… quelle qu'en soit la raison.

Karonski hocha la tête.

— Je vous entends bien. Mais parfois, un flic commence à confondre son boulot avec celui d'un juge. Et ils enfreignent les règles parce que leur conception de la justice l'emporte sur leur respect de la loi.

— Pas Randall.

Croft et Karonski échangèrent un de ces regards entendus.

— Vous avez travaillé sous ses ordres, fit remarquer Croft. Vous n'êtes pas impartiale. Mais nous ne souhaitions pas seulement votre opinion, nous voudrions que vous poursuiviez l'enquête… pour nous.

— Vous voulez dire… (Son intérêt piqué au vif, Lily s'humecta les lèvres.) Vous voulez me recruter là maintenant ? Il me suffit d'accepter et je peux continuer l'enquête ? *Les* enquêtes en fait – Martin et Fuentes – vu qu'elles sont liées.

— C'est ça. Vous travailleriez avec Abel et moi.

— Vous n'avez pas de tests à me faire passer ? Pas d'enquête de sécurité ni de vérification détaillée des antécédents à… Oh, dit-elle en déchiffrant leurs visages, vous l'avez déjà fait, c'est ça ?

— Nous n'avons pas encore vérifié vos antécédents en détail, répondit Croft. On s'est contenté de contrôler l'essentiel.

L'essentiel devait suffire, se dit-elle. Vingt ans, c'était long, mais tout figurait dans les registres officiels. Elle regarda les deux hommes : le premier, courtois et souriant ; l'autre, avec son allure négligée et sa mine renfrognée. Ils savaient et n'avaient pas posé de questions. Un bon point pour eux.

Karonski se pencha à nouveau vers elle, comme s'il voulait la forcer physiquement à rejoindre leurs rangs.

— On veut pas seulement vous recruter parce que vous êtes une sensitive, même si c'est d'une importance capitale. On a surtout besoin de quelqu'un qui soit immunisé contre la magie. Dernièrement, il y a eu…

— Abel ! coupa Croft avec un air réprobateur.

Étonnamment, ce fut Rule qui termina la phrase de Karonski.

— Une augmentation des crimes magiques ? Du nombre de faits étranges signalés ? D'événements improbables ou inexplicables…

Croft lui décocha un regard perçant.

— Que savez-vous à ce sujet ?

— Pas grand-chose. A-t-on bel et bien vu une banshie dans le Texas ?

Les deux agents échangèrent un regard.

— Je vais avoir besoin de connaître vos sources, Turner, déclara Croft. Mais nous en discuterons plus tard.

Karonski se tourna vers Lily.

— On a besoin de vous parce que vous êtes une sensitive, oui, mais aussi parce que vous êtes un flic. Un bon. Rares sont les Gratifiés à choisir d'entrer dans les forces de l'ordre. Il y a d'ailleurs dans plusieurs États des lois qui l'interdisent encore.

— Et des lois au niveau fédéral, rétorqua Lily. Vous êtes pourtant venus me recruter.

— Nous n'obéissons pas au même règlement que le reste du Bureau, expliqua Croft. C'est une des raisons pour lesquelles nous ne médiatisons pas notre existence.

— Le fait est, continua Karonski, que vous êtes déjà formée. On a besoin de vous sur ce cas parce que vous connaissez l'affaire, la ville, les personnes impliquées. Et que vous disposez d'un billet d'entrée « backstage » dans la communauté lupine.

Il haussa les sourcils d'un air suggestif en regardant Rule.

— Et ça ne vous pose aucun problème ? demanda-t-elle. Vous arrivez ici et trouvez Rule déambulant dans la pièce, et vous ne remettez pas en cause mon objectivité vis-à-vis de lui ?

Croft haussa les épaules en levant les mains.

— Si je comprends bien, vous n'aviez pas vraiment le choix. Raison de plus pour considérer notre offre. Vous pourriez avoir quelques difficultés à expliquer à vos supérieurs cette liaison inévitable avec Turner. Alors que nous nous accommoderons volontiers de ces… euh, exigences particulières.

Lily tourna la tête vers Rule.

— Tu leur as dit ?

Mais Rule fixait Croft avec un calme particulier et menaçant.

— L'existence des Élus n'est pas connue en dehors des clans, dit-il.

Croft soutint son regard, imperturbable.

— Je connais des gens dans les clans.

— Très bien, dit Lily en se levant. Continuez de vous expliquer, moi j'ai besoin de réfléchir !

Elle se mit à faire les cent pas avant de s'arrêter devant le mur en croisant les bras. Elle avait besoin d'espace, de temps, et d'être seule pour réfléchir à ses options, et elle ne disposait d'aucun des trois.

Lily n'entendit pas Rule se lever et venir vers elle ; elle le *sentit* s'approcher. Il s'arrêta derrière elle et l'enserra dans ses bras. Avec un soupir, elle se laissa aller contre lui.

— Tu as l'habitude de diviser ta vie en petits compartiments, d'isoler le professionnel du personnel, murmura-t-il. Alors quand l'un déborde sur l'autre, forcément, c'est assez pénible.

Elle grimaça.

— « Pénible » n'est pas le mot que j'utiliserais.

Presque tout était tombé dans le compartiment « professionnel » ces dernières années, mais il avait raison. Elle détestait voir son travail empiéter sur sa vie privée. Elle détestait cette envie irrépressible de le toucher, et elle détestait les agents du FBI car leur présence l'en empêchait. Et elle commençait à avoir besoin de plus qu'un simple contact. Pourtant, à mesure que sa chaleur se diffusait en elle, ses pensées s'apaisèrent peu à peu.

Leur offre était tentante. Terriblement tentante. Elle pourrait travailler aux côtés de gens qui apprécieraient ses talents particuliers au lieu de s'en méfier. Et finir cette enquête qu'elle avait commencée, tout en portant une plaque. Elle devrait par contre tourner le dos à la criminelle… Durant des années, ç'avait été son unique but : être assez bonne pour intégrer la criminelle.

Quand elle pivota face aux deux agents du FBI, Rule garda son bras autour de sa taille. Elle ne le repoussa pas.

— Devrai-je démissionner de la police si j'accepte votre offre ?

La question parut surprendre Croft.

— Eh bien, oui.

— Je ne suis pas encore disposée à le faire, répondit-elle. Je ne sais pas ce que je déciderai à long terme, mais pour l'instant, je ne veux pas quitter la police. Attendez, dit-elle comme Karonski s'apprêtait à parler. J'ai une offre à vous faire. Je tiens à rester sur l'enquête, et vous voulez me la confier. Pourquoi ne pas m'accorder une période d'essai ? Je pourrais vous servir de « consultante ».

Karonski serra les mâchoires et regarda Croft. Tous deux affichaient des expressions de surprise identiques. À côté de Lily, Rule riait doucement.

— Qu'en pensez-vous ? dit-elle. Il faudra bien sûr que vous obteniez l'accord de la police. Je vous conseille de vous adresser en haut lieu. Le capitaine n'acceptera probablement pas.

Un sourire se dessina sur le visage de Croft.

— Je pense qu'on pourra trouver un arrangement. D'autant que, puisque vous êtes suspendue, solliciter votre concours ne devrait pas poser de problème, non ?

Karonski donna un coup de coude à son partenaire.

— On demandera à Brooks d'appeler le commissaire. Il a le bras long, et il est presque aussi beau parleur que vous. Il est temps qu'il se rende utile.

— Brooks ? dit-elle.

— Le patron. Il dirige l'unité.

Une pointe de panique gagna Lily. Elle ne savait rien de leur unité, et elle venait cependant d'accepter de travailler pour eux. *Non,* corrigea-t-elle, *à leurs côtés. Et temporairement.* C'était juste temporaire.

Le pouce de Rule traçait de petits cercles dans son dos à travers la soie de sa robe.

— Ça devient un peu compliqué, tu ne crois pas ? murmura-t-il. Je sers à présent de consultant à une consultante.

La sensation de chaleur s'installa dans son ventre. Son contact la déconcentrait plus qu'il ne la rassurait à présent. Elle s'éloigna et se passa la main dans les cheveux. Elle nota qu'ils étaient encore humides. D'habitude, elle les séchait toujours au sortir de la douche, mais ce matin elle n'avait pas eu le temps.

Toute sa routine était chamboulée.

— Pourquoi est-ce que je fais tout ça ? dit-elle. Je suis le genre de personne qui colorie à l'intérieur des lignes, et là, j'ai tellement débordé que… (Sur le fauteuil, son sac à main se mit à sonner – ou plutôt le téléphone à l'intérieur. Elle tourna la tête.) Merde.

— Tu le fais parce que tu veux arrêter un tueur, dit calmement Rule. Et puis, les lignes ne cessent de se déplacer.

— Oui. (Elle leva les yeux vers lui.) Je suppose que tu as raison.

Son téléphone sonna à nouveau.

— Je ferais mieux de répondre. Alors qu'en dites-vous ? demanda-t-elle aux deux hommes en passant devant eux. Marché conclu ?

Croft opina du chef.

— Marché conclu.

— Parfait. (Était-ce vraiment si parfait au fond ? se dit-elle tout en sortant son téléphone pour aussitôt décrocher.) Ici Yu !

— As-tu eu des nouvelles de ta grand-mère ? demanda la voix de sa mère. Elle a disparu.

— Disparu ? répéta Lily. (L'inquiétude la saisit.) Comment ça ? Depuis quand ?

— Eh bien, elle n'a pas exactement disparu. Mais elle est partie. Li Qin m'a dit de ne pas m'inquiéter, mais comment ne pas m'inquiéter alors que nous sommes à trois semaines de la cérémonie ?

Lily s'assit sur le bord du fauteuil.

— Li Qin sait-elle où elle est allée ?

— Elle n'a pas voulu me le dire. Ta grand-mère lui a demandé de ne pas en parler. (Julia soupira.) Je suppose que c'est trop demander à ta grand-mère que d'informer sa belle-fille quand elle quitte la ville. Tout de même… pourquoi a-t-elle fait cela ? Ça ne lui ressemble pas. Elle ne voyage jamais, et subitement, elle disparaît juste avant le mariage, sans même m'en parler… Crois-tu qu'elle pourrait perdre… eh bien, tu sais… Elle n'est plus très jeune après tout.

Lily retint un éclat de colère.

— Je ne crois pas que Grand-mère devienne sénile.

— Je n'ai pas dit cela. Je me demandais juste… ah, bref. Tu n'as pas eu de nouvelles d'elle, donc ?

— Je l'ai vue il y a deux jours, répondit Lily. Elle a parlé d'entrer en contact avec une vieille connaissance. J'ai pensé qu'elle voulait dire par téléphone, mais peut-être avait-elle l'intention de se déplacer jusqu'à elle.

Pour exiger le paiement de cette ancienne dette.

Sa mère continuait de vitupérer contre le comportement étrange de sa grand-mère, mais Lily n'écoutait qu'à moitié. Elle devait annoncer à sa famille qu'elle était suspendue et elle appréhendait cela. Elle imaginait déjà ce que sa mère lui dirait.

Peut-être pourrait-elle tout arranger assez vite pour ne pas avoir à leur dire…

— Désolée. Tu disais ? demanda-t-elle en remarquant qu'un silence était tombé. J'avais la tête ailleurs.

— Je te rappelais de faire ajuster ta robe, et je te demandais si tu t'étais trouvé quelqu'un.

Quelqu'un ?

— Pour le dîner de répétition, précisa-t-elle, en lisant dans les pensées de sa fille avec cette troublante faculté caractéristique des mères. Tu ne cesses d'esquiver. As-tu seulement essayé de te trouver un cavalier ?

— Non, mais…

— Il s'agit tout de même d'un dîner officiel, Lily. Tu ne peux pas arriver sans cavalier. Ton père et moi perdrions la face.

Ne pas perdre la face… L'argument impossible à contrer.

— Très bien. C'est réglé. Je viendrai accompagnée.

— Avec qui ? Tu as trouvé quelqu'un ?

Le regard de Lily se posa sur Rule et elle retint un soupir.

— En fait, oui.

RULE ÉTAIT CENSÉ donner une conférence de presse. Il avait également besoin de vêtements. Après discussion, il fut décidé que Croft s'occuperait de ces deux questions. Lui aussi devait d'ailleurs faire un communiqué pour informer la presse du nouveau rôle joué dans l'enquête par le FBI. Pour le reste, comme Croft avait dit de manière laconique, il se contenterait de broder. Il expliquerait que Rule « aidait dans l'enquête » et qu'on lui avait expressément demandé de ne pas parler à la presse pour le moment.

Rule ne pouvait même pas passer chercher ses vêtements chez lui. Sauf si Lily l'accompagnait. Il ignorait quel degré d'éloignement le lien d'âme sœur permettait, mais son appartement était très certainement trop loin.

Lily était en train de préparer une seconde cafetière. Rule s'appuyait négligemment contre l'encadrement de la porte (la cuisine de Lily était résolument trop petite pour deux personnes) en finissant une pomme. C'était l'aliment le plus proche d'un petit-déjeuner qu'il avait pu trouver, le pain s'étant révélé moisi.

Elle remplit le réservoir et le remit en place.

— Est-ce que ce délire d'âmes siamoises te fait le même effet qu'à moi ? demanda-t-elle.

— C'est déconcertant. Je ne m'attendais pas à ce que ça m'arrive.

— Tu as dit que c'était rare.

— Oui, et… (Il hésita.) La Déesse n'a jamais gratifié un Lu Nuncio d'une Élue. Pas depuis l'époque des mythes du moins, et il s'agit tout autant de légendes que d'histoire. C'est du jamais vu.

— Je crois que le destin a fini par te rattraper. Toi non plus, tu ne l'as pas vu venir, hein ?

— Oui. Mais moi au moins, je savais qu'une telle chose était possible. (Il marqua une pause.) Mon frère a eu une Élue.

Eu ? Elle se tourna vers lui.

— Lequel de tes frères ?

— Benedict. Ça s'est mal passé pour lui.

Elle scruta son visage, mais il s'était soudain fait impénétrable.

— Tu ne veux pas en parler.

— Je refuse de transformer l'expérience tragique de mon frère en exemple. Même si elle en constitue un bon. (Manifestement désireux de changer de sujet, il s'avança vers elle.) Où est ta poubelle ?

Lily frissonna et son cœur se mit à battre plus vite. Elle voulait le toucher, poser sa main sur cette poitrine ferme et voir si son rythme cardiaque à lui aussi s'accélérait.

Au lieu de cela, elle recula.

— Les déchets organiques vont dans le petit récipient en céramique sous l'évier, pour le compostage.

Il le trouva et y déposa le trognon de pomme.

— Tu es écolo ?

— Je jardine. À ce titre, je suis très demandeuse en matières organiques.

Il sourit lentement.

— Tu es très demandeuse d'autres choses aussi, si je me souviens bien.

La chaleur lui monta au visage, puis l'échauffa un peu plus bas, et cela la rendit furieuse. Elle se retourna.

— Il faut se mettre au travail. Karonski nous attend.

— Lily. (Il l'arrêta quand elle passa devant lui.) Ne cherche pas à le combattre. Les animaux qui se rongent la patte pour échapper à un piège finissent par se vider de leur sang.

— Comment voudrais-tu que je réagisse ? Je ne te connais que depuis cinq jours, et nous voilà soi-disant liés pour la vie. Comment suis-je supposée prendre cela ? (Elle retira son bras.) Donne-moi du temps.

Karonski avait étalé ses fiches et ses dossiers sur la table basse.

— Dites, les inséparables, si vous avez terminé de roucouler, on a du pain sur… O.K, O.K, s'empressa-t-il d'ajouter devant le regard noir de Lily. Pas de vannes sur les inséparables. Compris.

— J'ai quelques questions, commença Lily.

— Le contraire m'eût étonné, murmura Rule en entrant dans la pièce derrière elle pour aller s'installer à la table.

Il ramassa l'un des dossiers – celui contenant les copies de ses rapports, remarqua Lily. Karonski ne fit rien pour l'en empêcher. Apparemment, il ne cachait rien au civil.

Ce qui se comprendrait si le civil en question était aussi transparent avec eux. Mais elle était à peu près sûre qu'il n'en était rien. Elle fronça les sourcils en voyant Rule éplucher ses rapports.

— Vous aviez des questions, Lily ? souffla Karonski.

— Oui. D'abord, vous avez découvert seulement hier que j'étais une sensitive, et pourtant votre enquête sur moi est déjà faite. C'est très rapide, même pour le FBI. Vous vous étiez déjà renseignés sur moi avant, n'est-ce pas ?

— On s'était renseignés sur plusieurs des acteurs de cette affaire, reconnut Karonski. On ne savait pas comment toute cette histoire allait se goupiller, donc on préférait se tenir prêts.

— Prêts pour quoi ? C'est ce que je ne comprends pas. Que venez-vous faire dans cette enquête à la base ?

— Le patron est un médium. Il dit « allez-y », on y va.

Elle le regarda bouche bée.

— Je pensais que le gouvernement n'utilisait pas de médiums en raison de leur manque de fiabilité.

— Les tests ont montré que Brooks était fiable à environ soixante-dix pour cent. Alors ouais, c'est faible, mais les tests sont ennuyeux, et les médiums détectent mieux les crimes sanglants. Les trucs chargés d'une réelle émotion.

— Je n'ai jamais entendu parler d'un médium fiable à soixante-dix pour cent, répondit Lily. C'est une moyenne ?

— Oui. Il détecte pas tout, mais quand il le fait, c'est du solide. Croft est persuadé que Brooks a une part d'elfe en lui. Ce sera intéressant de connaître vos impressions quand vous vous rencontrerez.

— *Si* on se rencontre. Je n'ai pas encore accepté d'intégrer votre unité. Encore une question. Comment connaissez-vous Rule ?

Karonski sourit.

— Il m'a servi de consultant sur une autre affaire, avant que je fasse équipe avec Martin. On s'est bien marré une fois l'affaire bouclée.

Elle aperçut l'alliance à son doigt.

— Je précise que j'étais pas marié à l'époque, ajouta-t-il en remarquant son regard. Mais j'ai tiré un trait sur cette partie de ma vie, et l'affaire qui nous occupe aujourd'hui est loin d'être bouclée, donc il vaut mieux se mettre au travail. Il faut que je vous fasse un topo de ce qu'on a jusqu'ici, dit-il en triant le bazar sur la table. Essentiellement des données contextuelles, comme je disais, mais il faut que vous lisiez ce… Allons bon, où… Ah, il est ici.

Il lui tendit un dossier.

— Vous avez tout un dossier sur les Azá ? s'étonna Lily.

Rule leva les yeux.

— Et encore, ça c'est juste les trucs récents, répondit Karonski. On les a à l'œil depuis qu'ils se sont installés à Los Angeles il y a trois ans.

— Alors de qui, ou de quoi, s'agit-il exactement ? demanda Rule.

— Les Azá sont apparus en Grande-Bretagne, mais ils prétendent exister depuis l'Égypte ancienne. C'est fréquent chez ce genre de sectes – s'inventer une origine ancienne et prétendre posséder des connaissances secrètes et ésotériques. Ça les rend plus intéressants. On les surveille parce qu'ils versent dans la magie macabre.

— La magie macabre !

— Impliquant des sacrifices animaux, pas humains. On n'a jamais rien pu prouver contre eux depuis qu'ils ont traversé l'océan, mais certains de leurs rites reposent néanmoins sur des sacrifices d'animaux.

— C'est horrible, dit-elle en tournant les pages. Je n'ai jamais entendu parler de leur déesse. Ani…

— Euh. Je préfère que vous ne prononciez pas son nom, d'accord ?

— Pourquoi ? (Elle leva les yeux. Karonski avait l'air penaud.) Oh, c'est bon. La magie nominative n'a plus cours depuis la Grande Purge.

— Je sais, je sais. Mais Brooks ne veut pas qu'on prononce son nom. Ni qu'on laisse quiconque a de la magie en lui le prononcer. (Il haussa les épaules.) Il n'a pas dit pourquoi, mais quand il donne une consigne aussi précise, j'obéis.

— Fais voir, demanda Rule en tendant le bras vers la page qu'elle lisait.

Intriguée, Lily lui donna la fiche. Il semblait bizarre tout à coup.

Rule parcourut rapidement le texte, puis s'arrêta et resta figé un long moment.

— Qu'est-ce qu'il y a ? demanda-t-elle. Tu as dit que tu n'avais jamais entendu parler des Azá.

— D'eux, non. Mais d'Elle… (Il finit par lever les yeux.) Tu as déjà vu un mythe se matérialiser sous tes yeux et te prendre aux tripes ?

— Pas plus tard qu'hier soir, répondit-elle sans réfléchir.

Un mélange de plaisir et d'étonnement traversa son visage.

— Merci.

Karonski se racla la gorge.

— Donc tu as entendu parler de leur déesse ? Elle fait partie de vos légendes ?

— Légende, histoire… les deux se confondent passé quelques milliers d'années. Mais oui, j'ai entendu parler d'Elle. Elle est la raison pour laquelle mon peuple existe.

— C'est elle, ta Déesse ? demanda Lily, mal à l'aise à cette idée. La divinité féminine que vous adorez ?

— Au contraire, répondit-il en la regardant d'un air grave. Ma Déesse est Son ennemie. Nous avons été créés pour La détruire.

XXI

Cullen était couché sur le côté, les mains posées devant lui. En signe de son statut légèrement amélioré, il avait reçu un matelas et une mince couverture. Il restait encore prisonnier, mais ils voulaient lui faire croire qu'il serait bien traité une fois qu'il aurait fait ses preuves.

C'est ça, oui. Il ricana tout seul dans le noir. Il n'avait jamais cru au Père Noël.

Le matelas était plus confortable, il n'y avait pas photo, mais en même temps, il le gênait. Le réseau magique courant sous sa cellule était déjà assez dur à repérer quand il était couché à même le sol. Mais maintenant qu'il y avait cet obstacle entre eux…

La couverture en revanche tombait à merveille. Un aveugle dans une cage en verre ne sait jamais quand on le surveille, mais la couverture fournissait au moins un minimum d'intimité. Si l'un d'eux surprenait ses légers mouvements sous celle-ci, il se dirait probablement qu'il était en train de s'astiquer.

Dieu sait qu'il n'y avait pas grand-chose d'autre à faire… en dehors de ce qu'il faisait vraiment, bien sûr : manipuler la *sorcerí*.

Les sortilèges se préparaient normalement avec des mots, des objets matériels, ou une combinaison des deux, et pouvaient être alimentés de diverses manières. Se servir directement de la *sorcerí* était sans doute une folie, pour quiconque n'était pas un grand ensorceleur. Mais en théorie, c'était faisable. Il suffisait qu'il cale ses fragments de sorts sur les oscillations magiques circulant sous sa cellule pour les introduire dans le réseau. Dès qu'il en aurait fait entrer suffisamment, il pourrait prendre le contrôle du réseau. En théorie.

En pratique, il risquait de se faire complètement désintégrer, lui et sa cage de verre. Si ça se produisait, il espérait bien qu'Helen se tienne tout près.

C'était drôle. Il n'avait jamais cru à ces histoires sur les Grandes Guerres, comme quoi son peuple avait été créé pour combattre dans un des deux camps. Le camp de la vérité et de la justice, bien sûr. Les gentils.

Oh, il avait bien voulu croire qu'il y ait eu un affrontement – un formidable conflit entre plusieurs mondes – dans un passé lointain. Ces faits avaient été avérés avant la disparition du *Codex Arcanum*, donc ils étaient probablement authentiques. Mais les contes transmis entre lupins parlaient de héros et de méchants, de dieux et de déesses. Ceux-là, il les avait relégués au rang de simples mythes. Aucun récit oral n'aurait pu rester aussi précis sur les détails historiques après autant de siècles. En outre, les gentils étaient habituellement les survivants, ceux qui avaient pu transmettre leur version. Et il lui semblait évident que c'était son camp qui avait survécu.

La seule vision de cette crosse avait suffi à le faire changer d'avis.

Peut-être qu'il ne savait pas comment repérer les gentils, pensa-t-il tandis qu'il s'évertuait à intégrer une *sorcerí* pourpre à son sort. Maintenant, il savait cependant qui étaient les méchants.

Il étudia son sortilège. Il semblait faire l'affaire… Un seul moyen de le savoir. Glissant une main sous le matelas, il toucha le sol et commença à introduire son sort dans le réseau.

Les voix autour de lui le dérangeaient. Il commençait à en faire abstraction quand il se rendit compte que l'une d'elles lui était familière – mais il l'avait entendue avant son séjour ici. Surpris, il relâcha sa concentration sur le sortilège. Le sort disparut dans le réseau.

— ...mécontente de... Turner est encore... doit être arrêté.

Sa Froideur était trop loin pour qu'il saisisse toutes ses paroles. Il détourna une seconde son attention de la conversation pour vérifier son sort. Il semblait s'être intégré en douceur...

— ...pas franchement satisfait non plus, Madone. L'éliminer du tableau est... je vous ai rejoint. C'est pourquoi... venu ici aujourd'hui.

Il reconnut alors la voix familière. Mick Roberts. Le frère de Rule.

— Il n'a pas sa belle gueule habituelle, pas vrai ? dit Mick à nouveau d'un ton amusé, debout juste à l'extérieur de la cage.

Inutile de faire semblant de ne pas entendre. Mick n'était pas idiot. Cullen balança ses jambes et s'assit en se tournant vers la voix.

— Bonjour, Mick. Toi ici, quelle surprise...

— Il sait que vous êtes ici ? dit-elle, choquée.

— Bien sûr. Vous lui avez retiré ses yeux, pas ses oreilles. Bonjour, Cullen. Il paraît que tu essaies de convaincre ce petit monde de te libérer de cette cage.

— On fait ce qu'on peut, dit-il calmement. (Le dégoût qu'il ressentit fut une surprise. Il n'avait pas cru posséder suffisamment d'idéaux pour être tant affecté par une trahison. Pourtant, parler à Mick le rendait malade.) Toi, par contre, tu sembles être sorti de la tienne.

Mick se mit à rire.

— Ah ! Ce bon vieux Cullen. Mais dis-moi, il y a des choses que je n'avais pas réalisées à ton sujet. La Madone m'a dit que tu bricolais des sorts. Tu n'as pas honte ?

— À propos de honte, qu'est-ce que tu fiches là, à bavarder avec la Madone ? On s'attendrait à un tel comportement de ma part, mais toi, tu es censé être un cran au-dessus de la racaille sans clan.

— Ne t'avise pas de te comparer à moi. (La voix de Mick vibra d'un afflux d'émotion soudain : de la colère, principalement, assortie d'une bonne dose de mépris.) Je me bats pour sauver mon clan. Toi, tu essaies juste de sauver ta pauvre carcasse.

— Pardonne ma stupidité, mais je ne te suis pas. Tu t'allies à notre ennemie héréditaire et tu t'acharnes à tuer ton père et à détruire ton frère… dans l'intérêt du clan ?

— Tu as toujours été un imbécile. C'est le Rho et ses chimères politiques qui vont nous détruire. Il va abolir le Défi et nous transformer en parodies d'êtres humains, de pâles copies de ceux qui n'ont jamais entendu l'appel de la Déesse. Je ne permettrai pas que ça arrive.

La voix de Mick était maintenant dure. Déterminée. Il aurait cru entendre Rule… ou plutôt une piètre version corrompue de lui.

— Eh bien, chacun voit midi à sa porte. Euh… par contre, il faut que je te demande quelque chose – mon éternelle curiosité, tu t'en doutes. Tu n'ignores pas qu'elle peut lire dans tes pensées, je suppose ?

Voire plus. Contrôler totalement l'esprit d'une personne était censé être impossible, mais elle disposait de beaucoup de pouvoir dans sa crosse… Cullen ne pouvait cependant imaginer qu'un lupin laisse une telle abomination le toucher.

Mick se mit à rire.

— Pas dans les miennes, ni celles d'aucun lupin. Ma parole, tu es vraiment un imbécile. Celle que la Madone sert ne peut pas nous affecter de cette façon.

Mais Elle n'en avait pas besoin. La garce qu'Elle avait choisie pour prêtresse avait son propre Don, renforcé peut-être par le pouvoir de sa maîtresse, mais qui ne provenait pas d'Elle. Cullen doutait cependant que le moment soit bien choisi pour disserter sur les différences entre Dons et ensorcellements.

— Tu es passé me remonter le moral ? Comme c'est gentil de ta part. Je me sens déjà mieux.

— Je voulais te voir en cage. J'étais sûr que j'allais adorer ça... et je ne me suis pas trompé.

La Madone reprit la parole. Sa voix aiguë traversa la vitre, faible mais distincte.

— Mick a une idée sur la façon de vous utiliser. J'avais prévu un autre moyen de vous mettre à l'épreuve, mais j'aime assez son idée. Elle me permettra de m'assurer de votre loyauté tout en servant en même temps nos objectifs, et nous n'aurons pas à attendre que vos yeux guérissent.

— Séduite par l'efficacité, à ce que je vois.

Cullen parlait tranquillement, mais son rythme cardiaque s'accélérait. Il n'était pas prêt. Il ne contrôlait pas encore le réseau magique. Mais il n'en était pas loin...

— Tout va dépendre de votre sens de la loyauté, poursuivit-elle. Mick m'assure qu'il est extrêmement souple. Mais dites-moi, vous vous considérez bien comme un ami de Rule Turner ?

— Oh oui. Rule est un aimant à gonzesses. Non pas que j'aie des difficultés à attirer les femmes, mais elles lui tombent dans les bras en si grand nombre qu'il peut pas toutes les honorer. Alors je m'occupe du trop-plein.

— Épargnez-moi le détail de vos mœurs sexuelles, dit-elle d'une voix chargée de dégoût. (Il avait remarqué que la belle Helen détestait toute référence au sexe.) Seriez-vous prêt à l'attirer à nous ?

Il sourit.

— Qu'est-ce que j'obtiens en retour ?

— Aninnas veut le dévorer. Si Elle ne peut pas l'avoir lui, elle pourrait se rabattre sur un ensorceleur loup-garou.

— Vous savez vraiment comment motiver les gens.

Il était onze heures trente, et Rule était en route pour voir Ginger. Lily l'accompagnait, bien sûr. Ils avaient tiré à pile ou face pour décider qui conduirait et il avait gagné, aussi se trouvaient-ils dans sa voiture.

Croft s'occupait de récolter davantage de renseignements sur l'Église des Fidèles. Karonski était parti rendre visite aux Affaires internes pour voir ce qu'ils avaient appris sur Meck et Randall. Lily avait voulu aller cuisiner Ginger.

Il aurait été plus pratique de constituer les équipes différemment – Lily et Croft, Rule et Karonski – mais le lien d'âme sœur l'empêchait. Et de toute façon, Rule n'envisageait pas une seconde de la laisser échapper à sa vue. Lily représentait une menace pour les tueurs et pour le flic pourri qui travaillait avec eux. Il refusait qu'elle prenne le moindre risque.

Ils avaient commencé par rechercher Cullen. Il n'était toujours pas chez lui, et un coup de fil à Max avait confirmé qu'il n'avait ni vu Cullen ni eu de nouvelles de lui. Rule s'en voulait de s'inquiéter. Cullen disparaissait parfois dans la nature pendant des semaines pour s'amuser avec un fragment de sort qu'il venait de découvrir. Il passait son temps à éplucher de vieux manuscrits et d'anciens grimoires à la recherche de ce genre de chose.

— Tu es sûr que Seabourne est un ensorceleur ? demanda Lily pour la troisième fois. Pas seulement un mec avec un petit Don qui veut faire son intéressant ?

— Les lupins n'ont pas de Dons.

— Vous n'êtes pas censés pouvoir ensorceler, non plus.

Vrai.

— Il puise la magie des sorts qu'il lance en dehors de lui. C'est bien la définition d'un « ensorceleur », non ?

— Comment tu sais où il la puise ? Tu ne peux ni la voir ni la sentir.

À bout de patience, il craqua.

— Il a été exclu de son clan parce qu'il ne voulait pas abandonner ses ensorcellements, alors je suppose que ses motivations dépassent la simple envie de fanfaronner. Ils ont dû en conclure qu'il était calé. Et ça, ajouta-t-il avec un soupir, c'est plus que je n'aurais dû t'en dire.

— Je garderai ça pour moi. À moins…

— …que tu ne sois forcée de le mentionner. Compris.

Il commençait à regretter de lui avoir confié cette information sur Cullen. Mais en prenant conscience de l'identité de l'Ancienne qui semait le trouble, il s'était dit qu'elle et les deux fédéraux devaient être mis au courant de tout ce qu'il savait.

Cullen avait observé des « turbulences » dans le flux qui lui faisaient penser que les relations entre les mondes changeaient. Lorsqu'il avait perçu un lien possible avec le clan Nokolaï, une sorte de conspiration, il en avait touché un mot à Rule. Plaçant celui-ci au centre d'un sort plus complexe, il avait mis à jour un projet visant à tuer le Rho… un peu trop tard.

Elle lui toucha le bras.

— Je ne vais pas le dénoncer, Rule. Sauf s'il est coupable d'autre chose que la pratique d'une discipline illégale. Mais je dois dire que c'est la première fois que mon devoir de confidentialité protège un ensorceleur.

— Cullen dit que la pratique de l'ensorcellement souffre d'une mauvaise réputation, mais qu'intrinsèquement, elle n'est ni bonne ni mauvaise. Tout comme l'électricité.

— C'est ce que j'ai toujours pensé. La magie ne porte aucune charge morale. Ce qui compte, c'est comment on l'utilise. Mais ce que j'ai touché dans l'appartement de Therese…

Elle secoua la tête comme si elle cherchait à se débarrasser d'un mauvais souvenir. Quand il tendit sa main vers la sienne, elle l'attendait déjà. *Le lien opère,* pensa-t-il. *Et il continuera de marcher… tant qu'elle le laissera faire.*

— Alors, qu'est-ce que tu ressens quand tu touches de la magie ? demanda-t-il en la regardant.

Elle eut un sourire narquois.

— Et toi, qu'est-ce que tu ressens quand tu te transformes ?

— Une sauvagerie. Une souffrance. Une paix intérieure.

— Visiblement, tu es plus doué que moi pour trouver les mots. La magie, c'est comme… une texture. Tantôt du sable, tantôt du verre, parfois du bois ou de la pierre, d'autres fois comme une feuille… quand je touche quelque chose ou quelqu'un qui porte en lui de la magie, il présente cette texture supplémentaire.

— Ce n'est pas toujours la même sensation ? demanda-t-il, intrigué.

— Oh, non. Par exemple, la magie lupine évoque un peu de la fourrure, un peu des crocs.

C'était logique. En quelque sorte. Encore fallait-il réussir à imaginer quelque chose qui soit à la fois doux, dur et pointu.

— C'est pour ça que je ne comprends pas ce que j'ai ressenti dans l'appartement de Therese. Une texture n'est ni bonne ni mauvaise… elle est neutre. Bien sûr il y en a qui font mal, comme le verre pilé, mais faire mal et être maléfique, ce n'est pas la même chose.

— Effectivement, excepté pour un tout petit enfant, approuva-t-il en mettant son clignotant.

— Sans doute… (Elle remarqua soudain qu'elle lui tenait la main et la lui lâcha.) Hé, tu n'aurais pas dépassé l'adresse de Ginger ?

Patience, se dit-il.

— Je n'ai pas vu de places de stationnement.

— Oh. Bien. Je veux dire, c'est rassurant de voir que tu n'es qu'un humain après… Oh, je me suis mal exprimée. Un mortel comme les autres, devrais-je dire. Moi non plus, je ne trouve jamais de place de parking quand j'en ai besoin.

Son côté humain, ou plutôt son côté non-humain, la dérangeait. Il ne savait pas quoi faire à ce sujet. Était-elle mal à l'aise avec sa nature parce qu'elle avait elle-même un problème avec sa propre nature ?

— Qu'y a-t-il de plus difficile dans le fait d'être une sensitive ?

— D'être comme coincée entre deux chaises, je suppose.

— Je ne suis pas sûr de comprendre ce que tu veux dire, répondit-il en s'arrêtant sur une place de parking. Tu es assurément humaine.

— « Humaine », qu'est-ce que ça signifie ? Où traces-tu la ligne entre ceux qui sont humains et les autres ? Toi, tu es à l'aise à l'extérieur de cette ligne. Moi, je veux juste savoir où elle est.

Elle ouvrit la portière et descendit.

Pourquoi a-t-elle besoin de lignes ? se demanda-t-il en descendant à son tour. Peut-être que c'était une conséquence de ne pas avoir de clan. Lui avait toujours su qui il était.

Mais à certains égards, elle aussi avait un clan : sa famille. Cela lui rappela…

— Tu ne voulais pas me demander quelque chose ?

— Souvent si, mais pas en ce moment même.

— Tu voulais me demander de sortir avec toi.

— Oh. (Elle lui lança un regard agacé.) Je suppose que tu as entendu toute la conversation avec ma mère.

Il sourit.

— Très bien. Accepterais-tu de m'accompagner à ce fichu dîner de répétition ?

— J'en serais ravi. Je commençais à croire que tu voulais inviter Karonski.

— J'y ai pensé.

Son ton grincheux le fit sourire.

— Si c'est un dîner en grande cérémonie, j'ai un smoking.

— Ça me surprend pas. Non, un costume fera l'affaire. Cela se tiendra au restaurant de mon oncle Chan. Tu connais peut-être ? C'est *Le Dragon d'Or* dans Gaslamp Quarter.

— J'y suis allé. Excellent *moo shoo* au porc. (Il la regarda.) Tu es peu enthousiaste. Tu as honte de moi ?

— Non, non, ce n'est pas ça. En fait, dit-elle en esquissant un petit sourire, je suis impatiente de voir la réaction de ma mère quand elle te verra.

— Alors, tu m'as simplement invité pour irriter ta mère ?

Elle hocha la tête pensivement.

— En quelque sorte. Mère prétend qu'elle n'a aucun préjugé, mais c'est complètement faux. Elle n'a rien contre les lupins en particulier, mais voyons les choses en face. Tu n'es pas chinois.

Il laissa échapper un rire.

— Non, effectivement.

— Ce serait pas mal si tu étais chirurgien. Ou avocat, à condition que ce soit pour un cabinet prestigieux. Elle n'a d'yeux que pour les gens ambitieux. Alors un playboy… (Elle secoua la tête.) Mais elle aimera le fait que tu sois riche.

— Je ne suis pas riche.

Elle jeta un regard à sa voiture par-dessus son épaule, puis le fixa avec un air dubitatif.

— Un accessoire pour cultiver mon image, répondit-il.

— Un accessoire que tu apprécies beaucoup.

Il sourit.

— J'avoue.

— Tu rencontreras également mon père, mais il est assez facile à vivre. Ma sœur Susan – celle qui se marie – est la perfection faite femme, alors ça ne sera pas un problème. Ma sœur cadette en revanche, Beth, va probablement te draguer. Et puis… il y a Grand-mère.

— Tu n'as plus qu'elle ?

— Non, mais Grand-mère est unique en son genre. Elle… (Lily soupira.) Impossible de décrire Grand-mère. Il faut la rencontrer.

— Je suis impatient d'y être.

— On voit que tu ne les connais pas, murmura-t-elle.

Ils avaient atteint leur destination : La Jolie Vie[8], un salon de beauté haut de gamme dont Ginger était propriétaire.

— Lily. (Il posa une main sur son épaule avant qu'elle ouvre la porte.) Qu'est-ce qui t'embête ?

Elle haussa les sourcils pour exprimer une surprise polie.

— Tu veux dire, à part être liée pour la vie à un homme que je connais à peine ? Et découvrir que l'auteur de ces meurtres pourrait bien être une déesse immortelle ?

Rule fit la grimace en entendant Lily employer un tel terme.

— Une « Ancienne ». Je préfère ne pas L'honorer de l'autre terme. Je crains que tu aies du mal à L'interpeller : Elle ne peut pas entrer dans ce monde.

[8] *En français dans le texte (NdT).*

— C'est ce que tu as dit tout à l'heure, mais comment peux-tu en être sûr ? Tu tiens toutes ces informations de légendes si anciennes qu'on ne sait même pas de quand elles datent.

— Si Elle était ici, dit-il d'un air grave, tu n'aurais pas à te soucier de notre lien, car je serais déjà mort. Il en serait de même de la plupart des membres de mon clan, ainsi que de la grande majorité des lupins de ce monde. Sans parler de tout humain qu'Elle considérerait comme une menace : le Président, les membres du Congrès, bon nombre de militaires…

— Là, tu commences à me faire peur.

— Parfait.

Mais elle avait déjà peur avant d'arriver. Plus ils s'étaient approchés du salon, plus il avait senti grandir l'odeur de la peur sur elle.

— Tu ne veux pas me dire pourquoi ça te met mal à l'aise de revoir Ginger, alors ?

Elle détourna le regard et son visage se ferma.

— Les souvenirs sont douloureux parfois. Sûr que tu ne veux pas te faire coiffer ou manucurer pendant que je lui parle ? Personne ne va m'attaquer entre les vestiaires et les sèche-cheveux.

— Mes ongles vont très bien, merci. (Il se demanda si elle savait qu'elle venait de le prendre par la taille.) Je n'interviendrai pas, Lily.

Elle leva les yeux vers lui, fit la grimace, et retira sa main.

— Éloigne-toi. Ça la ficherait mal que je me frotte contre toi pendant l'interrogatoire.

XXII

Ginger avait bien réussi, songea Lily en entrant dans le salon. Stuc vénitien sur les murs, carreaux d'ardoise au sol, lustre en cristal au plafond, et une réceptionniste qui ressemblait à Julia Roberts en blonde assise derrière un bureau ancien.

— Puis-je vous aider ? demanda la femme avec un sourire chaleureux ; étonnamment, elle jeta à peine un regard à Rule.

Il y avait un inconvénient à n'être que consultante. Lily s'apprêtait à sortir sa plaque quand elle s'en souvint.

— Je souhaiterais parler à madame Harris. Je suis sûre qu'elle est occupée, mais je suis une vieille amie. (Lily sourit.) Dites-lui que Lily Yu est ici.

— Une vieille amie ? murmura Rule tandis que la femme parlait dans un interphone.

— Plus tard, répondit Lily.

La réceptionniste raccrocha et se leva.

— Veuillez me suivre.

Lily emboîta le pas de la grande blonde élégante et ultramince jusque dans la salle principale, un endroit raffiné au carrelage décoratif, sentant les produits chimiques et abritant des palmiers en pot hauts de deux mètres cinquante, et des femmes. Beaucoup de femmes. Toutes se retournèrent sur Rule à son passage.

La réceptionniste était peut-être lesbienne.

Ils franchirent une porte réservée au personnel et débouchèrent dans un petit couloir moquetté avec une issue à chaque bout. Lily tenta tant bien que mal de se persuader que c'était le soulagement qui faisait battre son cœur si fort. Elle n'avait pas été certaine que Ginger accepterait de lui parler.

Mais le soulagement ne donnait pas les mains moites.

Ils s'arrêtèrent devant la porte de droite. Le clone de Julia Roberts frappa rapidement, puis ouvrit et recula, toujours souriante.

Le bureau de Ginger était meublé de façon kitsch et onéreuse : un palmier en néon dans un coin, des chaises en fourrure rose pour les visiteurs, un bureau en verre et chrome. Ginger n'était pas derrière le bureau, mais elle se tenait à la fenêtre comme si elle contemplait la vue. Elle portait un haut court élastique couleur fuchsia et un pantacourt qui laissaient voir son piercing au nombril.

Elle se retourna en entendant la porte se fermer et afficha un air surpris.

— Rule. Je ne t'attendais pas. Mais puisque tu es là… (Elle regarda Lily et sourit.) On pourrait essayer un plan à trois. La causeuse est trop petite, mais on peut faire ça par terre.

Horriblement contrariée, Lily se sentit rougir.

— Est-ce que cela signifie que ça ne te dérange pas d'avoir des relations sexuelles avec un meurtrier ? Ou que tu ne vois rien de mal à montrer tes fesses à un homme que tu essaies de faire inculper de meurtre ?

— Oh, alors tu parles comme une grosse dure aujourd'hui ? (Elle secoua la tête, et l'espace d'une seconde, Lily crut voir une expression blessée dans ses grands yeux.) Je suppose que tu n'es pas venue ici pour parler du bon vieux temps, finalement.

— Bien deviné. Je dois dire que je ne suis pas ici en tant que flic, non plus. J'aide le FBI dans leur enquête.

— Le FBI ? (Ginger se passa la main dans ses cheveux roux coupés court et les ébouriffa.) Ouh ! J'ai peur. Ai-je précisé que j'étais bi ? (Elle regarda Lily de haut en bas avec ce sourire de chat sur les lèvres.) Jolie veste.

— Merci. Qui t'a convaincue de mentir et de dire que tu avais vu Turner l'autre nuit ?

— Je n'ai pas menti. (Elle jeta un regard à Rule et haussa les épaules.) Je ne voulais pas te causer d'ennuis, mon beau.

— Comme tu le vois, les ennuis n'ont pas duré, répondit-il avec un sourire assez incisif pour couper du verre. Je crois en revanche que mentir à des agents fédéraux entraîne quelques tracas plus durables.

— Peut-être que j'ai fait erreur, mais on aurait bien dit toi. (Elle montra les chaises en fourrure rose.) Mais asseyez-vous. Puis-je vous offrir quelque chose ? Nous avons un excellent chardonnay, ou sinon il y a de l'eau gazeuse au citron, Lily, si tu es à cheval sur le règlement.

Elle n'arriverait à rien en laissant Ginger décider du ton de la discussion. Celle-ci contrôlerait ses paroles, et se contenterait de les aguicher lui ou elle sans rien leur dire.

Lily se dirigea vers elle.

— Ces gens que tu protèges sont des tueurs. Tu sais ce qu'ils ont fait à Therese Martin ? Ils l'ont éventrée. Ils l'ont réduite en charpie, là, dans son appartement, où elle pensait être en sécurité.

Ginger se mordit la lèvre inférieure.

— C'est terrible, j'en suis sûre, mais ça n'a rien à voir avec moi. Peut-être que ce n'était pas lui que j'ai vu sortir de ce bâtiment, peut-être que si. De toute façon, je ne suis pas coupable de quoi que ce soit.

— Que faisais-tu là-bas ? Pas le soir en question – apparemment tu sortais du club – mais le lendemain, quand tu as aperçu les voitures de police devant chez Therese et que tu es venue voir ce qui s'était passé.

— Mon Dieu, dit comme ça, ça sonne louche effectivement. (Ginger inclina la tête et caressa la joue de Lily.) Tu sais, ma chérie, tu as un joli grain de peau, mais je ne pense pas que ce fond de teint te convienne. Il te donne l'air terne. Je pourrais te trouver une couleur adaptée dans la marque que nous utilisons. Tu adorerais.

Lily ne portait pas de fond de teint.

— Tu n'as pas répondu à la question.

— Pour quelqu'un qui n'est pas là en tant que flic, tu t'exprimes pourtant comme l'un d'eux. (Elle haussa les épaules.) Mais après tout, pourquoi pas ? J'ai déjà expliqué ça à l'autre policier. J'avais oublié mon sac dans le club, et je ne m'en suis rendu compte qu'au moment de payer le chauffeur. (Elle grimaça.) Je peux te dire qu'il n'était pas très compréhensif. J'ai dû réveiller mes voisins pour leur emprunter de l'argent, et eux non plus n'ont pas été compréhensifs. Je suis retournée au club le lendemain.

— Pourquoi avoir pris un taxi pour rentrer ?

Ginger leva les yeux au ciel.

— Juste entre nous, ma chérie, j'ai eu un petit problème avec mon permis. Je ne circule plus qu'en taxi aujourd'hui.

— Le Club Inferno se trouve à deux pâtés de maisons de l'appartement de Therese Martin. Comment as-tu pu identifier Turner à cette distance ?

— Nous sommes passés devant. Je ne sais pas si le chauffeur de taxi l'a vu ou non, mais moi je remarque toujours Rule, dit-elle en adressant au lupin un sourire en coin.

Lily hocha lentement la tête. Elle se demandait s'ils avaient pu s'arranger pour qu'un homme quitte le bâtiment de Therese au bon moment afin que le chauffeur de taxi le voie.

— C'est une bonne histoire, Ginger. Elle se tient.

— Une histoire ? (Elle écarquilla les yeux avec stupéfaction.) Mais ma chérie, ce n'est pas moi qui invente des histoires sur l'endroit où je vais, ou sur celui où j'allais. C'étaient toi et Sarah.

Lily eut tout à coup le souffle coupé. *Était-ce ma faute ? M'en as-tu voulu toutes ces années ? J'aurais pu dire non, j'aurais pu dissuader Sarah*... Elle respira à nouveau.

— Bien joué. Tu as touché le point sensible. Mais je n'ai plus huit ans, et je rends les coups à présent. Tu ferais mieux de t'en souvenir, parce que tu as vraiment intérêt à m'avoir de ton côté. Tu es dans la merde jusqu'au cou, seulement tu es trop bête pour t'en rendre compte.

Une lueur de colère traversa le regard de Ginger.

— Allons, allons. Pas d'insultes...

— Réfléchis. Si tu as vu le tueur, tu es un danger pour lui. Si tu ne l'as pas vu, et que tu as accepté de mentir pour une raison quelconque, tu représentes une menace encore plus grande.

— Comme c'est gentil de t'inquiéter pour moi, ronronna-t-elle. Pauvre petite Lily. Tu crois plus que tout à la sécurité, n'est-ce pas ? Après ce qui s'est passé, j'imagine que c'est normal. Es-tu entrée dans la police parce que tu trouvais plus sécurisant de placer une arme et un uniforme entre toi et les méchants ?

Elle met à nouveau dans le mille, pensa Lily. Mais Ginger avait toujours su frapper sous la ceinture.

— Le problème, Ginger, c'est que je sais que tu n'as pas vu le tueur. Parce que le tueur n'était pas là.

Ginger haussa les sourcils.

— Eh bien, il est drôlement fort. Il l'a tuée sans se montrer ?

— Tout à fait. Car Therese n'a pas été tuée par un lupin. Elle a été tuée par un sort.

Pendant une seconde, Lily vit la peur vaciller dans ces yeux expressifs qui ne lui étaient que trop familiers. Puis Ginger lâcha un petit rire nerveux.

— Tu as regardé trop de films d'horreur, dit-elle.

— J'ai dit que j'assistais le FBI, tu te souviens ? Ce sont eux qui sont maintenant en charge de l'affaire. Le meurtre par magie constitue un crime fédéral... le seul qui vaille automatiquement la peine de mort.

L'espace d'un instant, Ginger ne répondit pas. Puis elle haussa les épaules d'un geste dédaigneux et se retourna.

— Je dois vraiment me remettre au travail, ma chérie. Merci de m'avoir mis au courant de tous ces petits détails fascinants, mais…

Lily la prit par l'épaule pour l'interrompre.

— Écoute-moi. Ils n'ont plus besoin de toi. On sait que Turner est innocent, alors tu ne leur sers plus à rien. Tu crois que tant que tu tiens ta langue, ils ne te feront pas de mal, mais voilà ce qu'ils vont se dire : tu pourrais changer d'avis. Tant que tu es en vie, tu pourrais te décider à parler. Et celui ou celle qui a tué Therese peut t'atteindre à n'importe quel moment et stopper les battements de ton cœur.

— Whaou ! (Elle essayait de faire la maligne, mais le ton n'était pas convaincant.) Mais quelle imagination.

Lily ne dit rien, laissant Ginger faire marcher sa propre imagination.

Celle-ci tourna la tête et joua avec sa boucle d'oreille, avant de regarder à nouveau Lily.

— Donc que se passera-t-il si j'avoue qu'on m'a demandé de mentir ? Je vais avoir des ennuis ?

— Je pense que je peux m'arranger pour qu'on ne t'inculpe pas d'obstruction à la justice.

— Eh bien… (Ginger se mordit la lèvre et son regard balaya nerveusement la pièce autour d'elle, comme si elle cherchait du réconfort. Il tomba sur Rule, resté en retrait près de la porte.) Très bien. (Elle poussa un soupir.) C'est Cullen. Il m'a demandé de dire ça.

— Cullen Seabourne ?

Ginger hocha la tête. Sa lèvre inférieure saillait comme celle d'un enfant boudeur.

— Lui et moi, on se voyait plus ou moins régulièrement pendant un temps. C'est comme ça avec les lupins. Mais quand on se voyait… waouh ! (Son sourire réapparut brièvement, béat, pour s'effacer aussitôt.) Ces derniers temps, on ne se voyait plus trop et j'espérais y remédier, je ne savais pas ce qu'il allait faire à cette pauvre femme, mais en revanche, je me doutais qu'il voulait attirer des ennuis à Rule. Je n'avais pas réalisé à quel point. Honnêtement.

— ELLE MENT, DIT Rule en claquant sa portière.

— Peut-être. (Lily tira sa ceinture de sécurité et l'attacha.) Quand j'ai cherché à le joindre l'autre jour, je n'ai pas réussi. (Elle jeta un regard à Rule.) Tu as bien fait de ne pas intervenir.

— Ce n'était pas facile, dit-il sombrement. Lily, je connais Cullen. Il n'est pas dans le coup.

Mais il collait parfaitement au profil. Ils étaient à la recherche d'un ensorceleur, et c'était le seul que Lily connaissait.

— Vous êtes amis. Amis proches ?

— Oui. Je sais que tout l'accuse, mais Ginger n'est pas le témoin le plus fiable.

— Si on considère qu'elle a déjà menti une fois, non. Mais qu'a-t-elle à gagner à l'accuser à tort ?

— Ça pourrait être une façon de se protéger, mais je dirais qu'elle fait ça par simple malveillance.

— Mmmh. Alors a-t-elle une relation avec Seabourne comme elle le dit ?

— Une « relation », le terme est peut-être un peu fort. Cullen ne s'engage pas dans des « relations ». Il se contente du sexe. (Rule s'inséra dans la circulation.) Ça ne te donnera pas une très haute opinion de lui, mais il y a une différence entre aimer la promiscuité et égorger une femme.

Lily médita sa remarque.

— Ginger a le mensonge facile, mais là, elle était vraiment effrayée.

— Tu fais peur quand tu t'y mets.

— Depuis quand fréquente-t-elle le club ? Est-elle une de tes groupies, ou est-ce les lupins en général qu'elle aime ?

— Elle aime avoir des relations sexuelles avec les lupins. Mais elle ne nous aime pas. (Il la regarda sur le côté, mais son expression était indéchiffrable, il reporta alors son attention sur la rue.) Je n'ai jamais couché avec Ginger.

— Je ne t'ai rien demandé.

— Tu l'as pensé très fort, dit-il laconiquement. Elle a peur de nous. Ce genre d'attitude me refroidit.

Lily ne put cacher son étonnement.

— Elle traîne avec les lupins parce qu'elle a peur de vous ?

— Elle aime avoir peur. C'est ce qui l'excite.

Lily rapprocha cette information de ce qu'elle savait de la Ginger d'aujourd'hui et d'autrefois. Ça tenait la route.

— Je voud… Hé ! Pourquoi tu t'arrêtes ici ?

Il venait de tourner sur le parking d'un restaurant en bord de plage.

— Pour déjeuner. (Il éteignit le moteur et se tourna vers elle.) Et pour les questions, cette fois, c'est moi qui les pose.

— Je n'ai pas faim.

— Moi si, mais ça peut attendre. En revanche, tu as dit que tu m'expliquerais tout plus tard. Nous sommes « plus tard ».

— Encore plus tard, alors. Ce soir. (Le voyage dans le passé avec Ginger avait suffi. Elle ne voulait pas s'y attarder.) Écoute, j'étais amie avec la sœur de Ginger en cours élémentaire. Il est arrivé des sales trucs. C'était il y a longtemps et j'ai une enquête en cours.

— Tu souffres. Je veux t'aider.

Lily regarda par la fenêtre. Au-delà du parking, on distinguait un petit bout d'océan entre les bâtiments. Aujourd'hui, il était d'un bleu profond, étincelant sous le ciel sans nuages. Il y a vingt ans de cela, le ciel et la mer était gris. Gris et orageux.

Tout au fond d'elle, quelque chose la titillait, la pressant de lui dire. De lui faire confiance.

Elle ne pouvait pas. Elle défit sa ceinture de sécurité.

— Je n'arrive pas à en parler. Je n'ai jamais pu en parler.

— Jamais ? dit-il en posant la main sur son épaule.

Elle sentit immédiatement la chaleur. Le lien. Elle secoua la tête.

— Très bien. Comme tu veux. Mais le lien entre âmes sœurs permet plus qu'un simple rapprochement sexuel, si tu ne t'y opposes pas.

Lily regarda à nouveau par la fenêtre. Les mouettes tournoyaient dans le ciel, plus net et plus éclatant que du verre poli. Au début, ils avaient tous voulu qu'elle en parle : les flics, sa mère, le psy. Elle n'y arrivait pas. Certaines parties, oui, mais jamais toute l'histoire. Jamais le pire.

Mais il y avait longtemps qu'elle n'avait pas essayé. Longtemps que personne ne l'y avait incitée.

Peut-être pourrait-elle y arriver aujourd'hui, se dit-elle. Peut-être en avait-elle assez du silence.

Elle se pencha et retira ses chaussures.

— Allons marcher sur la plage.

Il y avait étonnamment peu de monde près de l'eau. Évidemment, à cette époque de l'année, les familles venaient surtout le week-end.

— Il ne manque plus qu'un coucher de soleil, dit Lily, et nous aurions notre place dans une publicité. Nous devons ressembler au parfait petit couple californien, marchant pieds nus sur la plage, main dans la main. Dieu sait que tu es photogénique à souhait.

— Il y en a généralement un qui sourit sur ces photos.

— Je suis à court de sourires en ce moment. (Elle n'était pas sûre de pouvoir le faire, ni même de le vouloir.) Ne tardons pas trop.

— Très bien. Tu connais Ginger depuis plusieurs années…

— Vingt. Cela a fait vingt ans le mois dernier. (Était-il malsain de savoir au jour près combien de temps s'était écoulé ? Non, se dit-elle. Triste, peut-être, mais inévitable.) Sa sœur était ma meilleure amie en primaire. Je passais souvent la nuit chez elle, on jouait ensemble après l'école. Je voyais donc fréquemment Ginger.

— Tu l'aimais mieux à l'époque ?

Elle sourit amèrement.

— Non, mais c'était la sœur aînée, alors naturellement elle prenait de haut les petites gamines que nous étions. À l'époque, crois-le ou non, mais Ginger était une enfant obéissante. Sarah… (Sa respiration se bloqua. Elle prononçait si rarement son nom à haute voix.) C'était Sarah, celle qui faisait des bêtises.

— J'ai du mal à t'imaginer faisant des bêtises.

— Moi, j'étais plutôt la petite fille sage qui fait ses devoirs, qui ne copie pas, qui ne bavarde pas en classe. Mais Sarah me dévergondait un peu. Elle pouvait me convaincre de faire des choses. Un jour, nous avons fait l'école buissonnière, dit-elle tout à coup.

Sa main restait chaude et tendre dans la sienne.

— Rien de bien méchant, dit-il.

— En apparence. (Elle marcha un moment en silence. Il lui semblait que son sang coulait plus rapidement dans ses veines, qu'il bourdonnait. *Continue.*) On n'aimait pas notre maîtresse, et on s'était dit que c'était logique, en quelque sorte, de faire l'école buissonnière pour la punir. On avait tout prévu : comment s'échapper avant que la classe commence, quel bus prendre. On n'avait pas prévu la météo, par contre. Le temps était à l'orage, si bien qu'il n'y avait presque personne à la plage. Au début, on a été déçues, puis on s'est dit que c'était cool. On avait presque la plage pour nous toutes seules.

— Que s'est-il passé, Lily ?

— On a été kidnappées.

Rule laissa échapper un hoquet de surprise. Pendant un moment, ses doigts serrèrent fort ceux de Lily, presque au point de lui faire du mal.

— Le monsieur avait l'air sympa.

C'était un peu comme remettre un rapport après tout. Elle avait déjà dû résumer des affaires de ce genre, et d'autres bien pires encore.

— Il me rappelait le Père Noël, mais sans la barbe. Un air de grand-père. Il a commencé par nous parler, en nous taquinant parce qu'on n'était pas à l'école. Au début, je ne voulais pas répondre. J'ai dit à Sarah qu'on ne devait pas parler à des inconnus. Alors, elle lui a demandé son nom, puis elle m'a présentée à lui et m'a dit qu'on se connaissait maintenant. Elle trouvait ça terriblement malin.

Lily cessa de marcher. Elle regarda les mouettes raser les flots bleus de l'océan. C'était toujours là qu'elle s'arrêtait, le stade qu'elle ne pouvait pas dépasser, pas à voix haute. Elle sentit la pression dans sa poitrine, comme si tous les mots s'y massaient, la pressant de les laisser sortir, lui coupant quasiment le souffle.

Rule vint derrière elle et se mit à lui caresser doucement les bras. De haut en bas, de bas en haut. La répétition de ce geste la calma peu à peu. Elle prit conscience de sa présence, juste derrière elle. Il ne la brusquait pas, ne lui posait pas de questions, ne l'obligeait pas à affronter son angoisse, ses sentiments. Il était juste là.

Elle lui tournait le dos. Et les mots jaillirent subitement.

— Il nous a convaincues de le suivre jusqu'à sa voiture. Mais pas d'y monter. Ça nous aurait fait peur. Il a dit qu'il avait besoin d'aide pour emporter ses affaires de pique-nique jusqu'à la plage, et nous, petites filles serviables que nous étions, on est allées avec lui. On n'a pas pensé au coffre, que ça pouvait être dangereux.

» Il l'a frappée. Quand j'ai vu ça, j'ai tenté de m'enfuir. Je ne me souviens pas quand il m'a assommée. Je me souviens juste que je me suis réveillée dans son coffre. J'avais mal à la tête, et j'avais vomi. Je me souviens du goût dans ma bouche. Sarah pleurait. À chaque virage que la voiture prenait, on se cognait l'une contre l'autre, mais on ne pouvait pas se voir. Il faisait trop sombre. On avait l'impression de plus pouvoir respirer, comme si toute cette obscurité chassait l'air dans nos poumons…

Sa respiration se bloqua alors à ce souvenir.

— Respire maintenant. (Il enroula ses bras autour d'elle.) Respire, Lily, dit-il. Tu es en sécurité.

Il avait tort. Il n'y avait pas de sécurité. Mais dans ses bras elle se sentait bien. Elle se laissa aller contre lui et, après un moment, reprit tranquillement.

— Il a roulé toute la journée, et à la nuit tombée, il nous a emmenées chez lui. Sarah était une vraie poupée, avec de jolis cheveux blonds. Malheureusement pour elle. Moi, il m'a ligotée, gardée pour plus tard, mais j'y étais. J'étais dans la pièce quand il l'a violée.

Un frisson traversa le corps de Rule.

— Je ne pense pas qu'il avait prévu de la tuer. Il avait l'air si surpris. (C'était un de ses pires souvenirs, pour une raison quelconque : la surprise sur le visage de l'homme quand Sarah avait arrêté de bouger, quand ses coups de pied avaient cessé et qu'elle était restée là, les yeux exorbités, sans ciller. Il l'avait étouffée, mais il n'arrivait pas à associer ce qu'il avait fait avec le visage de la petite fille morte.) Il a pris peur. Il voulait que je reconnaisse que c'était un accident. Je l'ai fait. J'ai approuvé tout ce qu'il disait.

Rule posa le menton sur le sommet de sa tête. Il l'enlaçait de tout son corps maintenant, et elle trouvait cela rassurant. Il ne parlait pas, et ça rendait aussi les choses plus faciles. Pendant quelques instants, elle resta là, immobile, se laissant imprégner par ses ondes réconfortantes.

— J'ai eu de la chance, dit-elle enfin. Je ne le savais pas sur le moment, mais quelqu'un l'avait vu nous mettre dans son coffre. Une joggeuse. Elle a retenu le numéro de sa plaque et la police a recherché sa voiture pendant des heures. Ils l'ont retrouvée juste à temps… pour moi. Pas pour Sarah.

Lily avala sa salive.

— Il ne m'a pas violée. L'agent qui a repéré la voiture a prévenu le central, et sans attendre, il a enfoncé la porte. Il est intervenu seul, en enfreignant le règlement. Il a expliqué plus tard qu'il avait eu le sentiment qu'il ne pouvait pas attendre les renforts. C'était un policier en patrouille qui n'avait que quelques années de service. Il s'appelait Frederick Randall.

— Par la Déesse.

— Ouais. (Sa voix trembla. Lily en chassa les trémolos.) C'est pourquoi j'ai dû contacter les Affaires internes. Je ne pouvais pas être sûre de le voir d'un œil objectif, à cause de cette histoire. Mais aujourd'hui, il se sent trahi. Je l'ai blessé.

— Tu as dit qu'il était flic jusqu'au bout des ongles. Ça signifie qu'il fait passer le boulot avant tout. C'est ce que tu as fait. Il le comprendra, tôt ou tard.

— Peut-être. (Elle n'en était pas certaine. Peut-être parce qu'elle-même n'était pas sûre de pouvoir pardonner à Randall d'avoir douté d'elle.) Ginger a raison, tu sais. Je suis entrée dans la police pour me sentir en sécurité. Quand on sait au plus profond de soi qu'il y a vraiment des monstres en ce bas monde, on a envie de tout faire pour les enfermer. Et d'avoir autant d'alliés que possible pour lutter contre eux.

Il était si près qu'elle l'entendit déglutir.

— C'est pour cela que tu as choisi de travailler à la criminelle…

— Le meurtre n'anéantit pas seulement une personne, il envoie une onde de choc qui fait souffrir tellement de gens… Ce drame a brisé quelque chose en Ginger. Elle était insupportable quand elle avait onze ans, mais beaucoup de filles sont des pestes à cet âge. Surtout envers leurs petites sœurs, et les amies de leurs sœurs. Mais elle n'était pas aussi tordue qu'elle l'est maintenant.

— Tu l'as prévenue. Tu lui as offert toute l'aide que tu pouvais.

Lily ne répondit pas. Un jogger passa bruyamment entre eux et la mer. Son chien, un grand labrador noir, courait à grandes foulées à ses côtés, en violation de la pancarte interdisant la plage aux animaux. La langue du chien pendait joyeusement.

— Qu'est-ce que ça fait ? demanda-t-elle doucement en regardant le chien. D'être loup, je veux dire. Est-ce que tu penses comme un loup et ressens ce qu'ils ressentent ?

Te sens-tu en sécurité une fois que tu te sais plus fort, plus rapide, capable de guérir presque tout ce qu'on peut t'infliger comme blessures ?

— Le loup est toujours avec l'homme, et l'homme est toujours avec le loup. Je suis moi-même sous les deux formes, mais pas exactement le même. Restes-tu la même quand tu dors ? Ou quand tu rêves ?

— Je vois ce que tu veux dire.

Elle tourna légèrement la tête pour sentir son odeur, et son parfum l'apaisa.

Il n'avait pas répondu à sa question implicite, mais c'était une question stupide. Personne n'était à l'abri. Bien trop souvent, cependant, les monstres qui avaient blessé son peuple avaient porté des badges.

— Le fait que je sois flic te pose problème ? demanda-t-elle.

— Ça complique les choses. (Son ton était ironique.) Lily ?

— Oui ?

— Qu'est-ce qui lui est arrivé ?

C'était la seule question qu'il avait posée. Elle prit une grande respiration. L'oppression sur sa poitrine avait disparu.

— Il a passé treize ans dans le couloir de la mort. Après plusieurs recours, ils l'ont finalement exécuté.

— Nous traitons ces choses différemment dans les clans, mais je suppose que votre système a fonctionné. Au bout du compte.

— Ce n'est pas pour rien que les recours existent. La justice commet parfois des erreurs. Mais il est resté enfermé tout ce temps. Il n'a plus kidnappé de petites filles.

Il resta silencieux. Elle se laissa aller dans ses bras un peu plus longtemps. Ça n'avait pas été si terrible de lui dire. Il lui avait rendu les choses plus faciles qu'elle ne l'avait prévu… ou peut-être était-ce l'effet du lien d'âme sœur qui l'incitait à lui faire confiance.

Pour l'instant, cela ne semblait pas avoir d'importance. Elle avait l'impression d'avoir… les idées plus claires. Comme si lui raconter son drame avait permis de reléguer celui-ci au passé. Lily tourna la tête et leva les yeux vers Rule.

— Prêt à traquer les monstres ?

— Lequel as-tu à l'esprit ?

— Le Très Révérend Patrick Harlowe.

XXIII

Mais Harlowe n'était pas à l'église. Lily avait espéré y trouver le petit homme serviable de l'autre jour – peut-être se souviendrait-il qu'elle était inspectrice de police et qu'elle n'aurait pas à s'expliquer à nouveau. Mais il n'était pas là non plus, et la secrétaire regarda sa requête de parler au chef de l'Église avec une profonde suspicion. Ils ne tirèrent pas grand-chose d'elle.

Ils essayèrent son domicile, sans plus de succès. Frustrée, Lily considéra d'un œil noir la porte d'entrée – de style espagnol, sculptée à la main et très ancienne. Elle convenait très bien à la maison en stuc de quatre cents mètres carrés.

— Le révérend semble vivre confortablement…

— La religion lui a réussi, approuva Rule. Et maintenant ?

— Maintenant les voisins. Ensuite le déjeuner.

Deux des voisins de Harlowe étaient chez eux. Ils décrivirent un homme en accord avec la demeure : bourgeois, raffiné, à l'aise en société. La première femme ne l'aimait pas beaucoup, même si elle n'en avait rien dit ; le couple de personnes âgées avait une haute opinion de lui.

Lily et Rule étaient en train de manger des tacos aux fruits de mer quand son téléphone portable sonna.

— Ici Yu.

— Lily ? (C'était la voix de Ginger, aiguë et effrayée.) Pourrais-tu passer me voir ? Je suis chez moi et je... je pense que quelqu'un me surveille.

— Tu l'as signalé ?

— Tu veux dire à la police ? Non ! Non, je ne peux pas. Certains d'entre eux sont impliqués. Toi, tu sais de qui je parle. J'ai besoin que tu viennes immédiatement.

— On arrive tout de suite.

— Dépêchez-vous ! dit-elle avant de raccrocher.

Lily résuma rapidement la situation à Rule, attrapa son sac à main, et se dirigea vers la voiture.

L'appartement de Ginger se trouvait de l'autre côté de la ville. Ils en étaient à mi-chemin quand le portable de Lily sonna à nouveau. Cette fois, c'était Karonski.

— J'ai découvert quelques liens intéressants entre l'Église des Fidèles et la petite église que fréquente votre sergent, Meckle. On part en ce moment même interroger Harlowe.

— Bonne chance. J'ai fait chou blanc à l'église et chez lui. (Il y eut une pause.) Exact, dit-elle en se frottant le cou. J'aurais dû vous en parler d'abord. J'oublie que je ne suis plus en charge de l'enquête. Désolée. On se dirige vers l'appartement de Ginger Harris, dit-elle en le mettant cette fois consciencieusement au courant. Elle pense que quelqu'un la surveille.

— J'allais vous demander de nous rejoindre pour interroger Harlowe.

— Vous voulez dire que vous avez mis la main sur lui ?

— On l'a joint sur son portable. Il revenait en voiture de Los Angeles. On a rendez-vous avec lui à Oceanside dans vingt minutes.

— Merde. (Lily tenait à assister à cette entrevue, mais Ginger pouvait avoir de vrais ennuis – ou être suffisamment effrayée pour laisser échapper quelques informations.) Je crois que je vais devoir attendre de lire votre rapport.

Il eut un petit rire.

— Je vous tiendrai au courant. J'ai laissé une clé pour vous à la réception de notre hôtel. Si vous terminez avant nous, entrez et mettez-vous à l'aise. Commandez-vous ce que vous voudrez… à condition que ce soit du café.

Il raccrocha.

Il était près de dix-sept heures quand ils quittèrent l'appartement de Ginger. Elle avait bu, ce qui ne faisait pas ressortir son meilleur côté. Elle les avait alternativement insultés pour l'avoir mise en danger, et suppliés de rester là et de la protéger.

Ils n'avaient trouvé aucun indice qu'on l'espionnait.

— Qu'en penses-tu ? demanda Lily comme elle remontait en voiture. Elle était sincère, ou elle jouait la comédie ?

— Je ne sais pas. Ginger est douée pour mentir, mais je ne crois pas qu'elle puisse simuler l'odeur de la peur. (Il démarra la voiture.) Elle est effrayée, mais son mystérieux observateur pourrait être le produit des remords et de l'alcool.

Lily était mal à l'aise.

— Si seulement elle avait accepté ma proposition de la placer sous protection. Je n'ai pas le pouvoir de mettre ce programme en place, mais j'aurais pu convaincre Croft. Peut-être qu'on devrait rester dans les parages et garder un œil sur son domicile.

— Aucun de nous ne peut la protéger d'un ensorcellement. Et comme elle l'a fait remarquer, un placement sous protection ne servirait pas davantage.

— Oui, mais… (Elle secoua la tête.) Je ne sais pas. Quelque chose ne colle pas.

Mais impossible de dire quoi.

— Tu veux appeler Karonski et voir s'il n'est pas trop tard pour les rejoindre ?

Oh, oui, mais…

— S'ils n'ont pas fini et qu'on débarque à un moment clé de l'entrevue, on risque de les déconcentrer. Je vais essayer de me comporter en adulte pour une fois et ne pas jouer perso…

— Où va-t-on, alors ?

— Karonski a parlé de café. Dirigeons-nous vers leur hôtel et voyons si la caféine pourra me réveiller les neurones. J'ai besoin de réfléchir.

RULE DÉCIDA QU'IL avait eu trop de tasses de café imbuvable ces derniers jours. Il s'arrêta dans un petit magasin de spécialités et acheta du café en grains, un moulin à café et une cafetière à piston. Lily semblait partagée entre l'amusement et l'exaspération, jusqu'à ce qu'il précise qu'il voulait avoir du bon café chez elle aussi. Elle se tut alors, ressassant sans doute son amertume à se voir imposer sa présence.

Retardés par cet arrêt et par la circulation, ils arrivèrent sur place après les deux fédéraux. Croft et Karonski étaient installés au dixième étage d'un hôtel proposant principalement des suites pour les voyageurs d'affaires. Le petit salon était assez agréable et meublé avec les commodités habituelles, dont une table ronde avec quatre chaises. Un peu mieux pour tenir des réunions que l'appartement de Lily, pensa Rule avec un sourire.

Le service de ménage de l'hôtel laissait cependant à désirer. Dès qu'il entra, il remarqua une légère odeur malsaine. Mais rien que les humains ne puissent détecter, se dit-il. Une souris morte dans un placard, peut-être.

— Comment ça s'est passé ? demanda Lily. Et quel lien y a-t-il entre l'église de Meck et l'Église des Fidèles ?

— Aucun, maugréa Karonski. On s'est trompés.

Rule s'approcha de la table et commença à sortir ses achats.

— Qui veut un bon café ?

— Euh… pas moi, répondit Karonski d'un air étrange, penaud.

Croft lui lança un regard dur.

— Ce que mon partenaire essaie de vous faire comprendre, c'est que nous avons fait fausse route. Il n'y a aucun lien entre les Azá et les meurtres.

Lily tourna brusquement la tête.

— Que voulez-vous dire, « fait fausse route » ? Vous avez parlé avec ce Très Révérend machin pendant quelques minutes, et il vous a convaincus que lui et son organisation étaient blancs comme neige ?

Croft avait l'air agacé.

— Il peut exister un certain degré de coïncidence, vous savez. J'ai bien peur que nous ayons mis la charrue avant les bœufs.

— Coïncidence ?! (Lily semblait prête à casser quelque chose. Peut-être le nez de Croft.) Bien sûr qu'il y a un lien. C'est justement ce lien que l'enquête essaie de mettre à jour.

Croft se bornait à secouer la tête.

— Non, nous sommes partis dans une mauvaise direction.

Rule intervint avant que Lily puisse être inculpée de coups et blessures sur un agent fédéral.

— Harlowe a été le dernier à parler à Fuentes, à ce que j'ai cru comprendre. Qu'a-t-il dit à ce sujet ?

— Il a pleinement coopéré.

Rule le regarda fixement.

— C'est tout ce que vous répondez ? Il a « pleinement coopéré » ?

— Écoute, dit Karonski en se passant une main sur la tête, aggravant encore sa coupe de cheveux. Comme Martin l'a dit, on a tiré des conclusions hâtives. On s'est un peu emballés. On n'a aucune preuve que Therese Martin ait été tuée par un ensorcellement, encore moins que l'Église des Fidèles soit en cause. Quelques anciennes légendes, une homonymie… (Il haussa les épaules.) Ce n'est pas grand-chose, à bien y regarder.

Rule n'arrivait pas à en croire ses oreilles.

— Abel, dit-il calmement, comment ont-ils fait pour t'avoir ?

Karonski fronça les sourcils.

— Je vais faire comme si je n'avais rien entendu.

— Une minute, dit Lily. Attendez une minute. Calmons un peu les esprits.

Rule la regarda, surpris par ce brusque revirement.

Elle avait l'air calme, mais olfactivement, elle ne dégageait aucune tranquillité. Et il entendit en lui sa voix étouffée : *Prépare-toi. Ils risquent de sortir leurs armes.*

Elle avait subvocalisé ses paroles. Un procédé souvent utilisé par les lupins, mais auquel il ne s'était pas attendu de sa part.

Elle sourit aux deux autres.

— Rule et moi avons été surpris, c'est tout. Je pensais qu'on était tous sur la même longueur d'onde, mais il semble que vous soyez passés à autre chose sans nous faire un point sur les détails. Ai-je raison ?

— Absolument, répondit Croft d'un air contrit.

— Très bien. Alors je ne suis pas d'accord avec votre vision des faits, mais c'est vous qui avez les plaques. Je suppose que vous ne voulez plus de moi sur l'affaire.

— Nous partirons nous-mêmes dans la matinée. Nous n'avons plus rien à faire ici.

— Eh bien, dit-elle en haussant les épaules, je crois qu'on va prendre notre café et y aller, alors. Sans rancune ?

Elle lui tendit la main… et c'est alors que Rule comprit. Il s'approcha tout doucement des deux agents. Et se tint prêt.

— Bien sûr que non, fit Croft, visiblement soulagé, en se levant pour lui serrer la main.

Rule entendit Lily émettre un léger hoquet de surprise.

— Karonski ? (Elle se retourna et tendit la main vers lui.) Sans rancune ?

Karonski semblait plus embrouillé que soulagé.

— Vous avez pas besoin de… dit-il en secouant la tête. (Il regarda la main de Lily toujours tendue, la prit et la serra rapidement.) Désolé. Je ne sais pas ce que j'allais dire.

Lily retira sa main en la gardant légèrement à l'écart de son corps. Elle jeta un regard à Rule, pour s'assurer qu'il avait compris. Il hocha la tête et Lily recula d'un pas pour mettre une distance entre elle et les agents.

Elle dit alors :

— Vous êtes ensorcelés. Tous les deux.

— Quoi ? (Karonski se mit à rire.) Vous rigolez !

— Je ressens la même sensation infecte. La magie utilisée pour tuer Therese Martin est sur vous.

— Impossible, répondit Karonski en tentant de nier l'évidence. Je maîtrise mes sorts de protection. Martin et moi on ne peut pas être affectés de cette façon.

— Réfléchissez. Rappelez-vous des certitudes que vous aviez avant de parler à cet homme. Et maintenant, comparez-les au discours que vous venez de nous tenir.

Croft fronçait les sourcils et Karonski eut l'air perplexe.

— J'ai changé d'avis, dit-il.

— Abel, intervint calmement Rule, tu as fait tes propres vérifications sur la scène de crime. Pourquoi dirais-tu maintenant qu'il n'y a aucune preuve qu'un ensorcellement soit en cause ?

— Parce que… (Karonski grimaça, comme s'il venait de mordre dans un morceau de viande avariée.) Mes sorts ne sont pas recevables en tant que preuves, sauf dans certaines circonstances rares et strictement définies.

— Mais ils t'ont bien montré que la femme avait été tuée par un ensorcellement, oui ou non ?

— Certainement. Les empreintes étaient fortes, indéniablement la marque d'un ensorcellement, et… (Sa voix faiblit.) J'ai oublié ce que je voulais dire.

Lily regarda Rule.

— Un sort de persuasion, peut-être ? Que sais-tu sur ces sorts ?

— Pas grand-chose.

Karonski répondit :

— Ce sont des sorts assez faibles, en général, même lorsqu'ils sont lancés par des personnes Gratifiées du charisme… Oh, c'est drôle. Je me rappelle m'être dit en rencontrant Harlowe que je ne serais pas surpris qu'il possède ce Don.

— Nous sommes restés là-bas trop longtemps, dit soudain Croft. (Des perles de sueur roulaient sur son front, comme s'il avait fait de l'exercice.) Nous sommes arrivés là-bas à quinze heures trente et rentrés ici à dix-sept heures trente. Mais je n'ai pas le souvenir d'avoir passé deux heures sur place. Je ne peux pas dire ce qu'on a fait pendant tout ce temps.

— Merde, s'exclama Karonski. Tu as raison. On l'a interrogé pendant, allez, dix minutes, et après… Je ne me souviens plus. Est-ce qu'il y avait quelqu'un d'autre ? (Il regarda Croft.) Quelqu'un est venu pendant qu'on parlait à Harlowe ?

— Je ne sais pas. Je ne me souviens pas. (Croft regarda Lily.) Vous avez raison. Nous avons été manipulés. Vous ne pouvez pas nous faire confiance.

QUE FAIRE DE deux agents spéciaux qui avaient perdu leur libre arbitre ? Ou du moins une partie de celui-ci…

Lily tenta d'évaluer la gravité de la perte de contrôle. Les deux agents se prêtaient volontiers aux tests et s'efforçaient de coopérer, mais Lily comprit rapidement qu'ils n'avaient aucune explication rationnelle à ce qui leur avait été fait.

Vingt minutes plus tard, Rule posa sa main sur l'épaule de Lily.

— Je crois que nous ferions mieux d'arrêter. Insister davantage risque de causer des dommages permanents à leurs esprits.

Croft fixait ses mains, posées à plat sur la table. Son visage blêmissait sous l'effort. Karonski se murmurait à lui-même une litanie de rappel des raisons pour lesquelles il ne pouvait se fier à son propre esprit. Dès qu'il arrêtait, il revenait aux pensées programmées.

— Ils ont besoin d'une aide médicale, dit Lily. Ou d'un autre type d'aide. Je suis dépassée. Si seulement on pouvait les convaincre d'appeler leur patron, il pourrait…

Croft leva les yeux.

— Brooks, vous voulez dire ? Je l'ai déjà contacté. Il sait que nous rentrons.

— D'accord. (Lily hocha la tête.) C'est bien. Vous savez, vous n'avez pas l'air en forme. Peut-être que vous devriez vous allonger.

— Je ne suis pas… (Croft se frotta le front.) Est-ce qu'on a bu ? Je n'ai pas les idées claires.

— On reste ici, dit tout à coup Karonski. Mais il faut qu'on soit endormis. Mettez-nous sous sédatifs.

— Je peux arranger ça, répondit Rule.

Karonski le regarda d'un air résolu.

— Vas-y. Fais-le pendant que je me souviens encore pourquoi tu dois le faire.

Rule sortit son téléphone.

— Pendant que j'arrange ça, Lily, parle-leur de tout sauf de l'enquête. Karonski est fan de basket-ball.

KARONSKI N'AVAIT AUCUN mal à discuter basket-ball. Mais Croft ne prenait pas part à la conversation, et était dans un état encore pire que son partenaire. Sa mémoire à court terme était brouillée. Il fallait à tout prix occuper les esprits des deux hommes, aussi, une fois que Rule eut raccroché, commencèrent-ils une partie de poker.

Croft était un tueur à ce jeu. Quoi qu'on lui ait fait, cela n'avait pas affecté sa capacité à se concentrer et à mettre en place une stratégie, tant que ça n'avait aucun lien avec l'affaire. La tension restait présente sur son visage, mais elle s'estompait quand il se concentrait sur autre chose.

Le temps que les renforts arrivent, il avait dépouillé Lily de trente dollars, et Rule et Karonski de beaucoup plus.

— J'espère que vous savez ce que vous faites, dit Nettie Two-Horses en entrant. Où sont-ils ?

— Ici, répondit Lily.

Elle l'espérait elle aussi.

Deux jeunes hommes musclés suivirent Nettie dans la pièce. Lily reconnut le lupin roux qui leur avait ouvert le portail quand ils s'étaient rendus à Clania. Les deux hommes regardèrent Rule un moment, puis passèrent à l'action.

Croft s'était levé dès qu'ils avaient surgi. Il avait l'air tendu, prêt à se battre.

— Qu'est-ce qui se passe ? dit-il.

— Vous ne vous sentiez pas bien, rappelez-vous, répondit Lily. Voici le docteur Two-Horses. Elle va vous examiner.

— Je me sens mieux. Pas besoin de médecin.

Nettie posa sa trousse sur la table.

— Pourquoi ne pas me laisser vous examiner, juste pour être sûr, puisque je suis ici ?

Croft se rapprocha de Karonski.

— Je ne pense pas, non.

— Tout va bien, Martin, lui assura Karonski. C'est nous qui leur avons demandé de venir.

— Je ne m'en souviens pas.

Son front brillait. La tension revenait.

— Ouais, eh bien, on a un petit souci de mémoire, voilà tout. C'est pour ça qu'ils sont ici.

— Je ne sais pas...

Il jetait des regards aux quatre coins de la pièce. Nettie et Lily étaient assises autour de lui à la table; Rule était en train de s'avancer. Les deux jeunes lupins se déplaçaient furtivement, sur les côtés.

— Nous n'avions aucun problème *avant* leur arrivée !

Il mit la main à son holster.

— Martin, non ! cria Karonski en lui attrapant le bras... et les trois autres hommes surgirent en un éclair.

Deux secondes plus tard, Lily dégainait, mais ça n'était plus nécessaire. L'un des deux jeunes lupins tenait les bras de Croft ; il s'effondra, hébété. Lily supposa que l'autre l'avait frappé, mais tout s'était passé si vite...

— C'est fini ? demanda Nettie, allongée sur le sol, où elle s'était couchée avec une impressionnante rapidité.

— Presque, répondit Rule. (Il se tenait à côté de Karonski.) Tu vas bien, Abel ?

— Non. (Il était pâle et tremblait.) Bien sûr que non. Je suis à deux doigts de craquer, là... me souviens plus pourquoi on vous a laissés faire ça. C'est comme si je pédalais dans la choucroute quand j'essaie de cogiter, merde.

— Vous aurez droit à la première dose, décréta vivement Nettie en se levant pour tirer une seringue de sa trousse. Ne vous inquiétez pas… votre partenaire va bien. Sammy n'a pas frappé trop fort. Sammy, tu peux apporter les malles à présent. Lily, rangez ça.

Lily regarda l'arme dans sa main, haussa les épaules, et la rangea. Le rouquin sortit et revint avec un grand coffre vide, avant d'en apporter un second.

Ils mirent les agents dans les malles, puis Sammy et l'autre jeune homme les emportèrent hors de la chambre, les manipulant aussi facilement que si elles étaient vides… ce qui était précisément ce qu'ils espéraient faire croire aux gens qu'ils croisaient. Une fois parvenus au fourgon dans lequel tout le petit monde était arrivé, ils libérèrent les agents.

Lily ramassa les papiers et les dossiers sur la table.

— Tes hommes semblent rodés à extraire des corps hors des chambres d'hôtel. C'en est inquiétant.

— Ils regardent la télé, répondit Rule. J'imagine qu'on ne doit laisser aucun indice pour ceux qui viendront enquêter sur la disparition de Croft et Karonski ?

— On embarque tout temporairement. Et on le restituera le moment venu. Prends l'ordinateur portable, tu veux ?

Il s'exécuta.

— Allons-nous parler de ça à quelqu'un ?

— Si on nous demande, oui. Mais pas maintenant. Je préfère ne pas passer les prochaines vingt-quatre heures ou plus derrière les barreaux. Nous savons qu'au moins un agent de la police de San Diego est mouillé, donc ils sont hors-jeu. Et les fédéraux du coin devraient sans doute nous emmener dans leurs locaux et faire des pieds et des mains pour que quelqu'un de la SCM vienne jusqu'ici tirer les choses au clair.

— J'ai quelques questions à vous poser avant de partir, dit Nettie. J'ai cru comprendre que vous étiez une sensitive, Lily.

Elle jeta un coup d'œil à Rule.

— Oui.

— Que vous inspire le sort qui frappe ces deux-là ?

— Une impression de laideur, de rugosité, et aussi de pourri. Comme... comme toucher de la merde fraîche sur du verre pilé. Serez-vous capable de les aider ?

— Je ne sais pas. Je peux les garder en somnie, mais je vais avoir besoin d'en savoir plus sur le sort avant d'essayer de l'annuler.

Rule murmura :

— Je l'ai senti.

— Quoi ? dit Lily en se retournant. Tu ne m'as rien dit.

— Au début, je ne savais pas d'où ça venait. C'était léger, et je n'avais jamais rencontré une telle odeur auparavant. Ensuite, c'était trop tard. Malheureusement, la subvocalisation entre nous ne fonctionne que dans un sens.

— C'était étrange, d'ailleurs, dit Lily. Pratique, mais étrange. C'est comme ça que tu as dit à tes deux hommes quoi faire ? En subvocalisant tes ordres ?

Il hocha la tête.

— Alors, quelle odeur ce sort dégage-t-il ?

— La putréfaction.

Nettie tourna brusquement la tête.

— Oui. Il paraît que c'est ce genre de puanteur que dégage la magie macabre.

XXIV

Ils quittèrent l'hôtel au crépuscule. L'air lui-même semblait gris, comme exsangue de toute couleur. Partout les immeubles ouvraient leurs yeux jaunes sur la nuit approchante, et à l'intérieur de la voiture de Rule, l'éclairage du tableau de bord se détachait nettement dans l'obscurité charbonneuse de l'habitacle. Lily se frottait les tempes pour essayer d'organiser ses pensées.

— Il y a une chose que je ne comprends pas, dit Rule en s'engageant dans la circulation. Pourquoi Harlowe a-t-il manipulé leurs souvenirs ? Il doit avoir découvert que tu étais une sensitive. Il prend un grand risque.

Lily fronça les sourcils. Elle ne s'était pas posé la question.

— Il se peut qu'il y ait un problème de communication dans leur camp, et qu'il ne le sache pas. Mais je crois plutôt qu'ils n'ont pas réalisé que je serais capable de le détecter. Je suis... eh bien, je suis beaucoup plus sensible que la plupart des sensitifs.

— Je ne m'y connais pas dans ce domaine, dit-il.

— La plupart des sensitifs ne détectent pas la magie résiduelle, sauf si elle est vraiment forte. Ils peuvent deviner que tu es un lupin en te serrant la main, mais ils ne sentiront pas la magie résiduelle laissée dans la maison de ton père par le passage de tous ces lupins, par exemple.

—Toi, tu l'as sentie ?

Elle hocha la tête en pensant à la question qu'il avait soulevée.

—Harlowe s'est peut-être dit que, même si je détectais le sort, personne ne m'écouterait. Je suis suspendue. Autant dire discréditée. Croft et Karonski étaient les seuls à me croire… et ce sont eux qui sont ensorcelés.

—Ce n'est pas rassurant, d'autant que nous sommes susceptibles de recevoir à tout moment la visite de quelqu'un lancé à leur recherche.

—Espérons que la SCM dispose de sorciers qui pourront confirmer l'existence de ce sort. L'idéal serait une assemblée de sorciers. Des individus seuls ne peuvent pas rassembler autant de pouvoir ni exécuter les sorts les plus complexes.

—En tout cas, je doute qu'ils disposent d'un ensorceleur, répondit Rule d'une voix sarcastique, vu que cette pratique est illégale. Merde, j'aimerais vraiment retrouver Cullen.

—Moi aussi, répondit Lily. (*Mais pas pour les mêmes raisons,* se dit-elle.) Euh… Excuse mon ignorance, mais en quoi un ensorceleur ferait-il mieux qu'une assemblée ? Un cercle de sorciers de premier ordre peut générer beaucoup de puissance.

—D'après Cullen, les ensorceleurs voient la magie. C'est pour cela qu'ils sont capables de travailler directement avec les forces, à la différence des chamans et des sorciers. J'imagine qu'il suffirait à un ensorceleur de regarder Karonski et Croft pour voir sous l'emprise de quel sort ils se trouvent – ce serait très utile pour ensuite les en libérer, à mon avis.

—Ce serait pratique, oui, admit-elle.

À condition de pouvoir faire confiance à l'ensorceleur en question. Rule avait une grande confiance en son ami. Pas Lily.

—Je vois une autre raison qui aurait pu pousser Harlowe à prendre le risque d'ensorceler Karonski et Croft, dit calmement Rule.

— Laquelle ?

— Ils préparent un grand projet prévu pour un avenir très proche, et il était sans doute plus important pour eux de se débarrasser des fédéraux que de maintenir leur couverture.

Un frisson remonta le long de la colonne vertébrale de Lily, éveillant dans son esprit des éventualités qu'elle préférait ne pas envisager. Qu'est-ce que un tel rassemblement d'individus pourrait bien considérer comme important ?

Ils se turent. Au-dehors, la ville revêtait son habit de nuit, enfilant ses perles de lumières le long de ses rues jusqu'au sommet de ses tours, telle une dame se parant d'une abondance de strass.

Était-ce l'obscurité grandissante qui la rendait si consciente de la présence de Rule ? Non pas qu'elle n'en ait pas eu conscience avant. Toute la journée, elle l'avait senti près d'elle, su où il était sans avoir à regarder. Mais la nature de cette perception avait changé. Elle couvrait maintenant sa peau de picotements, et se concentrait dans son ventre comme une boule de chaleur. Elle pouvait presque sentir son souffle, comme si une partie d'elle se penchait vers lui, alors qu'elle était assise parfaitement immobile.

Elle secoua la tête. Ce n'était pas le moment, bon sang. Elle avait besoin de garder la tête froide, pas de succomber aux vapeurs de la luxure. Elle passait à côté de quelque chose. Quelque chose d'important.

Tout à coup elle comprit.

— Mince. Ginger.

— Tu crois qu'ils lui ont fait ce qu'ils ont fait à Karonski et Croft ?

— Non, fit Lily. Elle m'a touché le visage en faisant cette remarque sur mon fond de teint, et tout ce que j'ai ressenti, c'est une contrariété. Non, ce que je viens de comprendre, c'est qu'elle nous a bernés. Elle m'a empêchée d'aller au rendez-vous avec Harlowe, non ? Parce qu'ils ne voulaient pas de moi là-bas. Ils n'auraient pas pu m'ensorceler et j'aurais fait capoter leurs plans.

Rule jeta un coup d'œil dans le rétroviseur… et vira brusquement à gauche en coupant la ligne blanche.

Lily s'agrippa au tableau de bord.

— Qu'est-ce…

— Ils l'ont utilisée deux fois, dit-il d'un ton sinistre. D'abord pour m'impliquer, puis pour t'évincer de la rencontre avec Harlowe. Mais maintenant qu'on est au courant pour lui, elle ne leur sert strictement plus à rien.

Quinze minutes plus tard, ils étaient de retour à l'appartement de Ginger. Elle ne répondit pas à la porte.

— Regarde un peu, dit Rule en attrapant la poignée. Je ne pense pas que ça soit fermé à clé.

— Attends une minute. (Elle attrapa son bras à deux mains… mais aurait été bien en peine de l'arrêter s'il ne s'était pas laissé faire.) Si on entre par effraction, ça fera assez de bruit pour avertir tous les voisins, et ça ne servira à rien. S'ils l'ont tuée, elle sera tout aussi morte qu'on soit de ce côté de la porte ou de l'autre. Si elle est là et qu'elle ne répond pas, elle va appeler les flics pour qu'ils nous arrêtent. Ne crois pas qu'elle hésiterait à le faire.

Il hocha la tête.

— Tu as raison… c'est celle de derrière qu'elle a oublié de fermer à clé.

— Hé ! Ce n'est pas ce que je…

Trop tard. La porte de la cage d'escalier se refermait déjà derrière lui.

Le seul accès à l'appartement de Ginger donnant sur l'arrière était le balcon, situé à trois étages du sol. Lily savait que ça ne l'arrêterait pas. Marmonnant entre ses dents son opinion sur la stupidité, l'entêtement et l'arrogance des loups-garous, elle tira son arme et attendit.

Sept minutes, et quelques sueurs froides plus tard, la porte s'ouvrit.

— Elle n'est pas ici, dit Rule.

Pas plus qu'une partie de ses vêtements, comme ils le découvrirent.

— Soit elle a fait ses valises à la hâte et filé, soit ils veulent nous le faire croire, dit Lily tandis qu'ils regagnaient la voiture.

— Le travail de la police est-il toujours aussi frustrant ?

— Parfois, c'est pire. On a au moins quelques pistes. Tu veux manger une pizza ? J'ai l'estomac dans les talons.

— Si on allait chez moi au lieu d'aller chez toi, je pourrais te cuisiner un vrai repas.

— Tu cuisines ? dit-elle, étonnée.

— Je mange, donc je cuisine. Plutôt bien, du reste. Comment peux-tu ne pas faire la cuisine toi en revanche ?

— Grâce aux plats à emporter. Et mon oncle possède un restaurant. (Elle réfléchit à l'offre, puis secoua la tête.) Non, il faut que je fasse rentrer Harry. Et puis jusqu'ici, les journalistes n'ont pas fait de lien entre nous deux. Il suffirait d'un seul fouineur autour de chez toi pour leur mettre la puce à l'oreille.

— Chez toi dans ce cas, dit-il.

Lily réfléchit en silence à leur liste de suspects : certains étaient résolument impliqués, d'autres portaient un énorme point d'interrogation après leurs noms.

Ginger. Le Très Révérend Patrick Harlowe. Meck. Le capitaine Randall. Cullen Seabourne, bien qu'il fût seulement sur sa liste à elle, pas sur celle de Rule. Plus un membre des Nokolaï – si elle se basait sur ce que Rule lui avait rapporté de l'attaque contre son père – qui pouvait être le même lupin qui avait tué Carlos Fuentes… ou pas.

— Tu sais ce qui manque dans tout ça ? dit-elle tout à coup. Un mobile. Il y a beaucoup de personnes impliquées. Peuvent-ils vraiment tous être à ce point hostiles au projet de loi sur la citoyenneté des espèces ? Il y a des tas de façons d'empêcher un projet de loi de passer qui n'impliquent pas le meurtre.

— L'Ancienne que les Azá vénèrent ne raisonne pas comme une humaine.

— Ni les lupins, je suppose. Mais c'est surtout d'humains dont il est question ici, des humains qui soit appliquent Ses instructions, soit prennent les initiatives d'eux-mêmes. Des humains occidentaux du XXIe siècle. Pourquoi ? Qu'ont-ils à y gagner ?

— Je vois ce que tu veux dire, mais le fanatisme n'est pas réservé qu'à certaines parties du globe.

— Alors, tu crois que c'est la ferveur religieuse qui explique ça ? Que c'est plus amusant de tuer les non-croyants que de se contenter de barrer la route à un projet de loi qui ne leur revient pas ?

— C'est généralement ainsi que les fanatiques voient les choses.

— Mais ils risquent gros. Cette Église vient seulement d'apparaître aux États-Unis, mais selon le FBI, ils recrutent à un bon rythme. Ils récoltent des dons, aussi. Ils cultivent une apparence traditionnelle, comme s'ils prévoyaient de s'implanter à long terme. Regarde la maison de Harlowe. L'argent et la position sociale comptent à ses yeux. Pourquoi risquer de tout perdre ?

— Peut-être qu'il n'a pas le choix. On a vu ce qu'ils pouvaient faire à des agents fédéraux qui se croyaient protégés. (Il tourna dans la rue de Lily.) Je ne prétends pas que toutes les personnes impliquées sont sous un sort de compulsion. Mais certains d'entre eux peuvent avoir été influencés à leur insu.

— Meck, dit-elle aussitôt, effrayée à cette pensée. Ou Randall, ou d'autres… c'est possible. Je ne détecte rien à travers les vêtements en général, et je ne passe pas mon temps à peloter mes collègues. Mais les sorts de compulsion sont censés être très limités. Ils obligent la victime à accomplir un acte particulier, et cela doit se faire rapidement, ou le sort perd de son pouvoir.

— C'est le problème quand on a affaire à une Ancienne, même indirectement. On ne sait pas ce qui est possible et ce qui ne l'est pas.

— Et si ce n'était pas un sort ? dit-elle. Il y a des Dons psychiques qui, étant innés, ne reposent pas sur les sorts. Karonski a dit que Harlowe dégageait un certain charisme.

— Hmm. (Il réfléchit un instant, puis secoua la tête.) Un Don de charisme stimulé par Son pouvoir aurait un grand potentiel de conviction, mais il n'effacerait pas la mémoire. Croft et Karonski ont perdu plus d'une heure de souvenirs.

— Ils ont peut-être été drogués. Mais pourquoi ont-ils besoin d'effacer cette heure ?

Elle méditait cette question quand il s'arrêta devant son appartement. Mince, elle passait à côté de quelque chose.

— Je repensais à cette heure perdue. Au moins, on sait qu'il leur faut un moment pour prendre le contrôle de quelqu'un. Ce n'est pas juste, bonjour et *bim !* tu es possédé.

— Ou bien il leur a fallu une heure pour leur poser des questions et apprendre tous les détails de l'enquête.

— Ça ne me remonte pas tellement le moral.

Un chat irrité les accueillit quand ils sortirent de la voiture. Harry les devança jusqu'à l'étage, agitant sa queue pour leur signifier son mécontentement devant leur retard.

— Tiens, il ne t'attaque pas, observa Lily en insérant sa clé dans la serrure.

— Harry et moi, nous nous comprenons. Il tolérera ma présence dans ton lit aussi longtemps que je reconnaîtrai son droit d'être là également.

Elle ouvrit grand la porte et alluma l'unique lumière, un lampadaire près du fauteuil. Harry fila vers la cuisine et sa gamelle de nourriture que Rule avait remplie ce matin-là.

— Dit comme ça, ça sonne très cochon. Deux mâles dans mon lit en même temps.

— Tu peux, tu sais ?

— Quoi ? dit-elle en se retournant.

Le visage de Rule ne laissait rien paraître. Elle sentit une aigreur la gagner et grimaça.

— Si tu suggères un plan à trois, n'y pense même pas.

— Je dis juste que tu n'es pas liée seulement à moi. Sexuellement, je veux dire. Si tu souhaites avoir d'autres hommes dans ton lit, tu peux.

Elle lui tourna le dos et posa la mallette de Croft sur la table.

— Peut-être que de ton point de vue, c'est une offre parfaitement polie, mais du mien, elle se classe au neuvième rang sur l'échelle des délires glauques. Et sache que je ne t'accorde pas le même privilège.

— Inutile. Je ne serai jamais plus avec une autre femme.

Elle se raidit.

— Les lupins ne croient pas à la fidélité.

— Cela n'a rien à voir avec ce que je crois. Tu es mon Élue.

Lentement, elle se retourna face à lui, chargée d'une tension telle qu'un simple geste brusque risquait de briser quelque chose en elle.

— Tu veux dire que tu ne peux pas être avec une autre femme ? Que ce n'est pas possible ?

Il grimaça.

— Physiquement, si. Mais un lupin lié à son âme sœur trouverait cela aussi sale qu'un viol ou un inceste.

Lily réalisa que ses mains étaient crispées et se força à les relâcher. Ses paumes étaient moites.

— Qu'en est-il de la femme ?

— La femme, étant humaine, réagit en humain. Elle se comporte selon sa nature et ses croyances.

— Tu veux dire que moi je pourrais t'être infidèle, mais toi non ?

— Je ne présenterais pas ça en ces termes, mais oui.

Le cœur de Lily battait la chamade.

— Pourquoi tu me dis ça ?

Il ne répondit pas tout de suite. Les ombres projetées par la lampe jetaient le mystère sur son expression, et son corps était complètement immobile. Il dit enfin :

— Tout à l'heure, tu m'as laissé voir une part très intime de ton être. J'ai simplement voulu retourner le geste.

Elle fit un pas vers lui. Il s'offrait à elle dans toute sa vulnérabilité, mais elle ne comprenait pas. Que craignait-il ? Qu'espérait-il ?

— Que ressentirais-tu si je prenais un autre amant ?

— Je… n'aimerais pas.

Un autre pas.

— Rule, quelle différence y a-t-il entre le lien d'âme sœur et le fait de tomber amoureux ? Mis à part que le lien nous est imposé, je veux dire.

— Je ne sais pas. Les lupins ne tombent pas amoureux. Je… ne sais pas si tu ressens le lien de la même manière que moi.

Un dernier pas et elle se trouva près de lui, contemplant son beau visage hâlé : les barres obliques de ses sourcils, ses joues sculptées et ses yeux si sombres…

— Comment le vis-tu ?

Sa bouche se plissa. Il leva la main et posa le bout de ses doigts sur sa joue.

— Comme un bonheur. Et une douleur.

Elle avait du mal à respirer.

— Pour un être humain, ça ressemble beaucoup à l'amour.

— Vraiment ? (Il promena le dos de ses doigts sur son cou, y laissant un sillage de picotements.) Pour moi, l'amour, c'est ce que je ressens pour mes frères, mon père, mon fils.

— Pas pour ta mère ? demanda-t-elle doucement.

Il secoua la tête.

— C'est une histoire que je réserve pour une autre fois. Toi et moi, on ne se connaît pas encore assez bien pour s'aimer, non ? J'espère que… (Sa voix se fit mélancolique.) Ce serait bien qu'on apprenne à être amis.

Lily déglutit.

— Oui. Ce serait bien.

Elle se hissa sur la pointe des pieds et l'embrassa. Pas le baiser affamé qu'elle avait eu en tête toute la journée. Un doux baiser, porteur… d'espoir.

Presque timidement, ses lèvres lui répondirent.

Alors, lentement, elle s'approcha de lui, levant les mains vers son visage et le tenant tendrement pour approfondir le baiser. Il avait les joues rugueuses avec une barbe de plusieurs jours, un corps ferme et anguleux. Sa bouche avait le goût de la passion partagée la nuit dernière et des découvertes qui s'annonçaient aujourd'hui, de café et d'homme. Mais c'était sa peau qui la fascinait. Sa texture, sa chaleur… le seul contact du cou de Rule sous ses doigts suffisait à lui couper le souffle.

Il posa ses mains sur ses épaules. Juste posées, sans contrainte ni arrière-pensée, même si elle sentait son cœur battre plus vite, tout comme le sien. Il la laissait décider du rythme.

Elle passa ses mains le long de son corps. Rule aimait la soie. Plus sa chemise glissait sur sa peau au fil de ses caresses, et plus Lily se prenait d'affection pour cette matière. Il était assez svelte pour qu'elle sente ses côtes saillir sous les muscles, mais trop grand pour qu'elle puisse coller son nez dans le creux de son cou.

Trop grand debout. Mais au lit, il avait tout à fait la bonne taille.

— Suis-je censée te désirer autant ? murmura-t-elle. Je devrais travailler à mon enquête. Il faut que je…

Fasse quelque chose. Il y avait assurément quelque chose qu'elle aurait dû faire au lieu de jouer avec les creux de sa colonne vertébrale.

Il baissa la tête.

— *Nadia*, chuchota-t-il. (Le mot était comme un souffle chaud contre sa joue.) Tu es censée me désirer et m'obtenir à n'importe quel moment, en n'importe quel lieu, de la manière que tu le souhaiteras. Le travail sera toujours là après.

Pouvait-elle prendre quelques minutes pour elle-même ? En avait-elle le droit ? Elle recula légèrement et le regarda dans les yeux. Oui, décida-t-elle. Et elle lui offrirait ces minutes à lui aussi.

Elle lui prit la main.

— Dans ce cas, je te veux lentement. Très lentement.

Ils n'allumèrent pas la lumière de la chambre. Ils se déshabillèrent mutuellement dans la pénombre, s'arrêtant pour s'embrasser, se toucher.

Nu, il écarta les couvertures et l'attira avec lui sur le lit. Leurs peaux se frôlant, leurs lèvres se rencontrant, jouant, se séparant, leur désir monta, adouci par la lenteur imposée. Ils jouaient l'un avec l'autre, mais le jeu était sérieux : légers contacts, souffles courts, l'air s'alourdissant à mesure que leurs cœurs tambourinaient toujours plus fort.

Alors qu'il l'embrassait fougueusement, la main plongée dans ses cheveux, Rule recula son visage et appuya son front contre le sien.

— Ton souffle me donne le vertige.

Oui, c'est ce qu'elle ressentait : un vertige sublime qu'elle subissait à chaque inspiration, comme si elle tombait, chutait à chaque seconde, attirée vers un centre chaud et rassurant. Elle frotta sa joue contre la sienne, puis l'allongea sur le dos. Un instant, elle se contenta de le regarder : son corps élégant, mince et puissant, ses longues jambes, ses épaules solides, son pénis, dur et prêt. Et son visage qui la regardait, attendant qu'elle lui fasse part de ses envies, de ses besoins.

— Maintenant ? murmura-t-elle, et il sourit.

Elle se glissa au-dessus de lui, utilisant sa main pour le guider à l'intérieur puis descendant pour s'emplir de lui. Il lui attrapa les hanches et commença à bouger, doucement, sans précipitation. Elle agrippa ses épaules et s'accorda à son rythme.

Le tempo lent et impatient lui permettait de saisir et de savourer chaque sensation, de s'en gorger, de percevoir les mouvements des muscles sous sa peau et les jeux d'ombre sur son visage. Elle se rapprochait toujours plus près de ce centre brûlant, réticente à l'atteindre, n'aspirant qu'à rester où elle était, ici, avec cette plénitude délicieuse, cette friction. Ici, face à ses yeux fixés sur elle, la contemplant tandis qu'elle regardait ses joues se creuser sous l'effort, à mesure qu'il prolongeait leur plaisir, poussant lentement, lentement.

L'orgasme arriva comme une surprise. Elle se cambra et cria… et son plaisir culmina à nouveau. Et une autre fois encore. Elle l'entendit vaguement crier quelque chose et sentit sa semence exploser en elle. Un éblouissement envahit ses sens.

Quand elle recouvra ses esprits, elle était étendue sur lui, sur son torse haletant, les yeux emplis de larmes. Elle se savait changée. Un changement léger mais permanent.

Il passa une main dans son dos.

— Tu trembles.

— Mes sens débordent, murmura-t-elle contre son torse.

Ce qui pouvait susciter d'étranges fantasmes... Car ça ne pouvait pas être autre chose que le fantasme bizarre d'un système nerveux inondé. Les gens ne changent pas du tout au tout en un clin d'œil. Elle était encore elle-même.

Mais son bras trembla légèrement quand elle se redressa pour le regarder.

— Hé. Ça va ?

Il secoua légèrement la tête d'un air perplexe.

— Tu as une sacrée pêche.

Avait-il ressenti cela également ? *Arrête ça*, se dit-elle. Il ne s'était rien passé, rien excepté une incroyable partie de jambes en l'air, bien sûr.

— Toi aussi. Et maintenant que j'ai eu ce que je voulais, nous ferions mieux de...

Le poids qui atterrit soudain sur le lit les fit tous les deux sursauter. Lily regarda par-dessus son épaule et vit une paire d'yeux jaunes brillants.

— ...donner à manger au chat ? suggéra Rule.

— C'est vrai. Et *ensuite* on pourra se remettre au travail.

Mais ils ne firent pas grand-chose de plus ce soir-là. Ils examinaient les dossiers dans la mallette de Croft et les fichiers récents sur l'ordinateur portable qu'ils avaient apporté de l'hôtel lorsque Nettie appela. Ses patients étaient installés dans sa chambre d'amis, encore endormis et sous bonne garde. Il lui faudrait du temps pour découvrir ce qu'on leur avait fait, si jamais elle y arrivait.

Ils trouvèrent cependant le lien dont Karonski avait parlé très brièvement au téléphone. Les doyens de l'église de Meck – une branche de chrétiens fondamentalistes – avaient secrètement récolté une somme importante pour l'Église des Fidèles.

— Étranges relations, murmura Rule.

— N'est-ce pas ? Mais ils ont trouvé une cause commune.

Lily lui passa une feuille imprimée.

Les deux Églises semblaient croire avec ferveur à la nécessité de préserver « la pureté de la race humaine ». Toutes deux étaient opposées au projet de loi et annonçaient la fin de la morale et de la civilisation. Bien qu'elles eussent deux définitions très différentes de la morale, elles s'accordaient sur le fait que les lupins étaient des créatures diaboliques devant être exterminées, plutôt qu'émancipées.

Lily secoua la tête.

— Comment un Afro-Américain peut-il avaler ces bêtises après ce qui a été fait à son peuple ?

— Comment n'importe qui peut-il avaler ça ? Aucune race n'est exempte de fanatisme.

— Qu'en est-il des lupins ?

— Nous encore moins. (Il grimaça.) Tous les contes sur la sauvagerie des lupins ne sont pas des inventions. Certains d'entre nous s'en sont pris aux hommes. Il y a des gens, chez les lupins comme chez les humains, qui cantonnent l'honneur à leur propre camp. Ce qu'on inflige aux autres ne compte pas.

Il était tard quand ils se mirent au lit. Rule était fatigué, mais pas au point de refuser une autre étreinte. Mais Lily était distraite, ses yeux cernés, et son langage corporel disait clairement qu'elle voulait dormir, pas faire l'amour.

Elle se blottit cependant contre lui, et il apprécia ce moment. S'endormir avec elle dans ses bras…

Il apprécia beaucoup moins d'être réveillé par ses gémissements, et l'odeur de la peur mêlée à la sueur.

— Lily ?

Elle était encore au lit, mais éloignée de lui. Dans l'obscurité, il la trouva par le toucher et l'odorat. Il murmura à nouveau son nom, posant une main sur son épaule.

— Réveille-toi, ma chérie.

Il l'entendit reprendre son souffle. Elle se raidit et un frisson la parcourut.

— Oh, mon Dieu.

Il s'approcha doucement, murmurant des mots d'amour, la caressant tendrement. Tout d'un coup, elle se retourna et se recroquevilla contre lui.

Elle tremblait. Il la prit et la serra fort dans ses bras, attendant que le tremblement s'arrête.

— Un cauchemar ?

Elle hocha la tête contre son épaule.

— Je ne l'avais plus fait depuis longtemps. J'ai rêvé... de l'enlèvement. Je suppose que j'aurais dû m'y attendre après avoir vu Ginger aujourd'hui.

Il lui caressa les cheveux.

— Tu veux te lever ? Quand je fais un cauchemar, je ne me rendors pas facilement.

Elle se recula pour regarder son visage. Il y avait juste assez de lumière pour qu'il saisisse son sourire gêné.

— De quoi cauchemarde un loup-garou ?

— Des choses habituelles. D'incendies, de haine, d'être menacé ou de perdre un être aimé. D'être enfermé... pris au piège.

Le frisson qui la traversa répondit à la question qu'il n'avait pas posée.

Il fit du chocolat chaud. C'était le remède universel de Nettie quand il était petit garçon, et il y avait toujours trouvé du réconfort. Ils s'assirent ensemble dans son grand fauteuil, sirotant et parlant très peu, donnant à son monde une chance de tourner de nouveau rond.

Et il se demanda tristement si le cauchemar avait été déclenché par la visite chez Ginger... ou par lui. Car les démons de Lily gravitaient autour du sentiment d'avoir été abusée puis prise au piège... et c'était ainsi qu'elle se sentait depuis l'arrivée du lien d'âme sœur dans sa vie. Abusée et forcée à donner son amour. Et piégée à vie.

XXV

LILY SE RÉVEILLA désorientée. Elle n'était pas dans son lit, mais… Elle cligna des yeux, puis sourit. Recroquevillée contre Rule dans son fauteuil repose-pied.

Elle tourna la tête pour le regarder. Il avait les joues hérissées d'une barbe matinale, la tête renversée en arrière, les yeux fermés, la bouche légèrement ouverte. Tellement moins élégant que l'homme qu'elle avait vu au Club Inferno.

Tellement plus réel.

Et il était à elle. Pour le meilleur ou pour le pire… les lupins ne croyaient peut-être pas au mariage, mais qu'était-il ce lien d'âme sœur sinon un mariage qu'aucun tribunal ne pourrait dissoudre ?

Bien sûr, le mariage aussi était une union permanente autrefois. Il y a quelques générations de cela, les femmes se retrouvaient souvent liées pour la vie à des hommes qu'elles connaissaient peu ou pas du tout. Dans sa propre famille, Lily n'avait qu'à remonter deux générations. Le premier mari de Grand-mère était pour elle un étranger le soir de leur nuit de noces. Cela ne rendait pas moins injuste ce qui arrivait à Lily, mais, comme on lisait sur certains tee-shirts : « Shit Happens ». Les galères, ça arrive.

Et quand elles arrivaient, c'était à Lily de nettoyer et de réparer les choses. Le travail des policiers revenait un peu à faire le ménage, se dit-elle. Une tâche sans fin et le plus souvent ingrate que les gens ne remarquaient que quand des moutons de poussière sortaient de sous les commodes ou que des criminels s'échappaient.

Mais c'était tout ce qu'elle avait toujours voulu faire.

Le téléphone sonna. Elle se redressa rapidement, mais la sonnerie avait déjà réveillé Rule.

— Je ne sens plus ma main gauche, murmura-t-il.

— Désolée.

Elle avait dormi sur son bras. Elle se leva, regardant autour d'elle. Où était son téléphone ? Dans son sac à main, qui… ne sonnait pas. Elle s'en rendit compte en s'en emparant.

— Je pense que c'est le mien, dit-il.

Il se leva, secouant sa main gauche, les sourcils froncés.

Elle sourit comme il se dirigeait vers la chambre à coucher et sa veste, où il avait laissé son téléphone. Il y avait quelque chose de ridicule à voir la main d'un loup-garou s'engourdir. Ridicule et pourtant attendrissant.

Un moment plus tard, il était de retour, toute somnolence disparue.

— C'était Max. Il dit que Cullen m'a laissé un message au club. Il veut que je vienne le lire.

LILY FIXA LE message griffonné en cursive au-dessus du bar du Club Inferno : « Rule. Ne me crois pas. Ne viens pas. Et n'en parle à personne. »

Les lettres fumaient encore. À côté d'elles, il y avait un plan grossièrement dessiné – du moins, c'est ce que Lily croyait y voir.

— C'est l'écriture de Cullen, dit Rule.

— Est-ce qu'il te laisse souvent des messages brûlés à même les murs ?

Il ne souriait pas.

— Non.

Max était perché au bar, fusillant Lily du regard.

— Je sais qu'elle a de beaux lolos, mais tu étais obligé de la ramener ?

Il ronchonnait à ce sujet depuis leur arrivée. Elle en avait assez.

— Tous les gnomes sont-ils d'odieux petits pervers, ou juste vous ?

— Qu'est-ce que vous racontez ? C'est pas parce que je suis petit que…

— Économise ton souffle, Max, dit Rule en détournant son attention des lettres fumantes. C'est une sensitive.

Ses petits yeux s'ouvrirent, ronds comme des soucoupes.

— Sans déconner ?

Exaspérée, Lily s'écria :

— Mets carrément un avis dans le journal, ça t'épargnera la peine de le dire à tout le monde !

— Max ne révélera pas plus ton secret que toi le sien. Pas vrai, Max ?

— Tu oses poser la question ? Quand on doit demander à quelqu'un si on peut lui faire confiance, c'est qu'on n'a pas confiance en lui.

— J'ai confiance en toi, Max. J'ai également confiance en Lily.

— Ouais ? (Il poussa un profond soupir.) Eh bien, mettons ça sur le compte de la jeunesse. Alors, que comptes-tu faire pour cet acte de vandalisme au-dessus de mon bar ?

— Je ne sais pas. Il me dit de ne pas venir, mais il a dessiné une carte. Ce V à l'envers doit être une montagne, et SD signifie sans doute San Diego, mais le reste…

— Les gribouillis symbolisent peut-être de l'eau. (Lily se rapprocha.) Et ça c'est un chiffre, non ? Cinq ? Cinq kilomètres, peut-être. Je ferais mieux d'en faire une copie.

— Ne vous donnez pas cette peine, Miss Beauxlolos. C'est déjà fait.

Max leur tendit une feuille de papier.

Lily écarquilla les yeux. Ce n'était pas une esquisse mais une réplique exacte, reproduite à l'encre bleue.

— Il a des ennuis, dit Rule.

Max renifla.

— Je crois plutôt qu'il essayait un nouveau sort. Et il a choisi mon mur pour le tester, bon sang ! J'aurai deux mots à lui dire quand il se pointera.

Max faisait penser à un parent d'enfant en difficulté, songea Lily. Furieux en apparence, mort d'inquiétude à l'intérieur.

— Vous pensez qu'il a des ennuis ? demanda Lily.

Le long nez en forme de goutte frémit.

— Qui sait, avec un branleur pareil.

— Prenons un petit-déjeuner, dit soudain Rule. Max, je sais que tu as des champignons. Si tu peux trouver des œufs, on pourra les cuisiner. On a besoin de carburant et de café… et ensuite, je pense qu'il faudra qu'on parle.

Ils passèrent dans les appartements de Max au-dessus du club, un bric-à-brac d'objets et d'œuvres d'art. Sur une table encombrée, Lily aperçut une belle lampe victorienne, une danseuse de hula en plastique, trois roches indéfinies, une bonbonnière bon marché en forme de crâne, six livres de poche, et une petite réplique du *David* de Michel-Ange, tout simplement parfaite.

Max la vit étudier la petite statue et sourit.

— Mike m'a copié, mais on s'en carre. Il a fait un bon travail. Il peut bien récolter les éloges.

Elle secoua la tête et suivit Rule dans la cuisine.

Ils s'y entretinrent à voix basse. Rule souhaitait tout dire à Max. Lily admettait qu'ils avaient besoin d'aide, mais protestait qu'un nain lubrique avec un sale caractère n'était pas exactement ce qu'elle avait en tête.

— Max traîne ses guêtres ici-bas depuis très longtemps, expliqua Rule. Il a vu des choses qui pour nous relèvent du mythe ou de l'Histoire avec un grand H, et nos ennemis ne peuvent pas le retourner contre nous.

— Tu as une grande confiance en tes amis, dit-elle d'un ton neutre.

Il se froissa.

— On ne vous apprend donc plus rien sur les peuples de la Souche aujourd'hui ? Les gnomes ne peuvent pas être affectés par les sorts ou les Dons. Ils sont trop têtus. Max n'est attaché à aucun idéal tel que toi ou moi les concevons, mais il donnerait sa vie plutôt que de trahir un ami.

Il l'avait convaincue. C'est ainsi qu'autour d'une omelette aux champignons – Rule savait bel et bien cuisiner – ils mirent Max au courant.

Comme Rule lui parlait sans la nommer de « Celle que les Azá adoraient », Max l'interrompit.

— « Celle » ? Qui ça, « Celle » ? Ne parle pas par énigmes.

Au lieu de répondre, Rule lui demanda un crayon et du papier, puis en trois coups de crayon, dessina ce qui ressemblait à un logo publicitaire : le dessin d'un œuf couché sur le côté, traversé d'une barre oblique. Max se mit à jurer. Dans plusieurs langues et plus abondamment que Lily avait jamais entendu quelqu'un jurer auparavant.

Finalement, il s'arrêta, essuya son front et dit :

— Vas-y, termine.

Il ne parla plus jusqu'à ce que Lily décrive ce qu'on avait fait aux deux agents. Il leur posa alors un certain nombre de questions précises. Enfin, il hocha la tête.

— D'accord. Tout d'abord, vos agents fédéraux ne sont pas sous l'emprise d'un sort. Il y a une sacrée différence entre lancer des sorts et exercer un Don psychique, que personne de nos jours…

— Épargne-nous la diatribe sur notre époque dégénérée, dit Rule. Comment pouvons-nous faire la différence ?

Max fronça les sourcils.

— Les ensorcellements ne marchent pas comme la Wicca. Quand tu travailles directement à partir du pouvoir, tu dois carrément lui donner forme, ce qui signifie que tu dois te représenter mentalement le sortilège. Pour les Dons psychiques, tu nais avec, ils font partie de toi, comme tes pieds. Tu n'as pas besoin de comprendre comment tes pieds sont faits pour marcher avec. Ce qui explique en partie pourquoi les ensorceleurs sont aussi imbus d'eux-mêmes, ils pensent en savoir tellement plus que n'importe qui d'autre... enfin merde, passons ! Le truc, c'est que le résultat est différent. Vos fédéraux ont ces pensées qui leur collent aux crânes, tournant en boucle. Ça signifie que quelqu'un a mis ces pensées en eux et les a fixées avec une forte dose d'énergie.

— Un sort ne permet pas de faire ça ? demanda Lily.

— Si, si vous êtes un adepte, un grand ensorceleur, grommela-t-il. Ce qui n'est le cas de personne dans ce monde, ni dans aucun des mondes proches, quoi qu'en dise son Altesse la reine des Fées.

Elle cligna des yeux. Venait-il de parler de la reine des fées ?

— Cette, euh, déesse qu'ils vénèrent ne pourrait pas faire d'un d'entre eux un adepte ?

— Non. Peut-être qu'Elle le ferait si Elle en avait le pouvoir, mais de toute façon, Elle ne peut pas opérer directement ici. Elle a besoin d'intermédiaires, d'instruments : des personnes originaires de ce monde. Il ne Lui suffit pas de transmettre à quelqu'un les mots et les gestes d'un sort pour qu'il fonctionne, vous voyez ? Pas plus que tu pourrais sculpter un buste de Rule là maintenant si je te filais une pierre et un burin. Mais Elle peut leur donner du pouvoir.

Il se pencha en arrière sur son siège – un tabouret avec accoudoirs et repose-pied – et posa ses mains sur son ventre.

— Maintenant, voilà comment ça marche : les nouvelles pensées doivent se fondre naturellement avec les anciennes. Si tu donnes à quelqu'un qui adore les jolis petits oiseaux un tas de pensées hostiles aux oiseaux, il sera plus susceptible de devenir fou que de faire ce que tu veux. Donc, ton télépathe pénètre dans l'esprit de quelqu'un et...

— Télépathe ? répéta Rule. En parlant de folie, je croyais que leur Don menait les télépathes à devenir fous ?

— Ouais, sauf s'il s'agit de chats. Alors ? Tu t'obstines toujours à penser que toute cette affaire tient la route ?

Sauf s'il s'agit de chats ? Lily en était encore à ruminer cette réplique lorsque Rule demanda :

— Faisons-nous face à deux menaces alors ? L'une étant un télépathe, l'autre un ensorceleur. Ou une même personne pourrait-elle combiner ces deux facultés ?

— Tu ne m'écoutes pas ! Y a pas une seule foutue raison de penser qu'un ensorceleur est impliqué !

— Attendez une minute, dit Lily. J'ai senti la magie utilisée pour tuer Therese Martin.

— Oui, mais vous en savez pas plus sur les ensorcellements que la plupart des imbéciles d'aujourd'hui. Ce que vous avez ressenti, c'était le pouvoir, la puissance générée par la magie macabre. Que les tribunaux de ce pays appellent « ensorcellements », mais ces tribunaux sont remplis de ces mêmes imbéciles. Le pouvoir n'a rien à voir avec les ensorcellements. Un ensorceleur pourrait éventuellement taper dans le pouvoir brut et l'utiliser, ouais, mais tout comme n'importe qui disposant d'un réceptacle assez puissant pour stocker ce pouvoir.

— D'accord, dit Rule. Nous avons peut-être un ensorceleur impliqué, ou pas, mais en tout cas nous savons à coup sûr qu'il y a un télépathe fou qui pratique la magie macabre et a accès à une grande puissance.

— Et que ce télépathe est sous Son emprise. Et Elle veut ta mort d'une manière ou d'une autre. Ta meilleure option est de quitter le pays.

— Tu sais que ce n'est pas possible.

Max soupira.

— Évidemment. Je savais que tu ne serais pas raisonnable. La deuxième solution, ce serait elle.

Il désigna Lily.

Cette fois, c'est Rule qui soupira.

— Que veux-tu dire ?

— Envoie Miss Beauxlolos après tes guignols. Impossible de l'envoûter, ni de pénétrer son esprit – les sensitifs sont immunisés, point barre. C'est la seule à pouvoir s'approcher assez près d'eux pour agir. Tous les autres sont cuits d'avance.

LILY POSA QUELQUES questions de plus avant leur départ, mais Max n'eut pas grand-chose de plus à leur offrir – quelques suppositions, quelques haussements d'épaules. Rule se tut jusqu'à ce qu'ils arrivent à sa voiture.

— C'était une idée sacrément stupide de parler à Max, dit-il en claquant la portière. Ne le laisse pas te mettre des idées stupides en tête.

Lily attacha sa ceinture de sécurité.

— Comme quoi ?

— T'attaquer à Harlowe seule.

— Je ne peux pas de toute manière, non ? On doit rester à proximité l'un de l'autre. (Ils ne savaient pas à quelle distance exacte. Ils n'avaient pas testé les limites du lien.) Tu crois que Harlowe est le télépathe ? demanda-t-elle d'un air pensif. Je n'en suis pas sûre.

— Qui d'autre ?

Il enfonça l'accélérateur. Il semblait sérieusement mal luné.

— Eh bien, si on accepte l'opinion de Max comme hypothèse de travail, le télépathe en question est fou. Hier, nous avons parlé à plusieurs personnes qui connaissent Harlowe et aucune d'elles n'a laissé entendre une telle chose.

— La folie ne se voit pas toujours.

— C'est vrai.

Rule avait peur pour elle. C'est pourquoi il était si en colère. Elle en ressentait une impression bizarre, trouble.

Ce n'était pas comme si personne ne se souciait de sa sécurité. Sa famille s'inquiétait, même si elle prenait soin de leur cacher la plupart des choses effrayantes. Mais le risque inhérent à son travail était une des raisons pour lesquelles il leur déplaisait. Pourquoi la réaction de Rule lui faisait-elle cet effet étrange ?

— Lily. (Il avait adouci sa voix.) Dis-moi que tu ne comptes pas t'attaquer à lui seule.

— Il faut l'interroger, et des renforts ne seront d'aucun secours si Harlowe ou quiconque peut trafiquer leurs esprits.

Elle comprit brusquement pourquoi la réaction de Rule l'avait tant retournée. Elle *aimait* ça. Elle aimait être importante à ses yeux, mais c'était le lien d'âme sœur qui la faisait penser de cette façon. Il embrouillait ses sentiments tout comme leur télépathe hypothétique avait embrouillé les esprits des deux agents du FBI.

— S'il ne peut pas trafiquer ton esprit, dit-il d'une voix tendue, il pourrait tout simplement te tuer.

— Que penses-tu que j'ai fait ces dernières années : assisté à des réunions Tupperware ? J'ai arrêté quantité de gens qui auraient été heureux de pouvoir me tuer. Ils n'y sont pas parvenus.

— Merde, Lily, tu ne peux pas l'arrêter de toute façon. Tu n'as pas de plaque.

Elle haussa les épaules.

— Même si j'en avais une, nous n'avons pas encore suffisamment de preuves pour une arrestation. Je regrette de ne pas avoir accepté le poste du FBI, cependant. Mis à part le problème de l'arrestation, deux personnes ce n'est pas assez.

— Je peux appeler approximativement deux mille membres du clan. De quoi as-tu besoin ?

Elle écarquilla les yeux.

— Juste comme ça ? Je croyais que c'était ton père qui avait tous les pouvoirs.

— Techniquement, je n'ai aucune autorité. Mais si le Lu Nuncio dit à l'un des siens que le clan a besoin de lui de toute urgence, il viendra. Ou elle, ajouta-t-il. Certaines de nos sœurs et de nos filles se marient à des humains, mais beaucoup restent au sein du clan.

Une pensée soudaine la fit sourire.

— Je vois. Tu es comme Grand-mère : pas d'autorité officiellement, mais si elle dit de venir, nous arrivons.

— Il faut vraiment que je la rencontre.

— Ne parle pas trop vite. (Elle se sentait un peu rassérénée.) Nous avons besoin de comprendre ce que représente la carte de Seabourne, même si nous ne savons pas pourquoi au juste il l'a envoyée. Nous devons vérifier les comptes bancaires des suspects. Croft s'est renseigné sur l'Église, mais nous devons nous pencher sur Harlowe. Quelques membres des forces de l'ordre rompus à ces tâches seraient les bienvenus, mais je ne pense pas que tu en connaisses.

Il resta un moment silencieux.

— Crystal et moi devrions être en mesure de nous occuper des aspects financiers, si tu nous dis ce que tu cherches.

Lily haussa les sourcils.

— Crystal ?

— Mon assistante. Je ne pense pas que tu l'aies rencontrée. La carte me laisse perplexe, mais Walker connaît ces zones de montagne comme sa poche. Il pourrait sans doute identifier quelques-uns des repères. Je ne peux pas te fournir d'agents des forces de l'ordre, mais je peux appeler des renforts. J'aurais dû le faire plus tôt.

— Si tu fais allusion à des gardes du corps…

— Exactement. T'est-il venu à l'esprit que si Max a raison, Harlowe et compagnie sont au courant de tout ce que savaient Croft et Karonski ? Y compris le lien d'âme sœur. Tu es la seule à être à l'abri de leur pouvoir. Tu es aussi la clé pour me contrôler. La seule vraie question dans mon esprit est de savoir s'ils vont juste essayer de te capturer ou de te tuer.

Ils se rendirent à l'appartement de Rule. Celui de Lily était tout simplement trop petit. Il avait passé plusieurs coups de fil en cours de route, et ils seraient bientôt rejoints par un certain nombre de Nokolaï.

Rule vivait au dixième étage d'un gratte-ciel. Un détail frappa brusquement Lily alors qu'ils attendaient l'ascenseur.

— Pourquoi un claustrophobe voudrait-il monter et descendre dans un ascenseur tous les jours ?

— Je ne suis pas phobique. Et l'immeuble appartient au clan, donc c'est plus pratique pour moi de vivre ici.

Macho, pensa-t-elle. *Ce n'est pas parce que les petits espaces lui font peur qu'il faut le traiter de claustrophobe. C'est ça.*

L'ascenseur arriva, et ils montèrent à l'intérieur. Elle tenait l'attaché-case de Croft ; Rule portait l'ordinateur de Karonski. Elle se rapprocha doucement de lui, juste au cas où le gros loup-garou coriace ne serait pas aussi à l'aise qu'il le prétendait.

Il appuya sur le bouton de son étage, et mit sa main dans sa poche.

— D'ailleurs, c'est un ascenseur rapide.

Elle sourit.

— Et toi ? demanda-t-il doucement. Tu supportes les espaces exigus ?

— En général, oui. Je ne fais pas de saunas cependant.

Ça lui rappelait la chaleur étouffante dans le coffre de la voiture.

— En emménageant ici, j'ai pensé que ça pourrait me désensibiliser de prendre l'ascenseur tous les jours.

— Ça a marché ?

Son sourire était ironique.

— Pas vraiment.

L'ascenseur s'ouvrit sur un petit palier – un seul autre appartement se trouvait au même étage. Ce devait être de grands appartements, se dit-elle. La porte de Rule était à l'extrémité ouest. Il l'ouvrit.

— Je vais faire du café.

— Quelle surprise !

Elle le suivit à l'intérieur, ferma la porte et se retourna.

— Où dois-je…

Elle laissa sa phrase en suspens en découvrant l'appartement. Celui-ci ne comportait aucune cloison, et une baie vitrée occupait la quasi-totalité du mur ouest. Elle donnait sur l'océan.

— C'est l'autre raison qui fait que je vis ici, dit-il.

Apparemment, son envie de café n'était pas trop forte encore, car il resta à côté d'elle.

— Ce doit être l'une des plus belles vues de la ville, dit-elle.

— Je pense que oui.

Elle s'arracha à la contemplation de l'océan et des sommets de gratte-ciel et regarda l'appartement. Il y avait un élégant canapé de cuir pâle… couvert de journaux, de magazines et de livres. La table à manger était en bois sombre. Ce qu'elle pouvait en voir, du moins. Partout où elle posait les yeux, elle voyait de belles choses. Et du bazar.

— Ce n'est pas aussi bien rangé que chez toi, dit-il.

Elle le regarda et crut déceler un soupçon de honte sur ses royales pommettes.

— Qui l'eût cru ? Toi, être bordélique…

Il fronça les sourcils.

— Pas à ce point.

— C'est un vrai foutoir. (Elle se retourna et mit ses bras autour de sa taille en souriant avant de poser sa tête sur son épaule.) Mais ce n'est pas grave. Sous le désordre, c'est un très bel endroit.

Il déposa un baiser sur ses cheveux. Les bras qu'il glissa autour d'elle étaient tendus et musclés. Il se racla la gorge.

— Alors, qu'en penses-tu… Harry se plairait-il ici ? Il y a beaucoup de place.

Oh, merde. Il ne parlait pas vraiment de Harry. Elle déglutit.

— Je ne sais pas. Il ne pourrait pas sortir. Il a vécu dans la rue très longtemps. Je ne suis pas sûre qu'il puisse s'adapter à être cloîtré en permanence à l'intérieur.

Il ne dit rien, mais son corps demeurait tendu. Malheureux ? Blessé ? Elle pencha la tête en arrière pour regarder son visage et rencontra ses yeux, sombres et graves, attendant de trouver les siens.

— Peut-être que nous pourrions essayer de l'amener ici pour un temps, dit-elle. Voir comment ça se passe.

— Bonne idée. (De ses deux mains, il lui lissa les cheveux en arrière et déposa un baiser sur sa bouche, s'attardant assez longtemps pour en faire plus une promesse qu'un petit bisou.) Je te prépare un café ?

Elle rit timidement.

— Pourquoi pas ? Euh… ça te dérange si je dégage un coin sur la table ?

— Mes piles sont organisées, même si elles n'en ont pas l'air. Bouge-les à l'autre bout, mais ne les mélange pas.

Elle vit ce qu'il voulait dire quand elle commença à déplacer les papiers. Il ne s'agissait pas de prospectus et de sollicitations caritatives entassées en vrac, mais de rapports trimestriels, de correspondances et d'autres paperasses administratives.

— On dirait que tu as besoin d'un bureau, dit-elle en s'asseyant et en ouvrant la mallette de Croft.

— J'en ai un, mais je préfère travailler ici. (Il posa une tasse près de son coude et s'assit en face d'elle.) Je travaille, tu sais, dit-il tout à coup. Je gère les placements du Rho pour le compte du clan.

— C'est toi qui supervises tout ?

— Pas tout seul. (Il sourit.) J'ai une excellente assistante que tu rencontreras bientôt. Ainsi que deux secrétaires et des gestionnaires pour la partie immobilier. Nous confions nos comptes à un cabinet d'expertise comptable très onéreux et employons également un cabinet juridique.

— Où se trouve tout ce personnel ?

— Ils appartiennent au clan, donc ils vivent et travaillent à Clania. Ces derniers jours ont été particuliers. Habituellement, je passe environ la moitié de mon temps là-bas.

Ça semblait logique. Elle réalisa le peu de choses qu'elle savait en réalité de lui. *Qu'à cela ne tienne*, se dit-elle. Cela pouvait attendre. Il le faudrait.

— Voici le dossier sur Harlowe, dit-elle en prenant un fichier dans l'attaché-case de Croft. Nous avons son numéro de sécurité sociale, son numéro de compte, ce genre de chose. Peux-tu en faire quelque chose ?

— Quelque chose, oui. Mais que cherches-tu ?

— Des connexions, des détails discordants, des infos sur les propriétés qu'il possède. A-t-il une maison ou un bureau à Oceanside, par exemple, où il a rencontré Croft et Karonski ? Tout ce qui va dans ce sens. Nous n'avons aucune certitude qu'il revenait de Los Angeles hier.

— Ça va prendre un certain temps. Qu'est-ce que tu vas faire de ton côté ?

— Appeler un ami et lui demander un service. Ensuite, je prendrai l'ascenseur et j'irai faire un petit tour. (Elle le fixa dans les yeux.) Nous devons savoir, Rule. Quelles sont les limites du lien.

Il prit une profonde inspiration et souffla par le nez.

— Bien sûr. Et je dois surmonter l'idée que quelque chose peut t'arriver si je te laisse échapper à ma vue. Mais attends au moins que mes hommes arrivent. Si tu vas trop loin et que tu t'écroules, ce serait bien que quelqu'un soit là pour te rattraper.

XXVI

Lily appela O'Brien. Elle espérait qu'il accepterait de lui communiquer ce qu'il avait appris de la dernière scène de crime. Et il accepta, mais pas avant de lui avoir reprochée d'avoir basculé vers le côté obscur. Apparemment, tout le service savait qu'elle avait des problèmes avec le capitaine et qu'elle collaborait avec le FBI. Les flics étaient de vraies commères.

Lily lui donna le numéro du fax de Rule, et O'Brien lui transmit une copie de son rapport qu'elle alla chercher dans le bureau de Rule. Il était tout aussi encombré que le salon. Elle n'aurait su dire pourquoi, mais ça la fit sourire.

Selon Max, si Therese avait été tuée par un télépathe plutôt que par un ensorceleur, le tueur s'était probablement trouvé sur place. À portée de vue, avait-il dit. Sans un sort pour guider le pouvoir, le tueur avait besoin de voir sa victime. Il aurait très bien pu se tenir dans l'embrasure de la porte et réduire la jeune femme en charpie sans pour autant avoir de sang sur lui.

Lily espérait trouver quelque chose pour appuyer cette hypothèse. Il fallait qu'ils sachent pour de bon s'ils avaient affaire à un ensorceleur en plus d'un télépathe fou. Cullen Seabourne était peut-être impliqué. Il avait pu subir un lavage de cerveau. N'avait-il pas dit à Rule de ne pas le croire, dans ce message bizarre ?

Mais rien dans le rapport d'O'Brien n'allait dans ce sens. Elle l'avait parcouru deux fois quand les renforts de Rule arrivèrent : deux jeunes hommes musclés, y compris le roux que Lily rencontrait pour la troisième fois ; un vieil homme au regard vif qui se nommait Walker ; et Crystal, l'assistante de Rule. C'était une petite sexagénaire trapue avec une tête de bouledogue : mâchoires fortes, visage carré, lèvres épaisses.

Lily tenta de cacher son étonnement.

— Ravie de vous rencontrer, dit Crystal d'une voix rauque, qui, si elle ne collait pas à son nom, convenait à son faciès. (Elle n'avait pas l'air ravie. Elle accorda un bref regard à Lily avant de ramener son attention sur Rule.) Nettie m'a demandé de te dire qu'elle fait des progrès avec Croft, mais que le cas de Karonski est du ressort d'une assemblée de sorciers. Elle a parlé d'un degré de confiance nécessaire. Honnêtement, j'ai rien compris, mais c'est ce qu'elle a dit.

Rule hocha la tête.

— Je pense que nous ne tarderons pas à avoir des nouvelles de leurs supérieurs. Espérons qu'ils pourront organiser une assemblée.

— Que veux-tu que je fasse ? dit-elle vivement en laissant tomber son sac sur une chaise.

— Je te l'explique dans un instant, Crystal. D'abord, je dois vous signaler quelque chose : Lily est mon Élue.

Le visage de bouledogue s'éclaira. Elle jeta ses bras autour de la taille de Rule et le serra fort. Walker bondit au côté de Rule et le prit à son tour dans ses bras. Les deux jeunes hommes affichaient de larges sourires.

— J'y crois pas ! cria Sammy. C'est quand la cérémonie ?

— Pas pour tout de suite, répondit sèchement Rule. Nous avons quelques petites affaires à régler d'abord.

— Oh, mon chéri, dit Crystal. Mon chéri. (Elle renifla, caressa la joue de Rule, et se tourna vers Lily, toute rayonnante.) Bienvenue dans le clan Nokolaï.

Bienvenue dans… ? Abasourdie, Lily croisa le regard de Rule par-dessus la femme.

Il secoua légèrement la tête et articula en silence : « Plus tard. » Il dit alors à haute voix :

— Vous êtes tous au courant pour l'attaque contre le Rho. Vous savez peut-être également que Nettie soigne en ce moment deux agents du FBI dont les esprits ont été manipulés. Ces deux choses sont liées. Il y a un groupe de personnes, constitué à la fois d'humains et de lupins, qui tente de détruire les Nokolaï. (Cette information effaça aussitôt leurs sourires.) Lily est leur cible. Elle est aussi le meilleur espoir que nous ayons de les arrêter.

— Ils oseraient s'en prendre à une Élue ? s'exclama Sammy, incrédule.

— Les lupins en cause ignorent peut-être que c'est une Élue. Quant aux humains, ils s'en serviront contre nous.

— Que doit-on faire ? demanda alors Walker.

— J'ai une carte sur laquelle je veux que tu jettes un œil. Sammy et Pat, accompagnez Lily. Crystal va m'aider à fouiller dans les comptes de l'un de nos ennemis.

LILY N'AVAIT JAMAIS eu de gardes du corps auparavant. Elle n'aimait pas ça.

— Je teste les limites du lien d'âme sœur, dit-elle sèchement en appuyant sur le bouton de l'ascenseur. Il faut qu'on sache de quelle distance nous disposons.

Sammy hocha la tête. L'autre, Pat, sourit timidement.

— C'est la première fois que je rencontre une Élue.

— C'est la première fois que j'en suis une, répondit-elle.

Les portes de l'ascenseur s'ouvrirent, et elle entra, suivie de son escorte, qui prit position entre elle et les portes.

— J'en ai vu une, un jour, précisa Pat tandis que les portes se fermaient. Au dernier rassemblement des clans.

Sammy lui donna un coup de coude.

— Excusez-moi, Lily, mais nous ne sommes pas censés parler. Cela pourrait nous distraire.

— Alors écoutez. Les gens que nous recherchons utilisent la magie macabre. Rule dit qu'elle laisse une odeur particulière.

Elle ne pouvait pas voir leurs visages, mais elle devina leur stupeur à la raideur soudaine de leurs postures. La voix de Sammy était cependant calme quand il répondit.

— Il paraît, oui. Je ne l'ai jamais sentie.

— J'espère que tu n'en auras jamais l'occasion. Mais si vous remarquez une odeur de pourri – Rule a parlé de « putréfaction » – dites-le-moi immédiatement. Ne... (Le tournis la frappa si subitement qu'elle ne put finir sa phrase. C'était encore pire cette fois : un vertige tourbillonnant qui la fit chanceler et l'obligea à se rattraper à la paroi.) Merde. Merde. À quel étage était-ce ?

— Le deuxième, répondit Sammy en l'aidant à reprendre son équilibre. Ça va ?

— Ça tourne.

L'ascenseur s'arrêta. Sammy se retourna tout en gardant la main sur son bras, tandis que les portes s'ouvraient... sur trois hommes en costumes sombres. Deux d'entre eux se tenaient sur le qui-vive, comme des professionnels.

Le troisième en revanche était assis dans un fauteuil roulant. Il était maigre – il n'avait littéralement que la peau sur les os – et avait le visage long et le nez crochu.

— Ah... inspecteur Yu, dit-il d'une voix claire de ténor. Excellent. Je suis Ruben Brooks. Je crois que vous détenez mes hommes.

— Euh... pas ici.

Elle tenta de se redresser mais dut se raccrocher à Sammy quand tout se mit à tourner. Elle essaya de subvocaliser comme elle l'avait fait avec Rule : *Sammy, tu sens quelque chose ?*

Il attendit un instant, puis secoua la tête.

Très bien, alors.

— Vous faites un malaise ? demanda Brooks.

— Ça ira mieux dans quelques minutes. Mais je dois remonter. Je n'essaie pas de m'échapper ou quoi que ce soit, assura-t-elle. Je dois juste rentrer.

— Je pense que vous avez mal compris. Je ne suis pas venu vous arrêter. Je suis ici pour placer mon unité à votre disposition.

IL Y EUT un moment de confusion, car ni les gardes du corps de Brooks ni l'escorte de Lily ne consentaient à laisser leurs protégés monter seuls dans l'ascenseur, et ils n'y tenaient pas tous en même temps.

Lily ne leur fut pas d'une grande aide, car elle s'évanouissait par intermittence. Finalement, elle monta avec Brooks, Sammy, et l'un des types du FBI, un grand blond. Une fois passé le troisième étage, elle se sentit cependant beaucoup mieux.

— Fascinant, observa Brooks. Il y a une limite précise, n'est-ce pas ?

Elle regarda le blond silencieux avec méfiance.

— Je vois que vos hommes ne vous ont rien caché.

— Aviez-vous l'habitude de cacher quelque chose à votre supérieur ?

— Certaines choses, oui. Je ne mentionnais pas dans mes rapports les preuves invérifiables, ni les propos tenus oralement qui n'avaient pas trait à l'enquête. Je ne pratique pas la dénonciation.

Il hocha la tête.

— C'est compréhensible. Mais une fois que nous aurons commencé à travailler ensemble, je pense que je gagnerai votre confiance.

— Je n'ai pas accepté…

— Ah, nous y voilà, dit-il quand l'ascenseur s'arrêta. Après vous.

Il la suivit sur le petit palier avec son fauteuil motorisé. Arrivée devant la porte de Rule, elle n'eut pas à utiliser la clé qu'il lui avait donnée car il lui ouvrit. Elle se jeta dans ses bras.

Ce n'était pas professionnel, mais c'était nécessaire. Elle avait besoin de sentir son cœur battre, d'avoir son corps contre le sien. Au bout d'un moment, elle prit cependant conscience de son geste et se recula.

— Voici Ruben Brooks, dit-elle. Je ne connais pas le nom de l'autre homme. Messieurs, Rule Turner.

Rule lui lança un regard interrogateur auquel elle répondit d'un léger hochement de tête.

— Entrez, dit-il en souriant. Voulez-vous un café ?

— CROFT VOUS A appelé de Clania ? demanda Lily quelques minutes plus tard, surprise. Je n'avais pas réalisé qu'il était, euh… réveillé.

— Le docteur Two-Horses l'a laissé sortir de somnie assez longtemps pour… Ah, je vous remercie. (Brooks accepta la tasse que Rule lui tendait.) Assez longtemps pour faire son rapport, donc je suis au courant de votre situation.

— Comment va-t-il ?

— Bien, mais le docteur Two-Horses préfère que son esprit reste au repos complet pendant quelques jours, ce qui signifie passer la plupart du temps en somnie. Karonski est maintenu sous sédatifs jusqu'à ce qu'on puisse dépêcher sur place une assemblée de sorciers. Son Don ainsi que ses croyances religieuses compliquent le traitement.

— Vous êtes arrivé très rapidement, dit tranquillement Rule, assis sur l'accoudoir à côté de Lily et lui caressant les cheveux.

Après le test éprouvant des limites du lien, ils avaient besoin de contact physique.

— J'étais déjà en route quand il a appelé. En voyant que Croft et Karonski ne revenaient pas, j'ai eu l'impression que je devais me tenir prêt.

Lily haussa les sourcils.

— Karonski a dit que vous étiez médium.

— Effectivement. (Il sirota son café.) Mmh. Excellent. La précognition est le moins fiable des Dons, c'est vrai, mais c'était une impression exceptionnellement forte. Elle ne m'a pas apporté beaucoup d'informations, malheureusement, mais l'appel de Croft a remédié à cela. Vous comprenez maintenant pourquoi je dois placer mon unité entre vos mains pour le moment.

— En fait, non, je ne comprends pas. Je manque d'expérience, de formation... Je suis un bon inspecteur, mais je ne suis pas qualifiée pour gérer une unité secrète du FBI dont j'ignorais encore l'existence jusqu'à il y a quelques jours.

— Mais vous êtes la seule qui le puisse, répondit-il calmement. Bien que j'espère pouvoir vous apporter mes compétences et mes connaissances, la personne responsable doit être quelqu'un qui n'aura à aucun moment pu être manipulé.

— Et les lupins ? proposa-t-elle, angoissée. Ils peuvent sentir la présence de la magie macabre, et nous dire si l'esprit de quelqu'un y a été exposé.

— Ah oui ? Voilà qui sera utile. Mais seulement en présence de la personne. Or les ordres doivent parfois être donnés par téléphone.

Lily ne savait pas au juste à quoi elle devait l'attribuer, mais Ruben Brooks était le rouleau compresseur le plus poli et le plus éloquent qu'elle n'ait jamais rencontré. Quinze minutes après son arrivée, elle prêtait serment de « soutenir et défendre la Constitution des États-Unis contre tous ses ennemis, étrangers et nationaux ».

— Êtes-vous sûr que ce soit réglementaire ? demanda-t-elle après coup. Je pensais que les agents devaient passer par un entraînement.

— Vous devrez aller à Quantico à un moment donné, mais c'est tout à fait réglementaire. Le Président m'a accordé le pouvoir de faire prêter serment à tout agent à ma discrétion, en passant outre les exigences habituelles.

Le Président ? Lily eut tout d'un coup le tournis, et cette fois, ce n'était pas le fait du lien d'âme sœur.

— Maintenant, dit-il en jetant un regard à l'assemblée autour de lui. J'aimerais qu'on me fasse un résumé de la situation, si ça ne vous dérange pas.

Lily hocha la tête.

— Très bien, dit-elle, et quand j'aurai fini, j'aimerais que vous nous apportiez vos compétences et vos connaissances. Et peut-être nous fournir un expert en topographie et nous habiliter à nous pencher sur quelques comptes bancaires.

Dès lors, tout alla très vite. Brooks chargea un de ses hommes d'obtenir un mandat afin de permettre à Rule et Crystal de se mettre au travail. Un logiciel de cartographie ultrasophistiqué était attendu d'un moment à l'autre, ainsi qu'un expert qui travaillerait avec Walker à déchiffrer les gribouillis de Cullen.

C'est ce qu'on appelle prendre les choses en main, pensa Lily, amusée. Il n'avait même pas besoin de donner d'ordres. Tout le monde s'empressait de mettre en œuvre tout ce qu'il suggérait poliment.

Une fois les impératifs réglés, Lily vint voir Brooks et sollicita un entretien en tête-à-tête. Elle s'assit sur le canapé près de lui et se pencha en avant.

— Je ne connais pas suffisamment les lois fédérales, mais maintenant que Croft peut témoigner, nous en avons assez sur Harlowe pour aller le chercher et l'interroger. Mais je ne sais vraiment pas de quoi on peut l'accuser... D'obstruction à la justice ?

Il hocha la tête pensivement.

— Les législateurs adoptent rarement des lois pour sanctionner des crimes impossibles, et nul ne savait que l'esprit d'un agent pouvait être manipulé de cette façon. J'en ai discuté brièvement avec le procureur du comté en route. Il ne souhaite pas engager de poursuites en deçà de « meurtre par magie » ou de « complot dans le but de commettre un meurtre par magie ».

Lily suspectait que « ne souhaitait pas » soit un euphémisme.

— Bon, alors ma question est : avons-nous quoi que ce soit à gagner à l'arrêter maintenant ? Ou suffisamment du moins pour compenser les risques ?

— Pourquoi ne pas m'exposer votre raisonnement ?

— À mon avis, nous n'en savons pas encore assez. Si c'est lui notre prétendu télépathe, l'arrêter sur une charge moins importante pourrait valoir le coup. Mais si ce n'est pas lui, et que nous l'arrêtons, ses complices risquent de disparaître dans la nature. Y compris le télépathe, ou l'ensorceleur ou je ne sais qui, et c'est lui que nous devons attraper.

— Je pensais que vous aviez confiance dans les informations de votre source, comme quoi un ensorceleur serait impliqué ?

— Ma… Oh, oui. (Elle avait décrit Max comme une source dotée d'une grande expérience et de larges connaissances des systèmes magiques qui préférait garder l'anonymat. Lily se leva et se mit à faire les cent pas.) Je ne sais pas. Souvent l'hypothèse la plus simple est la bonne, et la plus simple ici serait qu'il n'y a qu'un grand méchant : un télépathe équipé d'une sorte d'outil comme mon contact l'a suggéré. Mais peut-être qu'un ensorceleur est impliqué. C'est moins probable, mais ça reste possible.

Il hocha la tête.

— Il est effectivement raisonnable de prévoir différentes possibilités.

— C'est vrai. Mais ça m'effraie un peu, admit-elle. Je ne connais pas les procédures pour appréhender et neutraliser sans danger un ensorceleur. Si tant est qu'il y en ait.

À sa connaissance, personne n'avait tenté de le faire depuis la Grande Purge, et cette dernière avait été un carnage sans nom. On s'était borné à abattre les personnes soupçonnées de se livrer à des ensorcellements.

— Pour autant que je sache, il n'y en a pas, dit-il calmement. Selon certaines théories, les hommes et les femmes vraiment pieux ne pourraient être ensorcelés parce que les énergies spirituelles sont d'un ordre plus élevé que les énergies séculaires ou magiques. Même si cela est vrai, je doute que le FBI emploie des personnes saintes.

Il fallut un moment à Lily pour passer outre le débit impassible de Brooks et déceler l'étincelle dans ses yeux. Elle s'arrêta et répondit sèchement :

— Je ne pense pas que la police de San Diego en emploie davantage.

— Les dossiers historiques indiquent que tous les ensorceleurs ne sont pas égaux. Il y a différents degrés de maîtrise. Cependant, je pense que si un ensorceleur est impliqué, même de faible capacité, l'arrêter risque fort d'entraîner des victimes dans nos rangs. Le recours à la force létale peut s'avérer nécessaire.

En d'autres termes, les choses n'avaient pas beaucoup changé depuis la Purge. Il était plus facile de tuer un ensorceleur que de le contenir.

— Une dernière chose. Je vous ai dit que j'avais eu l'impression qu'on aurait besoin de moi ici. Un très fort sentiment d'urgence était associé à ce pressentiment. Je m'ouvre à vous de cela pour votre gouverne, dit-il calmement, de son ton légèrement pédant. Je ne veux pas vous influencer indûment, mais je fais rarement erreur sur de telles choses. Il se peut qu'il soit aussi important d'agir rapidement que d'agir correctement.

Elle baissa les yeux en réfléchissant, et sentit tout à coup un picotement : levant la tête, elle vit Rule approcher.

S'il y avait un ensorceleur en cause, il était probable qu'il s'agisse de son ami Cullen. De son gré ou sous la contrainte.

Il s'assit près de Brooks.

— Je ne sers à rien là-bas pour le moment. Crystal et votre homme sont plongés dans les registres du comté, auxquels je ne connais rien. Je n'ai pas pu m'empêcher d'entendre votre discussion.

À ces mots, Lily leva les sourcils.

— Pas pu t'empêcher d'entendre, hein ?

— J'ai espionné sans vergogne, admit-il gaiement. Une suggestion : utilisez mes hommes.

— Je ne vous suis pas.

— Vous vous demandez quoi faire s'il s'avère que vous devez affronter un ensorceleur. Il serait insensé d'envoyer des humains. Les lupins en revanche peuvent endurer une grande quantité de dommages sans être arrêtés, et nous avons de grands enjeux dans cette bataille.

Brooks croisa ses doigts.

— C'est une proposition intéressante.

Elle le regarda, surprise.

— Vous imaginez un peu les gros titres ? Envoyer des loups-garous contre le chef d'un groupe religieux minoritaire ?

— S'il s'avère qu'un ensorceleur était impliqué, tout sera pardonné. Dans le cas contraire… dit-il en haussant les épaules. Nous devons être sûrs de nos preuves.

Preuves dont ils ne disposaient pas encore pour le moment. Lily se remit à faire les cent pas.

— Ce qu'il nous faut, c'est ce foutu instrument. L'accumulateur de pouvoir. (S'il existait. Max avait semblé assez sûr de lui.) Nous ne savons pas à quoi il ressemble, mais je pourrais le reconnaître au toucher. Si nous pouvions mettre la main dessus, nous aurions la preuve de « sorcellerie » telle que la loi la définit. Nous priverions également notre coupable d'une bonne partie de sa puissance.

Elle s'arrêta et regarda Brooks.

— Je veux des mandats de perquisition pour l'église et toutes les propriétés de Harlowe, une fois que nous les aurons identifiées.

— Il faudra formuler les demandes avec soin, et il sera peut-être difficile d'obtenir l'accord d'un juge, dit-il lentement, mais je pense que je peux gérer ça.

Elle regarda Rule.

— Ramène-moi tes hommes. Je veux une équipe qualifiée sachant obéir aux ordres. Ils devront attendre mon feu vert. Prions pour que nous n'ayons pas à les utiliser.

RULE SE TINT en retrait au cours des deux heures qui suivirent. Il appela le Rho, qui accepta immédiatement d'envoyer une équipe. Il prépara alors une grande marmite de chili en essayant de ne plus penser à Cullen ou au danger auquel Lily serait exposée. Mais les pensées étaient moins obéissantes que les bras ou les jambes.

Il était dans la cuisine en train de pétrir la pâte à pain de maïs quand Lily se glissa derrière lui et mit ses bras autour de sa taille. Il ressentit aussitôt un réel bien-être.

Ainsi qu'une vive excitation. Il se retourna, prit son visage et l'embrassa passionnément.

— Eh bien. (Son visage était tout rouge, ses cheveux ébouriffés, et sa jolie bouche humide et souriante.) Bonjour, toi. Ça sent merveilleusement bon ici. Tu sais réellement cuisiner alors.

— C'est l'homme de maison de mon père qui m'a appris il y a des années.

Il se disait qu'il pourrait facilement rester ainsi un jour ou deux, à l'enlacer et à respirer son odeur.

— L'homme de maison ? Est-ce comme une femme de ménage ?

— Un peu. Du nouveau ?

— Walker pense avoir identifié la zone couverte par la carte de Cullen. C'est une partie reculée de la montagne au nord-est de la ville. (Elle plissa le front d'un air soucieux.) Il dit qu'il y a des grottes dans la région et que ce n'est pas facile de fouiller un tel sous-sol.

— C'est à ça que sert le flair des lupins. On pourrait appeler Max. Les gnomes et les grottes vont de pair. Maintenant, reste à découvrir ce que signifie cette carte.

— Une chose à la fois. Je dois te demander quelque chose.

— Oui, répondit-il en jouant avec ses cheveux ; il aimait leur aspect soyeux et brillant, qui lui rappelait le ciel nocturne - si sombre, et pourtant plein de lumière.

Il ne pouvait pas la perdre. Il venait juste de la trouver. D'une manière ou d'une autre, il fallait qu'il la protège.

— C'est important.

Cela signifiait qu'il n'était pas censé jouer avec ses cheveux. Avec un soupir, il laissa retomber ses mains.

— Je t'écoute.

— Pourquoi Crystal m'a-t-elle souhaité la bienvenue dans le clan Nokolaï ?

Oh-oh.

— En tant que mon Élue, dit-il en choisissant soigneusement ses mots, tu es considérée comme faisant partie du clan.

Elle resta silencieuse. Dangereusement silencieuse, pendant quelques instants.

— Et la cérémonie dont a parlé Sammy ?

— Il y a un rituel de bienvenue, destiné à te rendre hommage, et… c'est à ce moment que tu acceptes d'appartenir au clan. Si tu choisis de le faire.

Un soulagement s'afficha sur ses traits.

— Alors j'ai le choix. Ce n'est pas seulement une chose de plus qui s'impose à moi, que je le veuille ou non.

— Tu as le choix.

— Rule ? dit-elle en fronçant les sourcils. Qu'y a-t-il ? Je suis sûre que tu aimerais que je rentre dans ton clan, mais pour moi, c'est encore une chose pour laquelle je ne me sens pas qualifiée. Sans parler de l'engagement. Je ne pourrais pas jurer fidélité à ton père.

— Cela ne fait pas partie de la cérémonie.

— Il y a quelque chose que tu ne me dis pas.

Beaucoup de choses même, mais il n'avait tout simplement pas le temps pour la plupart. Il eut un sourire désabusé.

— Il y a un problème, de mon côté, oui. Si tu refuses d'être Nokolaï, alors je ne peux l'être non plus.

Elle le regarda, stupéfaite.

— En tant que mon Élue, tu seras amenée à apprendre beaucoup de choses sur nous que les étrangers ne sont pas autorisés à connaître. Si toi tu ne deviens pas Nokolaï, alors je devrai quitter le clan. (Comme elle continuait à le regarder, sans rien dire, il lui caressa les bras.) *Nadia*, je sais que cela te fait l'effet d'une autre chaîne, mais…

— Tu ne sais rien, dit-elle en se dégageant pour mettre de la distance entre eux. Quand allais-tu me le dire ?

— Une fois que nous aurions eu fini de chasser les télépathes fous et leurs amis meurtriers.

— D'accord, c'est une raison valable. (Elle prit une inspiration tremblante et ramena ses cheveux en arrière.) Je vais devoir y réfléchir, et je dois le faire à tête reposée.

— Je sais. Je n'allais pas…

À cet instant, la sonnette retentit, attirant son attention. Sammy était posté près de la porte et, après un bref échange, il l'ouvrit. Benedict entra avec cinq autres lupins – son équipe personnelle.

— Ça sent bon ici, dit Benedict en cherchant Rule du regard. J'espère que tu as fait assez de chili.

Rule se dirigea vers lui.

— Oui. Je savais qu'une équipe devait arriver. J'ignorais en revanche que ce serait toi qui en prendrais la tête.

— Ordres du Rho. Il voulait être sûr que tout se passera bien si nous devons nous battre. C'est Houston qui me remplace à Clania. Il est compétent.

Houston était bien plus que compétent au regard de tout autre lupin, mais Benedict occupait une classe à part.

— Lily… (Rule se retourna, sachant qu'elle était derrière lui, et découvrit tous les êtres humains présents dans la pièce en alerte. L'un d'eux avait la main dans sa veste, prêt à dégainer.) Euh… dis un mot à tes hommes, veux-tu ?

— Repos, dit-elle brusquement. Immédiatement !

Ils s'exécutèrent aussitôt. Celui qui avait la main dans sa veste affichait un air penaud.

Rule secoua la tête.

— Je n'y avais pas pensé. J'aurais dû préparer tes hommes.

Lily lui répondit sèchement.

— Ton équipe est un peu différente de celles auxquelles nous sommes habitués.

Deux parmi l'équipe, tout comme Benedict, portaient plusieurs épées – certes dans leurs fourreaux, mais il voyait que les humains ne les en trouvaient pas moins inquiétantes. Un autre avait une mitrailleuse ; et tous sauf un portaient des automatiques à la ceinture. Et naturellement, ils étaient tous largement dévêtus, puisque habillés pour le combat. La plupart optaient pour des shorts en jean.

— Devin a rapporté l'équipement de Pat et Sammy, déclara Benedict. Je dois leur parler. Ils n'ont encore jamais travaillé avec mon équipe.

— Je crois, dit placidement Brooks, que je vais contacter sur-le-champ le commissariat du coin… Les voisins de monsieur Turner risquent fort de les appeler, et il est inutile de les alarmer.

La voix de Crystal retentit tout à coup à la table du salon, vibrante de satisfaction.

— Je l'ai.

Rule se retourna. Bien sûr, Crystal n'avait pas levé le nez de ses recherches. Il aimait à penser qu'elle se serait allongée sous la table pour continuer sa tâche si une fusillade avait éclaté, mais il n'en était pas sûr.

— Qu'est-ce que tu as ?

— La propriété de Harlowe. Il possède un beau petit lopin de terre au nord-est de la ville. (Elle leva les yeux de son ordinateur portable.) Et c'est juste dans la zone que couvre la carte de ton ami d'après Walker.

Il y a quatorze hommes et deux femmes dans cette pièce, pensa Lily. Neuf d'entre eux étaient autour de cette table à essayer de trouver un plan. Et aucun d'eux ne s'accordait.

Heureusement que ce n'était pas une démocratie.

— Très bien, dit-elle en se levant. (Un à un, les autres se turent.) Nous avons passé en revue toutes les possibilités ou presque. Tout d'abord, j'aimerais que l'Armée de l'Air effectue un survol de la région afin que nous sachions ce qu'elle abrite à l'heure qu'il est. Walker n'a pas visité la zone depuis plusieurs années, et les vues aériennes récupérées sur Internet sont anciennes. Il faut savoir si Harlowe y a construit des bâtiments.

» Deuxièmement, je ne compte pas envoyer un petit groupe en reconnaissance. Nous ne connaissons pas le rayon d'action de ce télépathe. Toute l'artillerie du monde ne leur sera d'aucun secours si il ou elle peut lire leurs pensées.

Un des hommes du FBI intervint :

— Si on entre…

— Ou nous, souligna un lupin brun dont le nom lui échappait.

— Si quelqu'un entre, reprit l'homme du FBI, il faut être sûr que Harlowe n'est pas sur place.

Elle secoua la tête.

— Nous ne savons pas avec certitude si Harlowe est le télépathe. Je refuse d'envoyer des gens pour qu'on lise leurs pensées ou qu'on leur grille le cerveau. Ou qu'on les découpe. Nous allons faire ça de la façon ennuyeuse… à l'aide d'un mandat de perquisition. Et c'est moi qui interviendrai… avec deux lupins et deux humains pour m'épauler. (Elle fit une pause.) Le rôle principal des lupins sera de flairer – les personnes ou les sorts. Les humains seront là pour surveiller les lupins. Si l'un d'eux tombe sous l'emprise de notre télépathe, j'espère qu'un des autres le repérera ou le sentira.

Benedict, le seul autour de la table qui n'avait pas émis d'opinion, hocha légèrement la tête.

— Cela ne veut pas dire que nous laissons tomber le reste de l'enquête. Je veux des mandats de perquisition pour les autres propriétés et pour l'église, mais cet endroit-là est notre priorité. (Elle regarda Brooks.) Que vous dit votre instinct ?

— Le sentiment d'urgence n'a pas diminué.

— Très bien. Obtenez-moi ce mandat, et débrouillez-vous pour faire effectuer ce survol. Pressez-les. Si…

Un téléphone portable sonna. Elle s'arrêta en fronçant les sourcils. Si jamais c'était sa mère…

— C'est le mien, dit Rule en se levant.

Il s'éloigna de la table pour répondre, tandis qu'elle poursuivait.

— Si nous ne pouvons pas obtenir de photos aériennes à temps, on s'en passera. Benedict, je vais avoir besoin que vous me disiez au juste ce que vos hommes peuvent faire, mais pour l'instant, nous allons parler des éventualités. La première concerne la chaîne de commandement. Si je suis hors-jeu ou faite prisonnière, il reviendra à Brooks, mais il ne sera pas sur le terrain. Je ne connais pas les capacités de chacun. Des suggestions pour le commandement sur le terrain ?

— Pour ce qui est du combat, de la tactique et de la stratégie, déclara Benedict, je suis le plus qualifié. Donnez-moi une cible, et je l'atteindrai. Mais dans une situation chaotique, quand les objectifs changent…

Il s'arrêta brusquement, et tourna la tête vers l'endroit où Rule se tenait avec son portable.

— Oui, j'ai compris, mais ne raccroche p… Cullen ? Cullen ! Merde !

Il leva les yeux. Jamais Lily ne lui avait vu la mine aussi sombre.

Elle sentit son cœur battre jusque dans sa gorge, tambourinant dans le silence soudain.

— Qu'est-ce qu'il t'a dit ? Où est-il ?

— Il dit qu'il a été fait prisonnier par les Azá, qui ont besoin d'un ensorceleur docile. Il a réussi à s'échapper, mais il est gravement blessé. Il ne sait pas combien de temps il pourra rester libre. Ils sont à ses trousses. Il s'est enfermé dans une petite cabane dans les montagnes. Je sais où elle se trouve.

Lily déglutit. Les mots qu'elle dit alors furent parmi les plus difficiles qu'elle eût jamais eu à prononcer.

— Rule, c'est un piège.

Ses yeux étaient durs comme des silex.

— Je sais. Il m'a prévenu après tout. « Ne me crois pas. Ne viens pas. » La cabane est à trente kilomètres de l'endroit qu'il a marqué sur sa carte.

XXVII

— La question qui se pose, déclara Benedict, est de savoir qui nous devons envoyer à la rencontre de Seabourne ? Rule ne peut pas y aller à cause du lien d'âme sœur.

Une expression de surprise et de gratitude traversa le visage de Rule tandis qu'il croisait le regard de son frère et demandait simplement :

— Pourquoi ?

— Le Rho lui a accordé la protection du clan pour la durée d'une lune. Ce délai n'est pas encore écoulé. Nous ne laissons pas l'un des nôtres dans les mains de Ses créatures.

— Votre ami n'y sera peut-être pas, intervint Brooks. Si leur but est de vous tuer ou de vous capturer, sa présence ne sera pas nécessaire.

— Mais certains d'entre eux y seront, dit soudain Lily. Probablement une bonne partie. Peut-être le télépathe. (Elle regarda les autres.) S'ils nous tirent dessus, nous n'aurons aucun mal à trouver de quoi les inculper.

Brooks pencha la tête pour la regarder.

— Mais beaucoup plus de mal à procéder à l'arrestation si nous commençons à nous tirer les uns sur les autres. Nous ne connaissons pas les capacités de notre télépathe.

— Tôt ou tard, nous devrons les découvrir, répondit-elle. (Mais elle semblait contrariée. Elle secoua la tête.) En judo, l'idée est de retourner les mouvements de votre adversaire et son élan contre lui. Ils ont fait quelques mouvements que nous devrions être en mesure de tourner à notre avantage : le lavage de cerveau de Croft et Karonski, et maintenant ceci. Le premier nous a renseignés sur ce qu'ils pouvaient faire. Le deuxième nous renseigne sur l'endroit où certains d'entre eux seront à un moment donné. Nous devons trouver un moyen d'utiliser cette information.

La sonnette retentit.

Rule regarda Sammy, posté près de la porte, où il pouvait entendre tout mouvement sur le palier. Il avait une expression étrange sur le visage.

— Deux personnes, dit-il. Toutes les deux petites. Et… un chat.

On sonna de nouveau.

— Qui est-ce ? cria Sammy à travers la porte. (Il tourna un visage perplexe vers Lily.) Elle dit qu'elle est votre grand-mère. Et que je dois ouvrir la porte immédiatement.

Lily ferma les yeux et se frotta le front des deux mains.

— Bien sûr. Il ne manquait plus que ça. (Elle se dirigea vers la porte.) Laisse-la entrer.

Un petit bout de femme âgée vêtue d'un pantalon noir ajusté et d'une magnifique veste en satin richement brodée entra dans la pièce. Elle avait une peau de porcelaine : diaphane, poudreuse et rendue fragile par les années. Mais sa posture était parfaite. Ses yeux étaient noirs et impérieux.

Une femme légèrement plus grande et habillée beaucoup plus simplement la suivit dans l'appartement. Elle tenait Harry. Qui grondait.

— Eh bien ? dit brusquement la vieille dame en regardant autour d'elle. Lequel est-ce ?

Lily la rejoignit.

— Grand-mère, je suis heureuse que tu ailles bien, mais ce n'est pas le bon moment, et... tu m'as ramené mon chat ?

— Il insistait pour venir. Il y a trop de gens ici. Lequel est ton loup ? (Son regard navigua de l'un à l'autre, pour se poser sur Benedict.) Le grand ? dit-elle avec une étincelle d'approbation sans équivoque dans les yeux.

— Je regrette de vous décevoir, dit Rule en s'avançant, mais je...

Il s'arrêta, interloqué.

Mais qu'est-ce que...

Un éclat moqueur traversa les yeux foncés qui ressemblaient beaucoup à ceux de Lily.

— Hum. Pas aussi grand que l'autre, mais mignon.

— Grand-mère, voici Rule Turner, dit Lily. Rule, je suis honorée de te présenter ma grand-mère, Madame Li Lei Yu, et sa compagne, Li Qin. Grand-mère, je regrette d'être impolie, mais je n'ai pas de temps à t'accorder pour le moment.

— Bah. (Elle jeta un regard à la femme qui l'accompagnait.) Trouve un endroit pour Harry. Il n'est pas à l'aise avec autant de gens.

— La chambre, je suppose, dit Lily, avec un geste impuissant vers la pièce.

— *Tu sens ça ?* demanda Benedict à Rule.

— *Oui, mais c'est quoi ?*

Ce n'était pas humain. Ni rien qu'il ait jamais senti auparavant.

Les yeux vifs et noirs se braquèrent sur lui.

— Vous. Arrêtez de parler de moi. Je n'aime pas votre odeur non plus, mais j'ai la politesse de garder mes remarques pour moi.

Rule resta bouche bée.

La vieille femme continua, manifestement amusée.

— Vous vous demandez qui je suis, n'est-ce pas ? Vous allez devoir attendre. Lily. (Elle se tourna vers sa petite-fille.) Je suis vieille et le voyage m'a fatiguée. Tu ne me proposes pas de m'asseoir ?

— Grand-mère, dit Lily d'une voix plus ferme. Nous sommes en train de planifier une importante opération. Nous ne pouvons pas nous permettre d'être interrompus.

Les minces sourcils se soulevèrent. Elle leva la main et, d'un doigt à l'ongle rouge, traça dans l'air une forme – comme un œuf couché sur le côté. Elle la barra alors d'un trait oblique.

— Vous êtes ici pour préparer Sa défaite. Moi aussi.

La surprise figea Rule sur place encore un moment. Il bondit alors au côté de la vieille femme, pour lui proposer son bras. « Traite-la comme une reine », lui avait dit Lily plus tôt. Il comprenait maintenant.

— Madame, soyez la bienvenue chez moi. Asseyez-vous. Et s'il vous plaît, hâtez-vous de délivrer votre propos. La vie de mon ami est en jeu.

Elle posa doucement la main sur son bras, et l'étudia de ses yeux noirs perspicaces.

— Vous vous inquiétez pour lui, aussi je pardonne votre grossièreté. Mais beaucoup, beaucoup de vies sont en jeu.

Rule accompagna Madame Yu jusqu'au canapé. Lily lui emboîta le pas et s'assit à côté de sa grand-mère ; la plupart des autres suivirent. Brooks plaça son fauteuil près de Rule.

— Comment m'as-tu trouvée ? demanda Lily.

— Question idiote. Tu n'étais pas chez toi. Et ton loup est dans l'annuaire. Tu étais forcément auprès de lui, alors je suis venue ici.

— Mais tu étais au courant pour le lien d'âme sœur, alors ?

— Bien sûr que oui. Pourquoi crois-tu que je sois allée me renseigner ?

— Et Harry ? demanda Rule, fasciné.

— Il n'aimait pas rester seul. Il ne m'aimait pas, non plus, mais tous les chats aiment Li Qin, alors elle l'a apporté.

— Je suis désolée pour les dégâts à ta porte, Lily, dit doucement Li Qin en rentrant dans la pièce sans Harry. Je pense que les réparations ne coûteront pas trop cher. Ta grand-mère n'avait pas de clé.

— Peu importe. Grand-mère, dit Lily d'un ton pressant. Qui es-tu allée voir ?

La vieille femme baissa les yeux, sourcils froncés, et lissa un pli imaginaire sur son pantalon. Elle dit à Lily quelque chose en chinois.

— Tu as *quoi* ? s'écria alors Lily, elle aussi en chinois.

Pendant quelques instants, les deux femmes se livrèrent à un dialogue rapide, musical, et tout à fait inintelligible. Lily posa sa main sur celle de sa grand-mère et lui demanda quelque chose. La vieille femme lui caressa la main et répondit fermement.

Lily se retourna vers le reste de l'assemblée.

— Grand-mère ne souhaite pas révéler devant tout le monde l'identité de la personne avec qui elle s'est entretenue, mais il s'agit… il s'agit de quelqu'un dont nous devons accepter la parole. Il l'a envoyée auprès de nous avec une information et… un cadeau.

Madame Yu considéra son public avec un port de tête royal.

— Taisez-vous tous maintenant. J'ai beaucoup de choses à vous dire, et le temps presse. Vous connaissez tous Celle dont j'ai fait le signe. Vous La combattez, c'est bien. Mais vous ne savez pas ce qu'Elle trame. Moi si.

Elle chercha le regard de Rule et le fixa un moment. Puis, un à un, elle scruta tous les lupins dans la pièce.

— Vous, vous La connaissez. Au plus profond de vous. Le sort qu'Elle réserve à votre peuple est très mauvais, mais Ses intentions ne s'arrêtent pas là. Elle prévoit de venir ici. De traverser, de… Bah. Je ne connais pas le mot, dit-elle en lançant à Lily une autre parole en chinois.

Lily blêmit.

— Grand-mère dit qu'Elle n'est pas censée pouvoir entrer dans notre monde, mais que les mondes se déplacent. Les choses changent dans les autres mondes, et… (Elle regarda sa grand-mère, lui posa une question, et continua.) Et certains des gardiens sont maintenant très vieux, et fatigués. D'autres sont occupés. Distraits par… elle n'est pas sûre, un conflit. Des complots, des querelles, une guerre.

Madame Yu reprit la parole.

— Elle fait des plans pour le moment, Elle ne peut pas traverser encore. Elle a besoin de beaucoup de pouvoir. Et des bonnes conditions. Pour se préparer, Elle rassemble des fidèles autour d'Elle. Ils lui donnent Son pouvoir. C'est aussi eux qui ouvrent le… chemin, pour Elle. Sur le lieu de pouvoir.

Elle regarda Lily et prononça un seul mot.

— « Noyau » ? demanda Lily. Ils vont Lui ouvrir un passage là où se trouve ce noyau ?

— Oui. (Madame Yu hocha la tête.) À un noyau. Mais il faut qu'ils agissent sur ce noyau. (Elle haussa les épaules.) Je ne sais pas comment. Je répète juste ce qu'on m'a dit. Ils doivent changer quelque chose, ils ont besoin de l'ouvrir sur un autre monde. Sur Dis. (Elle regarda son auditoire, vit qu'ils n'avaient pas compris, et murmura quelque chose de manifestement peu élogieux à Lily.) Vous ne connaissez pas Dis ? On l'appelle aussi l'enfer.

Certains s'exclamèrent. La plupart paraissaient dubitatifs. Ils avaient écouté l'histoire de la vieille femme jusque-là, mais trouvaient ce qu'ils entendaient un peu dur à croire.

Rule remarqua que Lily avait l'air convaincue. Et il sentit à son tour une certitude monter en lui. Il y croyait. Pour une raison quelconque, il croyait cette étrange vieille femme autoritaire dont l'odeur ne ressemblait à aucune autre qu'il ait sentie auparavant.

Brooks se pencha vers elle.

— Madame. Vous voulez nous faire croire que les Azá veulent et peuvent ouvrir une porte vers l'enfer ?

— Pourquoi pas ? Dis est très proche. Des petites ouvertures se produisent tout le temps. Le tissu entre ici et là-bas n'est pas si solide. Tout le monde sait cela.

— Oui, mais rien d'important. Un fou à Memphis a réussi à invoquer un démon mineur l'année dernière, mais… (Brooks secoua la tête.) Rien de comparable à ce que vous dites. Il n'y a pas eu une incursion majeure depuis l'enfer en plus de quatre cents ans.

— Pour vous, quatre cents ans, c'est une longue période. Mais pas pour tout le monde. Les choses changent. Vous avez peut-être vu des petites créatures traverser… un petit démon, peut-être d'autres. (L'expression sur le visage de Brooks était éloquente. Elle hocha résolument la tête.) Il se passe des choses bizarres en ce moment. Et plus tard, il y en aura d'autres. Les mondes changent, et nous ne pouvons pas l'empêcher. Mais Elle par contre, nous devons l'arrêter. Elle a déjà avec Elle une Gratifiée qui possède un Don psychique fort, très fort. C'est une femme qui vit sous terre près du noyau. C'est elle que vous devez arrêter.

— Les grottes, dit tout à coup Rule. Les grottes sur la propriété de Harlowe. Plus aucun doute, il faut appeler Max.

Les petits yeux vifs se déplacèrent sur lui.

— Vous savez où c'est ? Bien.

— Comment faire ? demanda précipitamment Lily à sa grand-mère. Comment pouvons-nous l'arrêter ?

Une émotion crispa les muscles de ce petit visage royal. Pour la première fois, brièvement, elle parut vraiment âgée.

— Il m'a expliqué beaucoup de choses, dit-elle doucement, mais pas ça. Par contre, il m'a donné un cadeau pour ton loup. Un petit sortilège. Il n'est pas censé faire ça, mais il aime se mêler des affaires des autres.

Un sourire joua sur ses lèvres : le genre de sourire qui adoucit le visage d'une femme quand elle se souvient d'un homme qu'elle a aimé. Rule afficha un air surpris.

— Quel genre de sort, Grand-mère ?

— J'ai compris qu'il servait à protéger. Il sert aussi à retrouver, je crois. Trouver le loup. Mais je n'ai pas bien compris cette partie-là.

Lily demanda quelque chose en chinois. La vieille femme répondit dans la même langue, puis fouilla dans une poche de sa veste. Elle tendit quelque chose à Lily. Dans sa paume, Rule aperçut une grosse perle grise qui scintillait faiblement.

Dès que Lily la toucha, une expression de surprise, de plaisir, et une lueur d'émerveillement passèrent sur son visage.

— Je ressens une impression de… propreté, dit-elle avec hésitation. Forte et fraîche comme le vent. (Elle jeta un regard à Rule.) C'est un bon cadeau.

— Garde-le pour lui, dit la vieille femme en repliant les doigts de Lily autour de la perle. Quand le temps viendra, tu la briseras sur lui. (Elle frappa la paume de sa main avec ses autres doigts à plat.) Comme ça. Il dure plusieurs heures, mais moins d'une journée. Ne l'utilise pas avant d'être prête.

Lily regarda sa main fermée.

— Elle ne risque pas de se casser ?

— Elle doit toucher sa peau. Ça marche uniquement sur lui.

Lily la glissa dans la poche de son pantalon.

— C'est loin d'être un petit sortilège.

— Pour lui, si. (Elle rit, un son rauque, grave, incongru dans un si petit corps.) Il espère qu'ainsi, personne ne le remarquera. Pour ne pas lui attirer des problèmes. Mais il ne pouvait pas ou il ne m'a pas dit ce que tu devais en faire, seulement… (Elle lui reprit alors la main et la regarda intensément dans les yeux.) Seulement ce qu'Elle projette. Tu fais partie de Son plan, « petite-fille ». Toi et ton loup. Il faut beaucoup de pouvoir pour ouvrir la porte. C'est possible de rassembler le pouvoir lentement, mais Elle est gourmande, Elle veut engloutir une grande quantité de pouvoir.

Elle marqua une pause.

— Il y a beaucoup de pouvoir dans le lien d'âme sœur. Le pouvoir de Son ennemie. Celle qui la sert t'attrapera toi et ton loup, si elle le peut. Pour vous sacrifier à Elle.

— Non. (Instinctivement, Rule vint s'asseoir à côté de Lily, qui était silencieuse. Trop silencieuse. Il lui toucha le bras, pour se rassurer en même temps qu'elle.) Cela n'arrivera pas.

— Il est bon que tu le penses, répondit sèchement Madame Yu, mais Sa servante a déjà beaucoup de pouvoir. Comment pensez-vous l'arrêter ?

Lily dit juste deux mots.

— Aucune idée.

C'ÉTAIT UNE NUIT sans lune. L'obscurité n'était pas totale cependant. La route devant eux était éclairée par leurs phares, et les étoiles brillaient dans le ciel.

Ils étaient bien en dehors de la ville. Presque arrivés.

Lily s'était attendue à une résistance de la part de Rule, et elle ne s'était pas trompée. Mis à part le danger, il savait ce qu'être prise – capturée – signifiait pour elle. Mais elle lui demandait de prendre un risque. Si elle pouvait le faire, il ne pouvait lui refuser de se mettre elle aussi en danger. Les enjeux étaient trop élevés. Ils ne pouvaient laisser leurs peurs mutuelles les paralyser.

Elle s'était davantage inquiétée de la réaction de Brooks, car il aurait pu reprendre les commandes. En fin de compte il ne l'avait pas fait, ce qui était à porter à son crédit. Après tout, il ne connaissait pas Grand-mère, ni qui lui avait fourni ses informations et son petit sortilège.

Elle avait toutefois obtenu deux soutiens inattendus : celui de Benedict, qui avait dit à Rule que le plan était excellent du point de vue tactique, et celui de Grand-mère.

Une rare lueur d'approbation avait brillé dans les yeux de la vieille femme. Elle avait tapoté la main de Lily. « Très bonne idée. Ils veulent t'avaler, toi tu les étouffes. Eh ! Oui, très bien. Et moi, avait-elle annoncé, je viens te chercher. Cette fois, je saurai où tu es. Le sort de localisation est lié à moi. »

Inutile de dire que personne dans la pièce n'y avait rien compris. Un pauvre fou avait souri. Lily avait laissé Grand-mère voir ça avec eux. Le temps était compté.

— Mais à qui ta Grand-mère a-t-elle parlé ? demanda Rule.

Elle le regarda. Il avait gardé le silence jusqu'ici, conduisant d'une seule main pour tenir la sienne avec l'autre.

— Je me demandais si tu allais poser la question.

— Ai-je le droit de savoir ?

— Je pense que oui, car elle… Mince ! Ça commence à faire beaucoup de femmes anonymes. La télépathe ne sera pas en mesure de lire dans ton esprit. Le… euh, la personne à qui Grand-mère a parlé apparaît dans un grand nombre de légendes. Certaines tribus amérindiennes l'appellent « Corbeau ».

Il émit un petit hoquet de surprise.

— Un autre Ancien. Ou dieu.

— Eh bien, oui.

Il ralentit et s'engagea sur un chemin de terre accidenté. La cabane devait se trouver dix kilomètres plus loin. Elle sentit la peur lui nouer l'estomac. C'était une chose de décider, en toute logique, que le meilleur moyen de réussir était de retourner les mouvements de votre adversaire contre lui. C'en était une autre de marcher dans un piège. De se laisser capturer.

Et Rule. Ils le captureraient aussi. Elle espérait qu'il ne devine pas combien elle était effrayée.

— Lily, demanda-t-il, comment ta grand-mère connaît-elle Corbeau ?

— Je ne sais pas. On ne pose pas ce genre de questions à Grand-mère. Elle m'a dit qu'il lui devait une faveur.

— Ça devait être une sacrée faveur, dit-il laconiquement. (Quelques minutes plus tard, il annonça :) C'est là. La cabane doit être juste derrière ce virage.

Il arrêta la voiture.

Ils devaient jouer le jeu de leur mieux. À moins qu'ils soient idiots, les Azá s'attendraient à ce que Rule se méfie, qu'il soit à l'affût d'un piège. Ils termineraient le chemin à pied.

Enfin, à pied pour elle, à quatre pattes pour Rule, parce que ce serait ainsi qu'il aurait agi s'il essayait d'éviter la capture au lieu d'attendre que le piège se referme sur lui.

Lily ouvrit la portière. Rule avait coupé l'éclairage intérieur de sorte qu'aucune lumière ne trahisse leur présence. Elle laissa la portière ouverte. Inutile d'annoncer leur arrivée.

L'air était frais et immobile. La colline à sa droite était plantée de chênes rabougris et la terre était sèche et dure sous ses pieds. Il faisait très sombre, le versant de la colline et les arbres épars coupant la lumière des étoiles. Machinalement, elle vérifia que son SIG Sauer était bien là dans son holster d'épaule, puis palpa sa tresse. Le couteau à lame fine qu'elle y avait glissé était invisible.

Lily avait catégoriquement refusé que quiconque les accompagne. Les Azá les voulaient elle et Rule vivants et relativement indemnes. Ils n'hésiteraient pas à tuer quelqu'un d'autre en revanche. En outre, elle aurait besoin de ces renforts plus tard.

Son plan s'articulait autour de deux axes. Premièrement, le sort. Il permettrait aux autres de les trouver et déjouerait toutes mesures qu'auraient pu prendre Harlowe et compagnie. Ils penseraient leur télépathe à même de contrôler Rule. Deuxièmement, le fait qu'ils auraient besoin d'eux vivants et conscients pour le sacrifice. Une victime évanouie n'offrirait pas toute l'énergie que convoitait leur déesse.

Lily était rapide. Bien plus qu'ils ne s'y attendraient. Et il était très difficile de contrôler un loup-garou conscient et déterminé.

Rule fit le tour de la voiture pour la rejoindre, si silencieusement qu'elle ne l'entendit pas arriver. Il avait passé le short en jean qui était leur tenue privilégiée pour le combat ; il avait la peau assez pâle pour qu'elle le distingue dans l'obscurité.

Elle fouilla dans sa poche et en sortit la perle ensorcelée ; elle sentit à nouveau l'éruption de joie et d'émerveillement, comme si elle tenait le vent dans sa main. Elle la lui brisa alors sur le torse, et le vent se fondit en lui. Elle laissa pendant un moment sa main sur sa poitrine, se rassurant des battements de son cœur. Elle sentit sa bouche s'assécher.

Il prit sa main dans la sienne, se pencha et l'embrassa. Avec sa bouche près de la sienne, il murmura :

— Ce n'est pas parce que c'est toi qui diriges l'opération que j'ai accepté de le faire.

— Ah non ? souffla-t-elle.

— J'ai accepté parce que tu as raison. C'est notre meilleur espoir de les arrêter.

Quand Lily entendit ça, elle sentit un mélange de sentiments pour Rule l'envahir en lui donnant le vertige : d'abord de la gratitude, oui, une immense gratitude pour la manière dont il avait essayé de la décharger d'une partie de son fardeau. Mais il y avait bien plus encore. Plus qu'elle n'avait de mots pour le définir ; plus qu'ils n'avaient de temps pour les énumérer.

Elle saisit sa tête entre ses mains et l'amena vers elle. Et là, au lieu de l'embrasser, elle pressa sa joue contre la sienne. Alors, le cœur battant, elle le lâcha avant de reculer.

Et le regarda se transformer.

C'était comme si la réalité elle-même vacillait, le temps se repliant sur lui-même comme un ruban de Möbius tournant à toute vitesse. Impossible de ne pas regarder. Impossible aussi de dire ce qu'elle voyait dans l'obscurité : une épaule, recouverte de fourrure ou de peau nue ? Une gueule d'animal dans lequel elle reconnaissait le visage de Rule, s'étirant, se troublant tandis que la magie insufflait sa fantaisie dans la réalité.

Et soudain il y eut un loup à côté d'elle. Un très grand loup. Le sommet de sa tête atteignait la hauteur de ses seins. Un frisson instinctif la traversa – pas tout à fait de la peur, mais une réaction viscérale face à la puissance. Elle posa la main sur son dos. *Voilà donc ce que ça fait de toucher sa fourrure*… et elle ressentait le même émerveillement à son contact qu'à celui de la perle de Corbeau.

Ensemble, ils avancèrent.

C'était la seule chose que Rule n'aurait pas faite s'il avait tenté d'échapper au piège. Normalement, il serait parti en courant en utilisant son odorat et son ouïe pour repérer ses agresseurs. Mais il avait refusé de laisser Lily. S'ils étaient pris, ce serait ensemble.

Lily ne l'entendait même pas marcher ; ses propres pas en revanche bruissaient légèrement sur la terre sèche. Ils suivirent la route mais restèrent à couvert sur le bas-côté jusqu'à la sortie du virage. Une forme noire apparut alors, qui devait être la cabane. Elle semblait complètement déserte, comme toute la zone autour d'eux.

Une grosse tête duveteuse se pressa contre les jambes de Lily et l'arrêta. Elle baissa les yeux. Rule pointa sa gueule vers la gauche.

— *Ils sont dans les arbres ?* dit-elle en subvocalisant sa voix.

Il acquiesça.

D'accord. Eh bien, ils allaient avancer normalement, comme s'ils ne le savaient pas. Elle dégaina son arme et hocha la tête.

Le lieu avait sans doute été choisi parce qu'il permettait à un visiteur d'approcher sans être vu, aussi pourraient-ils progresser à couvert jusqu'à la cabane. Lily passait d'un abri à l'autre, tantôt accroupie derrière un buisson, tantôt derrière un baril rouillé. Elle avait beau faire de son mieux pour se déplacer sans bruit, elle n'était pas aussi silencieuse que Rule. Lui se fondait dans l'obscurité, ombre parmi les ombres.

Ils s'arrêtèrent à quelques pas de la porte et Lily posa un genou à terre derrière un enchevêtrement de hautes herbes, l'arme pointée vers le sol. Rule était à côté d'elle, mais sans le lien d'âme sœur, elle n'aurait jamais pu détecter sa présence.

Il lui toucha l'épaule du bout de la truffe. Son cœur battait autant sous le coup de l'adrénaline qu'à cause de la peur maintenant. Elle attendait le combat, l'espérait fiévreusement. Mais ce n'était pas pour ça qu'ils étaient là. Elle hocha la tête vers lui.

Il rampa jusqu'à l'obscurité béante où la porte se situait, puis se releva et regarda par-dessus son épaule.

Un coup d'œil qui signifiait « tu peux venir ». Elle s'humecta les lèvres, se leva, et le suivit.

Il n'y avait plus de porte, mais elle ne l'avait pas remarqué. Il faisait entièrement noir à l'intérieur. Rule avança et disparut dans l'obscurité.

Elle hésita une seconde. *Ce n'est pas pire que d'ouvrir la bouche lorsque le dentiste est là avec sa fraise,* se dit-elle. *Bien sûr, ça va faire mal. Et alors ?*

Elle tâtonna avec son pied, trouva le début du plancher, et entra.

Personne ne la frappa à la tête. Elle ne pouvait ni voir ni entendre Rule, mais elle le sentait à proximité. Prudemment, elle avança de quelques centimètres en se demandant si elle pouvait allumer une lumière. Que risquait-elle après tout ? Ils étaient censés…

Elle se tourna en entendant siffler sur sa gauche – et tout le reste se mit également à tourner. Elle perdit connaissance dans un vertige nauséeux tandis que les ténèbres l'engloutissaient.

XXVIII

Lily se réveilla lentement, la bouche pâteuse et la tête lourde. Elle était couchée sur quelque chose de dur. Et elle avait froid. Ses yeux clignèrent et s'ouvrirent. Un plafond gris… De la roche. De la roche sous elle et tout autour. Elle était…

Rule ! Où était-il ?

Elle tourna la tête trop vite. La bile monta dans sa gorge desséchée. Elle déglutit et referma les yeux.

— Ça va passer, dit gaiement une voix grave et masculine. Les humains sont moins sensibles au produit que les lupins. Rule est toujours K.-O.

— Ils nous ont drogués.

Déjà, la nausée s'estompait, sinon son mal de tête.

— Un dérivé du fentanyl. Classique mais efficace. Mon idée, je l'avoue. J'ai pensé qu'il ferait moins de dégâts qu'un coup sur la tête si vous étiez assez stupides pour vous pointer à notre petit rendez-vous.

Elle tourna la tête avec précaution. Et regarda fixement.

— Cullen Seabourne ?

— En personne.

Le beau visage était détruit. Un tissu cicatriciel masquait ses orbites vides. Sa peau était couverte par endroits de croûtes brunâtres héritées de ses terribles blessures. Sa barbe repoussait sur les plaies. Il était torse nu, et son jean était raide sous le sang séché.

— Vous êtes en piteux état.

— Une gueule à faire peur aux gosses sûrement ? Ça gratte, un truc de dingue !

C'était un lupin, se souvint-elle. Il pourrait guérir de ses blessures... s'ils survivaient.

L'engourdissement de Lily ne se limitait pas à sa bouche. Émergeant peu à peu, elle tendit la main gauche et trouva le bras de Rule. Sa peau était chaude et réconfortante. Il avait retrouvé sa forme humaine lorsque le gaz l'avait assommé.

Recouvrant ses sens, elle tenta de s'asseoir.

Elle ne s'évanouit pas, mais dut réprimer plusieurs montées de bile.

Rule gisait à côté d'elle, les yeux fermés. Sa nudité n'était pas une surprise : il l'avait prévenue qu'il ne gardait pas ses vêtements pendant la transformation. Il conserverait en revanche ses menottes, mais ils avaient tenu compte de ce détail : il suffirait qu'il se transforme à nouveau pour qu'elles tombent.

Dieu merci, sa respiration était régulière. Comme elle posait la main sur l'épaule de Rule, elle remarqua que son propre bras était nu. Elle baissa les yeux. Elle portait une mince robe de coton blanc et rien d'autre. Merde, avaient-ils...? Elle posa une main sur sa tête et constata que ses cheveux étaient défaits. Et le couteau avait disparu.

Mauvaise nouvelle. Au lieu de paniquer, cependant, elle sentit battre en elle une dure et froide colère.

— Combien de temps suis-je restée inconsciente ? demanda-t-elle.

— On perd la notion du temps ici, mais je pense qu'ils vous ont déposés il y a environ trente minutes.

Trente minutes. Pas mal. Encore fallait-il savoir combien de temps il avait fallu pour les amener ici. Les autres avaient besoin d'un délai pour se mettre en place.

— Vous pourriez me dire à quoi cet endroit ressemble ?

demanda Cullen. J'en ai bien une petite idée – ils me laissent sortir de temps en temps pour faire quelques tours de sorcellerie ou prendre le thé avec notre hôtesse – mais les yeux relèvent plus de détails que les oreilles.

— Nous sommes dans une cage apparemment en verre – du verre assez épais – dans une grotte ou une caverne…

— Je sais tout ça, dit-il, impatient. Donnez-moi des détails !

Son cœur battait fort, mais régulièrement. Elle était enfermée, oui, mais elle avait froid, pas chaud. Elle pouvait voir à l'extérieur.

— Nous sommes au bout d'une longue caverne étroite, peut-être deux cents mètres d'un bout à l'autre. Le plafond est à environ trois mètres où on se trouve, c'est de la pierre brute. Il monte vers l'autre extrémité. Impossible de dire jusqu'à quelle hauteur, la lumière est insuffisante. Je vois deux sorties, mais il peut y en avoir plus. Les murs irréguliers, et les ombres empêchent de le dire.

— Comment ils éclairent ? demanda-t-il.

— Par des câbles tendus le long des murs.

— Quelqu'un nous surveille ?

Mon Dieu. Ainsi il ne le savait pas… Ils l'avaient aveuglé puis enfermé dans une cage de verre… Auraient-ils fait cela s'ils avaient pris le contrôle de son esprit ?

— Il y a un garde à un mètre cinquante du mur qui surveille la partie principale de la caverne. Un grand qui dépasse le mètre quatre-vingts ; il doit faire cent kilos. Il nous regarde, mais pas attentivement. Il a l'air de s'ennuyer. Il a un fusil, peut-être un M-16, et… je ne peux pas voir ce qu'il porte à la ceinture.

— Il est en pyjama noir ?

— On dirait. (Elle plissa les yeux pour distinguer les détails à l'autre bout de la caverne. La lumière n'était pas bonne.) Pourquoi ?

— Je me demandais juste s'ils se déguisaient tout le temps.

— Il y a trois personnes à l'autre bout de la caverne portant des robes. Des robes blanches. Ah… ils sont en train de nettoyer une grande dalle de pierre. Peut-être un autel.

Elle ne savait quoi penser à propos de Cullen. Peut-être que les ensorceleurs étaient plus difficiles à contrôler que les autres, et qu'ils avaient utilisé la douleur pour l'affaiblir.

— Ils se préparent sans doute pour le spectacle de ce soir, soupira-t-il. C'est pas pour me plaindre de votre compagnie, mais j'ai été salement déçu quand ils vous ont jetés ici tous les deux avec moi. Ils semblent nous accorder le même statut. Moi qui avais fait tant d'efforts pour les convaincre que j'accepterais de vendre mes amis, ma famille, n'importe qui. Je pensais bien avoir réussi. (Il marqua un silence.) On douterait presque de leur sincérité.

Elle le regarda d'un air suspicieux.

— Qu'est-ce que vous faites ?

Il était assis en tailleur, le dos tourné à la caverne, les mains occupées à manipuler… le vide. Il sourit. C'était une vision étrange sur ce visage ravagé.

— Je tisse. Ça aide d'avoir un passe-temps. Ça te dit de rencontrer mon ami imaginaire ?

— Non, merci.

Il n'y avait qu'une seule façon d'être sûre. Elle se pencha vers lui et posa la main sur son bras.

— Dis donc, chérie. (Son sourire se fit suggestif, et du même coup totalement grotesque.) Je n'ai rien contre le fait de faire ça en public, mais tu crois vraiment que c'est le moment ?

Lily recula brusquement sa main. Le bourdonnement sensoriel était fort et étrange : de la magie lupine mélangée à autre chose. Mais aucune viscosité. Il était clean.

— Vous êtes pénible, mais vous n'êtes pas envoûté.

— Ah, fit-il en haussant les sourcils qu'il avait encore, même s'ils étaient couverts de croûtes de sang. Donc vous connaissez le petit truc d'Helen ? Intéressant. Non, je suis protégé, à sa grande frustration.

— Qui est Helen ? La télépathe ?

Il reprit ses mouvements dans le vide.

— C'est seulement sous ce nom que je la connais. Eux l'appellent « Madone », comme Madonna, mais je pense pas qu'elle ait quelque chose à voir avec la rock star – d'ailleurs ça énerverait pas mal de… Ah, il se réveille. Cool.

Comment Cullen pouvait-il le savoir… sans ses yeux ? Mais en effet. Lily se retourna et vit les paupières de Rule s'ouvrir.

— Attends une minute avant d'essayer de bouger, dit-elle doucement. Cullen dit que ce truc avec lequel ils nous ont drogués affecte plus violemment les lupins.

Elle posa machinalement la main sur son épaule. Et se figea.

— J'ai l'impression d'avoir une benne à ordures dans la bouche, dit-il en grimaçant. Qu'est-ce qu'il y a ?

— Le sortilège. Il est parti.

Il ne dit rien pendant un long moment.

— Tu es sûre ?

— Oui.

Elle aurait dû le remarquer la première fois qu'elle l'avait touché. Mais elle n'avait pas réfléchi, le besoin de le toucher l'avait emporté sur son esprit. Merde, merde, merde…

— Quel sortilège ? demanda aussitôt Cullen.

Rule jeta un regard interrogateur à Lily.

— Il est clean, dit-elle, mais…

— S'il est clean, on peut lui faire confiance. (Il grimaça et roula sur le côté pour s'asseoir. Ses yeux s'écarquillèrent lorsqu'il vit Cullen.) Nom de… Ils t'ont mutilé, c'est ça ?

Cullen répondit sans lever la tête de la mystérieuse activité à laquelle il occupait ses mains.

— Bah. C'est rien. Mais toi, qu'est-ce que tu fous ici ? Bon sang, t'imagines pas le temps et l'énergie que j'ai gaspillés pour te transmettre ce message !

— On est censés être là pour s'occuper des méchants et te sauver, répondit amèrement Rule. Mais ma protection semble avoir failli.

Cullen renifla.

— Pas du tout.

Lily secoua la tête, agacée.

— Le sort a disparu. Je sais ce que je dis. Je suis sensitive.

— Content pour toi. Je ne doute pas de tes capacités, mais si Rule n'était pas protégé, il empesterait l'odeur de sa foutue crosse. C'est pas le cas.

— Je suis sûre que le sortilège a disparu. Je ne peux pas me tromper.

— Il avait un sortilège de protection, c'est ça ? (Cullen leva un instant la tête.) T'as raison. Je vois rien qui y ressemble. Mais l'énergie qui circule entre vous deux a des effets bizarres.

— Euh… Tu la vois ?

— Je ne vois pas ton visage, chérie, mais je vois tes couleurs.

— Apparemment, ce que tu perçois c'est le lien d'âme sœur, dit Rule. Mais il ne confère aucune protection.

— Eh bien, en tout cas, il agit d'une certaine manière. (Il se remit à jouer avec ses doigts en fronçant attentivement les sourcils.) Chose qui est censée être impossible, mais il s'est passé beaucoup d'incidents étranges ces derniers temps, pas vrai ?

C'était aussi ce que Grand-mère avait dit.

— Mais quoi ? Comment le lien pourrait-il agir ?

— Je crois que Rule bénéficie d'une certaine façon de ton immunité à la magie. L'inconvénient est que le sort de protection n'a pas tenu. Mais son immunité par procuration semble avoir empêché la belle Helen de travailler ses charmes sur lui, donc le résultat est le même.

— Pas tout à fait, non, répliqua Rule. Le sort devait également conduire les autres jusqu'à nous.

— Les autres ?

— Max, plusieurs agents fédéraux, Benedict et son équipe.

Cullen soupira.

— Ce que je ne donnerais pas pour voir Benedict arriver à la rescousse en hurlant – il faudrait déjà que je puisse voir, bien sûr. Mais il semble que nous allons devoir gérer les choses nous-mêmes.

Lily songeait vaguement qu'elle aurait dû être terrifiée. Au lieu de ça, une boule de colère grandissait dans son ventre, montant jusqu'à sa poitrine. Une colère froide, glaciale, calme plutôt que bouillonnante. Elle semblait bénéfique. *Je ne les laisserai pas faire. Je ne les laisserai pas lui faire de mal. Je suis plus grande aujourd'hui, plus forte. Je peux leur tenir tête.*

Rule recula contre elle ; leurs bras et leurs hanches se touchèrent.

Il pencha la tête.

— Tout va bien ?

— Oui. (La rage était meilleure que la peur. Elle approcha sa tête de la sienne et respira son odeur. Son intensité inondait Lily, se mélangeant à la rage.) Tout repose maintenant sur tes crocs et sur mes réflexes.

Il eut un bref sourire et une lueur de férocité s'alluma dans son regard.

— J'ai les crocs aiguisés.

— Et moi les réflexes de ma grand-mère.

— Voilà ! s'écria Cullen d'une voix pleine de satisfaction. C'était le dernier. Voyons comment il fonctionne.

Elle se retourna pour regarder.

Cullen baissa la main vers le sol, la paume à plat, en penchant la tête comme s'il scrutait ses doigts. Quand sa main toucha le sol, il attendit une seconde, puis souffla bruyamment.

— Bon, ça n'explose pas. Je pense que c'est un bon signe.

Ils n'étaient peut-être pas rentrés dans sa tête, songeait Lily. Mais en tout cas, il ne l'avait plus entièrement…

— *Ce garde peut-il nous entendre ?* demanda Rule.

— Je ne crois pas, non, si on parle tout bas, répondit Lily. Quoi ? demanda-t-elle en voyant leurs expressions médusées.

— J'ai parlé sous la langue.

— Subvocalisé, tu veux dire ? Impossible. Je n'arrive pas à entendre quand tu fais ça.

— *Tu entends, là ?* demanda Cullen.

Ses lèvres n'avaient pas bougé. Les yeux écarquillés, elle hocha la tête.

— Oui.

— Alors je crois que le lien te fait toi aussi bénéficier d'un petit quelque chose. Fascinant. Mais pas le temps de s'attarder sur vos nouveaux trucs. Il faut que vous sachiez certaines choses. La première… (Il regarda Rule, et dit d'une voix pour une fois exempte de moquerie.) Je suis désolé, Rule, mais Mick est avec eux.

Le visage de Rule s'assombrit. Il demanda au bout d'un moment :

— Tu es sûr ?

Cullen acquiesça avec une grimace de sympathie.

— Il est passé échanger quelques politesses. J'ai peur que tes tracas actuels soient en grande partie son idée. Sous l'influence de Sa Vilenie, bien sûr. Elle possède cette fichue abomination de crosse qui crépite de pouvoir. C'est grâce à elle qu'elle peut trafiquer les pensées des gens en plus de les lire. C'est pas tout à fait du contrôle psychique, mais ça s'en rapproche.

Ils avaient enrôlé le frère de Rule. Son propre frère. Ils en avaient fait un traître en contrôlant son esprit. Lily serra les poings.

— On a vu le résultat sur deux agents du FBI.

— Donc vous avez une idée de ce dont elle est capable, répliqua Cullen. D'après ce que j'ai vu, elle cherche des esprits qui semblent aller dans son sens, puis pénètre à l'intérieur et les fait basculer de quelques degrés jusqu'à obtenir le résultat souhaité. (Il regarda Rule un instant.) Mick, euh… Elle lui a fait croire qu'il sauverait les Nokolaï en débarrassant le clan de toi et d'Isen.

— Je les tuerai pour ce qu'ils lui ont fait, répondit Rule, le regard noir.

— Il va falloir faire la queue, ironisa Cullen. La bonne nouvelle, c'est que ces Azá pigent que dalle aux ensorcellements. Je rassemble des *sorcerí* depuis…

Il se tut et tourna la tête.

Lily entendit aussi. Des psalmodies. Mais impossible de dire à quelle distance ni de distinguer les paroles.

— Je peux faire sauter ce truc, s'empressa de reprendre Cullen. Cette cage de verre, je veux dire. Je contrôle le réseau sous la pierre. Enfin, je le crois, du moins. Je comptais attendre la prochaine fois que Sa Sainteté se pointerait, et dès qu'elle serait assez près : *boum !* (Son visage ravagé s'éclaira un moment d'une joie féroce, puis il haussa les épaules.) Mais ça me dit pas trop d'exploser avec elle. Donc la question est : est-ce qu'on part tous glorieusement en martyrs ? Ou est-ce qu'on tente quelque chose quand ils viendront nous chercher ? Ce qui ne devrait plus trop tarder apparemment.

Les psalmodies se rapprochaient. Lily distinguait des paroles, mais elles n'étaient pas dans une langue qu'elle connaissait.

— Une explosion, répéta Lily d'un air pensif. Oui. Ça détournerait bien l'attention.

— À condition que tu puisses la déclencher à distance, ajouta Rule. Tu le peux ?

— Sans doute… oui, je peux prendre ça… (Il reposa sa main sur la pierre.) Il m'en faut un morceau. En guise de détonateur.

Lily regarda Rule.

— Si Benedict et les autres sont dans le coin, ils entendront.

— Mais on n'en est pas sûr. Alors Cullen et moi, on va devoir s'occuper des gardes pendant que tu lui arraches sa crosse.

— Donc il faut qu'on soit loin de cette cage, mais près de cette femme au moment où nous agirons.

— Ça devrait pas être un problème, déclara Cullen avec une impatience presque hystérique. C'est elle qui va nous conduire là-bas comme des moutons avec sa foutue crosse. Mais il faut que vous sachiez…

— Ils sont là ! dit Lily comme les premières silhouettes encapuchonnées surgissaient d'une des sorties.

Leurs robes étaient blanches et ils portaient des bougies. *Ouais,* eut-elle envie de dire à Cullen, *ils continuent de se déguiser…*

— Avec sa crosse, dit rapidement Cullen. Elle peut vous paralyser. La douleur est… inimaginable. Mais je ne sais pas à quelle distance elle doit être pour faire ça.

— Ça ne marchera pas sur moi, répondit Lily. Et si Rule partage mon immunité…

— Peut-être qu'il en bénéficie, mais peut-être que son efficacité se partage entre vous deux, rétorqua Cullen avec une grimace. Il faudrait faire un essai, mais…

Les robes blanches avaient cédé la place à un groupe d'hommes vêtus de noir, style ninja, comme le gardien près de leur cage.

— …on manque de temps, je me trompe ?

Le défilé de robes blanches se dirigea vers l'autre extrémité de la caverne en psalmodiant.

— Il y a douze gardes, dit rapidement Lily, et le double de ça en robes. Les gardes sont armés : fusils et armes blanches. Tous sont des hommes, je crois. J'aperçois une femme en blanc parmi eux.

— Elle vient vers nous, ajouta Rule.

— Sa Sainteté… Bon sang, je suis trop impatient. S'il plaît à la Déesse, ce soir, je lui enfonce mes crocs dans la gorge.

— Je vais tenter de l'arrêter officiellement, dit Lily.

Mais c'était tout autant elle que lui qu'elle tentait de convaincre. Elle comprenait sa rage. L'approuvait.

Cullen retroussa les lèvres hargneusement.

— T'auras qu'à passer les menottes à son cadavre.

Le groupe de gardes se répartit sur deux rangs pour laisser passer la femme.

— Réfléchis ! rétorqua sèchement Rule. T'as plutôt intérêt à t'attaquer aux autres avec moi pour permettre à Lily d'affronter Helen.

— Éloignez d'elle ce foutu bâton, dit Cullen avec férocité. Enlevez-lui, que je le brûle. Il faut le brûler.

Une voix froide et aiguë s'éleva soudain :

— Ouvrez la cage.

Ils étaient là.

La femme était minuscule. Elle avait le corps caché sous une immense robe blanche, et la petite main qui tenait la grande crosse en bois ressemblait à celle d'une enfant. Son front était haut et bombé, et elle avait la peau très pâle et un petit menton. Lily lui donnait environ cinquante ans.

Elle sentit un rictus lui déformer les lèvres. C'était cette femme qui, peu importe par quel intermédiaire, avait tué Carlos Fuentes ; elle qui avait réduit Therese en charpie ; et avait manipulé le frère de Rule. Cette femme avait prévu de tuer Rule, et d'utiliser sa mort et le lien d'âme sœur pour nourrir sa déesse.

Le gardien déverrouilla la porte et l'ouvrit.

— Madone, dit Cullen en se levant, tout sourire. Comme c'est gentil d'être passée. Je vous inviterais bien à entrer, mais je commence à manquer de place dans mes appartements.

— Je vais y remédier, Cullen. La femme d'abord, dit-elle au garde.

Lily avait espéré qu'ils se méfieraient moins d'elle : elle était menue, c'était une femme, et ils n'avaient pas pris la peine de lui attacher les mains. Mais le canon de l'arme dans son dos l'obligeait à attendre. Encore un peu.

Elle regarda son ennemie droit dans les yeux et lui dit :

— Vous êtes en état d'arrestation.

Cela lui valut un éclat de rire enfantin. Avec un sourire légèrement amusé sur ses lèvres minces et pâles, la femme répondit :

— De quoi suis-je accusée ?

— De meurtre par magie. Et de complot en vue de commettre un meurtre par magie.

— Vous risquez d'avoir un peu de mal à me traîner devant les tribunaux, inspecteur. Je ne pense pas qu'on permette aux morts de témoigner. (Elle regarda le garde derrière Lily. Celui qui lui pointait son fusil dans le dos.) Servez-vous du couteau, disons… sur son visage.

L'homme appuya le plat de la lame contre la joue de Lily.

— Vous vous tiendrez tranquille, n'est-ce pas, monsieur Turner ? dit-elle de sa voix stridente. Sans quoi mon garde éborgnera votre compagne. Je préférerais la livrer indemne, mais ce n'est en rien une obligation.

Les lèvres de Rule pâlirent. Et ses yeux devinrent noirs. Complètement noirs.

— Baissez la tête et laissez mon garde vous passer la chaîne.

Rule se pencha. Un des gardes glissa un collier étrangleur autour de son cou, avant de reculer et de tirer :

— Viens !

Rule quitta la cage de verre avec trois fusils braqués sur lui. Il fut conduit près de Lily.

— À votre tour maintenant, Cullen.

— Ma foi, je crois que je vais décliner l'invitation, dit-il d'un ton amical.

Elle secoua la tête.

— Si je dois vous punir pour que mes hommes puissent vous sortir, ce ne sera pas agréable.

Cullen poussa un énorme soupir.

— Comme toujours, vous savez trouver les mots.

Ils jetèrent une paire de menottes dans la cage et il les chercha à tâtons avant de les passer. Il marcha alors jusqu'à la porte, pencha la tête, et attendit qu'on lui passe le même collier qu'à Rule.

Le groupe se mit à avancer dans la caverne, Helen fermant la marche. Trop loin derrière. *Minute !* pensa Lily. Cette garce était la grande prêtresse ou quelque chose comme ça. Elle participait forcément à la cérémonie. Il fallait qu'elle s'approche.

— *À quelle distance doit-on s'éloigner pour être à l'abri de l'explosion ?* demanda Rule.

— *Je dirais aussi loin que possible,* répondit Cullen.

— *Tu dirais ?*

— *Tu crois peut-être que j'ai déjà essayé ?*

Les robes blanches s'alignèrent en demi-cercle sur plusieurs rangs devant l'autel, en laissant une large allée au milieu. Ils psalmodiaient toujours quand Lily, Rule, Cullen et les gardes remontèrent celle-ci comme un cortège de mariage macabre. Ils répétaient inlassablement la même phrase.

Un homme se tenait près de l'autel et conduisait la psalmodie. Il avait retiré son capuchon. C'était un homme âgé, avec un visage agréable mais passe-partout. Le genre qu'on oublie deux minutes après l'avoir rencontré.

— *C'est lui, Harlowe ?* demanda Lily, surprise.

— *Oui,* répondit Cullen. *C'est un vrai salopard – pas un fervent adorateur comme Helen, mais il aime le pouvoir. Elle et lui ne s'entendent pas trop en ce moment. Elle les oblige à précipiter les choses et il n'aime pas ça.*

Lily hocha la tête. Sa bouche était trop sèche pour cracher, mais elle avait l'esprit clair, et son cœur battait calmement. Sa rage brûlait en elle, froide et intense. *Pas cette fois. Je ne vous regarderai pas tuer quelqu'un que j'aime sans rien faire. Pas cette fois.*

La psalmodie s'arrêta.

— Alignez-vous devant Son autel, dit la voix claire et enfantine.

Lily l'atteignit la première. Elle se retourna alors face à une mer de silhouettes anonymes vêtues de blanc. Les cierges qu'ils tenaient faisaient danser les ombres sur les murs.

Rule s'arrêta.

— Mick, dit-il d'une voix rauque en regardant l'un des participants vêtus de blanc.

L'un des gardes lui asséna un coup de crosse dans les reins et il tituba.

— Avance !

La silhouette en blanc bougea légèrement.

— Mick, répéta Rule d'un ton pressant. Tue-moi si tu veux, mais vas-tu les laisser sacrifier mon Élue ?

La silhouette s'exprima d'une voix empâtée, comme si les mots refusaient de sortir.

— Ton… Élue ?

— Il vous ment, Mick, dit Helen. Il n'y a aucune Élue ici. Juste une des putains de votre frère.

— Je suis l'Élue de Rule, dit rapidement Lily. C'est pour ça qu'elle nous veut. À cause du lien d'âme sœur. Elle…

Le coup du gardien arriva trop vite pour qu'elle l'esquive, une gifle sur le côté de la tête l'envoya au sol.

— Rule ! dit Mick d'une voix devenue soudain claire et insistante. Sur ton honneur. C'est ton Élue ?

— Oui.

Mick s'agita nerveusement.

— C'est faux. C'est faux. Tu ne peux pas…

— Mick, dit Helen en se rapprochant de lui. Ils mentent. Vous savez qu'ils mentent.

Elle tendit sa crosse.

— Maintenant ! cria Rule.

Et l'autre extrémité de la caverne explosa dans un fulgurant éclair blanc.

Lily, qui était toujours au sol, roula hors de portée du garde. Elle sentit que Rule se transformait tandis que la caverne résonnait d'une deuxième explosion – mais cette fois de cris et de coups de feu. Elle roula à nouveau et s'accroupit avant de se tourner vers la petite silhouette blanche qui avançait vers Rule en brandissant sa crosse… et de sauter.

Elle percuta Helen et la fit tomber au sol. Aussitôt par terre, la femme lutta contre Lily en la frappant avec son bâton.

— Sois maudite, sois, maudite, crève !

Lily sentait à peine les coups. Elle attrapa la tête d'Helen à deux mains et la cogna contre le sol de pierre. Une fois. Et encore une fois. *C'est ça, fracasse-lui la tête, oui, elle ne touchera pas à Rule, elle ne lui fera pas de mal.* Helen cessa tout à coup de bouger et resta inerte…

Quelque chose la frappa à l'épaule. Elle sentit ce coup-là ; le choc courut le long de son bras gauche, qui perdit soudain toute vigueur.

Une balle. On venait de lui tirer dessus.

Lily cligna des yeux, hébétée, et regarda Helen, qui était… morte. Helen était morte.

La crosse. Il fallait aussi détruire la crosse. Mais quand elle pivota et la chercha, elle ne la vit nulle part. Elle vit Rule en revanche, les mâchoires refermées sur le cou d'une des silhouettes vêtues de noir. Il balança l'homme au loin, mais il y en avait d'autres – qui lui tiraient dessus tandis qu'il fondait sur sa proie suivante.

Une arme. Il lui fallait une arme, leur tirer dessus, les arrêter… oui, elle aperçut un automatique qu'un d'entre eux avait laissé tomber. Elle se mit à ramper dans sa direction, mais son bras gauche céda sous son poids, alors elle roula à nouveau et termina avec une arme qu'elle ne connaissait pas dans sa main.

Le rugissement guttural et tonitruant d'un tigre s'éleva tout à coup par-dessus le vacarme de cris et de coups de feu.

Oh, merci, mon Dieu. Merci. Grand-mère était là.

Lily visa du mieux qu'elle put, d'une seule main, et commença à tirer.

XXIX

Harry frotta sa tête contre la jambe de Lily en miaulant avec insistance.

— C'est bon, c'est bon. C'est pas comme si j'avais le temps... marmonna-t-elle en se dirigeant vers la gamelle de Harry dans la cuisine.

Sa propre cuisine, dans son petit appartement. Rule insistait toujours pour qu'elle emménage chez lui, mais elle n'était pas prête.

— La cérémonie est dans...

Elle commença à regarder sa montre, puis se souvint en grimaçant qu'elle devait regarder à l'autre poignet.

Une heure et vingt minutes. Elle avait le temps, se dit-elle. Elle était habillée, et c'était ce qui lui prenait le plus de temps depuis quelques jours. Il était ridicule d'être aussi nerveuse, malgré cela, Lily avait mis une éternité pour attacher ses cheveux avec ce stupide bras en écharpe.

Le simple fait de retirer le couvercle de la boîte de nourriture de Harry était une galère. Elle refermait la boîte quand on sonna à sa porte.

— C'est pas le bon moment, dit-elle à voix basse en allant jusqu'à la porte, qu'elle ouvrit aussitôt après avoir regardé dans le judas.

— Eh bien. Regardez qui voilà.

Karonski portait son éternel costume fripé et démodé, mais pour une fois, il ne faisait pas la tête.

— Y a du café ? demanda-t-il.

Lily secoua la tête en souriant.

— Il doit en rester dans la cafetière. Par contre, il va falloir vous servir tout seul, dit-elle en partant dans la salle de bain. Parlez pendant que je finis de me préparer. Je suis, euh... attendue quelque part à midi.

— Je sais.

Elle lui jeta un coup d'œil surpris par-dessus son épaule.

Il eut un sourire gêné.

— C'est moi qui vous conduis. Rule me l'a demandé.

— Oh. Eh bien, super. Comment vous sentez-vous ? demanda-t-elle en prenant sa brosse avant de froncer les sourcils devant le miroir.

Impossible de se tresser les cheveux. Elle devrait les laisser libres.

— Bien. Ça va. J'ai fait partie des chanceux.

— C'est vrai, dit-elle en se brossant.

La mort d'Helen avait déclenché une sorte d'effet rebond sur ses victimes. La plupart avaient perdu la tête, de différentes manières. Ceux qui étaient restés le plus longtemps et le plus profondément sous son contrôle – beaucoup se trouvaient alors dans la caverne – avaient éclaté en une folie meurtrière. Mais deux d'entre eux s'étaient suicidés.

Notamment Meck.

Les yeux de Lily s'emplirent de larmes.

— Merde, dit-elle en jetant sa brosse.

Si elle n'avait pas tué Helen, Meck serait encore en vie.

— C'est rien, dit calmement Karonski. Je suis passé par là. On fait bonne figure quand tout va mal, mais une fois la crise passée… (Il haussa les épaules d'un air embarrassé.) On a tout à coup envie de chialer.

Elle se força à sourire.

— Vous, chialer ?

— Hé, nous autres Polaques, on est des vrais mecs. C'est pas quelques larmes qui vont changer ça.

Elle hocha la tête, prit une profonde inspiration, et attrapa son mascara. Bon. Sa main ne tremblait pas. Difficile d'appliquer du mascara quand on a la tremblote.

— Alors, comment va Croft ?

— Il est très occupé. C'est lui l'intello, vous savez bien, alors je le laisse gérer la paperasse.

Karonski partit d'un rire et continua à parler de son partenaire. Le bavardage comblait le silence et donnait à Lily du temps pour se remettre.

Lily fit de son mieux pour en tirer profit. Mais son attention n'était pas à Karonski ni à son maquillage.

Le sorcier avait effectivement fait partie des plus chanceux. Toujours endormi quand Lily avait tué Helen, son esprit avait été protégé de l'effet rebond. Et il avait un chaman entraîné à son chevet. Les autres n'avaient pas eu autant de chance.

Il y avait aujourd'hui un conseiller municipal dans une chambre privée discrète d'un sanatorium. La riche veuve d'un membre du Congrès était catatonique. Pour quelques-uns cependant, les médecins étaient optimistes. Le colonel de l'Armée de l'Air qui s'était rendu une fois son esprit libéré, par exemple. Il n'était pas resté longtemps sous le contrôle d'Helen.

Le capitaine Randall n'avait pas été affecté, pour la bonne raison qu'il avait toujours été clean. Mais il n'avait pas pardonné à Lily d'avoir douté de lui, même s'il lui avait rendu une brève visite de courtoisie à l'hôpital avant qu'elle en sorte.

Elle lui avait présenté ses excuses. Et avait discrètement démissionné de la brigade.

Quant à Harlowe… Lily essayait de ne pas penser à lui. Pas aujourd'hui, du moins. On ignorait quel effet le rebond avait eu sur lui, car dans la confusion, il avait réussi à s'échapper… avec, semblait-il, la crosse. On n'avait jamais retrouvé cette dernière. Pas plus que Ginger.

Et puis il y avait Mick.

Lily ravala une boule de chagrin et laissa tomber son rouge à lèvres dans son sac. Rule était allongé sur le sol en sang, et l'un des Azá s'apprêtait à lui loger une balle dans la tête – une balle en argent…

Quand Mick avait sauté entre eux. La balle lui avait fait exploser le cœur, ce contre quoi même le pouvoir de guérison des lupins était impuissant. Certains pourraient qualifier son geste de suicide. Mais puisqu'il était mort en sauvant la vie de son frère, Lily préférait y voir un sursaut de conscience de dernière minute.

— Je suis prête, dit-elle. Allons-y.

— Alors, demanda Karonski en se glissant derrière le volant de sa voiture, vous allez m'expliquer comment vous pouvez être là alors que Rule est à Clania ?

— Encore faudrait-il que je comprenne moi-même. Pour une raison quelconque, le lien s'est subitement desserré après la bataille. Rule dit que ça arrive parfois.

Il restait cependant très présent. Elle avait besoin de Rule, physiquement et de toutes les autres façons, et rechignait à s'éloigner de lui trop longtemps ou trop loin.

Mais désormais, c'était au moins possible pour quelque temps. Et cette distance lui était salutaire : elle avait besoin de cet isolement. De temps pour elle. Elle avait beaucoup de choses à régler.

— Il y a autre chose que je ne comprends pas. Comment les autres ont-ils fait pour arriver juste à temps ?

Elle le regarda, amusée.

— Juste à temps, je ne sais pas. J'aurais préféré qu'ils arrivent quelques minutes plus tôt.

Il soupira.

— Vous n'allez pas me le dire, pas vrai ?

— Non. Certaines personnes sont dans le secret, Karonski. Mais pas vous.

La réponse qu'elle ne lui avait pas donnée était : Max. Quand le sort s'était brisé, les autres se trouvaient encore à mi-chemin de l'endroit indiqué sur la carte de Cullen. Ils avaient bien sûr continué, Walker sachant qu'une grotte se trouvait à proximité, mais ils ignoraient totalement si elle était reliée à l'endroit où elle et Rule étaient prisonniers.

Heureusement, Max était là. Les gnomes connaissent aussi bien les roches et la terre que les oiseaux connaissent l'air et le vent. Avec son mélange habituel de grossièreté et d'arrogance, Max leur avait assuré qu'il était capable de retrouver son chemin dans n'importe quel réseau de grottes les yeux fermés.

Ça n'avait pas été aussi simple que ça. Après quelques culs-de-sac et quelques passages d'une effrayante étroitesse, ils étaient arrivés assez près pour que les oreilles des lupins détectent les psalmodies. Ils avaient alors réajusté leur itinéraire et Max avait pu les conduire tout droit à la caverne.

Lily aurait juste souhaité être là quand Benedict et Grand-mère s'étaient disputés à l'entrée de la grotte. Lily avait mis Benedict en charge de l'équipe sur le terrain, et il avait catégoriquement refusé qu'une vieille femme les accompagne dans la bataille. Il n'aurait pas hésité à la ligoter pour s'assurer qu'elle « ne leur colle pas aux basques », pour reprendre son expression.

Mais personne ne donnait d'ordre à Grand-mère. Elle avait réglé la chose en se transformant.

Lily secoua la tête en souriant. Comme on pouvait s'y attendre, Grand-mère avait su choisir le bon moment pour montrer aux lupins qu'ils n'étaient pas les seuls à avoir une seconde forme.

— Qu'est-ce qui vous fait sourire ? demanda Karonski.

— Ah, la famille. Elle vous rend folle, mais que ferions-nous sans elle ?

— C'est vrai. Dites donc, vous agrandissez en quelque sorte votre famille aujourd'hui, non ?

— Sans doute, oui.

Le lupin au portail n'était pas le même cette fois. Sammy, le rouquin, se rétablissait de la balle qu'il avait prise et n'était pas encore prêt à reprendre son poste. Ils se garèrent à proximité du grand terrain au milieu du village. Une foule de gens s'y étaient rassemblés.

Rule les attendait. Il boita vers la voiture, le sourire aux lèvres.

Alors qu'elle n'avait reçu qu'une balle, il en avait encaissé quatre. Les gardes avaient hésité à tirer sur elle, car elle était près d'Helen. Une des balles avait perforé les poumons de Rule, ce qui ne l'avait pas beaucoup ralenti sur le moment, mais avait donné des sueurs froides à Lily après coup. Mais à présent, ses blessures étaient presque guéries, alors que son épaule à elle continuait de lui faire un mal de chien et l'empêchait d'utiliser son arme.

Manifestement, le lien d'âme sœur ne lui avait pas transmis la capacité de guérison de Rule. Ils tentaient encore de découvrir quels changements mutuels il avait entraîné chez eux au juste.

De multiples manières.

— Salut, dit-elle en allant se blottir dans ses bras.

Il la serra contre lui en faisant attention à son épaule.

— Prête ?

Elle hocha la tête.

L'ambiance dans les cérémonies lupines était moins guindée que dans la plupart des rituels humains. Les gens saluaient Rule – et elle aussi parfois – tandis qu'ils marchaient main dans la main jusqu'au centre du terrain, où le Rho était assis sur une grande pierre plate.

On lui avait dit qu'en temps normal, il se levait pour la cérémonie, mais il n'était pas encore assez en forme pour cela. Il avait cependant insisté pour que le rituel se tienne aujourd'hui. Lily ne comprenait pas pourquoi, mais pour les lupins, la découverte d'une nouvelle Élue – n'importe quelle Élue – donnait lieu à de grandes réjouissances. C'était semblait-il lié à leurs croyances.

Quelle que soit la raison de leur sentiment à l'égard des Élues, il était profondément ancré. Assez pour que Mick échappe au contrôle d'Helen un instant et leur fournisse l'occasion dont ils avaient besoin.

Quelqu'un d'autre attendait au centre du terrain. Un homme mince aux cheveux couleur cannelle et au visage le plus étonnamment parfait qu'elle eût jamais vu, même s'il était en partie caché derrière des lunettes noires. Les yeux de Cullen n'avaient pas encore fini de guérir. Il était nu.

Lily n'était pas la seule à rejoindre le clan Nokolaï aujourd'hui.

Pendant que Lily était encore à l'hôpital, le Rho avait convoqué Cullen. Personne ne savait exactement ce qu'ils s'étaient dit, même si Cullen en avait raconté une partie à Lily; Benedict lui-même n'avait pas assisté à la réunion. Mais Cullen en était ressorti étourdi – après avoir accepté l'offre du Rho. Le sans-clan n'en serait plus un.

Rule et Lily s'arrêtèrent à quelques mètres derrière Cullen, le laissant seul face au Rho.

— Cullen Seabourne, dit Isen d'une voix forte et profonde. Tu es appelé parmi les Nokolaï par le sang, la terre et le feu. Que réponds-tu ?

Cullen s'agenouilla docilement et baissa la tête.

— Je me soumets, et je réponds avec le sang, à la terre, et par le feu.

— Relève la tête et ton bras.

Cullen s'exécuta et tendit son bras droit.

Le Rho leva le sien à son tour. Il prit un couteau dans son autre main et fit une entaille dans le bras de Cullen. Du sang jaillit et ruissela.

Il incisa alors son propre bras et le retourna au-dessus du sol, là où le sang de Cullen avait coulé et se mélangeait à la terre.

— Notre sang ne fait qu'un, annonça-t-il. Scellons l'union par le feu.

Une femme que Lily n'avait pas remarquée s'avança. Elle portait des lunettes cerclées d'or et de courts cheveux blancs. Elle était vêtue d'une grande robe verte et tenait à la main une baguette.

Elle s'arrêta à un mètre des deux hommes et pointa sa baguette. Une flamme en surgit pour toucher la plaie de Cullen, puis celle du Rho. Aucun des deux ne broncha.

Lily tressaillit. Ça devait faire mal.

— Rule…

— Chut. Ne t'inquiète pas. Tu n'es pas appelée par le sang, la terre et le feu.

— Ah ? D'accord. Bien.

— Par le sang, à la terre, et dans le feu, tonna le Rho, tu es Nokolaï.

Il y eut quelques applaudissements et quelques-uns crièrent « Bienvenue ! » au nouveau membre du clan. Cullen se leva lestement et recula. Quelqu'un lui jeta un short, et son sourire rayonna quand il vit Rule.

Rule lui sourit et leva le pouce.

Ce fut alors leur tour. Lily marcha avec Rule jusqu'à la pierre où Isen était assis et s'agenouilla – sans doute avec moins de grâce que Cullen. Rule s'agenouilla à côté d'elle.

— Nous avons reçu une Élue, dit le Rho, d'un timbre encore plus grave, comme un lointain roulement de tonnerre. La Déesse a gratifié les Nokolaï. Répondons-nous quand elle nous appelle ?

— Oui, crièrent une centaine de voix.

— Mais l'Élue choisit elle aussi. Que choisis-tu, Lily Yu ?

On avait expliqué à Lily quelle était la réponse traditionnelle. Elle la donna, mais en ajoutant quelque chose.

— Je choisis d'honorer le lien d'âme sœur. Je choisis les Nokolaï. Et… je choisis Rule.

Elle sentit la main de Rule se resserrer sur la sienne.

Isen cligna des yeux, surpris, puis se reprit aussitôt.

— Alors, en témoignage du choix de la Déesse et de ton choix, accepte ce symbole de la main de ton Élu.

Il tendit quelque chose qui brillait d'un éclat doré sous le soleil.

Rule le prit. Lily baissa la tête et écarta les cheveux de côté sur sa nuque afin qu'il lui attache le collier.

Elle sentit alors quelque chose d'autre. Elle toucha le petit pendentif doré suspendu à la chaîne : une forme fluide, abstraite, qui ne représentait rien qui lui soit familier.

Mais la sensation, elle, était familière. Le bijou sentait la magie. Un souffle infime de magie… et de clair de lune.

— Sois la bienvenue parmi les Nokolaï, dit le Rho d'une voix éraillée par l'émotion. (Il se pencha, prit le visage de Lily dans ses deux mains et l'embrassa sur la bouche. Puis il se rassit avec un large sourire.) Et maintenant, lança-t-il, faisons la fête !

Elle dut attendre plusieurs heures pour avoir un moment en tête-à-tête avec Rule. Au bout d'un certain temps, la sentant étouffer sous toute l'attention, et franchement désireux de l'avoir à lui seul, il avait prétexté de leurs blessures pour s'éclipser dans la maison du Rho.

— Enfin, soupira Lily en se laissant tomber sur le canapé du petit salon. Tout le monde est adorable, mais à la longue ça devient un peu…

— Étouffant ? suggéra Rule en venant s'asseoir près d'elle.

Maintenant qu'ils étaient seuls, il ne savait pas comment aborder la question qui lui avait brûlé les lèvres toute l'après-midi.

Elle hocha la tête.

— J'ai l'impression d'être moi-même un talisman. (Ses doigts effleurèrent le petit symbole doré qui pendait autour de son cou.) Tout le monde voulait me toucher.

— Nous autres lupins sommes très tactiles.

— Mais ce n'est pas seulement ça. C'est aussi ce rapport que vos croyances entretiennent avec les Élues. C'est dur à appréhender.

— Là où tu vois des croyances, nous voyons des faits. Peut-être un peu altérés, admit-il. Nous disposons d'une longue histoire orale, mais des morceaux de nos récits se sont sans doute perdus au cours des siècles tandis que d'autres légendes s'y greffaient. (Il lui prit la main.) Lily…

Elle s'enfonça dans le canapé moelleux et posa la tête en arrière. Elle lui sourit.

— Oui ?

— Tu as rajouté quelque chose à ce rituel. Une formule personnelle. À mon sujet.

— Il m'a semblé que je devais le faire.

Il déglutit.

— Il n'y a pas si longtemps, tu n'aimais pas l'idée de ce lien, et tu n'étais pas vraiment sûre de tes sentiments pour moi. Qu'est-ce qui a changé ?

— Comme Cullen me l'a rapporté, ton père dit que je peux être têtue parfois. Et je suis peut-être lente quelquefois. Mais je ne suis pas stupide. (Elle se pencha et lui posa un baiser sur les lèvres, doux mais intense.) Il m'a fallu un certain temps, mais j'ai finalement compris que le lien d'âme sœur ne m'avait pas été imposé de l'extérieur. Ce serait impossible, pas vrai ? Je suis immunisée à la magie. Il devait venir de l'intérieur. Si je le refusais, je rejetais en même temps une partie de moi-même.

Rule sentit un lent et profond soulagement lui détendre les muscles. Il se laissa à son tour aller dans le canapé en posant sa tête sur le dossier. Il souriait.

— Rends-toi compte, dit-elle tout à coup. Dans quelques jours, nous nous rendrons ensemble à une autre cérémonie, en quelque sorte.

— Hmm ?

— Le dîner de répétition, tu as oublié ? Tu vas rencontrer le reste de ma famille. Ils ne seront pas forcément aussi accueillants que la tienne l'a été.

Il y penserait le moment venu. Pour l'heure, le simple fait d'être ici avec elle comblait ses attentes – les surpassait, même. Accepté. Choisi… par la Déesse *et* par Lily.

Après un moment, elle posa la main sur sa cuisse.

— Fatigué ?

— Épuisé, admit-il.

Il ressentait également des douleurs dans certains endroits qui n'avaient pas fini de guérir. Et commençait à ressentir autre chose dans une partie qui n'avait pas subi de dommages, tandis qu'elle remontait sa main le long de sa cuisse. Il tourna la tête.

— Mais pas trop fatigué pour ça, lui dit-il.

Et, une seconde plus tard, il lui vola son rire d'un fougueux baiser.

FIN

Découvrez la suite des aventures de Lily Yu dans

LES FILS DE LA PLEINE LUNE

TOME 2
DANGER MORTEL

PANINI BOOKS

CRIMSON

Achevé d'imprimer sur les presses
de l'imprimerie Rotolito Lombarda (Italie)
Dépôt légal : mars 2013